阮途记

飞廉的江湖奇谈

舒飞廉 著

上海文艺出版社

目录

浮舟记 ◎ 1

洞庭记 ◎ 37

金驴记 ◎ 79

林语记 ◎ 125

阮途记 ◎ 149

渡淮记 ◎ 167

龙宫记 ◎ 203

木兰记 ◎ 231

驴皮记 ◎ 245

浮舟记

1

这天晚上,赵文韶回到翠微巷中归元寺的时候,天差不多已经黑透了。几场秋雨之后,夹衣上身,白日也渐短。透骨的夜风灌满了翠微巷,巷中却已是灯火通明,鸨母尖声大嗓,妓女们打情骂俏,等城中少年鲜衣怒马来寻乐趣。如此活色生香的花花世界中,赵文韶敝衣小帽,夹着雨伞走来,面目萧条,一身的清寒,令那些还在门口招揽生意的人老珠黄的老妓,都忙忙地别过笑脸去。

灯火渐渐稀少,巷口就是归元寺的山门。门闩"哗啦"一声响,门后觉明和尚举着灯,一张胖脸由火光中浮现出来。

"吃过饭了吗?"觉明问道。

"吃了,老马的牛肉面。"

"今天有生意吗?"觉明又问。

"有,帮胭脂街上的刘屠写了一张状子。"

"我的话,你今天想过没有?"觉明又问。

"想了。"

"怎么样呢?"觉明又问。

"我还不想做和尚。"赵文韶道。

觉明将赵文韶让进来,重新"哗啦"闩上门。

"你今天不去巷子里啊?"赵文韶道。

"不去。"

"你不念欢喜禅，如何成佛。"赵文韶又道。

"禅心未定，如何欢喜，不去。"

两人一边绕过龟鳖堆积的放生池，由灌木与荒草掩映的回廊，向后面的禅房走去，一边斗着嘴。这些话，也讲过无数遍了吧。觉明和尚还是兴致盎然，一如他每天的功课一般。

"我想起来，有一个人正在你房里等你。"觉明在赵文韶的客房门前停了下来，不无遗憾地说。什么样的不速之客啊，竟耽误了他老和尚秋灯夜雨中天雨昙花说法的一夜。不过，这半年以来，老和尚还是第一次见到有人来寻这个落魄的青衣秀才。

房里已亮起了灯，一个中年男人站在窗子前面，朝外面张望，外面是黑暗的江水，现在只能看到江上的几点渔火了。听见主人进来，来访的客人转过了身。一个身材雄伟的男人，一身黑衣，脸孔上长满了胡子，想看清他的脸固然不易，但是要忘记这样一张胡须丛生的脸，怕也是难的。赵文韶记起来，这个人白天在他的写字的摊子上来过，站在面前，鼓着牦牛般的眼睛冷冷地看他写字，然后一言不发地走掉了。

"你的字写得很好啊。"黑衣人道。

"过奖了，不过是混一碗饭吃。"赵文韶道。

"一个读书人将自己弄到白天在街上卖画，晚上寄身僧寺的境地，算不得明智吧。"黑衣人在灯光那边，隔着一片虚空，直直地看着他。他脸上的两道眉毛又黑又长，好像是写字时，用笔特别又描过了两次一样。

"阁下一片好意，专程黍夜来指教在下，心领了。"赵文韶默然良久，嘎声道。

"我叫张横，江湖上的朋友叫我陆上龙王，洞庭湖那边，小孩夜里哭闹，喂奶的女人便用我的名字与奶头一道，来堵小孩的嘴，极是有效。"那黑衣男子冷笑道。

"久仰了，武昌府衙门前有你的画像，我见过。"赵文韶道。将这个人的行踪报告给官府，可以领到一千两银子呢。

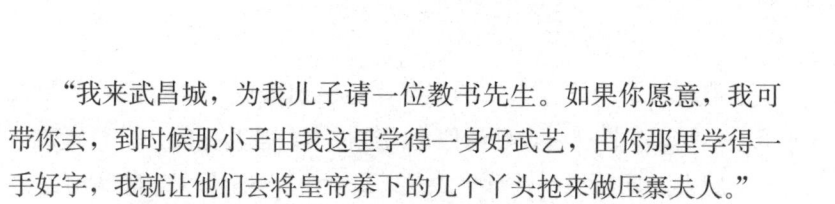

"我来武昌城，为我儿子请一位教书先生。如果你愿意，我可带你去，到时候那小子由我这里学得一身好武艺，由你那里学得一手好字，我就让他们去将皇帝养下的几个丫头抢来做压寨夫人。"

真是好志气啊。赵文韶呆了半晌。那黑衣人由桌子上拿起他的斗笠，扣到头上，低低地压下来，只露出半边胡须丛生的脸。

"明天清晨我在沈家庙码头等你上船。"他低声道。

"你不怕我去告诉官府的人去换一千两银子?"赵文韶问。

张横冷笑了两声，也不理睬，纵身踏上桌子，跃进窗外的黑夜里，朝大江的方向流星跳丸一般地去了。

这就是江湖上的人练成的轻功吧，戴着斗笠，踏着这个城市的绿树与青瓦，像鹰隼一样来去。赵文韶灭掉了灯，站在窗下，刚才张横立过的地方，看着外面被张横的身影划开，又重新沉寂下来的夜。

窗外是累累荒坟。二三里以外，江水奔流而下，在星光中拍打着两岸江滩，涛声浑厚而低沉。明天晚上，他离开了归元寺，江水还是要这样，在星月光里拍打着江滩吧。

"芸，我在你的坟地边停留太久，我想离开归元寺，到洞庭湖上去，我不想给觉明做徒弟，只要你还在我心里面活着，我就没有办法去读佛经。我听说洞庭湖上有一口柳毅井，说不定我由柳毅井跳下去，就可以遇到黄泉中的你。"赵文韶对着星空喃喃道。

清寒的夜空里，繁星闪烁，正是白霜降临的时刻，不久霜凌就要结上武昌城中的屋瓦与城树，结上江头的船帆与江边的黄沙。

那一年，也是这样霜降的晚上吧，蒋家的人来接母亲去看戏，母亲怜他一人读书清苦，也将他带去了。坐在蒋家的天井里，看小戏台上的《柳毅传书》，他觉得背后有人在轻轻地拉扯他的衣摆。他回头看见蒋芸笑眯眯地盯着她。他起身跟着她，悄悄走进他的客房里。

"我给你留了一碗粥。"蒋芸说。

他站在桌子边上，一口一口地啜着粥，微微烫嘴，浑身暖和舒坦，她在一边笑眯眯地看着，等他吃完，捧起碗欢天喜地地走了。

那时候他们只有十二三岁吧,她已出落成一个娇艳的小美人了。不知道是谁多舌,她请他吃粥这件事,被其他的几个表姐知道了,后来一见到他,就拿来取笑,让他恨不得找一条地缝钻进去才好。

这样清寒的晚上,要是有一碗粥该多好啊。

要是学会了轻功,能跳到星空里去吗,跳到星空里往下看,就可以看到地上的历历红尘,看到那个当年煮着粥的小丫头,上穷碧落下黄泉,香魂缕缕,现在滞留在哪里。

赵文韶痴痴地站着,眼泪由双眼里涌出来,啪啪地滴打在桌子上。

2

朝阳初升,天气晴朗,天上排着鱼鳞一般的云彩。沈家庙的码头上,无数船只停泊待发。逆流而上,去往川湘,顺流而下,发往江浙。水运是本朝交通的重中之重,武昌在长江中游,江水在此与秦岭启发的汉水交会,如蚁之人流,如山之货物,逐日转运,布达大宋四方四百军州。

流落武昌也有大半年了,竟未得暇去黄鹤楼上饮一杯酒。赵文韶看着离离秋草之上,金色阳光之中的黄鹤楼,心中叹息道。他背着小小的行李卷,在码头上张望,在如林的樯橹间,寻找张横的座船。

"穷秀才,你呆头呆脑找什么,我在这里。"只见一人卓然站立在积满阳光的甲板上,将那朝阳挡在他的背后,黑衣长刀,胡须草草,不是张横却是谁。

赵文韶走过来,他们的座舟是一只三桅的大船,却没有跳板连到码头上,看样子只好爬上去了,他刚将手搭在甲板上,张横已经跳下来,将他一把扯住飞纵而上。赵文韶只觉得腾云驾雾一般,等他定神再看时,已经站在了高高的甲板上。

"哈哈哈,真是个呆子。"一个年轻女子笑道,声音娇嫩、爽利。

"她是我由你们翠微巷赎出来的,名叫李芸。"张横道。

赵文韶却心中一跳,她的名字竟与蒋芸是一样的。只是这女子乌溜溜的杏眼双睁,一张尖滴滴的小脸,好看是好看吧,却被一堆腮红与胭脂弄得不伦不类。

"秀才,我跟你讲,这可是我花三千两银子买来的花魁,三千两打成的滴溜溜的银人儿啊,嘿嘿,你呆在归元寺里跟觉明老和尚学做劳什子的和尚,自然是没有听过她的大名。'高烧银烛照红妆'李芸啊,现在已经是洞庭湖龙宫的花魁了。伙计们,知道什么叫'高烧银烛'吗?"一脸胡须掩不住张横脸上的得意,船舱里传来一阵哄笑。有人回嘴道:"老大,高烧银烛这个调调我们不会,倒浇蜡烛倒是惯家子。"赵文韶循声看去,船舱里,坐着二十来个黑衣的江湖汉子,每人怀里都抱着一把雪亮的刀。

一群江湖人啊。赵文韶心里一阵苦笑。淮安县里年年取案首的好秀才,十几年后,竟弄到与妓女与强盗同船共渡的分上。这贼老天的所思所想,真是不可思议吧。

张横一挥手,喝道:"开船。"那边几个水手忙忙地起锚打桨,船离码头,移向江心。张横拉过李芸,对赵文韶道:"我们到后舱喝酒去。"三人由黑衣汉子们坐着的前舱经过,张横对那些汉子道:"这秀才是我为儿子请的老师,我儿子以后做状元,跨马游街,与皇帝老儿的丫头成亲,就全靠他了。你们谁惹着他,我就将你们的狗腿砍下来,扔到长江里喂鱼。"

太阳由船舱的敞窗斜射进来,照在后舱的几榻上。张横与赵文韶对坐,李芸打横,将袖子高高地挽着倒酒。赵文韶虽说手无缚鸡之力,酒量却是极好。张横更是不在话下。武昌府出的名酒叫做白云边,取的是李白"将船买酒白云边"的诗意。张横弄来的白云边,差不多是十好几年的陈酿了,清冽醇香,令人心仪。三个人边喝边讲话,也消磨了一二个时辰。

"你老婆呢,在哪里,我将她也接到龙宫来做师娘。"张横的脸已经被白云边烧红了。

"多谢，她已经死了。"赵文韶道。

"这算什么，我老婆也死了。"张横怔了一怔，又喝了一杯酒，"死得好啊，不死，我怎么将这只骚狐狸弄到洞庭湖去。"

李芸在一边听到，柳眉立起来："老娘我已经是从良的人，哪怕是跟着你这个强盗，不能再叫我骚狐狸。"

船在江心，西风吹在高帆之上，将之推向前方。江面上层层细浪如同鱼鳞。西风徐来，令人浑身清爽。赵文韶不去听那强盗与名妓的调笑，举目远眺江上。秋草离离，江树凋伤，乡民正在大堤之下的空地上牵牛布种小麦。船往西南，逆流而上。

"张寨主，你的龙宫到底是在洞庭湖还是在云梦泽啊，你要将我们带到哪里去。"赵文韶问道。

"啊，我与兄弟们先要去一趟云梦县，在那边沙洲上与云梦帮的一群王八蛋打一打招呼。"张横淡淡地说，"现在差不多快到了吧，不知王平那小子到了没有，这个家伙一向不守信用，说话如同放屁，不过为了《水鬼录》，他总会来吧。"

"《水鬼录》是什么？"李芸问道。

"等一会我将它抢过来给你看就是了。"张横道。

此时日已近午。阳光垂直射入江面，刺人眼目。只见一里开外，江心正中出现了一片滩地，将宽广的江水一劈为二。"那片沙洲名叫罗霍洲。"张横道。赵文韶与李芸抬头看去，沙洲果然是像一只庞大的团鱼，霸道地挡在大江之中。洲上长满了一人多高的芦苇，披满白絮，沐浴闪闪阳光，招摇在秋风之中。

"你们接着喝酒，芸丫头，将我这一杯倒满，赵先生酒量好，酒德也好，我很喜欢。我去去就来。"片刻船已抵达罗霍洲的鳌头之上。张横起身走向前舱，领着站立起来的二十余名汉子，跳下船头，没入茫茫芦苇丛中。

两个人怔怔地坐着，一起将头转向外面，看着窗外的沙洲。秋风鼓荡，卷席一般，将洲上的茅草与芦苇吹得四散起伏，如同江上的波浪，狂风不知是什么时候刮起来的。深秋的阳光明亮清晰，照进沙洲深处。

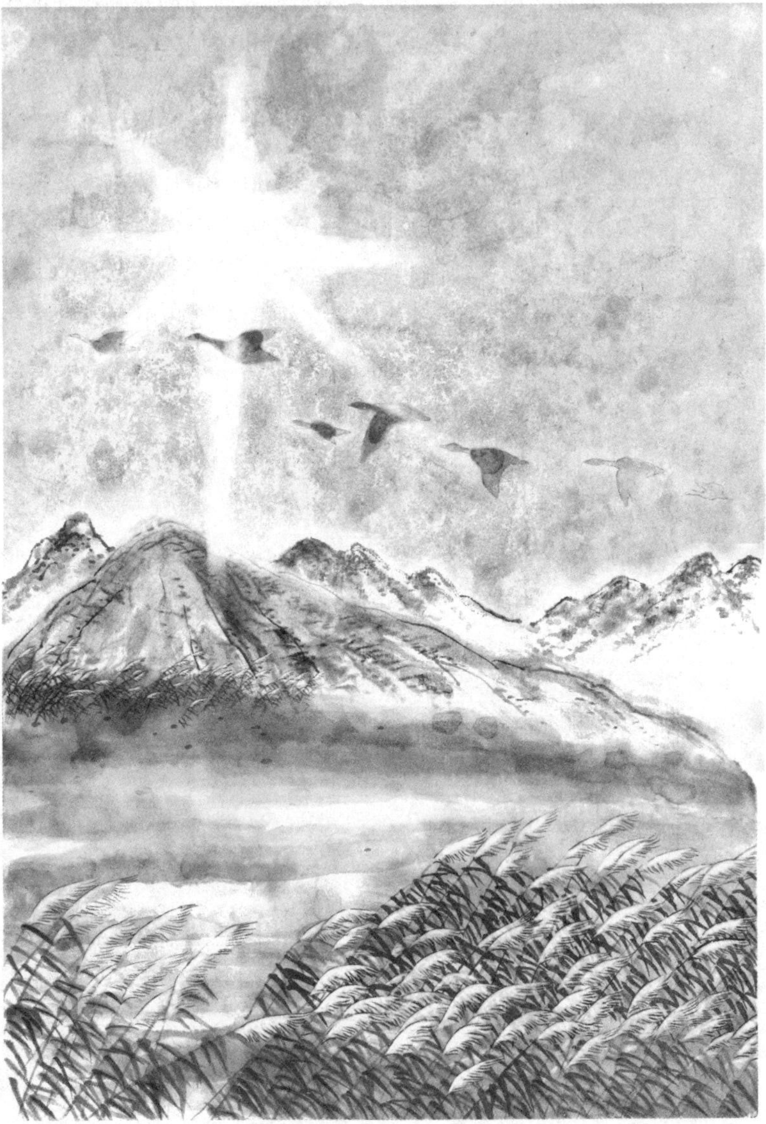

一群大雁轰然一声，由草丛中腾空而起，它们本来是要在这宁静的江洲上过夜的。接着，由洲心里传来刀剑交击的叮当声，传来人受伤后低哑的惨叫声。虽然看不到那一群人打斗的身影，却能想象到他们浴血的奋战，一些人会活着离开这里，另外一些人倒毙于此，令明年秋天的芦苇更加高挑暗绿。

赵文韶猛盯着沙洲看，额头上渗出了汗水，汗水流入到眼睛里，火辣辣地疼痛，令他的视线恍惚，芦苇好像一片片在水波里闪动。他的手被李芸抓住按在桌子上，李芸全身都在发抖，但是她的眼睛里，却闪现出兴奋的神色。

"啪"的一声响，有什么东西砸在了他们窗下的甲板上，他们低头一看，却是一截断臂由远远的草丛里飞出来落向这里，断臂鲜血淋漓，前面的手指，还紧紧地握着钢刀，钢刀的主人，已经不在世上了吧，或者正在芦苇之下的沙地上，倒出他在此世间的最后一口气？

"但愿那个老强盗不要被人杀了。"李芸道，她回过头，盯着赵文韶，"你好好的一个俊俏书生，不上京赶考，跑到这一堆亡命之徒中来干什么？"

赵文韶沉默半响，将手边的酒杯抬起来，放到嘴边吸尽杯中的酒滴："我想到江湖上来看一看。"

李芸笑了起来，她将张横余下的酒，取过去喝掉了，她的喝酒的神态，有说不出的娇媚："我也是。翠微巷里的妓院，真是像一个热闹的坟墓。"

"我要是会轻功就好了，踏着芦苇过去，看一看张横到底死了没有。"赵文韶道。

"我要是能学功夫，我就去学下毒，张横就是活着回来，也让他喝下一杯毒酒。"李芸将张横的酒杯重新满起来，小指绕在杯口上，俏皮地说道。

也就是这两杯酒的工夫，沙洲之中的打斗之声停下来，众人断断续续的呻吟，也一下下地被掐断了。不久，有人向泊船走过来，两个人，穿着一身的黑衣，阳光照在他们身上。走在前面的那个人

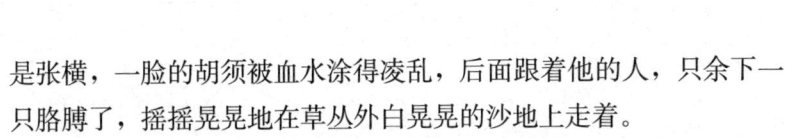

是张横，一脸的胡须被血水涂得凌乱，后面跟着他的人，只余下一只胳膊了，摇摇晃晃地在草丛外白晃晃的沙地上走着。

"他总算没有死，不然我从良不到半天就做了寡妇，命也太苦了。"李芸道。

张横跳上船来，径直来到后舱里，将酒杯举起来，倒进喉咙里。他在烈日下砍杀了半响，一定是渴得厉害。他对跟着他的那名汉子叫道："李安，你也进来喝酒！"那李安却在甲板上站住了，将那条残臂捡起来，大吃一惊道："他娘的，刚才我找半天，原来老子的胳膊被王平那老小子一刀送到这里来了。"那横空飞来的竟是他的手臂。李安端详半天，取下指间的刀，一甩手将残肢扔到江水里，扑通一声沉下去了。

"开船吧，回洞庭湖去。李安你这王八蛋，与老子的命一样硬，这回龙王将你的手收了去，做利息吧。赵先生，你将这《水鬼录》拿去，用你好看的字多抄几本，免得下次又被人抢去。小芸儿，陪你男人到隔壁睡午觉去。他娘的，杀人比砍树还要累。"张横将李芸半搂半抱着向隔壁的卧舱走去。李芸倒在他怀里，一双粉拳敲打不已，却也无奈他何了。

船继续溯流向上，将罗霍洲丢在船后。船上二十余名黑衣汉子，已经倒毙在那沙洲之上了，与他们一起的，还有他们的对头吧。张横上船之前，在芦苇里点了火，现在火借风势，火舌猎猎，已经将罗霍洲烧得通红一片，不久即会将一洲的芦苇与秋草间那些江湖汉子的尸身化作灰烬。

那死里逃生的李安倒在前舱的甲板上昏睡，鼾声雷动。张横与李芸在隔壁舱中，已开始行起了周公之礼，李芸娇媚而宛转的呻吟传出来，令人心荡。那摇橹的船工们也听到了吧，他们奋力地划桨，桨声中透出无穷的焦躁来。

赵文韶将桌子上的《水鬼录》打开，一页一页地看着。书页上的血渍尚未完全干透，血腥的气味，直直地扑入他的鼻中。船外下午的晴空历历，草树上，大雁阵阵，展翅南飞。在它们漫长的旅程之中，它们也会与赵文韶一道，在一个名叫君山的洞庭湖中的小岛上，盘桓一些时候。

3

第二天晚上，船到洞庭，泊于君山。是夜正是中秋，秋风瑟瑟，明月如镜重磨，洞庭湖上银光闪闪。微波无边无际，君山一点，沉碧如玉，岛上新桂，香气如雾。古人诗中写道："湖光秋月两相和，潭面无风镜未磨。遥望洞庭山水色，白银盘中一青螺。"赵文韶默咏此诗，觉得古人诚不我欺，诗中吟唱，与他眼前之景恰恰相合。

张横立在船头，撮唇长啸。只听君山岛上，欢呼声顿起。有橘红色的烟火腾空而起，团团簇簇，粲然耀目，一队人举着火把向码头上奔来。群盗接下张横等四人，听说张横已在罗霍洲杀王平，夺得《水鬼录》，喜不自胜，倒是将那死在洲上的二十余名兄弟全未放在心上。李芸是传闻中的汉口美人，现在一身绿衣，云鬓雾鬟地被众人拥着走在月下繁杂的灯火之中，更是艳若春花，恍若神女下凡，引得那些粗鲁的汉子频频侧目。

夜宴设在山中杂树老竹间的一处宫殿里，从前祭洞庭龙王的庙，现在被张横占下来，做了他的行宫。众人在庙内燃起千百牛油巨烛，摆下来十余张四方桌子，一百来号人，分坐在桌边的长凳上，由桌子上取来酒与蒸煮的螃蟹，扯腿掰壳，牛嚼牡丹，大呼小叫，纵情极乐。

张横由背后扯出一个泥乎乎的孩子，又黑又瘦，浑身水腥气，好像他的父亲不是这强悍的强盗，而应是一只精瘦的老鱼鹰一般。张横对赵文韶道："这就是我儿子，名字叫做张竖，以后你管他！"说完坐到上首的桌子上。上来敬酒的大小喽啰自是川流不息。酒过三巡，张横将手中啃食的螃蟹往桌子上一扔，起身道："你们这些王八蛋都是粗人，喝酒没趣，闷死个人，我去弄一个人来给我与新来的赵先生与芸美人劝酒。"说罢腾身而起，由众人头上掠过，冲出殿门，消失在月色之中。

李安在一边嘿嘿笑道:"我们老大喝了酒,又要去找岳州知府的麻烦了。"

李芸撇嘴道:"这岳州知府关他屁事,中秋之夜,人家也要伺候大小老婆赏月喝酒,如何能来陪你们这些强盗。"

李安笑道:"这一任上的知府老爷名叫周丰年,刚到岳阳城里的时候,一意要扫灭咱洞庭之中的好汉,几次兴兵,都被我们老大灭了。他还不死心,我们老大生气了,接着三个晚上跑到他的衙门里找他麻烦。第一晚上,遇见周老爷与他的小夫人睡一块儿。早上醒来的时候,那姓周的与他小老婆抬手一摸,发现头发都被人剃掉了,成了光瓢儿。第二天晚上,姓周的叫来十几个卫兵守在房门外,半夜起夜的时候,他的夜壶里爬出来一只乌龟,一张嘴,将他那话儿咬住了。第三天晚上,姓周的由营房里调来了一百多号人,他自己晚上也不睡了,没想到老大揭开屋梁上的瓦,由屋顶跳了下来,命姓周的小老婆由被窝里爬起来,唱了一夜的曲子,那婆娘也是一个唱曲行家了,老大与知府老爷喝了一夜的酒,知府老爷醉得不醒人事,老大才回来。自此之后,周知府再不敢对我们动什么歪念头。他与老大交情也慢慢好了,大伙今夜吃的酒与螃蟹都是他孝敬的。"

李芸道:"你们老大也是一个混账东西。人家好好的朝廷命官,就由他一个强盗去作践。你跟我讲一讲,那晚上,乌龟咬上周知府那话儿,后来是如何松得了嘴的。"

李安道:"老大那天挑的可是一只老乌龟,五六斤重,咬上东西决不松口的。要是一时情急,将那乌龟的头割下来,怕是一辈子都要挂在上面吊儿郎当,好在知府的小娘子见过些世面,学的乖,稳,晚上一盆洗脚水没有倒,端起来让乌龟游进去,松了嘴。"

李芸听到这般奇事,想见当时情景,狂笑不止,竟由长凳上掉了下来。赵文韶听到,却不由暗暗叫苦。原来这周丰年,却是他的同乡,前几年在淮安县里做秀才时,一起厮混的。他赵文韶落魄蹭蹬,周丰年却文星高照,由秀才到举人,两榜又中了进士,没几年,即放下来做了知府,一向春风得意,没想到与他的重逢,竟是在这张横改制的龙宫里。

众人吃蟹饮酒。天上圆月已到中天，亭亭如盆，月光积在殿外如同清水。李芸喝下了不少酒，这时候，酒劲涌上，她挽起了水袖，一脸油汗，脂粉零落狼藉，草草一片，却令她有了江湖儿女的豪爽之气。她起身对赵李二人道："那老强盗捉拿知府未归，我给你们大小爷们唱曲子吧。"

群盗在下面哄然叫好，当下有人跑出去，取了琵琶进来。李芸怀抱琵琶在长凳上坐定，边弹边唱：

"向晚来雨过南轩，见池面红妆零乱。渐轻雷隐隐，雨收云散。但闻荷香十里，新月一钩，此景佳无限。兰汤初浴罢，晚妆残。深院黄昏懒去眠。金缕唱，碧筒劝，向冰山雪槛排佳宴。清世界，几人见？"

李芸琵琶弹得精绝，嗓子也清脆娇媚，这些强盗平日如何能听到，只觉得天下掉下来一个会唱的仙女一般，往耳朵里灌着蜜汁。当下拍桌子打板凳叫好，又要李芸再唱。李芸也不推辞，将这支《梁州序》接着往下唱：

"柳阴中忽停新蝉，见流萤飞离庭院。听菱歌歇处，画船归晚。只见玉绳低度，朱户无声，此景犹堪羡。起来携素手，整云鬟，月照纱橱人未眠。"

众人又蟹腥酒臭里拍手乱叫。正乱着。殿门口上月光一暗，已有人走上台阶来。只听张横在门口笑道："主人没回来，客未请齐，你们就乱了起来，李芸你这骚蹄子，不卖一卖你的嫩喉咙，它就在那里痒不是？"张横身后，跟进来一个朱红绯袍、白袜黑履、幞头乌纱的年轻官儿，团团大脸，笑容成堆。赵文韶一望之下，知道来人正是周丰年。

张横回到主席上，将周丰年让到身边，坐在他与赵文韶中间。周丰年也不客气，捏起一只蟹爪就塞到嘴里嚼起来。张横一路划船，身上已是大汗淋漓，几杯酒浇下去，就将外面的长衣脱掉，露出两只公蟹螯一样毛茸茸的手来挥舞。

"姓周的，你看我请来汉口油光光的名妓李芸，汉阳滴溜溜的秀才赵文韶，还有你这十足真金的父母官来过中秋，我觉得很有面子啊。今天晚上大家都要喝醉。"张横嚷道，"周知府讲得一肚子好笑话，又会唱曲子，酒量也好，大伙别放过他。"众人纷纷叫好。

那周丰年放下螃蟹道："中秋佳节，如此良夜何，下官与你们这些强人同乐，也是古今未有之奇事，脱略形迹，不拘愚俗，可比东方朔之滑稽，阮嗣宗之放旷，马季长之鼓吹，石曼卿之颠倒。嘿嘿。呵呵。"一边李安打断道："你这个老爷，讲的什么名堂，是人话吗？我怎么一句都听不懂！"周丰年不理，接着讲道："今夜大家不醉不休。我先讲笑话，接下来张兄，这位赵兄，还有这位仙女一般的李芸姑娘，也是免不了的。"他提到赵文韶时，特别起身作揖，目视照面之下，他自然是已认出这位故人，只是此情此景，没有办法厮认罢了。

周丰年道："本官刚到这岳阳的时候，洞庭湖中蛟龙作怪，本官一向是爱民如子，百般思索之下，做了一篇《洞庭赋》，命石匠刻写在石碑之上，立在丸丸君山之侧、茫茫洞庭之中。这个石碑立起来，果然那蛟龙就不好意思再出没了。只是有一天，我听人讲，一个打鱼的老儿看到了这块碑，却不认得这个赋字，对村里人讲道，那周知府弄了一块碑，上面在骂'洞庭贼'。别人对他讲，老丈，那哪里是贼，分明是赋，周老爷看到贼都吓得要尿裤子，还去骂贼啊。那老儿却说道：'赋就赋了，我到江上打个鱼，偏偏这么多贼模贼样的王八蛋瞅着我。'"

周丰年讲完，李芸将一口酒都喷到身边张横毛乎乎的胸膛上，直指着周丰年道："你，你这个……无赖。"李安瞪着眼睛跳起来："你骂老子们，老子去弄一只脚盆大的乌龟来，咬下你那条小鸡鸡的。"张横将那李芸一把搂到怀里："我说这周知府讲得好故事吧，他骂了咱们，骨头都不吐一下，好好好，喝酒，喝酒，咱们就是做贼，比他们吟诗弄赋，见人磕头，也痛快。"

接下来轮到赵文韶了。赵文韶道："话说这何仙姑一个人住在山洞里，曹国舅来访她，坐了一会，外面吕洞宾敲门。何仙姑怕吕洞宾说闲话，就将国舅做成一颗丹，吞进了肚子里，开门将吕洞宾接进来，吕洞宾刚坐下，外面又有一堆人敲门，何仙姑又怕别人讲闲话，就请吕洞宾将她自己弄成一颗丹，由吕洞宾吞到肚子里。吕洞宾吞下后打开门，群仙问道：'吕洞宾你怎么在这里？'吕洞宾支支吾吾讲了半天，群仙就笑话他：'洞宾肚里有仙姑，哪里想得到，仙姑肚里更有人。'"

赵文韶讲罢喝酒，众人一时沉寂。半晌那李芸才道："你这秀才莫不是编派我，我现在肚子里只有三四个螃蟹，正怕冷，要吃生姜丝呢。"李安道："李姑娘，你肚子里应该有张大哥才对啊。"张横横起眼睛："你小子放屁！"周丰年笑道："赵兄心深如海，藏下哪位佳人，只怕只有让李姑娘变成仙丹下到肚里去探一探才知道。"

轮到李安。李安清一清嗓子，讲道："有一个人在桌子上就着露水写下了五个字：我要做皇帝。没成想却被隔壁家的仇人看到了，仇人扛起桌子就去找县官告状。到了堂上一看，桌子上的露水字在路上已被日头晒干了，只好对知县讲：'小人打了一张桌子，送给老爷吃饭。'"

周丰年笑道："我那里送来的桌子，现在都够开一个酒楼的了。张横你这老小子，大皇帝没做上，小皇帝却是做上了，你再这样混下去，不走招安的正路，我只得带人来将你的头砍啰。"

张横道："砍就砍，老子快活了一世，这头不就是留着给官家的人去砍的么。我不给你们讲笑话，给你们舞刀算了。"

马上有喽啰下去，将一把黑沉沉的刀抬上来。那刀有个名字，叫做屠龙刀，却是十余年前，张横由柳毅井中捞起来的一把宝刀。张横由此刀中学到了一套刀法，因此才立志，横断君山，开始了强盗的生涯。

张横取刀跃下席去，在席间一块空地上霍霍地舞起刀来。那黑刀一经舞动，虎啸龙吟，令堂上空气一片冰寒，张横肥壮庞大的身体在半空中回旋，渐渐掩入一片刀光影中。李芸捏起一只螃蟹向刀影中扔过去，片刻，蟹壳即被劈作一片蟹雨纷飞而下。李芸又将她手中的酒杯向那刀网泼去，酒滴没有办法进去，分析如同牛毛，一缕缕被刀带动的劲气激射回来，好像被西风吹送的冷雨一样，冰凉地打到众人脸上。

"好刀法!"众人起立拊掌叫好。张横听到,刀光渐息,人影渐现,在众人的掌声里收刀入鞘,重新坐回席上来。周丰年一脸谄笑:"张大寨主刀法通神,直如楚霸王再世为人。"

张横拍手,令下面的喽啰去请无色庵里的一班女乐。

不一会儿,只见堂外桂阴月影一乱,十来个彩衣女子持着笛箫等细乐袅袅进来。喽啰们让出三四条长凳,扯成相对的两排,让她们相对在堂下坐定。无座位的喽啰们则一身黑衣立在她们身后。

李芸起身站在女乐之前,命大家奏起《梁州序》,她领头唱起来:

"涟漪戏彩鸳,绿荷翻,清香泻下琼珠溅。香风扇,芳草边,闲亭畔,坐来不觉神清健。蓬莱阆苑何足羡,只恐西风又惊秋,暗中不觉流年换。"

众女管弦丝竹,乐声细细,李芸嗓子如银,金声玉振。张横拍手,众人听得如痴如醉,一起唱起来:

"清宵思爽然,好凉天,瑶台月下清虚殿。神仙眷,开琪筵,重欢宴,任教玉漏催银箭,水晶宫里笙歌按。光阴迅速如飞电,好良宵,可惜渐阑,拼取欢娱歌笑喧。"

此时众人都已站起。赵文韶立在周丰年身边,已是酒意阑珊。赵文韶对周丰年低声道:"周兄,好一个光阴迅速如飞电。十年未见,周兄春风得意马蹄疾,只是两鬓都已星星了。"

周丰年却没有接下他的感喟,他盯着那一群女乐对赵文韶道:"赵兄,你看那群女子中,着绿衣的那个女子,依稀好像尊夫人的脸庞儿。"

赵文韶举目望去,只见那绿衣女子坐在人群中兀自弹着琵琶,眼光一转,一脸哀愁,那模样,还真是有一些像蒋芸。赵文韶眼神黯然,未置可否。此时《梁州序》已唱完,张横手一挥,人群一乱,女乐纷纷退下。那女子也默默收起琵琶,混入人群中,向殿外走去。

张横拉住赵文韶道:"赵先生看中了哪个女子,改日我让人家来相相你，这会儿可不能走，我们还要寻乐子去呢。"

周丰年道："没想到你这个强盗还能附庸风雅，藏下这么多良家女子奏曲子给你听。这一回又弄个李姑娘来，艳压群芳，光个喉咙就值得千金，将来有得你乐的。"

张横道："这些都是兄弟们由各处江里打捞起来的女人，性子烈，不愿从人的，我也绝不行蛮，将她们养在无色庵里，平时让她们学学乐器消遣，时间一长，她们守不住，中间也有甘愿嫁人的。"

李芸却是差不多醉了，走路都摇摇晃晃，听到他们的议论，走上前指着张横的鼻子道："老强盗，我来后，你敢去惹这些女人，我就将你的那玩意割下来，扔到洞庭湖里喂乌龟。"

周丰年哈哈笑道："这下好了，恶人有得恶人磨，你张大寨主的煞星今夜就要犯岁了。"

一边李安冷笑道："就怕咱洞庭湖中，还未养出那么大的乌龟，吞得下去张大哥的好大行货。"

周丰年飞起一脚，踢在李安屁股上："你小子就知道啊，他与你贴过几炉烧饼不成。"

几个人出得庙门，路旁人影尽散，岛上灯火皆灭，月已偏西，却依然如玉盘一样，皎皎挂在洞庭湖上。周丰年向张横告辞，张横答允了，命李安先去备船，将他送到岳阳城中去。李安忙小跑下岸。赵文韶道："我送一送周兄。"张横挥手道："你帮我送一下他，好歹人家也是个读书人不是。我有这骚狐狸陪着，还要'神仙眷，开玳筵，重欢宴'去。"说罢拥起李芸，转入月下桂树的重重树阴中，一路勾肩搭背，相与调笑着去了。

周赵二人离开龙宫，默默向码头走去。那码头却在一段几百丈直垂入湖中的峭壁之下，转过山路，越过树丛，即看见崖下明月朗照的数百里洞庭湖。赵文韶停下脚步，俯视崖下，打破沉默道："'纵一苇之所如，凌万顷之茫然。'苏子的《赤壁赋》，写的就是眼前景象。只是周兄未必还记得我们一起讲谈《赤壁赋》的景象了。"

周丰年道："少年时与赵兄一道求学，寒窗相共，讲论时文，纵谈古今，我何曾忘记过。那时我们都倾慕苏子淡然世外，羽化而登仙,岂料成年之后,世事维艰,殊非少年时逆料。赵兄学识过人,英才超拔,远过于我,本应前程似锦,得享荣华,现在却流落在江湖之上,愚弟百思不得其解。"

赵文韶道:"江湖之上,自由自在,未必不如揖来送往的庙堂。周兄宦海得意,好自为之,以后有更大作为,也不枉少年时即养下的青云之志。"

周丰年道:"宦海茫茫,人事如麻,也不过是借此度过浮生。当时我们约定,穷则独善其身,达则兼济天下,现在看来,也不过是笑话罢了,我连一窝洞庭强盗都扫不净,又如何净得了天下,官场浊气逼人,耳濡目染,铜臭上身,连独善其身都做不到了,倒是不如赵兄留在江湖上,存得一点做人的真心与真趣。"

赵文韶苦笑道:"也没有到强盗窝里来独善其身的道理吧。清风明月如眼前,也不过是偷得一时罢了。人生如梦,催生华发,一樽还酹江月,听凭造物迁化吧。"

周丰年微胖的脸孔,在月光下沉郁暗淡,刚才宴会时的油彩,好像乍然被月光淘洗去了。十年之前,他做秀才的时候,还是一个清拔俊朗的书生,与赵文韶一道去登临淮安县境中的山水,偷偷地给有名的地主家的小姐写诗,在县学里与杨景伦教谕讲论,到知县的大堂上与当时的彭南宁知县辩白百姓的冤情,意气风发的少年历历如在眼前。老了,老了。胖得像一只鸭子,脸上的皮肉松弛下来,再也没有年轻时清俊的神采。原来清亮的眼神,现在也昏暗下去了,里面偶尔转过的阴沉的神气,如同张横刚才在台上舞出的刀光,能将由外面泼入的水珠尽数铮然挡出吧。

周丰年道:"尊嫂还在淮安县城中吗?赵兄在江湖上鸥游,蒋小姐空闺冷月、寒夜孤灯,你也能忍下心来啊。"

赵文韶黯然道:"蒋芸已经去世了。"

周丰年惊讶不已:"怎么会,她兰心蕙质,花容月貌,当年淮安城中谁不知道蒋家的三个女儿个个貌美如花,最小的三小姐更是闭花羞月。红颜薄命,没想到她竟如此没福。"

赵文韶道:"我那一年由京城里落第归来,到外舅家接她,外舅已迁任武昌。我赶到武昌，外舅与妻兄长吁短叹，说芸娘在南来的舟船中急病去世，已埋入归元寺外的坟地里。今年开春舅父喜气洋洋上调返京，我也未随去。我寄身萧寺，悲痛沉郁，不能自拔，诗书荒疏已久，也无心再去谋取功名。"

周丰年怅然道："没想到绝代佳人，转眼间就化作尘埃。我还记得当年到你家里吃酒，那时候赵兄新婚燕尔，郎才女貌，令我艳羡。我与赵兄在席间喝酒，喝得烂醉，醉中与赵兄品评淮安城中的名妓一串红，被尊嫂在帘后听见。酒后我们睡在你家后园的'涌幢亭'里，尊嫂命丫鬟送上醒酒汤，里面却放了巴豆，令我们夜里辗转难眠，狂泻不止。"

赵文韶道："芸娘天性里本来就有一段娇憨淘气，只是被温文的样貌掩住了。我与她结缡三年，甫一结婚，即逢慈母弃世，守孝在外。三年一满，即上京求取功名，居家的日子，也是会少离多，更难料人寿不永，已成天人暌隔。"

周丰年又提及女乐队中与芸娘面目略有相似的女子。赵文韶叹息道："我也仿佛看到了。浮世生人，相貌相近，也是常有的事情。张横纵有一番好意，我除却巫山不是云，也没有再去沾染情孽的闲情了。"

说话间，两人已踏石级下到码头之上。细沙绵绵，沙上巨石如阵。圆月西下，挂在悬崖顶上，已经微微发红。悬崖上草木森森，在睡梦中被月光惊醒的乌鸦哀哀啼鸣。一叶小舟泊在岸边，舱中鼾声如雷。原来那李安久候周丰年不至，酒醉之下，与一个小喽啰一道，已经入睡。那小舟停泊月下湖面，在他们巨大的鼾声中摇晃。

周丰年道："张横也算一条好汉子，抢劫富户，戏谑官府，江湖恶斗，却也不是一味妄杀黎庶，并非巨恶。只是普天之下，莫非王土，卿本佳人，奈何做贼，这小小龙宫，也不过是浮华一时，朝廷今冬已下征讨决心，密令已来，到时候覆巢之下，未必会有完卵。赵兄小心为是。"

赵文韶道："我浮舟天地间，无非是想看见芸娘宛转死灭的来路，她最后一眼看见的江山。寄身彼寺，寄身此岛，人生如寄，并无分别。夜寒露重，周兄还是早些回去安歇。"

赵文韶青衫染酒痕，周丰年绯袍点蟹黄。两人揖别。周丰年登舟，将那李安和小喽啰由睡梦中摇醒。李安跳下船来。舟离沙岸，那名小卒半梦半醒中勉力划船。小舟犁开积金堆银的深蓝湖面，向湖东茫茫水域呀呀划去。周丰年立在船头，身影渐淡，秋风之中，传来隐隐笛声，想是他由怀中掏出了竹笛，吹笛自娱。他自小就是淮安县吹笛的好手。

"桂棹兮兰桨，击空明兮溯流光，缈缈兮予怀，望美人兮天一方。"赵文韶喃喃地念着《赤壁赋》中字句，潜蛟跳舞，何等孤单，嫠妇的哭泣，又是何等的惨然。人生真苦。他觉得月光兀然凉入心脾。

4

中秋之后，天气转凉。整日里西风吹上岛来，清晨浓霜如雪。君山之上，暗绿的树林渐渐变得层林尽染，红叶如火，又被西风吹落，卷席般积满山谷。不久西风换成北风，天气阴沉下来，冬天也就到了。

赵文韶领着张竖，在双妃庙中设案课徒。那张竖乃父如此，自小从群盗游，从鸟兽游，自然也不是什么好货，就如一只会讲话的猢狲一般，顽劣无比。赵文韶一不小心，即着了这小子的道儿。有时午睡醒来，脸上会被那小子涂满墨汁，如钟馗据案，半天也不知晓。赵文韶畏蛇如虎，偏偏君山上蛇多如麻，那小子常常弄来大蛇，敲掉毒牙，盘曲缠绕，孝敬恩师，令赵文韶股摇齿战，恨不得求这小祖宗饶命。有一次，更是让张竖在睡梦中用凤仙花汁染了鼻子，弄得他十余日都无法见人，李芸来瞧这师徒俩上课，恰恰看到了，笑得差点在双妃庙的台阶上摔断小蛮腰。好端端的一个清秀的书生，弄得像大戏里的丑角。张横跑过来，将张竖绑起来吊在庙中的金丝楠木大梁上，打得那小子鬼哭狼嚎。赵文韶心中不忍，向张横求情，才将那小子放下来。

好在这张竖性情虽则顽劣,却也聪明可喜。赵文韶也是首次课徒,一肚子的子曰诗云,没有卖给官家,就想卖给自己的徒弟,这小子倒是能照单全收。两三个月以后,三字经、千字文之类的发蒙科目就弄完了。赵文韶取出《论语》,已开始讲论"子曰,学而时习之,不亦说乎"。想来有了圣人的微言大义,这竖子不足与教的湖上顽童,成为彬彬君子,也是指日可待的事了。

上完课,赵文韶就在窗下抄写那《水鬼录》。原来这长江之上的激流险滩,码头沙洲,四季风向,一年水位的变化,还有在江上讨食的办法,打劫为生的帮会,都被从前江湖中的前辈记下来,收集在一起,因为许多是由死在水上的人的经验中得来的,所以弄成的书册叫做《水鬼录》。《水鬼录》由"渊源第一,川行第二,洞庭第三,荆楚第四,九江第五,江苏第六,江水第七,帮会第八"等章节组成,开篇即论证长江的源头,原来并不是传说中的昆仑山,而是一个叫星宿海的地方。洞庭被此书专列一章,实则君山一直被视作长江之心脏。书中写道:

"君山无色庵中柳毅井,相传唐柳毅传书,穿井入龙宫之地。此井传为舜帝开凿,以供双妃。入井一丈,别有洞天,通往洞庭。"

说不定这柳毅井下藏有什么秘密呢。赵文韶想。张横来探望他时,他将这一想法讲给张横听。张横置之一笑。倒是李芸颇有兴趣。眼下冬天来到,井水如冰,等到春暖花开的时候,她一定要下去探一个究竟。

张横带着群盗,常常放舟到江上抢掠。有了《水鬼录》,察觉江中巨石与暗流方位,冬天江水落下,江面狭隘,依旧往来如飞,也无大碍。李芸跟去做了几回胭脂盗,新鲜味过,也觉得厌倦,倒是日日来双妃庙中,与张竖师徒鬼混,也跟着张竖学子曰诗云,在窗下赵文韶的书案上磨墨描红,煞有介事。看样子,他日她重返青楼,非成才色双全的一代名妓不可。

这一天,天气阴寒,将砚台里的水都冻住了。马上就要有大雪来到。李芸忽然想起初来君山中秋一夜,见到由无色庵里来的女乐队,丝竹管弦样样不错,便拉赵文韶一道去探看。那无色庵离双妃庙有四五里的山路，藏在君山山腹之中。四五椽房舍清雅小巧，掩映在光秃秃的木兰林里。庵门虚掩，门内积满了木兰宽阔的落叶。庵内却已空空荡荡。二人向近处的盗贼打听，原来中秋后，有几个女子染上时疫死去，埋在庵后林中，张横良心发现，命人将女乐队中的其他十余名女子，载船送去岳州遣散，各自还乡，现有一位名叫惠能的女尼看守庵院。

庵后的数十棵木兰树已有三四人合抱粗细，它们在这郁郁荒山中，成长了上千年，尚在孕育着来年的花束，细细绒绒，木笔垂垂。惠能带着二人去看木兰树，穿过林中的墓园。十来个坟堆，大部分葬着庵中死去的尼姑，坟头低矮，上面离离荒草缠绕。有几个却是新坟，埋下刚刚死去的那几个女人。两个多月前，她们还在中秋的月下演奏，与李芸一起唱《梁州序》，现在这些被命运的浪头打到君山小岛上的女人，已经沉睡在千年木兰树下。

赵文韶抬头，看见了一块立着的碑："江淮蒋芸之墓"。碑上的字刻写得粗劣不堪，碑面也崎岖不平。赵文韶头脑中嗡的一响，如同木偶一般，凝视良久，忽然"扑通"一声，软倒在地，爬到墓前。

李芸问那惠能道："这个蒋芸是怎么回事？"

惠能道："几年前张横由江上将她抢来，这小娘子就一直与老尼住在一起。她是与父兄一道赴武昌任上，被张横上到船上拦住的。她要求一个人留下来，保全父兄上岸。张横激她义气，答应放走了他们。这小娘子识文断字，听说也嫁过人，怀里藏着刀，不愿屈从张横，没成想竟埋汰到了这里。"

那归元寺外，不过是一座空坟。那一年，舅父对他讲蒋芸死在来时的江船上，其实只是被强盗抢走了。他们那样的人家，千里做官以求功名利禄，怎么会承认女儿被强盗抢走玷污。以舅父与妻兄的懦弱阴忍，他们见到张横，方寸已乱，是张横逼迫，还是他们主动献上蒋芸避祸，都未为可知。他们想着，蒋芸将他们保出来后，也会毅然赴死来保全声名。所以他们在汉阳为她造了衣冠冢，她的确已经死了。他们对她漠然冷淡，归元寺的确是她最好的归宿。赵文韶想起那天晚上,她在人丛中投向他的惊诧的目光,那混杂在目光中的惊恐、疑惧,猝然间,她并没有把握将他认出来。张横是盗贼,却还不是淫贼。她为父兄所弃,被抛入泥淖,以她刚强的个性,忍辱偷生,在这盗贼窟里孤单地活下去,冥冥中还在怀念着那个啜粥的少年,盼望与他重聚。

他本来可以与她相认的。如果他早一点来无色庵访她。他漂泊到这君山上来,本来也是被上天所安排,来与她相见。他的迟疑,却有负于上天的好心意了。她已经在黄泉之下。她在火宅里等了他三年,却没有办法再等他三个月,鼓足勇气,来相信多蹇的命运的变化,等到他起身到无色庵来。

惠能弄明白前因后果,心下茫然,只觉得因果如麻,难逃生离死劫,轻声念着佛先往庵中去了。赵文韶抱着石碑哀哀哭泣,泪水濡湿了碑身。这个男人,像荒野中迷路的一只兽,如此的虚弱无助。李芸知道,埋在他面前红土堆之下的,是他心爱的妻子。他们被命运的大风吹散,现在终又相会,只不过一个在地上哀恸,一个香销玉殒沉睡于地下。李芸俯下身,蹲起身子,抚摸着赵文韶秋草一般的乱发,他身体在她的手掌下颤抖着,他现在像大江中流的一只小舟。李芸想将他扶起来。他棉袍下的身体沉重如铁,一动不动。

李芸只好抱膝坐在一棵木兰树下。暮色寂寂,北风瑟瑟。几阵急风过去,荒山之中,已飒飒地筛下一层雪粒,钻进她脖梗里。真的下雪了。李芸叹息道。张横那强盗此刻还在江上没有回来。他做了多少坏事,为什么还未得到报应呢?人家好端端的恩爱夫妻,被他拦江一刀,弄得不可收拾,到这样的境地。她为什么还要跟着他,跑到这贼窝里来?难道就是为了来看这个书生,领教他那让人心碎的绝望的吗?

她从来未见人可以这样绝望过,那么多男人在翠微巷里来往,酒色财气,写满一脸。他没有,他活在世上,就像狂风中的芦苇。之前张横对她讲:"你跟我到君山上去。"她对张横说:"你将隔壁那寺里的秀才也弄去吧。我喜欢他写的字。"这个虚无得像芦苇一样的秀才，却让她心里安定，觉得离开那个热闹的坟墓，在张横的贼窝，也未必没有生趣。

在秀才哀哀的哭泣中，雪下大了。北风筛下的雪粒，渐变成六出的雪花。雪积在赵文韶的头发上，好像一下子将他弄成了一个半百的老人。

"走吧，雪下大了，你会冻死在这里的。"李芸道。

"好。"赵文韶回应。他由落叶中爬起来，掸去头发上的雪粒。他不想让李芸看到他哭泣的样子。他立起身的时候，心中的悲伤好像也如雪粒一样被掸掉了，脸上的神情已经平静下来。

"你刚才很想死去吧。要是我，我也会这样想的。"李芸道。

"是，"赵文韶四望着屏风一样嵯峨的山岭，说道，"这是一个埋人的好地方。我就让蒋芸住在这里。我还没到死的时候，我要在人世上活下去，如果我死了，我们两个人就都死掉了。我不相信有阴间，不相信我们能在阎王殿里做夫妻，那都是骗人的。"

两人再不言语，由坟地里出来。雪片打在木兰树树冠上，扑簌簌作响。天地苍黄，狂风如啸，掀动四围洞庭湖铅色的水波，合拢的暮色里，地上慢慢全白了。

惠能已在无色庵中燃起了火盆。由寒冷的风雪中回来，推开木门，红炭夺目，两人即觉得室内温暖如春，一股夹着檀香的暖气扑面而来。惠能坐在蒲团上念佛，身边却多出了一个人，正是张竖那小子。

"父亲说周丰年就要领人来围岛了。他让我来与你和芸姨待在一起。他还让我将你抄的《水鬼录》带给你，让你记住柳毅井的事。"张竖道。

"周丰年什么时候来？"李芸问。

"就是今天晚上，李安由岳州城里回来，探听到的消息。"张竖道。

"你爹为什么不来。"李芸问。

"他说他不怕周丰年。"张竖道。

四人竖耳谛听，已可听到离无色庵五六里之外，传来战鼓呐喊之声。原来周丰年趁着这一场风雪，已调来附近几个州县的几千军兵，将君山围得铁桶一般。张横手下的数百群盗，虽则悍勇，但寡不敌众，只得勉力支撑罢了。惠能取出一坛炒米令三人分食，权作夜饭。吃罢又坐在火堆边，听那风雪中传来的喝杀之声。客房中的油灯已经灭掉。室外的雪光由纸窗外映进来，发出淡淡的青光。赵文韶起身推门走到户外，北风凛凛如刀，雪花稠密，下得难分难解，地面已积出了寸余厚的白雪。前头双妃庙，已经火光闪闪，正是杀声最稠之处。张横、李安他们恐怕正是在那里，掌拳刀剑，血肉披离，与周丰年苦斗了。

赵文韶返身入室，与李芸一道，点起一盏防风灯，去看那柳毅井。

柳毅井就在院内木兰树下，筑在白雪之中，正被雪花千万朵地涌入。赵文韶将冰凉如铁的井绳系在木兰树身上，由李芸取灯照下井口，自己腰缚井绳，一节一节由井口直直向井底缒下。他身下是黑暗的渊面，头顶是李芸持照的灯光，灯光里，无数雪花空茫地飞舞着，无声息地融入身下的井水里。

"阿弥陀佛，这绳子千千万万别断了。"李芸心里紧张，小声念着佛。

井身也只能容一个人的身体下来。要是有武功就好了。如果是张横，他一下子就可以荡到水面吧。赵文韶想。他交错着用手支持他的体重，这对他这样的手无缚鸡之力的书生来讲，当然是难的。好在也就是一丈左右的样子。他的脚尖已试探到了水面，他用手摸索着四面冰凉的方砖，他觉得有一块深陷入井壁，他用手按了一下，只听"扎扎"微响，井壁上，露出了一个洞口。

一阵干爽的微风由洞内吹出来，他挣扎着爬入洞内，这一定就是《水鬼录》中所指的柳毅井中的密室了。张横是知道的，他的屠龙宝刀，说不定，就是他由这里取走的。赵文韶屈身进入横洞，将头探回到竖井中，向上对李芸道："我已找到藏身的地方了，你去将惠能与张竖叫过来，我们藏到井下。"李芸的脸浮在井口的灯光里，已被风雪吹打得一片通红。

李芸离去片刻,已领着张竖返回。她先用绳子将张竖吊下来,然后垂下防风灯,再自己一截一截摇摇摆摆地下来,倒是远比赵文韶要灵巧得多。下到洞口,她拧开灯罩,将那粗麻井绳点燃,火龙一样,劈劈啪啪烧上去。

"惠能师父呢?"赵文韶问。

"她说她就守在庵里,她一个出家人,念自己的佛,强盗都不怕,还怕什么官家。"李芸道,她由袖中取出一个小包,"这是她让我给你的东西,是蒋芸留下来的"。赵文韶接过来打开查看,却是蒋芸的几件旧首饰。他叹息一声,重新包好,收入怀里。

"我爹怎么办?他会不会来?这个老家伙,一定是不想要我们了。"张竖嚷道。此刻井上喊杀之声更加激烈,张横他们正在向山中退守。好好的一场大雪,一定被他们的血,被他们杀掉的官兵的血,弄得一塌糊涂了。好在雪还未停,会像掩住赵文韶他们井上的痕迹一样,将这一场很快就会结束的杀伐掩盖得一干二净。

"你爹十恶不赦,自然是被官兵一刀两断,杀了。"拧上灯罩,灯下李芸柳眉一剔,喝道,说完却自己愣住,怔怔地流出了泪。张竖也哇的一下哭出声来。

"走吧,井外的事,天要下雪,爷要杀人,也只能由它去。"赵文韶扭动开关,一块厚重的青石扎扎摇出,回复原地,将通向井身的洞口卡住,石上还有铜锁,赵文韶将铜锁反锁,然后由李芸手中接过防风灯,走在前面,领着张竖、李芸二人,向密洞深里走去。井上的风雪之声与喊杀之声愈行愈远,在他们身后渐渐消失掉了。

5

洞中之火,在清凛的空气中飘忽不定。这原是君山山腹之中的溶洞,后来有人打理修筑,洞中石阶历历,上下回绕,虽然也有狭窄险关,要手脚并用地爬过去,大部分地方直着身子行走也绰绰裕如。灯光照见石壁之上各色钟乳石,针藏柱海,连绵缥缈,鬼斧神工,变化频仍,形态各异,夺人眼目。

张竖摸到洞壁之上三丈之距,即有一个小洞,洞中存放着手臂般粗细的牛油灯烛与米饼一类的干粮。三人一路将灯烛芯点亮。慢慢地渐行渐远,那行灯烛弯弯绕绕,如同一条橙红火龙跟随在他们身后。

张竖兴高采烈,如同过新年放焰火一般,李芸也将那浴血拼杀中的老强盗放到了脑后,应接不暇地观看洞中奇景,与张竖指点那些钟乳石的模样,龙生九子,奔牛卧虎,猢狲骆驼地胡猜一气。

"这个石洞,说不定当年大舜为娥皇女英二妃凿井时,就已经发现了。后来柳毅传书,让他捡了便宜,将这口井的名字换作了柳毅井。"赵文韶道。

"这个鬼洞会通向哪里呢?"李芸问。

"通向龙宫?不然柳毅如何将他的信送出去。"赵文韶道。

"洞庭湖里真有龙宫与龙王啊?师父你又不早说,我该将我的弹弓带来的,说不定与龙王的太子们可以干上一仗。"张竖问。

"你那强盗爹不就是陆上龙王吗?"李芸道。

"世上有无龙王,我不知道。不过这里,说不定就是龙宫。"赵文韶道,"张横应常来这里,你们看石洞中的蜡烛与干粮,都是新添的。"

李芸由一个小石洞中掏出油布裹好的米饼,取出来放到嘴里嚼动,果然米泡弹打着齿颊,尚有今年新米清甜香酥的气味。

张竖道:"我觉得我们走在猪的肠子里。"

李芸道:"我倒觉得走在一个巨大的蜘蛛的身体里,说不定我们现在只是走在它的一条小腿上,我们迟早会被弄糊涂的。"

三人走出七八里地后,眼前忽然一空,赵文韶举着的防风灯发出的灯光,飞散开去,遥遥不见边际。眼前豁然现出一个空旷的大厅,蒙蒙灯光之下,竟不知其大小。赵文韶命张竖取火,沿大厅石壁,将壁上小洞中的蜡烛点着。

一支一支蜡烛跳燃。张竖点亮二十余支巨烛,用了一刻钟工夫,才由另外一边绕回来,三人在强盛起来的烛光中打量石厅的时候,都不由心中一呆。他们好像置身于一个庞大的钟罩下。钟罩内壁上，钟乳石如麻，如神鬼诸佛，八部天龙，嬉笑怒骂，森然扑面，令人惊骇。石厅总有十余丈高，三四十丈径深。石厅中间，一道细白的暗河折回流过，哗哗做声，暗河一侧，石壁之下，竟盖有三间石屋。

"我们真的到龙宫里来了。"赵文韶笑道。

"那龙女还不出迎给我们来客生一盆火，我冷死了。"李芸道。

"你就是龙女，自己去生去，小屋里面，张横一定已为我们准备下火盆了。"赵文韶道。

在洞内摸索了半夜，三人此时才觉又冷又饿，跨过暗河上的独木桥，举步向石屋走去。赵文韶提灯查看，三间石屋的中间一间，里面柴薪堆积，瓮影重重，积满米麦。两头东西两厢，摆着床榻桌椅，床里被褥一应俱全，干爽厚重，足以拒此寒夜。

"看来我们要住下来，不是一朝一夕出得去的了。"赵文韶苦笑道。李芸点头。张竖没想到能在这石厅中宿夜，觉得分外兴奋。赵文韶带张竖住一间，李芸自己去住另外一间。师徒两人躺下，张竖即野猪般呼呼睡去。不久李芸却抱着被褥过来了。她说她一个人在那边睡不着，恐惧欲死。两人只好隔着张竖相对和衣躺下来。

"也不知现在张横怎么样了？"灯烛已经灭掉，黑暗中李芸喃喃道。

"他早料到有这么一天，也有了万全的准备，你看这间小屋，藏下的粮食，半年都吃不完，这么大一个洞里，可能还藏有另外一些东西，明天我再去查看。我只是想不明白，张横自己为什么不躲进来。"赵文韶道。

"我也不知道，我想根据他原来的计划，躺在这张床上的，应是我、张竖和他。这个人看上去是一个粗豪的老强盗，心思却很细。岛上的人讲，有时他常常一二个月都不见人影，说不定就是一个人钻进这洞里来，住在这里了，我闻到我的被褥里，有他的气味。"李芸道。

"他说不定是觉得可以打退周丰年的官兵吧。"赵文韶道。

"这一回调来的，都是湘西征讨苗人的精兵，人多势众，他哪里打得过。他天生不愿认输,再说失去了君山,藏在这山腹里,他也未必愿意。与他的兄弟一起死在官兵手上,他觉得很体面。他为什么要护着你,我一时也想不明白。"李芸道。

"他喜欢你吗?"赵文韶问。

"我也不知道,在汉口的时候,他每个月都要跑过来找我一次。找我喝酒,喝得烂醉,花钱如流水。后来他就将我赎了出来,说要带到洞庭湖来。我也答应了。他这回要是不死,我就嫁给他算了,给他生一窝野猪一样的孩子。到时候,你教的学生也会多起来的,不必费神去找下一个东家。"李芸道。

人生不过是一场大梦吧,谁知道会被鬼神播弄成什么样子!他和蒋芸在无锡讨生活的时候,如何想得到会有这山腹中寒冷的雪夜,他隔着那强盗的儿子,与翠微巷里的名妓联床夜话。而蒋芸,却在雪地之下冰凉的地穴里沉睡。

"睡吧,睡吧,"赵文韶叹息道,"他一个大盗,也并未为难蒋芸,反而要胜过我虎狼一般的舅父与妻兄。但愿他运气好。"

两人不再言语,在黑暗之中各自努力攀登睡乡。半梦半醒之间,赵文韶觉得李芸暖和的手伸过来,覆在他的脸上。山洞中如此之黑,稠密无间,连她纤细的手指,都没有办法看见。

6

醒来的时候,晨光熹微,赵文韶被隐隐的天光吓了一跳。他们不是在黑暗的山洞里面吗?他起身张望,发现李芸早已起床,而石厅中的一侧,已打开了七八个碗口大的小洞,光线就是由那些小洞里飞瀑般涌进来的。

"我本是想来这里小解的,却发现了这个石头机关,打开了这些石洞。"李芸红着脸道。她正是蹲下来的时候,看清了眼前突出的机关。

两人分别将脸孔埋入石孔里,躬身向外看去。洞口之外,正是浩浩荡荡的洞庭湖。昨夜一场大雪,不知何时已经停息,湖面上,霞光浮动，一轮红日正在江心升起。近处湖滩之外，泊着百十条艨艟大船，想必就是官兵乘来剿匪的船只。船只上人声鼎沸。再朝下看，还可看见河滩上离离的雪线，只是近那驳船的地方，白雪已被践踏得一片狼藉。

这里正是中秋之夜，赵文韶送别周丰年的码头。那夜他们回望身后的百丈悬崖，中秋的明月就亭亭地挂在崖上，莹莹光辉，如同金盘。这个石厅，就在那夜明月所挂之处。朝霞之中，船只上的官兵忽然一阵聒噪，如清晨林间的鸟，一下子鸣响起来。船一只一只发动，排成一排，向前竞发。

"他们胜了，现在是班师回去。"李芸道。

最前面的船上招摇着大旗，上面写着"周"字。那旗杆之下，用绳索隐隐串起了一簇人头。想来张横李安他们的大好头颅，现在都如柳条鱼一样，串在上面。

才一会儿，一堆船即在朝暾中消逝不见，只余下滩头一片狼藉的雪地。周丰年受尽张横之折辱，到底还是浙中勾践、吴下阿蒙，卧薪尝胆，隐忍以发，取下张横须发草草的脑袋去了。

北风由孔洞里呜呜灌入，雪霁之晨的北风又干又冷，如刀子一样将那张望的两个人的脸孔刮得通红。直到兵船消失在日影之中，两人才将脸转回来。李芸坐在地上，小声地呜咽起来。

"我想出去看一看。"李芸道。

"不行，一定还有官兵留守在岛上，我们倒还罢了，要是他们找到张竖，他就是一条死路了。"赵文韶道，"这个山洞差不多也能住得下去，我们等到雪化春深的时候，官兵散尽，再想办法出去。"

李芸点头同意。站起身与赵文韶一道查看山洞。由洞口涌入的七八条光柱，将这石厅映照得清晰明亮，纤毫毕现。好像有七八条光与影扭成的龙，在空荡荡的石厅里扭转。厅壁上石像如麻，富丽堂皇。赵文韶立在壁下查看，他忽然惊讶道："这壁上的石像并非天然生成的钟乳，而是穷尽人力刻写上去的。"李芸上前细看，果然那石壁上，铁划银钩，刻下无数图像，皆是一男一女，或行或卧，如鸟飞，如鱼翔，如虎踞，如龙蟠，如马驰，如猱接。像天上浮云一样,有万千的变化,图像旁边,皆刻下文字加以注释。

"你看,这里还有交接的房中图像。"赵文韶道。果然有一排石像,刻下的是那男女二人姿态各异的交接秘戏,比李芸在妓院中常见的春宫图谱比较,显得清新流丽,别有一番旖旎景象。

"张横讲,《水鬼录》还有下卷,原来是刻在这里。"赵文韶道,"这就是他们江湖人习练的武功图谱了。"

两人绕着石壁细细查看,找到图文起始,是两幅头像,以头像由右至左,竟是被人在这壁上刻下了一册石书。那两幅头像下有文叙道:

"仪凤十四年春,柳毅应举下第,将还湘滨,遇龙氏女牧羊于道。女为夫婿厌薄、舅姑毁黜,欷嘘流涕,悲不自胜。吾携龙氏隐入洞庭君山,遇吾师钱塘君。钱塘君授吾夫妇二人以江湖技击之术。不数月而成'春水刀'、'逍遥游'、'观沧海'。后钱塘君高蹈出海,赐下洞天福地与吾二人居住。

"柳毅与龙氏耕织山野,栖身洞穴,间或行侠江湖,除世上大不平。夫妇相濡以沫,伉俪深情,南面帝王之乐,亦不如也。惜乎岁月驰骤,年华不居,人间乐境有时尽,白发已换青丝。

"钱塘君传下技击之术,源于虞舜,高妙超拔。吾夫妇暮年寂灭,死亦不惧,却畏恩师艺业,人世不传,罪莫大焉,遂刻写于壁,留与有缘君子研习。

"春水刀为刀法,习成可御屠龙刀。逍遥游为轻功,习成可踏蹑洞庭之波,观沧海为内力,为刀法轻功之根基。武术者,人生小道也,日进月益,亦可窥人生至境。后来君子,不汲汲于富贵,不汲汲于恩仇,不汲汲于情恨,不汲汲于有无,不汲汲于死生,可以以有涯之生,成无涯之技,俯仰宇内,自成至境。"

原来此地,竟是当年柳毅与龙氏修真之地。柳毅夫妇神乎其技,其事被传为"柳毅传书",龙氏亦变作放牧雨工的龙女云云。赵文韶与李芸读罢壁上文字,只觉舌挢不下,瞠乎其事,惊讶不已。

"原来这里没有龙王,却是可以学得功夫。"赵文韶道。

"也算是一对神仙眷侣了,你看他们将夜间交合之事都要刻下来做纪念。"李芸道。

赵文韶笑道:"那是习练观沧海内力时的合籍双修之法,你想到哪里去了。"

李芸俏脸一热,只是脸已被刚才的老北风刮红,未必显现得出羞意了,半晌才道:"你不是要学轻功吗,你照着这图上练习,学成之后,我们再出洞不迟。"

赵文韶道:"这轻功倒是不打紧,只是这观沧海内力得两人合练才成。"

李芸道:"我与你一起练就是了。"话语中已是大有羞惭之意,几如蚊蚋一般微不可闻。

赵文韶道:"你看那龙氏的模样,倒是与你有一些像?"

李芸仔细看去,也觉那壁上女子的相貌,与自己有几分相像。

赵文韶道:"张横一定也是由壁上习得武功的。他之所以去汉口将你寻来,大概也是觉得你与他所见的这龙氏的模样相似。可惜他行路未半,机缘差了一点点。"

此时张竖却迷迷瞪瞪向二人走过来,他由床上被尿意激醒,见到壁上小洞,就掏出小雀雀向外尿去,将热腾腾的童子尿滋滋沃入高崖上的冰雪中。

赵文韶低声笑道:"这小子就会捡现成的,有本事,也学人家去尿出七八个洞来啊。"

一边李芸恨恨道:"你这酸秀才,我早就知道,你不是个好货。"

张竖尿罢转身,也不管二人笑谑,又回床上如野猪睡去了。

7

两人打定主意,领着张竖在山腹中居住下来。好在洞中无物不备,李芸将食物、衣袄等物一一寻出来,在洞中暗河中浆洗衣裳,在一边的灶台上生火做饭,一双巧手,将石厅弄得也算井井有条。

得到空闲，李芸还要来与赵文韶一道研习壁上文图，习练武术。那赵文韶虽则是儒士出身，于此途倒是颇有慧根，摹习招式，打熬力气，没几日下来，已经是有模有样，反过来指点李芸，一百步教五十步，倒成了李芸的师父。最难熬的倒是那张竖，这小子是君山中野惯了的猕猴，现在被拘在洞里，新鲜劲一过，自然是分外难受。赵文韶每天写出几段四书章句来讲解与他听，他转眼间就弄完了，余下的时间，就是点着蜡烛，去摸索那一条一条的岔洞，没几日下来，也将这蛛网一般的洞天弄得了如指掌。据他回来讲，此洞入口在柳毅井口，出口却在五六里外，被冰块塞住，有十余丈厚，上面就是洞庭湖。井上麻绳已经烧没，而由洞庭湖上的出口出去，也得等到春暖冰化之后。雪掩冰塞，绝地天通，所以这野猴子沮丧不已，也只得安心下来，行行字字，读他的圣贤经书了。

每日吃过晚饭，天色渐暝，张竖在床上合眼睡去，两人去将小洞的机关扭上，在另一间屋中点起蜡烛，生起火盆，小屋内温暖如春。李芸替赵文韶宽衣解带，两个裸身修那观沧海内力，这番练功，比赵文韶教李芸武术又有不同。李芸是床笫间的行家，倒是做起了五百步教五十步的师父。可怜赵文韶数年前与蒋芸结缡，新婚丧母守孝在室，三年孝满，即远行赴考，考过回家，与蒋芸走散，夫妇乖离，有夫妻之名，行夫妻之实的晚上，倒是寥寥可数。所以火盆之畔，赵文韶倒更像是新婚一般，满身精力埋藏多年，被那李芸发现出来，拨弄得如同熊熊火炭。这严冬寒夜，君山之上，白雪掩鲜血，是人间修罗场，山腹之内，桃李海棠，也自春光泄泄。好在这般琴瑟和谐，如胶似漆，也颇中柳毅龙女传下的修习内力之旨归，两人合欢已罢，调理阴阳，倒更见精神旺健。赵文韶江湖飘零期年，此刻忽然堕入温柔乡里，抚着李芸白皙的身体，几疑身在梦境。好在欢喜达旦，山外鸡鸣阵阵传来，提醒他并非是在高唐仙窟中做游仙之梦，而是切切尚在人世。

透过小洞远眺洞外世界，外面正是隆冬腊月，洞庭之上，时而阳光明亮，水波不兴，岸上枯草间凝满白霜，时而阴风怒号，卷起青灰的浪头排空而来，好像要涌入洞窍中。深夜起来，打开机关，

看到外面一天的寒星兀自闪耀，恒久不息，没有在严寒中退去的心思，有时候可以见到月亮，或新月如眉，或满月如镜，只是比中秋那夜所见洞庭之月高而且小了。朝晖夕阴、气象万千的洞庭，就像本朝名臣范仲淹在千古雄文《岳阳楼记》中所描述的那样，成为陪伴着这避在世外的三个人的伙伴，三人曰谁？一是流离的士人，一是从良的名妓，一是强盗之子。

数着月亮的往复圆缺，三人估摸着过了新年。李芸前几日分别为赵文韶、张竖与自己制成新衣，除夕当夜又取出面粉揉面做了饺子，饺子馅是张横之前储藏的红萝卜切丝，和上腊肉丁。一家三人正在热气腾腾的铁锅边吃着饺子的时候，隐隐听着山外湖那边岳州府传来蓬蓬勃勃的鞭炮的声响，如同煎豆一般一夜未息。看来山中岁月，未必就是寒尽不知年啊。张竖穿着新衣服，已经有一点像年画上抱鲤鱼的少年了。李芸朝赵文韶妩媚地笑着，脸上风尘之色尽敛。如此又过了两月。这日赵文韶向洞外眺望，外面阳光闪闪，射在面孔上已有暖意，他看到崖下洲头的草色已隐隐转为翠绿。张竖也由洞里跑回来，嚷道出洞口的百尺坚冰已经化掉了。当夜赵文韶与李芸在床上盘桓搦战，也听到山中蛙鸣嘭嘭如同战鼓一般。

"我们该走了。"赵文韶道。

"我不想走。柳毅与龙氏不是在这里住了一辈子吗？我们与惠能做邻居，在君山上种一块田，在山洞深处再养几头猪。"李芸道。

"我不是柳毅，你也不是龙氏，我们还有一个张竖，他要到外面去，要到世上去，他要去考状元，娶皇帝的女儿做老婆。"赵文韶道。

帮他们度过了隆冬的棉被，盖在身上已经觉得有一些燥热了。黑暗中，李芸蜷在赵文韶的怀里抽泣，泪水濡湿了他的胸膛。

"我们还会回来。我们都学到了武功，再不会完全被上天欺负指派了。"赵文韶道。

"嗯。"李芸答应道。蛙声如雨的春夜，繁星还在外面闪耀。茫茫的世外的岁月如江潮一样向他们涌来，又会让他们去面对爱恨与分离，再也不会有这世外的在孤单里生长到一起的契合与相知了吧。"

　　第二天，天气晴好。三人将厅中小屋收捡封存完毕，用油布包好换洗衣物，带上随身的金银，由张竖领着向出洞口走去。洞口在山南近岸的一块巨石之下。三人由刺骨的春水中泅出，即发现巨石旁边绿芽萌萌的垂柳下，还系着一叶小舟。赵文韶运起观沧海内力，将湿衣蒸干，又让李芸与张竖在舟上换上油布中的干衣，三人将船向码头慢慢划去。

　　由码头上岛，君山之上，春阳赫喧，春树寂寂。三人惊起飞鸟阵阵，却不见一个人影。想必岛上的强盗被官兵剿杀一空，漏网的也不敢停留，争相往别处托生。留守的官兵见平靖无事，在岛上四处糊起不许结社为盗的布告，过不了几天，也扯篷登船撤回岳州去了。

　　张横他们兴风作浪过的井灶遗处，尚历历在目，龙王庙里，蛛网网尘，壁虎惊退，残灯破碗，桌椅倾圮，令人不能相信半年前此地中秋夜月歌舞升平的景象。三人一路来到无色庵，那惠能也不见踪影。不知她是那夜被官兵所杀，还是因荒山无人供养，往别处挂单去了。由红尘中来，又回到万丈红尘中去，以惠能的禅定，也是不太以为意的吧。无色庵后草木逢春，习习东风里，千年木兰树正在开花，亿万之朵，云蒸霞蔚。赵文韶去看望蒋芸。他以手抟土，加高坟垅，拔去坟头的蒿草与构树苗。经过几个月的历练，他做这些体力活已是毫不着力。他还特别运起内力，将碑石用手掌抚平，以食指将"江淮蒋芸之墓"六个字，依原样刻画得更深。刻字之后，他释然地站立在坟前。

　　"我本来想将她的骨殖移回淮安老家的祖坟里去，让她回到家乡。我想我自己都回不去了，又如何能勉强她去。"赵文韶道。

　　"让姐姐在这里吧，等我们死了，也来葬在这里。张竖要记好。我们一起来陪她。你看这里的地势，四面的青山像屏风一样，只是朝着洞庭湖敞开口子，金盆游鲤，也算是风水宝地，能保佑着张竖真做到状元也说不定。"李芸道。那假儿子张竖也在一边似懂非懂地鸡啄米般点头。

三人走出君山，登上小舟，向洞庭湖中岳州方向划去，下长江，入汉水，转道云梦。徐徐东风，助力小舟推向前方。藏舟于壑，不如浮舟于江湖。三人不约而同地回头望，只见那君山耸立、洞庭茫茫春水，已越来越小，真是像一个青螺，浮在和风丽日之中。

　　（本文取材自吴均《续齐谐记》、李朝威《柳毅传》、沈三白《浮生六记》、纪晓岚《阅微草堂笔记》等，文中笑话与散曲引用自《笑林广记》、《金瓶梅》相关章节。）

洞庭记

1

　　这一年二月，袁安驾舟，载着葛晴由桃花源出来，穿过洞庭，去一个名叫汉寿的湘北小镇。葛晴坐在船头，看着在茫茫春水中俯身划桨的袁安，发现经过五六年的隐逸，他已眼角微皱、胡须蓄起、体态微丰，由当初的桀骜少年，变作了一个初染岁月风霜的中年男子。

　　船舷上，茫然地立着一只黑鹰。几天前，它飞到万山丛中的桃花源里，带来消息，望舒师太去世。望舒师太是葛晴的外祖母，退隐江湖后，已在汉寿县修行六十余年，竟如风中残烛，一吹即灭。想到昔年外婆的慈容与怜爱，葛晴决心与袁安一道，去探看外婆的遗颜。

　　那只黑鹰也老掉了。难得它越过八百里洞庭，绕过围困桃花源的无数重关山。它心情沉郁，食欲难振。由桃花溪顺流而下，百转千回，再由资水沅江转入洞庭湖，又越过数百里的湖面。平常的渔人行舟，也要二十余日。袁安与葛晴身怀武术，全力施为，催发木兰舟，数日可达。两人难得由耕作与抚养小孩的辛苦中解脱出来，得到一回闲暇，又怕小舟如箭，惊吓往来舟船上的行商与过客，所以也不疾不徐，更替击桨摇橹，日出而作，日落而息，只将这一次水上的航行当作又一段独处暇日。

天气乍晴乍阴，乍暖还寒，正是南来的暖风与北进的寒流拉锯时节。这一天黄昏时分，天气阴冷，北风呼号如同风箱，卷起数尺高的白浪，湖上一片黄云如旋，眼看一场雪就要落下来。袁安讲，洞庭湖上空，好像有两个绝世的高手在比拼内力，阴风怒吼、雨雪纷飞，正好就是大侠北风与大侠南风死战胶着的时刻。葛晴听到袁安的比喻，不禁微笑，说道："今天正好是二月初二龙抬头呢，袁安大侠不妨化作孙猴子跳到半空里去，施展你的春雨万剑，你助北风，就北风胜，你助南风，就南风胜。分了胜负，做个决断，免得我在船上，被风雪摧磨。"

说笑间，已经有雪霰如盐，漫天撒下，抛洒到船上。雪粒在船板上跳荡不休，不久即换作团团雪片压盖下来。一时间，扯絮分绵，凛凛北风，引来一场春雪，竟是将两人与小舟裹在了洞庭湖中！

葛晴在舱内展开地图，发现离最近的蒋家港，也有三十来里路程。大雪之中，怕是要行船到半夜，便转头对袁安说："我们也不必急着赶路，不如就在这里抛锚过夜，等风雪停了再走。"袁安应诺，将船头铁锚取出，往船边射下。说起来，此刻在洞庭波心，水深总有二三十丈，寻常铁锚就是加长了绳索，也无法沉底抓住湖下的泥石。袁安内力深厚，春雨内劲发出，锚索如箭，倒不在话下。

锚爪如钩，小船苍耳子一般，稳便地停在水面。袁安抱起呆立在雪中的黑鹰，起身进舱，反手关上舱门。葛晴已在舱中点起白蜡烛，取来半坛春蚁酒，摆出熟牛肉。袁安打横坐到葛晴对面，将黑鹰安顿在身侧，抬头看着坐在一团淡黄光辉里的葛晴，微笑之中，又有一点郁郁的神色，不由心中一沉。

"桃花源中，也在下大雪吧，孩子们一定高兴坏了。冬天里那场大雪，将葛石那老家伙的黑狗子身上都下肿了。他让黑狗驮着飞廉与望舒两个在雪里跑，他自己跟在后面显摆他踏雪无痕的轻功，结果那黑狗一头栽到村头的粪坑里，将两个小家伙弄了一身的屎尿。闹得你将他们洗刷了半天，才弄干净。这一回，这老爷子不知道又会玩出什么花样来。"袁安道,一边喝酒吃肉,一边喂着黑鹰。

"这雪怕得明天早上才积起来,孩子们一定是跳上床睡了。赶明儿,要是我在的话,一定要让黑狗驮着葛石爷爷,由两个娃娃在后面攥,也将他弄到粪坑里去。"葛晴道,"葛石爷爷总有一百岁开外了,他的胡子,现在得捆起来,不然就要被两个小的偷剪去编扫帚扫雪,他担心这事,发愁得要命,觉都睡不着。"

"他那胡子,也该剪掉了,一个月不洗,就爬满虱子。你们桃源的人,都练先天真气,总能活到自己将年纪都忘记。望舒师太也出身桃源,按理不该这么早就走掉了。"袁安道。

"是啊是啊。只怕这一回,是有什么意外的情况。"葛晴皱起了眉头。

由炭炉里散发出来的热气将舱室弄得暖和起来。两人闲聊家常。舱外风急浪紧,夜色如漆,黢黑里大雪如麻,铺天盖地,纵使是八百里的洞庭之水,好像也可被雪堆填没起来。雪国中,忽然传出呀呀弄桨的水声。

袁安眼中生出警惕之色。传闻洞庭湖上,又生出了湖盗,啸聚君山。莫非这伙人雪夜里仍不消停,要来打劫他们夫妇?两人侧耳谛听。桨声砰砰击打雪水,已是越来越近。

"好酒!好肉!老邬我真是好运气!"

袁安推门出去,站在雪柱中向外看去,只见一条乌篷小船,箭一般向他们的小舟奔来,船头隐约坐着一条汉子,头顶着飞雪奋力划桨。片刻,小船就滑到跟前。汉子将桨一横,站起身来,乌眉灶眼,虬髯方耳,竟是黑塔一般的一条壮汉。

"小子,你知道龙宫在哪里吗?"那汉子兀然发问。

蹊跷的提问。袁安摇头。

"你小子挺会享福的,拐着人家姑娘,搂在这里胡天胡地。"那汉子借着舱中映出的灯光,看到了舱中的葛晴。

袁安冷冷道:"你再胡说,我就将你扔进湖里喂王八去。"

那汉子听到,呆了一呆,哈哈笑道:"你这小子还蛮有意思的,我就是王八,王八就是我。你怎么晓得的?"

袁安不想理这个浑人，转身欲进舱去。那家伙却已经四肢并用，手忙脚乱地爬到他们船上来。

"我不是来打架，我是来喝酒的。"不速之客占据了袁安的座位，袁安只好与葛晴并肩坐着。烛光下，那家伙头大如斗，通红的酒糟鼻，由乱糟糟的胡子里裂出一张又长又阔的嘴巴来。"我在洞庭湖那边，就闻到了你们船上的酒香。等一下我喝醉了，你们会发现，我真的就是一只老乌龟。我的名字，也是姓邬名归，我活了三百年了。我是一个老家伙，虽然力气不小，但我不喜欢打架。"他端起葛晴递过来的酒杯，那用来品评春蚁酒的六钱酒盅，对这个巨头大口的家伙来讲，显然是小了。

"洞庭湖出事了，我得告诉你们。龙宫不见了。"邬归老兄飞快地倒着酒瓮，一口一杯，滋滋吸空，四五杯罢，忽然停下来，屏住气对二人说道。

"怎么会，古老相传，洞庭湖底下，就是龙宫，这个时候，我们的锚，说不定，就挂在龙宫的屋顶上。"葛晴大不以为然。

"你竟不相信一只活了三百年的老乌龟的话。我由第二个百岁的时候开始，就想到龙宫去当差。你想，作为一只乌龟，由乡村的水塘里长起来，大得像个洗脸盆，你还好意思呆在自己的老家乡？你顺着沅江游啊爬啊，你的归宿，当然是要到洞庭湖的龙宫里去，哪怕是去当一个守门的龟兵，与一只成精的龙虾面对面站着，也算是一生功德圆满。于是我就来到洞庭湖，到处找龙宫，我跟你讲吧，我将整个湖底都爬遍了，湖底下除了泥巴，就是泥巴，根本就没有龙宫。"

"我不信。"袁安站了起来。

"我劝你在下水之前，最好先灌一大口酒。你们的酒可真不错，倒进嗓子里，就像倒了一堆火。"邬归也站起身来。

二人推开门走到舱外，黑暗中，雪还在下。风也变大，摧得白浪如奔马一般向小船涌来，雪片密密麻麻地，一下子就扑了两人一身。袁安回望立在舱门口的葛晴，葛晴微笑点头。袁安向前一跃，即向水底如标枪一样射去。邬归也不示弱，跟随着扑通一声跳下船,像一个黑铁秤砣,在雪光映照的水面一晃,就不见了。

葛晴走到船板上,踮起脚往下看,湖水在雪花下,翻滚如墨。也许刚才应跟随他们,入水一探究竟。与他一起这么多年,我好像变得胆怯了,我在怕什么呢?迟疑间,就听泼刺一声,水面上翻开水花,袁安与邬归二人浮了上来。每个人的手里,都捏了两把淤泥。

"我还担心,龙王将二位来上房揭瓦的家伙,请去喝酒去呢。"葛晴笑道。

"龙王赏了我们两把泥巴。"老邬神情有一点伤感。

"看起来,龙宫真是出了一点麻烦。"袁安道。

"你们这些家伙,真正是杞人忧天。这几年在桃花源,风调雨顺,年成大好,也没见干着什么,旱着什么,说明那些大龙王、小龙王,都在按时施云布雨,说明龙宫还是有的,管得也井井有条。要么是它藏在老邬你找不到的地方,要么干脆就搬走了,天下之大,并不是只有一个湖可以造龙宫。"葛晴道。

袁安听了,当然是心情宽慰。老邬却仍不相信:"我查看过洞庭湖湖底的每一寸泥巴,它还能藏哪里去?这么大一个洞庭湖,会没有龙宫?这个怎么可能,你没读过《柳毅传书》?没听人家打皮影戏讲这个故事?没有龙宫的洞庭湖,那还叫洞庭湖吗?龙宫不在洞庭湖,还能叫龙宫?所以,龙宫一定是有的,无非是我还没有找到,也许,龙宫并不是像我想象的,那样一砖一瓦铺满湖底,也许,龙宫的门,只有像针眼那么大,被我这个长绿豆眼的家伙,急急忙忙地错过了,也许还需要另一个一百年,我将洞庭湖的湖底再查看一遍。"

"另一个一百年,也许你还会由那一眼针孔上爬过去,如果龙宫的入口真的只有针尖那么大小的话。它可能藏在一块石头的缝里,也可能藏在一根水藻的叶片上,或者是一条鱼的嘴巴里。你岂不是又要从头再来。不过你已经是一只成精的乌龟,你有的是时间罢了,不像我们做人,少有回头路走。"葛晴笑道。

老邬呆了一下,再不做声。袁安只好抱起酒瓮,将春蚁酒哗哗地倒入他的小杯子里,让这个激动的老邬继续喝酒。他想起师父去寻找的金竹寺。谁也不知道,它在哪里。像一颗豆子,被造物以何种方式、何种心思,放在茫茫的宇宙之中。一个人,生命何其短促,如果对这些豆子着迷,将会是很悲惨的事。宇宙没有道理可言,秋水老人也好,这位邬归也好,他们更需要的,也许是运气。桃花源的佳酿很快就显现出了它的威力。袁安将酒坛倾得底朝天的时候,那老邬已翻倒在桌子下面,变成了一只脸盆大小的乌龟,褐色的背甲朝下,向上亮出月白肚皮,窄脸上汁水淋漓,鼻吻间鼾声如雷。

"我们也要去睡了,让他与黑鹰做伴。"葛晴起身道。那黑鹰将头藏在翅膀里,早睡过去了,连这只能在乌龟与人中间变化的神奇的黑大个,也没有办法引起它的兴趣来,让它在这样的奢华的雪夜里,保持着清醒的状态,稍稍停留一下,再赴梦乡。

两人来到后舱,在乌龟一浪高过一浪,震天价响的鼾声中抻被入睡。外面的雪还在下,不紧不慢,好像要将洞庭湖填满成为雪原似的。"也许明天早上起来,我们就会发现,木兰舟已经埋进了雪堆里。"袁安对葛晴道。"你对这个世界,还有好奇,并不像在桃源里居住了五六年的人,"葛晴幽幽地说,"这两年你心神不定,现在是时候了,你想想看,这一次出来,要不要返回桃源。"袁安将她搂在怀里,她温热的身体,在干燥的棉被里,散发出令他心旷神怡的香气。他觉得他没有办法离开桃花源,离开她与孩子们。

他想起刚才兴高采烈地跳进冰冷的湖水里,向着黑暗的湖底潜下去,他唤醒藏在身体里的"春雨内劲",去抗拒湖水的千钧重压,他的手触到洞庭湖底绵软而冰凉的黑泥的时候,心头闪电一般,掠过令他战栗的狂喜。混沌的宇宙以更大的隐秘在召唤他,要将他扯出温柔之乡。他一向,缺少勇气。一场雪,有时下得铺天盖地,有时候,片刻就融掉了。一次短促的旅行,不过是一场短暂的春雪罢了。很快,一切都会过去。他会跟随葛晴回到桃源。宇宙中藏匿了无数颗豆子,各各不同,但是,没有比桃源更好的豆子,金竹寺不是,龙宫也不是。龙宫是柳毅的龙宫,那里有他的龙女,葛晴,她

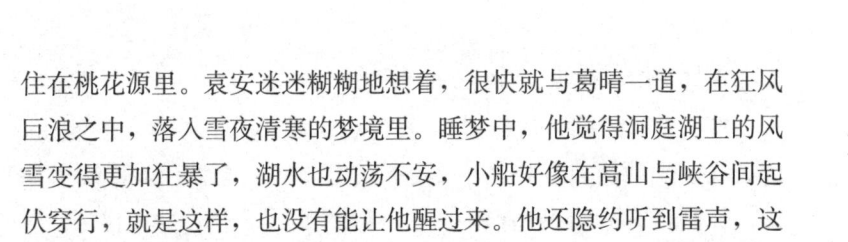

住在桃花源里。袁安迷迷糊糊地想着,很快就与葛晴一道,在狂风巨浪之中,落入雪夜清寒的梦境里。睡梦中,他觉得洞庭湖上的风雪变得更加狂暴了,湖水也动荡不安,小船好像在高山与峡谷间起伏穿行,就是这样,也没有能让他醒过来。他还隐约听到雷声,这老天真是奇怪啊,一边下雪,还要一边打雷,看样子,春天真是到了,这是将虫子们唤醒的春雷。

2

在远远的鸡鸣声中醒来。雪已停,风平浪静,朝暾铺满湖面。洞庭湖一如往昔,并未被雪填起来。老邬酒意消除,由脸盆大的乌龟,又变回一条壮硕黑汉,站在船头,看着朝阳发呆,黑鹰停在他的肩上,鹰眼被阳光映得如同黑曜石。袁安将炭炉搬出舱外,生炉子煮粥,青烟向清朗的蓝天袅袅飘去。葛晴坐在船边上,就着湖水梳洗长发。好半天,老邬才由早起的怔忡中回过神来,回头道:"我昨晚上可是故意喝醉的。我知道春宵一刻值千金,你们赏雪啊,喝茶啊,再去弄一些别的调调,说不定,会将船弄翻转去。老邬我也不是没有年轻的时候,洞庭湖里的许多母乌龟,都天天将头扎在泥淖里怀念我呢。"葛晴用手兜起湖水,拊了老邬一脸,嗔道:"你这个老乌龟,一会儿我就去砍一担桑木柴禾将你煮了吃。"脸却是红掉了。

"昨天傍晚,我初逢二位,还以为是由龙宫出来的人呢。你想啊,能将船钉在湖中央,长得这么俊俏的男人与女人,说不定就是翻过龙宫的围墙,跑出来偷期的小公龙与小母龙。不过我现在知道了,昨晚上船舱里,我喝的酒,是桃花源里的春蚁酒,刚才姑娘你拊出的这一道水箭,里面可有桃源内力,之前跟我比赛潜水的哥儿,应是你的小女婿。你们是由桃花源里私奔出来的家伙。你们大可放心,我不会向官府出首告发你们的,我喜欢看《西厢记》的皮影戏,我赞成私奔。"老邬道。

"你都知道了,还不快夹着你的乌龟蛋滚蛋,继续找龙宫去?"

袁安在烟火中抬起头，对这个懂事的老家伙说。

"不行，我得跟你们一起，我的船昨晚上，已被风雪吹跑了，昨天晚上这贼老天发脾气，又是风又是雪，又是雷的，像疯了一般。你们总不能眼睁睁看着一个三百多岁的老家伙，冲风冒寒，在万丈雪水里，游到蒋家渔港去吧。"老邬道。他停在一边的杉木船，在一夜的暴雪里，果然不见了。

"老兄，你和我一起划船。这条船上，正好有两支桨。"袁安道。

老邬跑到船头，袁安在船尾，两人坐地划船。雪霁天寒，早上湖中也没有人，两个人都身怀武功，竟是将小船弄得像端午节夺标的龙船一般，要送众人到蒋家渔港抢清早的第一锅粽子吃。葛晴梳完头发，蹲在船边捞桃花鱼喂黑鹰。老邬瞪着绿豆小圆眼睛，看着她道："我觉得我们，蛮像风尘三侠呢。你是李靖，她是红拂，我自然是虬髯客了。龙宫也好，桃源也好，你们总归是私奔出来的，我呢，我运气太好了，也长出了这么一大把胡子，等我找到了龙宫，遂了我们的心愿，我还要跑到海里去看一看，找一群龟子龟孙，在东海中的岛上，学虬髯客，也弄一个皇帝做一做。"果然是自唐至宋，传奇听得很多的老乌龟啊。

"我看出来了，你这只老乌龟，不仅好酒，唠叨，还喜欢做白日梦。"袁安道。

这么插科打诨，也就一个多时辰，已望见前面一片白茫茫的洲渚，在阳光下，明亮耀眼。三人停好船，跳到岸上，雪已没膝，袁安走在前面，运起真气，以掌为刀，开出细细雪巷来，让葛晴跟随，老邬当然也是跟着占了开路的便宜。爬上岸边的高坡，即可向下，鸟瞰坡下的琉璃世界。一片苍苍负雪的樟树林中，有一条狭长的小街，贯穿洲渚。再向前，又是茫茫的洞庭湖水。看样子，河洲就像一条修圆的伸入湖里的闪闪发光的白色的舌头。小街之上，人声鼎沸，听得见锣鼓铙钹的声音，鞭炮烟花的炸响，穿红戴绿的男女人面稠稠，簇拥在街心里。

"你们运气不错，今天正好是起春社。我带你们去看一看热闹。"老邬嚷道，这老家伙手舞足蹈，活像一个马上要讨到糖吃的孩童一样。

三人下了坡，分开雪原，穿过樟树竹林，由青石小桥上越过一条小河，来到镇子里。镇上的人，正在"抬故事"，将家里吃饭祭祖的八仙桌搬出来，两边用扁担绑定抬起，桌子上坐着由镇上的居民浓妆扮成的各色人物。十来张桌子走在街心，后面跟随着差不多是全镇的人吧，已将街心的雪踏成一片黑水。鞭炮不时炸起，腾出青烟，向空气里发出硝石的气味，一群黄白黑狗在人群里跳来跳去。这样的社日"故事"，桃花源里，每年都要扮的。去年社日的时节，袁安与葛晴还一起被挑出来，专门去扮土地公与土地婆呢。两个人被画得像庙里的土偶，花花绿绿，一脸喜笑，两个小的都没有办法将他们认出来。袁安拉着葛晴的手，朝着她微笑。想必她也想起来了。

这个蒋家村里的社日故事，却不是时兴扮土地公土地婆，而是扮龙宫里的龙族。打头的一个家伙，扮成了龙王，后面接着有龙后、龙女、龙太子，还有龟丞相蚌壳精螺蛳精鲤鱼精虾兵蟹将什么的，差不多是将龙宫里的一应人物都弄到了大方桌上。三人不由自主地卷入街上的人流之中。老邬看样子是这里的常客，不停地同身边的人打着招呼。一个青年汉子挤过来，被他一把扯住介绍给袁安葛晴二人："他叫牛沧海，是这个村的头人。"牛沧海笑道："你这个老乌龟，早一点来啊，说好来给我们扮龟丞相的，昨天我们等你到半夜里，没有办法，只好另外四出请人扮乌龟。其他的倒好办，这个乌龟，没人愿意做呢，我好说歹说，才叫打鱼的一个老光棍，名字叫蒋门神的，背着龟壳子跳到桌子上去了。他真人扮假乌龟，怎比得上你真乌龟扮假乌龟有趣。"老邬老脸一红，挣得像酱牛肉一般："我昨天晚上拼命划船，本应半夜赶到你这里来的，却遇上了这一对男女家伙，我还以为是龙女与她的女婿呢，又想将扮柳毅与龙女的人选也替你捉拿来。他们船上的酒又好喝，唉，沧海兄弟你大人有大量，莫怪老哥哥我误了时。"牛沧海盯着袁安与葛晴看，说道："你们先去德胜楼坐席，我这边忙完了，就与我媳妇一起过来陪你们。听说岳州的周丰年知府，今天也下来看我们的社戏，乌龟王八来了一堆，难伺候啊。"说完钻到人群里去，转眼就不见踪影，看起来，他真是一个大忙人呢。

三人挤出红男绿女的人流，来到德胜楼。要说蒋家渔港像一条伸入洞庭湖的舌头的话，这德胜楼，就是立在这一片舌头的尖尖上，三望都是茫茫大水，正前方白雪覆盖的隐隐泥螺一般的湖岛，老邬讲，那便是君山。

"我一直以为，如果龙宫有出口的话，一定就是在君山的山腹中。《柳毅传书》里，也是这么讲的，君山有一棵木兰树，树下有一口柳毅井，跳下去，就可以通往龙宫。"老邬坐在德胜楼的三层楼台，指着那一口负雪的"泥螺"叹气。

"你一定是没有找到了。"葛晴也在远眺君山，那是她与袁安初次相会的地方。六年以前，君山上青草如茵，桃花如霞，嵯峨山岭间，袁安来赴"荣兰帖"，玉树仙柯，风神飒然，君子如玉，令人心折。

"那还用说，那井下，也有一个山洞，像迷宫一样左曲右拐，上下盘绕。我差不多花了十好几年的时间，在那些迷宫一样的岔洞里，爬来爬去，不像一只乌龟，倒像一只灰头土脸的田鼠。等我将迷宫走完的时候，我已经成了本朝最好的几何学家。当时我心里又气又急，哪里有龙宫的影子！什么《柳毅传书》，不过是高老庄的皮影戏艺人编出来，骗人的罢了！"老邬愤愤地说道。

"《柳毅传书》没有骗人，只不过是你这个老家伙，没有读通罢了。"楼梯口走上来几个人，一个自然是牛头牛脑的牛沧海，另一个团团大脸、肥白修腴的家伙，穿着簇新官服，正是那下乡来与民同乐的岳阳知府周丰年。伸舌接话头的，正是这位双手提着紫袍玉带的周知府。

"老板，先将酒菜弄上来，我再来跟这一帮官儿们废话。"老邬拍着桌子，大声叫道。一边招呼那周丰年、牛沧海入座。另有一起跟来的一个手脚长大的红脸汉子，牛沧海讲，他就是刚才忍辱装扮龟丞相的蒋门神。众人一道坐下来。那蒋门神的脸果然是红得像门神上的关公似的。下面店主人得令，厨屋里启炉开火，熊熊火光里翻锅弄铲，因为只这一拨客人，转眼间，店小二就顶着菜盘子蹬蹬蹬跑上楼来。

这德胜楼酿的酒名叫"洞庭红"。老邬赞道："转运汉巧遇'洞庭红'，这名字取得好，我看要比'白云边'什么的好，将船买酒白云边，那里龟毛都没得一根，怎么会有酒。你们文人喝了一点酒就漫无边际地胡扯嘛。"

"你这老乌龟，读的传奇还真是不少。只是你知晓的这转运汉，弄到的'洞庭红'，说不定是按着葫芦抠籽，一颗一颗由你先人板板上取下来的。不自觉中丢了你们祖上的宝贝，你还得意。"周丰年揶揄道。他自然也认得，他治下府县里这一只闻名遐迩、四处找龙宫的神奇的乌龟。

因制酒时浸泡过柑橘皮，那"洞庭红"倒入酒杯，果然泛起了淡淡的红色，映照在窗口的雪光之中，分外妖娆。众人推杯换盏，渐渐入港，酒酣耳热，又将话题引向了龙宫。

袁安道："邬兄到处寻找龙宫，说不定是舍本逐末。龙宫是龙住的地方，所以恐怕得先找到龙吧。这个世界上究竟有没有龙呢？我觉得这是一个问题。我住在崇宁山中，与师父一起学艺的时候，看到过狐狸可以变成人，在树林里走来走去，有一些狐狸还可以变成美女，去勾引山村里的书生和樵夫。我也看到过鬼，因为对人世间还有执念，所以不愿意迁化在黑暗之中。狐狸变成人，无法将自己的尾巴变掉，鬼变成人，在灯下，是没有影子的。但是我没有看到过龙。有时候，山里下很大的雨，打很大的雷，我师父秋水老人就领着我，去山顶上看，有没有龙在乌云里翻滚，兴云布雨，我们好多次，都被雨浇得像落汤鸡一样。有时候，晚上也去，在山顶上，提着防风灯，拼命朝雨夜里看，雷声轰隆隆掉进山谷里，闪电像一把长剑劈开黑云，但是从来没有看到过龙。所以师父很早就认为，世界上并没有龙这么一种玩意，不过是人们杜撰出来的。可是，我又知道，世界非常的奇妙，我们个人知道的，何其有限，就像一只萤火虫，不过是照亮世界的一个角落，而龙，也许就生活在未照到的无边无际的黑暗里。它还没有机缘向我显现出来罢了。所以，我不知道，世界上有没有龙。"

老邬接着说："这个漂亮哥子的一席话，差不多也是我要说的。如果说老邬我是一只萤火虫，可我也算是一只亮了三百年的萤火虫啊。我提着这一盏小灯，将洞庭湖的沟沟坎坎都照了一个遍。老实讲，我看到过许多奇怪的东西，见过许多奇怪的事，它们都深深刻写在我这只老乌龟的心里面。"

众人顾不得鲜香活辣的菜肴，放下酒杯，聚精会神来听取邬归的故事。

"有一次，我看到一条成了精的泥鳅。它的腰总有石碾子那么粗，往泥里一钻，尾巴内卷，带动全身飞旋，泥浆滚滚，稀里哗啦间，片刻就钻出一个大洞来。我由后面猛看上去，以为是一条脱了衣服玩泥巴的小龙呢。我爬过去朝它打招呼，它对我讲：'王八兄弟，你觉得龙揭下鳞片来，就可以成为泥鳅吗？我由潇水上游江永县稻田边的泥坑里，千里迢迢钻到洞庭湖，这劳什子湖里，哪来什么龙王，要说龙王，我就是龙王。有一天我吃多了螺蛳壳没事做，往湖底的泥巴里一头扎下去，扎了整整一夜，最后一头扎在一堆硬石头上，洞庭湖底下是泥巴，泥巴下面是石头，龙宫只是一个笑话。'不过从那一次之后，这个家伙就迷上了拍打尾巴到处钻洞，大家有兴趣的话，去洞庭湖底看看，五百里的平川，早已被这个家伙弄得千疮百孔。好在这些洞，对湖里的鱼来讲，并非全是困扰。这个泥鳅迷宫是它们瞪着眼睛，迷迷糊糊过冬的好地方，所以到了冬天，洞庭湖上的渔夫，想用拖网捞到鱼，几乎是不可能。

"后来，我又遇到一只蚌壳精。一只真正的蚌壳精，比刚才你们抬故事扮的那个要大得多。它还是一只巴掌大小的小蚌壳的时候，就自己由平江县的水塘里拔离出来，由汨罗江顺流而下，一路慢慢吃着江底的粽子糍粑，花了一百年挪进洞庭湖，躺在湖底中央的泥地上，继续吃粽子，发育身体。为了弄清楚这只蚌壳到底有多大，我在它有螺纹的蚌壳黑背上差不多爬了一个上午。这个家伙对外吹气的时候，能够将湖水掀起浪来，要是有一只船由它头底上过,碰巧它打一个喷嚏,那船准得翻掉。洞庭湖上打鱼的那一帮蠢蛋渔夫总是讲,洞庭湖的中央无风三尺浪,有一个神秘的三角区,忽然就将船吞下去,是龙王三太子在那里洗肚兜,三姑娘在那里洗裹脚布,其实啊,就是这个平江蚌壳精在调妖作怪。我们都顶着一张或者两张壳子在这世界上胡混,乌龟与蚌壳说起来,还算是沾亲带故,所以,我留下来,与它一起玩耍了两天,主要是将它向前顶了一二里路,它十几年都没有动弹过了。作为回报,它请我去看它养的珍珠,小心翼翼地裂开巨壳,让我爬进去看,我就像是走进了传说中的龙宫一般,它的肚子里,真正是金碧辉煌,一颗猪尿泡一般大的夜明珠挂在正中央,好像有赤橙黄绿蓝靛紫的北极光在它身体内流转纵横。它闷闷地提醒我,不能再向前走了,过了夜明珠,我就会走进它的脑子里去。我就想,也许龙宫就是这么着,找一个更大的蚌壳,将它撑开,然后在里面竖上柱子,隔出不同的房间出来,白玉床,蚕丝被,然后由无数颗夜明珠照亮。我的表弟蚌壳精说,就是这么一回事啊,龙宫说起来,就是用蚌壳修的。将无数只蚌壳堆在一起,用福寿螺的空壳子作过道,只要有足够大与足够多的蚌壳与螺蛳壳,总可将龙宫修出来,然后挂上无数夜明珠,龙宫美如画!可是它辛辛苦苦,长成这么大,将珍珠养得像猪尿泡似的,也未见龙宫的人来征召它,将它的珍珠取走,换下龙宫正殿上的顶灯,将它的蚌壳取下来,弄去做小龙女的寝室。我老实跟它讲,这个世界上,可能已经没有龙了,我找到三百岁,龙毛都未见一根。它哭了,眼泪像喷泉一样冲出湖面,它说:'我一生下来,就落在洞庭湖正中央的泥巴上,我在这块风水宝地上活着,吞沙吃泥,就是为了在肚子里长出一颗珍珠来,将自己长成一座好房子,等龙宫的采购大臣来找到我,激动得语无伦次。如果世界上没有龙的话,那么我活着一点意思都没有了。'这个也是我的错,我其实应对它讲,世界上可能也许还是有龙的,只是在与我们捉迷藏罢了,我们一定可以找到的,如果这辈子找不到,下辈子重新出发也没事。自此之后,我的表弟,洞庭湖最大的蚌壳精,变得性情乖僻,脾气暴躁,又爱贪吃,饕餮其性,经过它身边的鱼虾,都会被它吞进它的巨腹宫殿里去参观它的夜明珠,在夜明珠的辉光里被消化成鱼糊粉。吃饱之后,它就拼命地打喷嚏,打饱嗝,放臭屁,有时候完全是故意的,由此,洞庭湖更加动荡不安,三角区翻船如麻,死人无算,说起来,都是因为我表弟蚌壳精沦为吃货,失去了人生的理想,找不到蚌生的意义。

"过去一百年,我在洞庭湖上,遇到过很多稀奇古怪的事,我现在懒得再讲了。总之,洞庭湖已经没有龙了,这些蚌壳啊鲤鱼啊泥鳅啊乌龟啊龙虾啊,就是活成了精,再怎么作怪,也成不了龙。连龙宫的门槛,都摸不到。我要喝酒,兄弟们,我心情不好,非得用三两杯洞庭红高粱酒,才能将我对生活的虚无之感彻底浇灭。"

3

原来春花秋月、朝晖夕阴的洞庭湖面下,竟藏有这么多弯弯绕绕的波折。周丰年、蒋门神等人作息湖畔,耳闻目睹,心照不宣,袁安葛晴五六年后重返故地,一时听得心神摇动。袁安自幼随秋水老人山中学艺,在林溪与鹿豕游。秋水老人指着溪边饮水的牛、鹿对他与未央生说,你们不是牛,也不是鹿,也不是猛虎与鹰隼,万木草堂是我隐居之地,却并不是你们的家。学艺固然应在山中,求学还是要去山外,成家可以在山中,立业还是要去山外。山里可以避世,可以仙游,可以长生,可以修成妖魔,不在话下,但修道却要往稠浊集市走,往生死江湖走,往功名庙堂走。这些洞庭水族明白这个道理,并不自满于蜗角僻洞,奇山丽水,离开老家乡求证龙宫,其志不可小觑。

在老邬发表关于洞庭湖妖精的长篇大论的时候,店小二已经在酒席上铺满了菜肴。湖湘民众好辣成性,所以每一盘菜里,都是辣椒成山,浑似那红脸的龙虾叠起罗汉一般。好在融雪的天气无比清寒,辣菜、热酒,正好相宜,又有桌子中央架起的一只紫铜的火锅,里面嘟嘟煮开,浩浩汤汤。众人边吃边讲,也算是快哉此生。老邬起身与袁安、葛晴、周丰年、牛沧海、蒋门神一一碰杯敬酒,然后将筷子指向那紫铜火锅,先前还没有人,将筷子伸进去呢。

"这是什么肉?好吃!好吃!"老邬嚼着挟上来的肉块,眉毛与一脸的胡须挤到一起,将红光闪闪的脸遮了一半。

周丰年挥动竹筷招呼大家:"各位都尝一尝,这是下官特别让德胜楼的老板献上的一道菜。本朝由南至北,万里河山,无数酒店食肆,就是东京的樊楼,也绝不会做出此道菜来。"

"莫非是人肉?"老邬扭捏道,"你们莫盯着我看,有时候风将湖上的人吹到湖底下,正好卷到我跟前,我也是尝过人肉的,话说回来,你们尝过了多少乌龟肉啊。"

牛沧海道:"我看不是人肉。本朝文治武功甲天下,文治还要高出武功一头,号称礼仪之邦,但未必没有人吃人的事件,我在云梦县做丐帮舵主的时候,就听到过不少本城老爷吃婴儿的传闻,虽则是捕风捉影,但未必就没有。周大人你讲到只有德胜楼有这一道菜,人肉可没得这么稀罕。何况,你一个青天大老爷,背地里或者会去吃人肉,但昭昭白日之下,用人肉请客,这个也太过分了吧。"士别三日,这牛沧海的头脑变得蛮清楚了,可惜柳七七在家里带崽,要是她出来听到,一定会大大表扬这家伙一通。

袁安微笑道:"周大人就不必卖关子,讲来我们听一听,也让我们这些桃源里孤陋寡闻的人,长一长见识。"周丰年举箸夹起火锅中圆墩墩的肉块,低声道:"这个是龙肉。"老邬那家伙听到,好像手被火苗烫了一下,赶紧就将筷子扔掉了。周丰年接着说:"其实吃龙肉的时候,只能闷声发大财,不能讲这就是龙肉的,话本里就有这么一个故事,一伙人坐在一起吃龙肉,有一个讲,龙肉真好吃,就被天上一个拦头雷打下来,将他打成了一根焦炭。龙是很要面子的一种东西,如果现在我们头顶的天空与地下的水泊,还是由他们来管的话,现在,说不定也有一个拦头雷,打在本官身上呢。"周丰年捏着筷子,回过头朝背后的窗口望,这时候,好像真会有一个晴天的霹雳,要由窗口探头打进来一般。

"诸位能与本官一道,吃到龙肉,其实是很幸运的。我朝自太祖开国以来,也只能由洞庭湖中捕到龙。这位蒋门神,就是捕龙的高手。每年二月初二,龙抬头,梅花开放的时节,蒋门神就划船到君山之下,观龙出没。蒋门神身怀祖传屠龙之术,能跃入刺骨春水之中,劈波斩浪,屏息静气,只手缚龙,单刀屠之。"周丰年讲到这里,大家都抬头去看那脸红如重枣、始终一声不吭的蒋门神,没想到这打鱼汉子竟是江湖上的异人。袁安听秋水老人讲过,屠龙之术,未必没有,只是大而无当,无处施展,现今世上习得此术的人,少之又少。而屠龙术,要是用来杀人攻城,几乎是无往而不利,所以这屠龙之术,差不多也是由屠龙门的宗师代代择人而传,得授屠龙术者,往往是德隆才高的一代隐侠。

"蒋兄捉到龙后,由岳州知府组织兵马,将龙肉腌制在冰堆之中,星夜运往京城,交钦天监飞廉大人收验,送御厨炮制,由皇上去祭天地,开春社,发动春耕。祭过天地的龙肉,被收回宫里,由后宫的娘娘们分食,养育龙子龙孙。皇上特别高兴,又遇到蒋兄运气好,缚得一条大个的龙,龙肉才有可能分出一条两条,传到同平章事、参知政事与枢密使家里,这样的事,十几年来,只发生过一二次罢了,连飞廉大人都没有吃过龙肉呢。今天大家都遇到了好运气,蒋兄昨夜去君山,竟拦住了一条长了六条腿的龙,我劝蒋兄将多余的两条腿砍下来,送到这德胜楼,招待桃花源中出来的贵客,就是本官与蒋兄,也是第一次,吃到这龙肉。"

周丰年话音未落,老邬已抓住了邻座蒋门神的袖子:"老蒋你跟我讲讲,龙在哪里,为什么我找了三百年都找不到,你随便一抓就是一条。你也教一教这屠龙的法子给我。"蒋门神苦笑道:"我哪里就可以随便抓一条。这龙宫废土,在君山之下,毁弃已有三百余年。好在每年二月初二,还有江豚由长江游来,吊怀丘墟。这江豚俗称猪婆龙,是当年由龙宫贬出的孽龙的子孙,已失去变化,托身猪形,精消神散,无非是空有一身龙肉滋味罢了。我这屠龙之术,冠冕堂皇,说起来,无非是水中杀猪。"那牛沧海听到此处,当然是眼睛一亮,他牛沧海,从前也是崇宁山里杀猪的好手呢,只不过,他是在陆上杀猪罢了,没法成就这屠龙美名。

老邬使劲点头道:"哎呀,你讲的,就是那些会游泳的猪啊,这个我倒是见过的，它们在长江里游来游去，也没得几头，哼哼叽叽，长相又蠢，灰头土脸，又不会兴云，又不会布雨，又不会变化，又不会飞升，它们能算是龙？你没得扯淡，糊弄皇帝罢了。"

周丰年说："邬兄，传闻中，龙生九子，形态不一，也有长得像乌龟的呢，堕入猪形，又未必没得可能。蒋大侠也过谦了。这猪婆龙虽则失去了变化，空余一身龙肉，却也是力大无穷，腾蛇起舞，兴风作浪不在话下。二月初二蒋兄去缚龙的时候，洞庭湖方圆千里的渔民，也得收网停舟，入港以避风浪。蒋兄一叶扁舟入洞庭波心，在山呼海啸的风浪中，雷辊电掣，一刀毙龙，实属不易。"

老邬道："原来昨天晚上洞庭湖的大风大浪，就是你这老小子在踢天弄井，你陪我船来！什么一刀毙龙，分明就是杀一头猪，明年你们也让老邬我去试一试，我看这江猪子能掀翻我的壳头，咬掉我的下截来！"

袁安不听老邬这些叫嚣，却去问蒋门神："蒋兄讲三百年前，龙宫毁弃，这个又从何说起？"

蒋门神说道："屠龙门由大禹开创，至今已有三千余年，代代以屠龙之术传授。每年二月初二赴洞庭取孽龙之肉，驰送京城祭祀天地。也可警醒在位的君王，就是贵为龙族，如果一味作恶，也会为天地所弃。当时四海之中，五湖之内，龙族兴盛，就是乡下人家门前脚盆一般大小的池塘里，说不定都藏下了一尾活龙。刚才邬兄讲得也不错，龙宫是用蚌壳与螺蛳壳盖成的，那时候，因为龙宫如此之多，又开出无数的别院，所以，新的龙要去分封予它的池塘赴任，都得排队去领那蚌壳与夜明珠，有一些青年龙，排不上队，性子又急，就只好像翠鸟泥鳅一样，住在池塘上下的泥洞里。

"那时候京城中的朝廷派下官员，管理州县的川泽与民众，这个是行的庙堂之事，由洞庭湖的龙宫派出大小龙王到各地的池沼，守住在地的草木山川、飞鸟走兽、乡民与士绅，这个是行的江湖之事。皇帝的官员劝农通商，兴利除弊，致力国泰民安。龙王们则要保证天下万物风调雨顺，有时候还要化作雷霆，去惩恶扬善，将恶人与败坏的鸟兽，劈成焦炭，以儆效尤。遇到明君在朝，派出的官员勤勉清廉,恰恰洞庭的龙君,对天下生出悲悯之心,治下龙王们兢兢业业,就会成就一个盛世,汉代文景之治,大唐贞观开元之治,莫不如此。要是皇帝昏聩,百官搜刮民众,洞庭龙君厌世闭关,天下群龙无首,岁时不济,阴阳难调,自然又是乱象纷呈,乱世来临,如此世道,诸位也是见识过的。

"所以三百年前的世界,是人龙杂居。龙族的男子,可娶人世的女子为妻。龙族的女子,也可嫁给人间的男子。贞观之世的《柳毅传书》,被记载下来,里面就讲得非常明白。这个蒋家港,因是沅江资水入南洞庭之要津,从前差不多是人龙混居的地方,很多洞庭湖中的小龙,都化身成人,拿着夜明珠来到小镇寻欢作乐,令此小镇繁华无比。有时候镇中的妓院里,姐儿们早上醒来,会发现身边躺着的男人,变成了一条龙,她们因为司空见惯,也不足为奇。龙女们迷上人间有情有义的漂亮男人,或淫奔,或野合,有一些龙女最后不愿回龙宫去,放弃了龙籍,而做了地地道道的乡妇,耕田绩麻,这样的事,也不是没有。蒋家港里,差不多一大半的人,都是人与龙混血的后代。大家仔细去看,他们与我一样,都有着高高的鼻子,算命的人,将这种异相叫做隆准。说是有这样的异相就可以做皇帝,这个也是胡扯。不过的确也有人类与龙种混血的人做上皇帝的。比如汉代的高祖刘邦。他的祖父,其实就是一条白龙。

"凡人想去龙宫做客,也不是不可能。在洞庭湖底,差不多占去了一大半的泥淖,都被修建成为龙宫。只是对一般肉眼凡胎的家伙来说,龙宫并不是如君山这般,像被盛在盘子里的一只青螺,抬头就可以看到。它被高明的障眼法掩盖,将之与周知府管理的花花世界区分开来。打个比方,就像有一面镜子,你可能看到镜子里面的景象,但是你没有办法走进镜子。如果镜子被小心地藏在黑暗之中,你连镜子里的景象,都看不到了。说起来,龙宫就像是藏到镜子里面一样,又被放诸水底黑暗障里,虽然龙宫里面,被夜明珠照耀得无比的光明与盛大。如何穿过这个黑暗的镜面,这个差不多是龙宫的秘密,说起来,也非常简单,袁安兄是天下的奇侠,一定知道龟息之术吧,如果学会了龟息之术,并且能找到正确的入口,人

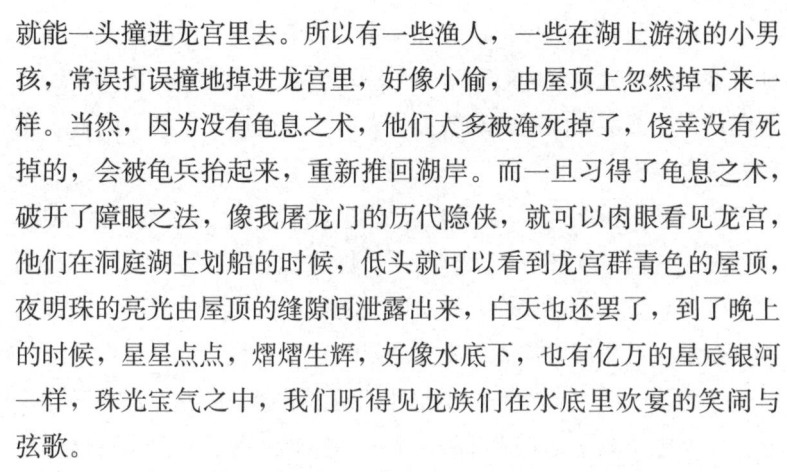

就能一头撞进龙宫里去。所以有一些渔人，一些在湖上游泳的小男孩，常误打误撞地掉进龙宫里，好像小偷，由屋顶上忽然掉下来一样。当然，因为没有龟息之术，他们大多被淹死掉了，侥幸没有死掉的，会被龟兵抬起来，重新推回湖岸。而一旦习得了龟息之术，破开了障眼之法，像我屠龙门的历代隐侠，就可以肉眼看见龙宫，他们在洞庭湖上划船的时候，低头就可以看到龙宫群青色的屋顶，夜明珠的亮光由屋顶的缝隙间泄露出来，白天也还罢了，到了晚上的时候，星星点点，熠熠生辉，好像水底下，也有亿万的星辰银河一样，珠光宝气之中，我们听得见龙族们在水底里欢宴的笑闹与弦歌。

"三百年前，那一代的屠龙门传人，名叫五胡。一天晚上，他由他的船上往下看，发现繁星般的龙宫的灯火全部熄灭了。他没有办法看见青黑的屋顶，还以为自己的龟息术与破障眼法，由身体里逃逸掉了。五胡沉住气，跳进洞庭湖里，蹬脚向湖底潜去，他发现，他一头撞到了青泥里，而不是像从前那样，能攀到龙宫爬满水藻的琉璃屋顶上枕着手臂看星星月亮。第二天，他跑到这蒋家港来，又听到姐儿们讲，说好多天竟没有那些拿着夜明珠来宿夜的客人，这些客人，当然是由湖底里上来的公龙。

"龙宫就这样，一下子，一夜之间，消失掉了。好在他们没有将那些又蠢又笨，力气又大的猪婆龙也带走。实际上，这些猪婆龙长了一身龙肉，却没有龙的头脑，它们，算不上是龙。就像猩猩，算不上是人一样，我们总算能够捉到猪婆龙，去向皇帝们交代。"

蒋门神讲完，袁安还是不解，他引杯回敬过蒋门神，抱怨道："龙王们去了哪里？他们为什么要离开洞庭？这其中的关节，蒋兄没有讲给我们听。"

蒋门神低头道："神龙不同首尾，其意志更难蠡测。我也没有想明白，我听上一辈的祖师，就是这样对我讲的。屠龙门从此也日见零落，在下如周大人所言，不过是一个会在水底下，杀猪婆龙的屠夫罢了，袁安兄如果弄清楚了龙王们为什么要离开洞庭，请务必告诉我。"

牛沧海听到，心中巨震。如果学会了龟息术，破障眼法，加上他现在已经炉火纯青的庖丁解牛刀法，他岂非也能宝刀屠龙？他神色激动，牛卵般的大眼转来转去，人像一只被按在木椅上的猴子扭动，坐立难安。

那边蒋门神笑起来："我已经知道了沧海兄的念头，蒋门神垂垂老矣，这屠龙之技，还未有传人。你的名字取得甚合我意。我到蒋家港来，就是为了寻你，将这屠龙之术，传授与你。等这一顿龙肉大餐吃过，我们师徒俩再下去商议。"

牛沧海一听，自然是喜出望外，他去学会了屠龙刀法，又能杀猪牛，又能杀蛟龙，一代针神柳七七，岂非又有了一回，对他这个肖港镇上小屠夫出身的青年刮目相看的机会？

蒋门神的话神神叨叨，荒唐无稽，大家爱信不信，却是下酒的好料。那邬归听得龙宫已毁，龙王们一夜之间莫名失去踪影，想到自己与洞庭湖的妖精们数百年来的寻找毫无意义，前路茫茫失去目标，不由悲从中来，热泪难禁，打湿碗筷，旋即揾去英雄泪，更是嗜酒如命，借酒消愁，将那"洞庭红"拼命倒进嘴巴里，好像他不是一只乌龟，倒是一只酒瓮。不消一个时辰，他就伏倒在地，变回了原形，变成一个脚盆大的乌龟咻咻大睡。

龙肉虽好，其实与驴肉滋味也无大异。大家一起努力，将桌子中央的龙肉火锅取食干净，带着一肚子龙肉起身，各奔前程。那蒋门神领牛沧海去学艺。袁安将脚盆大小的邬归抱在怀里，与葛晴一道走下德胜楼，却被周丰年拦了下来。周丰年执意要送二人去湖边登舟。

雪树上挂着斜晖，春日苦短，雪犹未消。蒋家渔港这一条伸入洞庭湖中的长舌，本来应是春草萌生的嫩绿原野，昨夜被春雪覆盖成白色，现在又在返照的落日之下，变作奇异的胭脂红，让人想起一道名曰"西施舌"的香艳菜名。

三人一龟行在雪地上，就像几粒青黑芥子，不言不语，走过河桥，由积雪的大路，下到湖岸边袁安上午泊舟的地方。周丰年说道："袁兄风神，令我一见难忘。我不过是红尘中打滚的一个俗吏，汲汲于追名逐利，迎来送往，现今也心生厌倦。袁兄由桃花源中来，应知桃花源中路，还请袁兄为我，指点迷津。小吏生涯度日如年，催生出一头白发，我宁愿早去桃花源里，做一个挂锄吹风的农夫，纯纯如如，颐养天年。"

袁安笑道："原来周兄请我们吃龙肉，是为了这个啊，桃花源中路，这位葛晴姑娘，倒是比我更清楚些。"葛晴嗔道："你吃了一肚子龙肉，听了一脑壳龙宫的秘史，倒指望我给你还情呢。"又敛颜对周丰年道："这天地洪炉，到处都是一样的炎凉，周大人在府衙之中修行，与在桃花源中修行，其实也是一般。富贵之人，到桃花源去，其实是像一只骆驼穿过针眼一样麻烦，我想周大人执意要赴桃花源，未必没有机缘，我回桃源之后，即与长老们商议，说不定哪一天早上，周大人就会在堂前书案上读到桃源请客的'荣兰帖'呢。"

周丰年白胖的圆脸上，闪现出喜悦的神色。他由袖中取出一册书递给袁安。袁安取来一看，只见蓝布包裹的封皮上，风樯阵马，铁钩银划，题着"龙的历史"四个大字。周丰年解释道："这是本朝太史公、钦天监主管司马飞廉大人的著作。飞廉大人为解开龙宫之谜，年轻时曾来洞庭湖隐居数年，然后将他的考证，写入这一本书里。我承飞廉大人错爱，离京赴任岳州之际，得到一份抄本。普天之下，除了太史公本人，也只有我这里，还存有此作。龙与龙宫的秘密，是本朝一大禁忌，原不应是我们这些人可以议论的，飞廉大人将正本带回朝廷，将抄本给我，其实也是心犹不甘，希望能访问江湖上的异人，详究此事。袁兄得暇，可读此书，德胜楼上，袁兄的疑惑，或可冰释。只是事关天命，不宜说给不相干的人物听到罢了。"

袁安点头，将书收下。周丰年又道："飞廉大人，也听说过桃花源，认为避入桃源，是人间的乐土。他老病辞别京城后，说不定也会往桃源去。"葛晴微笑道："飞廉这个老家伙，与我葛木爷爷很熟呢，到时候，你俩一道来寻我们吧。"周丰年应诺，挥手别去。袁安抱着在酒气里沉睡的乌龟，与葛晴上到船板，解锚出发。

4

　　天已黢黑，余晖尽敛，彩霞消灭，天上长庚星乍现，群星随之跳出，一弯蛾眉新月，贴在东边的湖面上，发出金黄的微光。这一回，却是葛晴划桨，将袁安推到舱内，点亮油灯，往灯下打开司马飞廉《龙的历史》。袁安将书上的文字一页一页念了出来，也好让划桨的葛晴听到。在哗哗的桨声里，邬归依然鼾声如雷。那黑鹰倒是没有睡意，站在邬归旁边，与舱外划船的葛晴一道，听袁安摇头晃脑，读《龙的历史》。春夜遥遥，洞庭遥遥，司马飞廉要讲的龙的故事，如此奇妙，令人心折。好多次，葛晴都不知不觉地停下桨来，让船漂浮在洞庭湖的波心，那黑鹰，一路无精打采的样子，也在袁安念出的故事里，伸直了脖子，黑豆般的眼睛闪现出神采。

　　"'在这个水蓝色的星球上，龙的使命已经完成。'这一年，一个初夏的清晨，洞庭龙宫的第二十七代龙君钱塘君，在吃过蘸了虾子酱的热干面之后，抹净龙须，对陪同他一起过早的诸龙宫的龙王们说道。这些龙王由四面八方的湖泊与河流里赶来，还有一些，是由河流之外的海洋中赶来，身上带着令人难闻的海盐的腥气。龙王们过早的宴席，在湖底扎帐结彩，由君山脚下摆到了汉寿县石板镇的湖岸。这一天早上，龙宫的厨师，为张罗拌面的虾酱，铲空了十几口发酱块的大缸，而这些虾酱，是一个月前，由洞庭湖的亿万清水小虾米投身进去酿好的。

　　"与历代龙君一样，钱塘君精力旺盛，英明神武，龙宫在他近三百年的治理之下，达到了鼎盛的世代。大大小小的龙布满了地球上的水域。有一些龙离开了中国皇帝管辖的地区，去南洋、大食等地建立龙宫，不得不去学习当地的番语，所以这一次龙宫的早餐会，不得不专门请来了舌龙，就是专门译介番语的龙博士。钱塘君受人诟病的毛病是贪淫好色。他有一百多名嫔妃，为他生养了三百多条龙子龙女，被派到海内外的郡县。外地的龙宫之中，出落出新的美貌的龙女，都有可能征召到洞庭湖来。即便如此，这位龙君还对人间的女子兴致勃勃。他是蒋家渔港青楼中的常客，又常常摇身变作俊俏的男子，去勾引人间的良家妇女。在他宣淫了几百年后，洞庭湖周边，与他有血缘的人，不计其数。后来哄传，湘北出美女，湘资沅澧诸江是美人窝云云，其实与他的努力有关系，毕竟龙种播下，生养出来的女子一定会有桃花眼、芙蓉面、樱桃嘴，美人鼻隆准秀挺，面貌顿时就有了光彩。

"龙王们在席上，听到钱塘君的话，一时都非常惊讶而伤感，面对美味无比的洞庭热干面，喉头发紧，无法下咽。钱塘君接着说：'现在，是我们离开地球，去创建新的龙宫的时候了。你们中间，有许多都是我亲生的孩子，我要求你们，放下碗筷后，立即风驰电掣回到自己的湖泊与江河，今夜将各自龙宫里的一切，都化作乌泥，子夜时分，即与我一道，搬迁到新的居所，去建设新的龙宫。'这一番话，虽在大家的意料之中，但是有一些龙王听到，还是哭了起来，特别是一些女龙王，她们的心本来就比男龙王们，要脆弱得多。

"'佛陀讲，不应三宿于同一棵桑树之下，不然就会生出留守之心，龙来到这个水蓝色的星球上，已经过去了三千年，现在是告别的时候了。大家讲一讲，为什么要离开洞庭与诸天下的龙宫，自己反省找出的道理总比由别人前来输灌的，要好得多。洪湖龙王，你先讲吧。'这天早上，钱塘君发动龙王们，来寻找离开地球的理由，对他来说，这差不多是对他的龙族的一次测试。每一任洞庭龙君，在位只有三百年，三百年后，就将传位给新的君王，钱塘君任期将近，他将此次发言，当作是物色下任龙君的机会。"

这是司马飞廉《龙的历史》的开篇，子虚乌有的凿空之谈，稍作交代，很快就陷入更冗长的谈话之中。不知道飞廉是如何打听到当日早餐会上的这些发言的。毕竟他们司马家族的司马迁写《项羽本纪》，也并没有去赴过鸿门宴。也许在后记中，飞廉会交待他的办法。全书一共十章，第一章谈论龙宫的搬迁，以后九章讲述十位龙君的列传。最后飞廉作了跋语。袁安停下来说："要不我跳过谈话的部分，直接将跋语念给你听，你一下子就知道这些龙王去哪儿了。"葛晴却不同意:"没事,你慢慢往下读,我就当是小时候听望舒外婆讲古。"之前蒋门神的故事集里,各地的水族扳命到洞庭来,现在飞廉的故事集里,洞庭的龙族又是跃跃欲试要席卷离去,天下的宴会,铺张开来,是为了相聚,又何尝不是为了别离!

"那洪湖龙王道:'我认为龙君做出此决定,与洞庭湖水系中的红藻疯长有关。从前,作为障眼法的一部分,我们将红藻由东海移到洞庭,没有想到,由咸水进入淡水之中,红藻的习性发生了变化,一根红藻,每一个时辰,竟能爬出一尺,并且分出九根枝条。目前龙宫已经被缠绕在一堆红藻之中,就像一枚鸡蛋,被放在鸡窝里。我每次进出龙宫的时候,都得花去好几个时辰,在这一堆红藻迷宫中钻来钻去。很多龙对红藻有过敏的症状,由红藻堆里游进龙宫后,觉得浑身发痒,风疹瘩如麻,搔抓难禁。时间一长,这些过敏的龙,将身上的鳞甲都抓捉掉了,远远看上去,就像一只长了脚爪的大泥鳅,呆在池塘底下,患上了忧郁症,都没有勇气出门。红藻已由洞庭向全国的池沼蔓延进发,我听莱茵河的龙王讲,他们那里,现在红藻都爬到了他办公室的青金石玉案上,多瑙河的龙王晚上与他老婆睡觉,都要扯半天的红藻才能铺上床,早上醒来,还是会发现,两个龙公龙婆都赤条条地缠在一堆红藻里。我们每一条龙,现在除了兴雨布云,吃饭睡觉,其他的时间,都花费在了扯红藻上。好像我们活在漫长的岁月里,就是为了扯红藻一般。我知道龙君你还未找到对付红藻的好办法,你也为每天早上,在红藻堆里醒来,觉得又愤怒又郁闷。已经有好几位扬子鳄太医,被罚了俸。红藻可以用火来消除掉,可是我们在水底下,无法举火。太湖龙王进谏说,将天下的池沼,包括洞庭湖,都干一个底朝天,由太阳来将这些红藻曝晒杀灭,这是一个好办法,但是,这么引来一场旷古未有的干旱,之后又会有一场旷古未有的大水,到时候,地球上,生物绝灭,只会余下海洋中的鲸鱼与我们这些龙了。离开地球是一个好办法,虽然,以后钦天监的书生们追寻龙离开地球的原因时,讲到是一种令龙皮肤发痒的红藻,让龙由地球上滚蛋,这个理由听起来滑稽而可笑,但是我知道,无论是人的历史,还是龙的历史,都是由一些滑稽而可笑的事件来推动的,这并不好笑。总之,这并不是一个丢人现眼的理由。我想到,能够在别的地方,在没有红藻的床上,与我的女人睡觉,不再闻到红藻那嚣张霸道的气味,身上再不会动不动就发痒,一直痒到我的骨头缝里,我就觉得我的每一个细胞都在自由快乐地战栗。老实讲,红藻让我失去了对地球与我所在的洪湖的留恋。'洪湖龙王将离别的理由归结于红藻。

"奇怪的是,三百年后的今天,我在洞庭湖穿梭旅行,已经找不到红藻这样一种曾让龙王们寝食难安、对生存生发出荒谬之感的水草的影子。鱼翔浅底,湖水如鉴,难道红藻只是龙族的梦魇?洪湖龙王讲,人的历史,是由一些滑稽可笑的事件来推动的。很多太史令,都希望为朝代的更替兴衰找出理由,这种想法其实是荒唐的,他们的识见,还不如这只长着酒糟鼻子的洪湖龙王。我大宋的兴亡,未必就不会为一根红藻左右。

"第二位起立发言的,是青海湖的龙王。青海湖龙王由高原荒凉苦寒之地来,未免有一些怯场。他说:'我认为,龙君下决心搬迁龙宫,与龙宫日下去人间寻欢作乐的风气有关。许多龙王对龙族的女子失去了兴趣,更愿意偷偷跑到岸上,去找人间的女子鬼混,沉湎于人间的温柔乡。我知道钱塘君你也不能免俗,听说洞庭湖上有一个叫蒋家港的地方,被人称之为小汉口,大家将龙宫里的夜明珠摘下来,作为财富去那里与妓女们相会,通宵达旦地饮酒作乐。一些龙女,因为生活空虚,也去人间物色男子来做面首,或者干脆上岸嫁人,宁愿藏起鳞甲,做普通的农妇,钱塘君你的好几个女儿,不都是找岳阳府学里的秀才做了女婿吗?我不反对龙与人之间的交往,毕竟我们是按自由意志生存的生物,不必像人那样,束缚在沉闷的伦理之中。可是,龙的数量是有限的,而人的数量是无限的,长此以往,龙与人将混合到一起,我们的子孙,将会成为人的子孙,他们呱呱出生在岸上,失去变化的能力,依赖空气生活,没有办法再回到龙宫,而龙宫迟早有一天,会成为长满了红藻的空荡荡的湖下废墟,任由鱼虾嬉戏。保持物种的独立性,是每一个物种的使命。我认为龙君有先见之明,既然我们无法将人类消灭掉,就不妨三十六计,走为上计。人无法离开地球,但是我们可以,我们本来就是由地球之外来到的。老实讲,我也没有办法抵抗人类的诱惑,人间的女人,她们的身体如此细腻柔美,性情如此温暖体贴,告别是痛苦的,爱情的逝去令人落泪,但是,必须要有告别。龙承担着它的不朽使命,不仅仅是,沉湎于情爱,去改进人类的世界,还要去理解更加宽广的宇宙。'

"青海龙王的话,引发了龙王们的骚动,他们这些龙都有过意气飞扬的青春,都在他们的私塾里学习过经典,钱塘君也在不停地点头。看来,龙与人之间的杂交,在当日,已成为相当严峻之问题。我想到这里的时候,忽然产生了一个疑问:到底龙与人之间,有什么区别,妓女们去辨别床上的客人,是往来洞庭的行商,还是由水底里来的龙王,除了去看他们拿来的是银子,还是夜明珠,还有另外的办法吗?怀着这些谜团,我专门去蒋家港,拜访一些世代乐户的人家,并调看了部分宫中的密档。我的结论如下:龙是非常奇怪的一种生物,它是由地球之外的宇宙,来到地球之上,这样的拜访,并不是太久以前的事情,它们的身体,由尘埃与光来形成,不需要水,也不需要空气,所以,他们能藏在水下生活,也能在没有空气的太空之中生活。因为是由虚无之中产生出来,由无形之中,变出血肉,变出万千的形态,所以很难讲,龙的具体的外形是什么。龙族目前所保持的,这样像长了鳞甲与爪子的泥鳅的样子,不过是由他们设定出来,供我们人类理解所需,而并非固定的形态。换一句话讲,龙是没有形状的,这就是云从龙的意思,龙差不多就像天上的云一样。

"而人不一样,人是由血肉中来,由实在中来,最后达到尘埃与光,达到虚无。由空气与水合成的肉身,经过短暂的一生之后,又回到大地与黄泉。他是一种非常偶然的生物,之所以变成如今飞廉这样,可以思考,可以讲出故事,可能与龙栖居到地球有关。飞廉相信,通过人的修炼,自身的努力,人也有可能摆脱肉身的限制,能够飞升与变化。我见过的一些武术家,如秋水老头,如后起之秀中的赵文韶,如武当山的木剑客,都在气功与轻功方面,有了很深的造诣，江湖中人讲他们是人中之龙，其实就是说，人通过武术的修炼，的确可以达到大象无形、变化自如的地步，打破天地对人的拘束。钱塘君被青海龙王批评好色，一时脸红得像龙虾似的。说不定，他这次下决心搬迁，真的是与和蒋家渔港里的哪一位粉头吵翻了有关系呢！龙王们一张张老脸嫩脸上，都闪现出促狭的笑容来。

"第三位发言的是来自长白山天池的龙王。他说：'也许龙君的这次搬迁，是为了逃避人类朝廷的刺杀吧。我与龙宫的龟丞相交情不错。他跟我讲，这一代人间的皇帝，已订出了"屠龙"的计划，要将龙君您除掉。皇帝亲手组织了一个名叫"屠龙门"的门派，这个门派修习的武功技法，龟息术、飞丸、庖丁解牛刀法，已能杀死龙族。十年前，龙君在龙宫里散步时，第一次遇刺。屠龙门的高手小白贴在屋顶上，忽然如一片银杏叶子一样袅袅飘落下来，斩去了龙君的尾巴，然后飘然逃去。虽然龙君的尾巴很快重新就生长出来新肉，可这一次屠龙门的刺杀，却让龙宫上下震动，大家没有想到人类的武术已精进如斯。第二次刺杀，是由蒋家港藏在妓女中的屠龙门高手小黑发动，龙君将她端上来的擂茶喝下去，茶汤热热的，一股子青花椒炒豌豆生姜味，没想到，里面却有他们新近合成的毒药"软筋散"，所以龙君醒来时，发现被捆在妓女的花床里，那刺客准备抽去龙君的龙筋，只是因为入厕小解耽误片刻，药力稍缓，龙君到底不是一般的小龙，很快就变成一阵清风，由三滴水雕花牙床上逃掉了。

"现在，人觉得自己成了这个地球的主人，皇帝们已经没有耐心来与龙君一起分治江河湖海。他们还会派出更多的黑白赤橙红绿蓝刺客，来与我们为敌。听说，皇帝正在游说屠龙门的领袖叶水扁出马来刺杀龙君。以叶水扁的武术，我很难相信，龙君还能安然无恙地逃过此劫。死亡对我们来说，不过是化作一道去宇宙旅行的光。但龙君未必就愿意过早地踏上无穷尽的旅途吧。龙在地球上最大的失误，就是帮助了人类，教他们用自己的手干活，教他们生火，教他们写字，现在他们达到这样的地步，迫不及待要自己做地球的主人。他们固然是土生土长,脚离不开地面,肺离不开空气,胃离不开五谷,可是,对龙来讲,地球并不是唯一的选择,大家半夜起来,往天上看,去看那繁星浩荡的宇宙,上面滴溜溜转动的明星,都能成为龙的家乡。用人类的话讲:三十六计,走为上。龙君是这样想的吧。

"长白龙王的话讲完,钱塘君也点头称是。看来在天下的群龙之中,以龙的身体,堕落成泥鳅的志趣,猪的智商的,毕竟还是少数。很多龙王,还有生机勃勃的理想,有敏锐的洞察能力,有开创美丽新世界的决心与勇气。钱塘君道:'离开生活了无数个世代的地球,并不是一件容易的事。可是,龙王们,与这一个水蓝色的星球,说再见的时候到了。让人去做它的主人,让人自己去面对生存与死亡,去面对这繁星运转的未知宇宙给他们的无穷虚无。当人类的刺客闯进龙宫的一刻,手执屠龙刀站在我面前,我心里其实难过得要命。刺客们的行动不仅是人类的耻辱,也是龙的耻辱。我昨天晚上走到君山顶上,看了半夜的太白金星。那是我们从前的故乡啊,现在,我发现上面的河海都干涸掉了,生物都已绝灭,变成了一颗荒凉的行星。故园已芜,胡不归,胡不归,我们该回去了。'

"钱塘君显出悲戚的神气,但是他还是下定了决心。他吃完蟹脚热干面,就散罢了早餐会。龙王们纷纷起身,揖别钱塘君,穿过水藻纠缠的宫殿,飞升到天空,敛意隐形,心急火燎,往各地的江河湖海驰去,回到他们各自的龙宫呼儿唤女、收拾细软。当夜,呼啸会聚的群龙在钱塘君的带领下,一起飞赴金星。离去之前,各地水中的大小龙宫,皆被巨震化作青泥,沉结河底。这一夜自然是雷鸣电闪,暴雨倾盆,人们平躺在雨水奔流的青瓦下面睡觉,不会知道从此后,龙王们再也不会在他们的生活里显现。这个曾给人类平庸乏味的丛林渔猎生活,创造出无数奇迹的种族,已经奔赴他们的星球之外,去创造新的奇迹。也许还要过很多年,人类之中,名侠杰出,组成崭新的江湖,才能给他们带来一些惊喜。我查看当时当值太史公的记述如下:永和九年春。某夜。各地普降暴雨,填溢江湖。紫金山上值夜官员称,天空闪电繁乱,一夜未灭,如万蛇竞涌，如钱塘潮来，如东海鲸奔，交错不歇，照得京城如同白日。此系千百年未有之异象。圣上一夜未眠，召龙虎山张天师与屠龙门叶水扁。

"相信张天师与叶水扁当夜，已经知道了龙宫的迁徙。但是皇帝没有让太史令将此事记载下来。皇帝又命太史令重新修订了史部诸书，将从前记录里，关于龙的部分，一一删去，或转入说部传奇之中。所以现在的秀才们去读历史，除了在礼记里看到每年春社岳阳府向朝廷贡献猪婆龙肉外，竟无其他一条，与龙族相关的记载。而一般的百姓，也只有从当地的传说里，听到龙的故事。为了观察龙族是否迁居到金星之上，我专门由洋毛子那里买来了望远镜，在紫金山上观察金星。我发现金星上，果然有许多的斑纹，好像有无数条蚯蚓盘绕在上面。不知道龙到了金星上，还会不会保持在地球上时那种古怪的样子，如果还是积习难改，我相信，那些虬曲的蚯蚓一定就是他们。不过，要证实此事，还得去金星上在地考察得以确证，可是，人能够到达金星吗？目前为止，人连月亮都没有爬上去过。人，不过是关在地球这样一个监牢里面的一群可怜又自大的家伙罢了。我一直在组织钦天监的学士们研究：我是谁，由哪里来，到哪里去？目前礼部考试司的答案是：吾是人，吾由地球来，吾要到地球去，所谓普天之下，莫非王土，率土之滨，莫非王臣。这个，其实已不是问题，我更感兴趣的问题是：龙是谁？龙由哪里来，龙要到哪里去？"

袁安将司马飞廉《龙的历史》念完了第一节。两人眼见着满天的繁星渐渐稀少，天空发青，东方欲晓，硕大的太白金星，像一颗钻石一样，留在尚未隐退的群星里。葛晴心里空落落的，这些龙族离别的故事，是真的吗？还是她才华盖世的外祖父，当年随手编出来骗外婆开心的兔园册子？现在又让周丰年抄出来骗我们？这太白金星，西长庚，东启明，各各正是金星的别名，并非是参商不相见的两颗星辰。它们没有离别可言，因为它们本来就是一体的。龙王们新的宫殿？不知道这样清寒的早晨，他们会有热气腾腾的蟹脚热干面吃吗？她痴痴地看着金星，对袁安讲："天亮了。"这时候，老邬也由宿醉中醒来，缓慢地翻转身，化作那满面胡须的粗壮汉子。一脸茫然地坐到船头上发呆。袁安不能将《龙的历史》念给他听。飞廉已经讲过，这一段龙的秘史，不应该让一般的人知道，老邬虽然不是人，也应是在不该知道之列。

"君山到了。我要与两位与黑鹰告别了。"老邬头脑变得清明，"我已经想好了，洞庭湖有无龙宫，有无龙族，对我来讲，已经不重要了。我准备去找龙虾精与泥鳅精，还有鲤鱼精，还有蚌壳精一道，我们自己造龙宫去。我相信这世界上，最早也是没有龙宫的，也并没有龙。我将青春的岁月，整整三百年，都花在了找龙宫上，按照乌龟的寿命，我还可以活三百年。这三百年，我要花在建造自己的龙宫上面了。再会啊，黑鹰，桃花源中的游侠们，以后有空，欢迎到我们的龙宫来做客。"

黑鹰目光灼灼，鼓翼作礼。袁安与葛晴，脸上都涌现出了会心的微笑，这真的是一个不错的主意。袁安说："希望下次我们比赛潜水的时候，由湖底抓起来的，不再是泥巴，而是你趴在屋顶上晒太阳的子子孙孙小乌龟。"老邬笑道："等我养出滴溜溜的龙女来，我再请你到龙宫来给我做女婿，只要你旁边这位罗刹女不反对。"葛晴娇斥道："你你这老乌龟还不快滚。"老邬举头沉默片刻，又道："不对不对，他俩是桃花源的牛郎织女。桃花源里哪来什么游侠。黑鹰啊黑鹰，你要是在桃花源里待久了，也会变成一只鸡的。"

老邬跃入洞庭湖里，又化身为一只脚盆大的乌龟，巨掌黑背，探颈展爪，扑通坠入清碧的湖水里。这时候，朝阳已由东方升起，铺盖得洞庭湖万里金波，縠纹如同出炉银红。行旅的客船与渔人们的蚁舟还未出发。老乌龟破开湖水，将一湖金子，都搅碎掉了。

5

君山之上，春雪正在消融，湖畔的青草由残雪间点点显露出来，舜华阁下的杨柳抽出鹅黄新芽。袁安葛晴二人系舟登岸，七八年后，故地重游，未免生出一番感慨。两人去无色庵中拜望惠能师太，这个也是他们计划中的一站。望舒师太与惠能师太，年轻的时候，是一起行走江湖的密友。无色庵藏在一片木兰树林里，树林又藏在君山的山腹里，东风难以刮入，积雪也就化得慢了，仿佛还是一片新雪。木兰树已孕育出满枝毛绒绒毛笔一样的花苞，不久即会开放。神荒的枝干，沐浴在淡白的阳光里。两人不忍踏坏树林中的积雪，展开轻功，由树枝间纵入无色庵，看到尼姑惠能，正在庵内的厨屋里教一个头皮精光的小尼姑煮阴米粥。

"你一罐子粥都煮不好，还要去闯江湖。"惠能笑骂道。

"到江湖上去，还用得上自己大清早爬起来煮粥吗。"那小尼姑精灵古怪地回嘴道。

"按之前蒋姓居士传的方子，先武火，再文火，慢慢拨柴，快快搅动，别再煮糊了。你叫小转铃，要多转一下脑筋。"看到两人进来，惠能站起身。原来这十三四岁年纪，迷惑于文火与武火的小尼姑的法号，正是叫做小转铃，择日不如撞日，今日正是她师父惠能师太打发她出门挂单的日子。

"你们两个，陪老尼我去转一转吧，等这小转铃将粥煮好了，再回来用斋饭，小转铃你架着火，先用武火将粥煮开，然后用文火慢慢熬个把时辰，你拿着木勺子要不停地搅，仔细你的脸皮，别打瞌睡一头跐到滚粥里。一个尼姑烫坏脸，长得难看，想在外面化到斋饭，是千难万难。"惠能招呼着袁安与葛晴，由无色庵中出来，裹着月白旧僧袍在雪地上走着，好像微风刮过一般，一点痕迹都未留下。

君山如画，展现在早春清寒的朝晖里。三人也不做声，由后山来到前山，绕着山转了一圈，这个是惠能师太每天早上的功课。湖光山色如此之好，岂非正是人间诸色中最深的魔道。如同微风吹过师太已经古井般禅定的心境，她要去克制这微澜般泛起的愁怅，然后回她的无色庵去。

前山的朝阳里，一群汉子正在大兴土木，搭盖楼宇。前面的宫殿，已起了楼面，上面写出来的，竟也是"龙宫"两个字。这群汉子,莫非也有如同老邬一样的远大理想?惠能师太回过头来,对袁安葛晴夫妇道:"十年前你们到君山筹办荣兰会的时候,君山上的强盗头子,名叫张横。前面三四年里,这张横被岳州知府周丰年烧了山寨,割去脑袋,枭首船桅,一伙强盗也散了。最近又有强盗聚拢来,他们本想抬举张横的儿子张竖做头领,没成想那小子去云梦读书,去年被取中了解元。只好推一个叫李奎的,重新造这么一个龙宫出来。"

袁安道:"这帮强盗打扰到师太的清修,要不我去替师太将他们赶走,也替周知府除去一害。"师太道:"这个也不必。君山本来就是强盗湖匪啸聚的地方,倒不是用来修庙聚僧的,他们能容下无色庵,已是有了大功德。这强盗像野生的韭菜,那官家就是一把镰刀,割去旧穗,又长出新苗。官也好,匪也好,江湖也好,绿林也好,在我们出家人看来,不过都是世人度日的法门。你且不要烦恼,不要管他。"

袁安点头称是。那盖房的群盗之中,有一个长身白面的家伙走过来,向师太作揖道:"在下李奎,有扰师太的清修啊,我这个龙宫马上就要盖好了,这楼上的招牌,是由我们的师爷写的,挥拳踢脚的,就像我们江湖汉子在打架一样,难看。师太赐我们两个字。"这李奎唇红齿白,丹凤眼,吊梢眉,不去戏台上演小生扮罗成,戏台下跳西厢会小姐,在这里做强盗,可惜了。

师太点头应允。李奎命人架起桌子,取来湖州笔,摆上歙县砚,磨好徽州墨,铺开宣州纸,请师太写字。师太想了想,却命袁安上前来,道:"还是你写吧,你被人家叫做春雨万剑,这手上的本领,当世没得几个人能跟你比。我住在无色庵里,也听人说过的。"袁安上前,在纸上写下了"龙宫"两个字。葛晴知道袁安在桃花源里无事,除了学农,犁田插秧,也练得一手好字。师太点头称赏。那李奎知道写字的,就是几年前轰动过绿林的袁安,也觉得大有脸面。

袁安道:"李兄请将这'龙宫'二字,制成两块匾,一块由李兄挂上宫墙,另一块,请沉入君山之东的湖底,替我送给水下的一位朋友。"这当然是离奇的要求,李奎迟疑一下,答应了。

三人由龙宫的工地上下来,又转回后山。师太领着二人,来到无色庵外,木兰林中的水井旁边。黑色的井栏上,已停下一只黑色的大鸟,鹰瞵鹗视,玄羽铮铮,正是一路随袁安葛晴出游的黑鹰,不知它什么时候,由木兰舟上飞来了。

这个井,就是柳毅井。看到师太走上前来,黑鹰嘶哑地鸣叫。十几天里,它沉默不言。柳毅井的井栏上生有青苔,由积雪里显露出来,瑶草一般,簇簇团团,润绿如翡翠。这么稍稍激动片刻,黑鹰差点失足滑入水井里。袁安葛晴上前看那古井。上一回他们到君山上来,忙着打架,竟没有机会来看这口见证过人与龙的姻缘的井水。一二丈径深的井口往下,水面形成明镜,映照出由桃花源里来到的一对娇客的面容,那模样,就像要绣到扇面上,做出百年好合图似的。葛晴的脸红掉了,弄得袁安也不好意思起来。

师太道:"两位先随我去吃小转铃煮的早粥。一边吃粥,一边再听老尼来讲这口大名鼎鼎的柳毅井。我们这样世外的闲人,在这样迟迟的春昼,难得遇到这样奇妙的故事。"

就像由明黄改变过来,变得白晃晃的鸡雏的羽翼,阳光已照进无色庵的庵门,闪闪地铺在庵堂上。庵顶黑瓦上的白雪,也开始渐次融化,在庵前的屋檐下,长长短短挂出一溜冰挂,串起一道雨帘。明亮中,有着黑暗。清寒里,有着温暖。只有在早春融雪的时候,才会有这样的奇妙天气。三人由檐下的雨帘里,闪身进去,灵巧得像三只燕子。庵堂里弥漫着粥香。小转铃总算没有辜负师太的重托,将一把洞庭阴糯米,在瓦罐里,煮成了十成十的好粥。她完成这样了不起的任务之后,已在灶下沉沉睡去,再会清早里乍别的周公。师太将小转铃拉起来,在庵堂中排桌子布凳子,找碗寻碟,一会儿便弄出一小桌吃粥的素席出来。虽然没得蒋门神的龙肉好吃,但是普天之下,能跑到君山之上无色庵中,吃到隐居五十余年的惠能师太的早粥,这个并不是一件容易的事。

师太道:"这女娲造人啊,有的人说真,有的人说假,真假且不要去论它,我们修习过武术的人,却应仔细想一想。一般的人,与泥偶的区别，就是在于女娲吹入人腔子内的这一口气，所以武术的根本，就在练这一口气。一般习武之人，能够控制自己的气，令之缓急中坎，有规有矩，所以内功扎实，轻功如神。但是真正修习武术到最高境界的人，其实是能够脱离这一口气的。他学会了胎息之术，差不多回到了婴儿的状况，能在光辉里，在土里，在水里，在火里，做人，这个就是在江湖上被传得神乎其技的水遁、光遁、土遁、火遁，盛唐时，新罗与东瀛的使节里，有会武功的人，将这些技法带回母国，他们将之称作忍术。你们看《庄子》，里面讲的，就是一个摆脱了女娲那一口气的游侠的体验。"

师太又道："现在如果有一个人，通过武术的修习，达到了《庄子》书中游侠的地步，他就可以穿过柳毅井。这个史书上确有记载。司马飞廉跟我们讲过，从前舜帝就修习了胎息之术，他被父母掩埋在井中，穿井而出，得以不死。他辞别娥皇女英，来到君山，就是由柳毅井下去拜访龙宫的。后来，他将皇帝禅让与大禹，来到龙宫里，成为龙族的一员。柳毅也是，作为凡人，如何能达到龙宫里，如果他没有胎息之术的话？在陕西放羊的龙女看出他身怀异术，所以恳请他往洞庭龙宫里传书，他穿过长长的柳毅井后，加入到龙宫里，做了龙宫的乘龙快婿，成为龙女的第二任丈夫。

"柳毅井，正是人的世界与龙的世界的一个通道。人世中的那些游侠，得到好的机缘，习得胎息术后，就可经过柳毅井，脱离身形，加入龙族，变成龙。不过，这是三百年前的事了，三百年前，通过柳毅井的人，据飞廉考证的，也不过是寥寥数人而已，比较起来，世人想进桃花源，倒是太容易不过。柳毅井有一点像一口仰着的钟，越往水下，出口越细。也许它本来就是一口被洞庭湖水推送的钟。很多次，我晚上醒来，都能听到由井里发出来的浑厚的和声。你外婆也迷上了它低沉的钟声。她常常月夜披衣起床，到木兰树林的光影里散步，一直到早上露水下来，林子里的鸟都醒过来鸣叫，才步行回来，和衣再睡。如果天色已亮，她就索性不睡，盥洗一毕，就开始慢慢煮粥。我常笑话她，说她年纪老大不小了，却还是疯魔着，像当年与飞廉他们一路厮混的丫头。

"说起来是六十多年前了，我们比你们现在还要年轻，由桃花源里出来的葛木，带着他的妹妹望舒，美得像中秋的月亮似的，第一次出远门，他们为桃花源发出荣兰帖，被其时游学洞庭的飞廉抢了去。可这飞廉不愿意去桃花源，偏要去找那虚无缥缈的龙宫，跟望舒还打了一架。结果是葛木一个人气咻咻划船回去桃源。"

葛晴想起来，难怪葛木爷爷那老家伙，非要将两个小的取名字叫望舒与飞廉，原来是他没法将那两个天神拘回桃花源，就想将这两个家伙的名字编派到孩子们的身上，由他猫三狗四，出得一口恶气。这一次回去桃花源，说不得，一定要抵挡住葛木这个老家伙的软磨硬泡，给两个迟迟未命名的小人类取定名字。

小转铃抢嘴道："望舒与飞廉一定是那个那个上了。"

师太道："你这小蹄子真是汗邪了，什么那个那个上了，就是那个那个上了，也是人之常情。可朝廷的太史令、钦天监的总管，从来都是由太监里面最聪明的家伙来做的。这飞廉姓司马，全名其实叫做司马飞廉，这个司马世家，被选中去做太史令的男人，三十岁以前结婚生子，三十岁以后，就得净身入宫，去担当太史令的使命。飞廉后来一定要去做他的太史令，望舒只好与我一样，做了师太，这个差不多也是小转铃你以后的命运，你总有一天，会由红尘里面回来，承接我的衣钵，在群盗中间，将这个无色庵守下去的。我希望练成高明的武功，望舒希望将飞廉带回桃花源，飞廉则希望找到龙宫。红尘说到底，岂非正是这些个执念捉弄人？我没有办法习成望舒、飞廉他们那样高明的，好像天生由娘胎里带出来的武功。望舒也没有办法去说服飞廉，放弃他司马一家的使命，只好一个人住在汉寿县里，将女儿养成，送回桃花源。飞廉，也没有找到他的龙宫，他发现龙宫在三百年之前已由洞庭湖的湖底消失之后，即辞别妻女，回京城的紫金山，去做他的钦天监总管去了。"

袁安道："飞廉大人这一册《龙的历史》，我缘法相济，已得到了一份抄本。"

师太并没有觉得奇怪，接着说道："飞廉将《龙的历史》写完之后，就将龙与龙宫，抛到了脑后，像他这样，深陷在家国中的人，当然还有更多的事情要去做。他将这本书，也抄了一份送给望舒。倒是望舒，重新又迷上了龙宫，在她差不多成了一个老太太的时候，她忽然又狂热地掉进丈夫年轻时的梦想里面。"

葛晴道："我在桃花源里，也听说过外婆暮年好道，沉迷于典籍。她与我外公本来老死不相往来，我母亲因我难产去世，他们两个也没有回过桃花源。晚年为了得到朝廷的藏书，外婆却特别派黑鹰飞到京城，致信恳请我外祖父发出一批书到汉寿县去。外公《龙的历史》，应是随那一批书一起发到的。"

师太点头道："望舒由这一堆书里，找到了柳毅井的秘密。这个秘密，连飞廉都未发现出来。飞廉没有想到，在人与龙之间，有这么一口井，有这么一个途径，能够将人变成龙。飞廉认为，万物之间最终可以转换，世界充满了奇迹，超出人的头脑所及。但是君山山腹之中，藏下的这个最大的奇迹，他却没有发现。"

小转铃道："我明白了，师父你天天早上起来练武功，原来是想练好后，跳进柳毅井里面，变成一条大母龙，你早跟我讲啊，我要是早知道了，也就不会偷懒贪睡，会每天一大早跟你爬起来，打熬学武功，等咱师徒俩学会了一等一的那个什么胎息功，就一起去跳井变龙啊。"

师太道："乖徒儿你省省吧，你这样的躁性子，胎息功没学会，胎动功怕是早已无师自通。你天天往前山强盗窝里跑，没着李奎的道，替我养出徒孙来，让我天天替你刷洗尿布，我已是心里念佛一万遍了。"又转向袁安葛晴道："望舒将柳毅井的秘密讲给我听，当然也有希望我与她一起入洞庭做伴的意思。我与她还是做黄毛丫头的时候，就彼此认得，一辈子的手帕交情，没得互相丢闪的道理。我却没有同意。我师父圆寂之前跟我讲，我习武天分不高，学佛却有慧根。就像我这个徒儿，现在虽然泼皮，却迟早会由红尘中回头，成为一代高僧，她的修为，以后还要在我之上。做人也好，做龙王也好，其实，都是入世的执念。轮回之中，在劫难逃。慈悲境界，皆作幻象。柳毅井，固然可以将武术超拔的人变成龙，却无法打破轮回。我更愿意相信，柳毅井，是一口被洞庭湖激荡的大钟，深夜谛听到的钟声里，有金刚之愿力，佛陀之悲悯。"

6

袁安、葛晴二人由庵堂出来，往柳毅井走去。阳光在密布着新芽的木兰树林里闪闪发光，积雪正在消融，雪水四下汇集，由沟渠涓涓流向洞庭湖里。只此吃一碗粥的工夫，井栏上的积雪，就被阳光化掉了。站在井栏上的黑鹰，也不见踪影。

"黑鹰一定是回到我们的船上去了。"葛晴说。

"我觉得它是飞走了，它天性桀骜，使命一经完成，不会再跟随我们，到汉寿县去。"袁安说。

"嗯。"

"外婆果然没死，她跳进柳毅井，变成了龙。她老人家，真是一个了不起的人，这几百年来，没有人能修成她那样的武术。"

袁安说着，却发现葛晴低下头来，手扶在井栏上，眼泪啪啪地滴落到井水里。她并不爱哭，她出生在雪后初晴的早晨，难产去世的母亲，给她留下来一个远离忧伤的名字。

"我不想去汉寿县，看外婆的衣冠冢了。我想回桃源去。"葛晴抬起头道。

"可是我想去看看。你是在汉寿长大的，我想去看一看你小时候玩耍过的有秋千的小院子，你睡过的小石床，看一看你跟外婆学武功时，踢坏的那些枫杨树，你前几天在船上讲给我听过的。"袁安说。

"你去吧，你自己去，你到汉寿后，向东，顺着长江，就可以往湖广与江浙去，向北，溯汉水而上，由襄阳上岸，可以东去京师，西去关陕。那是你的绿林。"葛晴道。

袁安默然。

葛晴道："你在桃花源里的时间已经尽了，你越滞留桃源，你心里就会越苦闷。这七八年，生儿育女，已经足够，比起飞廉与外婆在一起电光石火般的年月，已经够长了。你到江湖上去，我得空，会去看望你，有一天，你老了，厌倦了游侠生涯，回到桃源，我还会在那里，在水田里，在织机上，在孩子们中间。"

袁安低头去看那深幽的明镜一般的井水，一个时辰之前，它也曾在薄薄春雪中，映照过他们两个人的面容，在虚无的黑暗里不会分开的两个人。一个时辰之后，他只看到自己的脸，向更深的黑暗里沉下去。

"你们躲在这里唱《西厢记》，唱到哪一出啦？是唱到跳墙相会，还是草桥告别啊？"小转铃拎着行李，在惠能师太身后，由林子里跳出来。之前与师父道别，不免也洒过几滴伤心泪，现在破涕开颜，又来打趣她新结交的葛晴姐姐。

葛晴笑道："你这个不长进的小丫头，躲在无色庵里，不读佛经，竟是将《西厢记》读了一个滚瓜烂熟。难怪你师父要你收拾行李，打发你上路了。"

师太说道："你外婆就是前日，二月初二的深夜里，跳入古井里去的。大雪在那天晚上下成了气候，洞庭湖里，也大风大浪兀自不休，我立在井沿给望舒护法一夜，这小转铃倒是在屋里睡得像死猪似的。"

小转铃嗔道："我哪里就像一头死猪，半夜我起来溺尿，发现雪已经堆起来，将庵门堵住了，门没有闩好，我用力一推，才将庵门推开，看到白茫茫的一片，老北风就像一个发了脾气的杀猪的屠夫，我只好蹲在门槛上溺了尿，倒是将门前的雪融去了一大片。师太您可别怪我将你的庵弄脏了，天太冷了，我眼睁睁地看着那尿水转眼就被冻成了冰。我提好裤子，准备关门，爬到床上继续睡，忽然看到眼前白光一闪，一下子将我们的无色庵，庵前的树林子，树林外的君山，都照得无比亮堂，我心里还想，这贼老天还真是会玩，下雪天还要打雷。我还没有想完，果然，轰隆一声，那雷声好像就落到了前面的树林子里面一样，将我吓得差一点栽到雪堆里去。莫非是球状闪电？我赶紧念了一声阿弥陀佛，师父我对您讲，我在这里住这几年，每一次念佛，都是你逼的，只有这一次，是我自己脱口念出来的。我还想，一定是老天爷看到我调戏前山的强盗李甲与李四，不高兴，所以派出一条龙王，来收拾我了。其实，我与那些强盗，不过是闹着玩玩，那条笨龙冤枉打杀一个人，还不是小菜一碟。我赶紧关上门，我想，哪怕由这片还没有消散的白光里，涌出一万朵红白莲花出来，我也不要看了。我将自己藏到被子里，重新睡得像死猪一样。"

惠能师太说："小转铃讲的白光，正是望舒跳进柳毅井时发出来的。我在旁边看到，觉得好像一颗彗星在风雪里掉落井口。望舒练成了长生真气，这个是她桃花源中武功的顶峰，得到长生真气的人，不仅能呼吸空气，还能呼吸光。她靠长生真气，能不能通过柳毅井，我们心里面，都没得底。她的真气，已经将柳毅井激荡成一座洪炉，由人变成龙的刹那，她到底是龙，还是人？她到底是一团气，还是一团光？到底是活着，还是死了？这是最凶险不过的时刻，比你们练内功时感到的走火入魔，更加凶险。我为望舒护法，即是为了应对这样的时刻。在这一团白光里，望舒可能变一条龙，由柳毅井下曲折的流水通道，游入洞庭湖，也有可能在这团白光之中，化成一抹尘埃，填入柳毅井里。

"我用内力将井上的雪片逼住，转向别处，也不能让狂风刮入井内，搅乱望舒的心神，我还望得见沉入井水深处的望舒的身体，光芒由她的身体上散发，好像一朵白莲开出来，在光芒里，她好像又回到十八九岁做少女时的样子。我想，佛经上讲的那些奇迹，其实是有的，望舒如果想去做菩萨，这个样子，其实不就是一尊观音吗？我一个向佛六十余年的人，不应去怀疑佛、试探佛的。我这个念头一起，赶紧又被我禅定的功夫清除掉了。这时候，心头是不能有杂念的，佛也是杂念。我盯着望舒，她讲过，她的身形如果在光里面消失掉，像盐化在水里，差不多这事就成了。小转铃说的那一声春雷，就是这一刻滚下来的，这个跟望舒的计划没有关系，我也奇怪，怎么会打雷呢，要是这一声响亮的春雷，将望舒的心神搅乱，我们就前功尽弃，白忙活一场了，这个柳毅井，恐怕也会成为望舒的坟。雷声响过后，我再向井里凝神看去，望舒的身影已经消失掉了,那一团光,向井底沉下去,越缩越小,最后像一点萤火一样,很难看到。你们知道,柳毅井是没得底的,小转铃往里面投过石头,从来就没有听到石头落地的声响。我觉得,望舒可能已经完成了她的心愿,变成了一条龙,只是这一声雷,是由哪里来的呢?难道是上天垂怜于她,在这样不上不下的当口,特别在铺天盖地春雪里,奉送了一声春雷,来帮她完成心心念念的奇迹?"

袁安默想片刻,对师太说道:"这个,倒也不一定是雷声。二月初二的深夜,也是屠龙门的门人蒋门神入洞庭屠龙的日子。我师父秋水老人跟我讲过,这屠龙刀法,极天地之变化,最后却只发出一刀。这一刀,能开山分水,破除一切执见。屠龙门的始祖大禹,就是用这种刀法,来开掘江河,屠灭当年与他作对的恶龙的,大禹的时代,江河里龙王层出不穷,而且良莠不齐,多有作恶的孽龙出来害人。那一场大洪水就是由他们发动的。这奏功的一刀,会发出雷霆一般的轰鸣。我想,望舒师太迁化的一刹那,蒋门神也正好将他的捕龙船划入洞庭,遇到了一头回访龙宫故址的猪婆龙,他这一刀下去,将这头倒霉的猪婆龙一刀两断,又做了一回雷公,弄出了这么大的响动。"

师太听了,唏嘘不已,看来望舒那一夜,运气相当不错。

小转铃赞道:"这个蒋门神,这一刀实在是帅不可当。他的这个屠龙刀,与你的春雨万剑,哪一个更厉害呢。"

袁安笑而不答。

葛晴道:"袁安不入桃源的话,不会是屠龙刀的对手,不出桃源的话,也不会是屠龙刀的对手。"

小转铃一脸的疑惑:"好姐姐,你将我的脑子弄乱了。"

葛晴微笑道:"屠龙刀法是当今最凌厉霸道的刀法,它讲求的是灭。被桃花源的长生真气注入的春雨万剑,差不多也是当今最好的剑法了,它讲求的是生。生与灭,看起来是相反的,其实是殊途同归。我也不知道,谁会胜,谁会负。但袁安不会与蒋门神打架,蒋门神不会来找袁安打架,其实不会有胜负,胜负,只是你这样的小丫头，才会生出的好奇心。"

小转铃做出了她的小鬼脸，惠能师太却叹道："灭谛无常，生谛也无常，这个，其实也是佛门的道理。时候已经不早，太阳升得老高，诸位该走的，赶紧走，没得在我无色庵蹭吃中饭的道理。该留的，就留下来，陪我到树林子里采蘑菇去。这一场雪化掉后，由木兰树林子里长出来的松茸，一根能值一两金子。我们还得去将茶树上的雪扫下来，托这一场春雪的福，今年的君山银针，就是龙王将龙宫里头最大的夜明珠摘下来，我也不换给他。可恨那武当山的木剑客这老猢狲，又要翻着他的跟斗云、梯云纵来找我讨茶吃。"师太由灭谛无常，想到木剑客要来讨今年的君山银针，心情抑郁片刻。阳光已经照入柳毅井里，将柳毅井照得通透彻亮。师太想到自己还是六根未净，不能免去松茸、银针之贪念，无法修持到如同春天中午被阳光直射的千年古井一般，光华灿烂，无净无垢，一派佛性，不由又叹了一口气，发出了她的逐客之令。

7

一片蓝天下，东风吹拂着洞庭万里春水。这一场雪化掉之后，青草就会长满湖岸，鸟语花林中，人间又回到活色生香的新世界。与惠能师太、葛晴作别，袁安领着小转铃，在粼粼细浪之中，划船前往汉寿县。

小转铃坐在船头，在阳光里眯着眼睛，翻看飞廉《龙的历史》。小转铃念佛经的时候，养成了一个聪明的习惯，为了省事，总是径直翻到经书的最后一页，才敲起木鱼，噼里啪啦胡沁一通。此书的最后一页，却是司马飞廉作的跋语，记述他与望舒五六十年前相识的经过。

"余作《龙的历史》十篇，已齿落头白，盛年不再。紫金山上，夜沉如水，繁星如粥。茫茫大块，浩渺宇宙，令人生畏。余以人力问天命，以有涯逐无涯，乖离错谬，知其不可为而为之哉。而黄粱未醒，槐聚于斯，归去来兮待何年！方知年华如梦，佳人如梦，桃源如梦，洞庭如梦。"

小转铃叹息道："这个飞廉，倒真是写得一手好文字，差一点，就将我又弄哭了。我最讨厌告别的故事，我就爱看大团圆的老戏。不知道这望舒，由我们无色庵边的柳毅井里出去，到底变成了龙没有，是一条真正的会变化的大蛟龙，还是一条会被蒋门神杀掉的猪婆龙。我以后有了真正相好的男人，一定要像蚂蟥见了血，一口叮紧，绝不放松，什么上朝廷，去江湖，做神仙，成佛陀，统统不行！"

袁安低头划舟不语。他受惠能师太之托，将这饶舌思凡的小尼姑带出君山。很快她就会背起小包袱下船，挂单在万丈红尘里。葛晴呢？她已经背起竹篓，开始帮惠能师太采茶了吧，君山清明雨前的春茶，根根银针皆是初心，滋味可比得上桃源玉露？

小转铃道："要不我将船弄翻转过来，让你做落水狗子，然后我将你扯起来，就像六十年前，飞廉遇到望舒时的样子，说不定，你被春水激活了脑子，会发现葛晴姐姐也是一个明眸皓齿的美人。"

袁安停下桨来："你倒是试试看，你一个旱鸭子，掉到水里，就会沉下去帮老邬盖龙宫院子，怕是没得余暇来管我这只落水狗子。至于葛晴姐姐，她自然是如花美眷，何惧似水流年。"

两人一路沉默，不再言语，在晴天丽日里划船不止。天空之上，一只黑鹰飞得如此之高，好像要被太阳化掉一样。湖水之下，一条龙在孤单地嬉戏。她像天上的浮云一样，改变着自己，得到了高明的胎息术与隐身术，她就是出现在一代名侠、春雨万剑袁安的船边，也不会，被心绪茫然的他看见。

（周丰年讲吃龙肉的故事出自《聊斋志异》，为清代蒲松龄所作，此处引用，时间不对，姑妄谈之，读者勿嘲。2019 年 8 月 14 日改。2020 年 12 月 31 日又改。）

金驴记

1

梅子黄时日日晴，小溪泛尽却山行。

绿阴不减来时路，添得黄鹂四五声。

正是四月将尽，南风初起的孟夏时节，大别山中，武胜关外的大道上，蹄声嗒嗒，一头野驴子，驮出来一个青袍广袖的小书生。这书生不是别人，正是当年洞庭湖匪首张横之子，后由江湖隐侠赵文韶收养成人的野猴子张竖。

人家讲沐猴而冠，殊不知这野猴子洗澡日勤，近朱者赤，日新月异，跟着赵文韶修身养性，竟也养成了一个知书达理的俊生生的秀才。十三岁上游庠，十五岁进了府学，十七岁上又中了举，这一年，十九岁，就有了去京城里大比抢魁的好运气。张横不死的话，看到儿子如此长进，怕是立时就要弃刀成佛，就是那赵文韶，填了一肚子的诗书，年轻的时候，也没得张竖这样清华敏锐，眼看二十不到，一顶翰林的高帽子就要妥妥罩到这野猴子的头上。

那李芸与赵文韶隐入德安府云梦县里，织布耕田，也安享了十余年的太平之乐，近来，因张竖文名日盛，艳名远播，德安府、云梦县的乡宦缙绅，养下女儿的，都派出媒人，要将千金说给这湖广的尖尖的小解元为妻。所以府前街上，他们的院子里，整日价站满了涂脂抹粉的媒婆。李芸名妓出身，不改喜热闹的心性，这些媒婆，也近乎她从前惯会奉迎的老鸨，现在接受她们的奉承，倒也是得其所在。这赵文韶，却是闲云野鹤惯了的，眼看不是事，命张竖尽快整顿行李，去京城应试，又对李芸讲："他这一去京城，眼界大开，说不定能傍上人家尚书丞相大学士的姑娘做老婆，弄一个汴京丫头，来给你做儿媳妇，我看啊，你就别咸吃萝卜操淡心，在这小小的云梦县为他选妃了。"李芸听了，点头同意，滴了几滴离别的伤心泪，就忙忙地为张竖扎括行李，将正在窗下赋梅花桃花牡丹蔷薇玉兰杏花紫罗兰大红袍的小相公打发出了门。

在青山绿水中行程一日，张竖清风丽日不花半文钱，饱看了大别山中的景致，那野驴子却是被卖出来，首次弄这驮人的营生，弄得一身臭汗，烦闷欲死，真想啊一闪蹄，将这酸秀才填到山谷里喂给野狗兄弟们吃，无奈张竖跟赵文韶学过武术的人，一身童子功已是不凡，竟像一条蚂蟥吸在野驴背上。好在太阳已向西岭滑落，群鸟正呼啦啦由山外飞回，那些要钻进松树林里头鬼混过夜的黑乌鸦，将鸟粪阵雨一样，兜头洒下来，张竖一式"垂柳可藏鸦"，躲到驴子腹下，只可怜这头犟驴，仰头直面鸟粪，一时睁不开眼睛。

张竖由驴腹下钻出来，发现他驴背上的宝座，已沦为便池，只好挽起缰绳，牵着悲愤的驴子往前走，去观看那千山万壑，岭树山花之间"山气日夕佳，飞鸟相与还"的好景致。才走不远，忽然，由山道的夕光里，兀然站起来一个黑瘦的老头子，老家伙头上扎着暗红头巾，腰上捆着一条草绳，腰下挂出一把大刀，大刀在夕阳之中闪闪发光。

"大道如青天，留下买路钱！"果然就像李芸担心的那样，大别山是一个强盗出没的地方，白天强盗们都去睡觉，所以才让他张竖清风丽日不花半文钱，现在太阳要落山，牛鬼蛇神，自然都要窜出来吓人了。

"你是讲，大刀如青天，闪闪发光，还是大道通青天，远得没边，还是大盗如青天，做强盗比得过那县太爷？老爷子，你讲清楚了,我才能掏钱给你。"张竖扯住驴子,不想让这犟货去做伐贼的先锋。

老头子呆了片刻,想了想,将刀由腰间抽了出来,嚷道:"此路是我开,留下买路财!"

"这就对了,书上的强盗都是这么讲的,我想你做一个老强盗,怎么会将切口弄错呢。这银子你拿去花吧。"张竖将手伸进驴背上的褡裢之中掏出银块,抛出银块的时候,手上却用上了"观沧海"内力,这缓缓飞过去的十两重的银元宝,定会像五行大山一样,将这劫道的老猴子压到山底下。

没成想,那老家伙伸出手,却稳稳地接住了银子,笑道:"果然是赵文韶教出的好小子,老夫云梦老妖江筱湖,与赵文韶有交情,你今晚上,就到我那归云洞里去住吧。我已将大别山里的妖精们都请过来,一起陪你喝酒玩耍。"

张竖摇头道:"我今晚得到野葫芦庙去住,这是赵伯伯吩咐过的。"

那江筱湖的黑面孔上露出惊悚的神色:"野葫芦庙今夜必有血光之灾,群贼作乱,危机四伏,贤侄你,还是不要去为好,到我归云洞喝猴儿酒,看你兄弟们耍皮影戏,明天起来赶路不迟。我那归云洞有两个大厅,三个小厅,可坐地一千多个妖精。那往京城去的北平西驿就在洞口不远处,北平西驿上盖绿色琉璃瓦,是这大别山中第一大驿。你也莫愁早上睡不醒,我让一千个妖精一起大声叫你,那声势,比一万只公鸡一起打鸣还要厉害。"

张竖道:"赵伯伯对我讲过:不过葫芦庙,不要去京城,大道如青天,皆作葫芦提。我必定得去,多谢老丈你一番好意了。"

云梦老妖叹息一声,道:"晚上我得空,会去看你。"话音未落,往山涧中跳去,闪亮的夕阳中,就像一只荡秋千的猴子,转眼间不见踪影。

被老妖这一番厮混,眼见得太阳已落下山去,夕晖尽皆收敛,只余下小半个天空的云霞,像几万里被吞没的野草,在天边燃烧。也不知这野葫芦庙还有多远,扯着驴子步行,未必是事,前面大路在崖下一转，降到谷底，又遇上白日里屡屡现出的溪河。溪水映着明霞，闪闪发亮，溪中白石历历，流水哗哗有声。张竖解下驴背上的行李，脱下鞋袜，将驴子按入溪水里掬水刷洗。那野驴子一身重负皆除，满背鸟粪扫净，又被清凉溪水浸渍，将那野蛮心性，浇得一片清凉，不由得在溪水中引吭高歌，发出一阵吭哧吭哧的驴鸣，回荡在四围的空山之中。张竖想起那《世说新语》中的名士们，也喜欢学驴叫，说起来，人非驴，安知驴之乐，不知驴之乐，安得驴之鸣，这头蠢驴在山涧夕照里，还是一个真名士呢，张竖想着想着，不由得抓耳挠腮，恨不得去解开行李，摆出墨宝，赋一赋这野驴才好。

忽然溪边环佩叮当，异香生焉。张竖与野驴一起回头，只见溪边的枫香树、青蒿间，站出来一个娇滴滴的美人，在晚风之中，像一枝荷花、一根绿柳，被吹得摇摇摆摆。

"大道入青天，留下过路人。"那美人吟哦道。好像她老人家不是来劫道，倒是来吟诗一般。

那张竖变得就像野驴的亲兄弟一般，呆头呆脑半天，才回过神来："留下过路人，啊，你不是劫财，你是来劫色的。"

那美人点点头，余晖映上她的脸庞，更显着秀颈乌发，明艳不可方物。

只听"咕咚"一声响，原来是那野驴停住唱歌，咽下口水，这蠢货难道是在想，这么一个美人，她一定会骑着一头和她一样美丽的母驴子跑过来劫色吗，可是她骑的母驴呢？她没有骑驴，难道是走出来的吗？这荒山野岭间，走出来的美女，我的天啊，她一定是一个妖怪！一时间，百念千转，在它的驴脑壳里电闪雷鸣。

"大道如青天？是如青天，像青天一样远大，还是遇青天，碰到了一起，还是入青天？"张竖说道。

"你这个秀才，果然不是好货。"那美人道，"我与你后娘李芸，颇有交情，十余年前，我们一起在汉口翠微街的妓院里，她为了糊口弄钱，我却是要去见识见识男人。不瞒你说，我差不多是一个狐仙，名叫大别悲狐来着。你是我故人之子，今夜也算有缘，不如随我一起到我的大悲洞里,过上一夜。你童子之身未破,浑身元阳如火,对我炼成大别内丹,大有好处。我也好像那梦姑、警幻仙子一般,授你男女之事,阴阳之道。"

一席话,令张竖又呆在了水中,他的野驴大哥却在想:"作为一头野驴,我也是童子之身啊,浑身元阳似火,刚才还被冷水淋着,她这头狐狸,为什么就不变作一头母驴,来关心一下我呢?可见做驴子,并不是一件受欢迎的事。"一面脸上难免露出悲戚之色。

"你也别嫌弃我老,我与你娘在翠微巷里打拼时,学到了一身本领,正好传授给你,我那大悲洞里,还住着一千头小狐狸,我可命她们按那历朝以来后宫里正宫娘娘、西宫娘娘、东宫娘娘的模样变化出来,这些都是掐得出水的嫩生生的小狐狸呢,我担心你一入大悲洞,就乐不思蜀,到时候,用棍子打你去京城赶考,你都不会去呢。"那大别悲狐一脸媚笑,就像溪水上的霞光在荡漾。

张竖艰难地站立在溪水之中,觉得一溪的流水,都好像被云霞烧得像岩浆一样。多亏了那好心的野驴子,它见小主人脸上神色变幻不定,青袍之下的某件物件也好像在发生变化,忙伸嘴咬住他的袍角,用力一拉,那张竖就仰面躺到了溪水中,溪水漫过他的脑袋,等他手忙脚乱站起来的时候,他发现,溪水已经将他的一腔绮念都浇灭掉了。

"狐姨,我今晚得去野葫芦庙投宿。五月十五,月圆之夜,夜宿大别山野葫芦庙。这个是赵文韶已替我安排好的,他讲过,这个是由他用《易经》中的学问,帮我推演出来的。与我一生有莫大干系。所以多谢狐姨好意,一并谢过狐姨那一千姐妹,也许我回程再过大别山,可入你大悲洞里,多盘桓一些日子,也未为可知。"张竖抹去脸上的溪水,咬紧牙关,大声说道。

大别悲狐脸上现出惊骇的神色:"野葫芦庙今夜天心月圆,妖魔乱舞,群贼作乱,危机四伏,必有血光之灾,你这一去,一身元阳保不住不讲,小命说不定都会送掉,这头驴子,也会被扔进汤锅里呜呼尚飨。小子你好好想一想,好端端的温柔乡不去,却要孤身涉险,蹈入死地,你那一肚子诗书,看来是白读了。"

这时候，天上已跳出了几颗星，映入发亮的溪水，张竖看着溪水中的星星，摇了摇头。那野驴子心中却是黯然，看样子小主人拼着它的一身驴肉不管，也要去劳什子的野葫芦寺呢。

大别悲狐颇见失望，曼声道："张公子你一定要去，奴家也没得办法，三更时分，我再带着狐狸们去野葫芦寺看你，说不定你吉人天相，能躲过这一场血光之灾，也未为可知。我先告辞了。"说罢她转身化作一条雪白的狐狸，闪电般跃入苍茫的树木青草间，消失在沉沉的暮色里。

回到山道，张竖重新骑上驴子，往前进发。此刻新月已生，挂在东山之上，硕大如同玉盘，正是五月十五日大端阳节，那月宫之中，桂花树下，嫦娥也摆出了粽子，请来吴刚大块朵颐吧。张竖这样想着，又觉得这一路间，鬼怪层出不穷，搅得他五心难定，探手由书袋之中，取出《金刚经》来，在驴背上，就着月光慢慢吟哦翻看。

才看到"如梦亦如电，应作如是观"，忽听一道锣响，由前面崖后，拥出来千百只火把，火把之下，站出一排黑衣的大汉，那当头一人，长身玉立，满面无须，猛一看，好像是由《西厢记》里走出来的张生，却是持着一对板斧。兜头将那正在驴背上读经的秀才拦住了。

那火把下的大汉们一起叫道："大道如青天，留下买路钱！大道如青天，留下过路人！"我的天，难不成他们这一回，要财色兼收，前面二位稀里糊涂倒也罢了，这个，才是真强人！张竖探身就要去取挂在驴子屁股后面的桃木剑，这时，那领头的大汉却将斧子扔到地下，扑通一声跪了下来，悲愤地喊道："小主公，俺们总算是等到你了！"他这一领头，余下的千百汉子自然也是举着火把，呼啦啦跪成一片，绕着山道跪去了半里有余，一个个像死了丈母娘的女婿一般，驴子放屁般地半心半意哭号起来。

一时大别山中，哭声震天。清风明月的大道，翻作了举棺出殡的道场一般。张竖与野驴无比诧异，那黑驴更是恨不能化作一口黑棺材，盛下小主人，来享尽这一份哀荣。

领头大汉在驴头前，抬起头来，夺眶而出的泪水像一场山洪，将他一张涂脂抹粉的俊脸弄得一片狼藉，正是《诗经》中所讲的："野有蔓草，零露漙兮。"大汉道："小的是洞庭湖君山龙宫中的李奎。自十年前大哥张横去世后，代为打理龙宫，管束义军。前些时听说少主张竖，已修文习武，气象大成，骑着驴子进京赶考，已投入大别山中，我一听啊，当天就哭了一晚上。龙宫有后，天不亡我，那岳州知府周丰年予你的杀父大仇，予我们的夺兄之恨，现在，该到清算的时候了。我星夜领着兄弟们，来到这里，专程迎接小主公你回返洞庭，入主龙宫，刻日起兵，血洗岳阳城，波撼洞庭湖，让云梦洞庭千里水泽，重入我龙宫之版图。"

果然是一伙，真强盗。张竖心中感叹，这些舞刀弄棍的叔伯，原来是父亲的旧部，十年以前，日日与他们厮混，好多人，都让他骑着脖子，灌过童子热尿，在洞庭湖的君山里玩耍过，他脑子里影影绰绰，好像起了一层雾，眼眶里一热，也掉出眼泪来。

李奎道："我听说小主公要上京赶考，这个万万不可。朝廷与你有杀父之仇，仇深如海，你如何能去认贼作父，助纣为虐。当日你父亲的脑袋被周丰年砍下，还在沙滩之上高呼'报仇'，又被周丰年割去舌头，挂上船桅。他猎猎英风，死而不朽，才化作那君山大神，佑护我们这些兄弟重会洞庭，在周丰年的五次围剿之中，越围越强，越做越大，现在，去砍周丰年的脑袋，割他的舌头，已是指日可待。你一定要回洞庭主持其事，莫要上那赵文韶的当，他一个书呆子，无非是盼盛世、做顺民的奴才罢了。你是张横之后，龙种不远，天生就是做强盗的好底子。小主公，大侄子！趁着这月明星稀，鸟雀不飞，快领着我们回洞庭去。你这野驴子，正好杀掉，与我们兄弟歃血为盟，大块吃肉，你换上我给你准备好的汗血马，明天早上，天佑洞庭，张横英灵不散，龙宫迎来新人。你脸上现在白白净净，眉眼还不是跟他一模一样，再过三五年，等你改掉这天天刮须的读书人的鸟习惯，你也会脸上长满胡子，成为一条像他那样顶天立地的好汉。"那李奎将火把照着张竖的脸，说不尽的欢喜，迸发出眼泪，在脸上纵横交流。

那野驴心惊肉跳,感叹狐狸预言如铁,自己果报不远,一时也悲愤交加,涕泪交加,大作鸣声。它这一哭,不同凡响,直令溪中涧水呜咽不流,山树中新叶欲落,鱼虫鸟兽出听,竟将那一千强盗的鬼号尽皆压下,果然是哭丧中一等一的功夫,就像剑法中的独孤九剑,内功中的易筋经,轻功中的梯云纵。一时间,空山之中,明月清辉下,驴鸣回荡,夺人心魄。群盗呆若木鸡,嗒然若丧,就是君山上,号称斧如雷、舌如电的"奔雷手"李奎,也一时停下了他的游说。

张竖一手挽住缰绳,扯起这沉浸于悲伤中的好伙计,对李奎等人说道:"各位叔叔伯伯,大家不远万里,来寻张竖,珍惜爱护之意,张竖岂会不知!大块吃肉,大碗喝酒,纵横于洞庭之上,做强盗之王,是极有前途的事业,跨马游街,天下传名,做春风得意的状元郎,也可光宗耀祖,令我那悬首于船桅上的父亲死而瞑目。无为在歧路,儿女共沾巾,讲的是,大道多歧,抉择太难。这龙宫之主,张横能做,张竖能做,李奎未必不能做,大家执念太深,就像一条被缰绳牵住的驴子,已迷失我辈闯江湖做强盗的本性,抛去缰绳走野驴,李奎就是洞庭王!大家趁着这朗朗月夜,转头回去是正经,我还要去野葫芦寺投宿,被你们信马由缰几通胡扯,这野葫芦引又臭又长,会晚到什么时候。"

那小秀才与野驴子穿过呆若木鸡的群盗,由熊熊火把之林中转入山崖背面的月亮地里。那李奎半晌才醒过神,十余年来,他一心要寻回洞庭幼主,将这强盗之王的座位,像一颗王母娘娘请客用的五百年才结出一颗的桃子一样,献给张横的后人,没成想这野猴子闻都未闻一下,就将桃子扔到山涧里去了。"抛去缰绳走野驴,李奎就是洞庭王!"这野猴子的话,让他心酸,又让他隐隐地,有一些欢喜。他提着斧头,向那积玉堆银的月色山道喊道:"贤侄,那野葫芦寺今天晚上,集齐了天下的名侠、名捕、高僧、艳尼与牛鼻子老道,居心难测,群魔乱舞,端的凶险异常,你与你那头驴子,一定要万分小心。我领着这一千兄弟,去附近的野葫芦村打劫宵夜之后,就去看顾你。"那张竖却不作答,已飞身骑上野驴,那野驴由群盗中破围出来，无限快慰，奋蹄狂奔，关老爷过五关的赤兔千里马，郭靖大侠送黄蓉的塞上汗血驹，都不及这一阵，它清风明月赴野葫芦庙投生投死这么快。

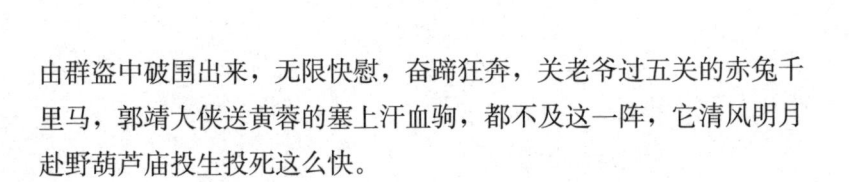

2

山重树掩疑无路，月明星稀又一程。一个时辰之后，就在张竖与野驴开始疑心起野葫芦寺有无的时候，脚下山道一转，眼前一片空无，竟由半山腰里伸出一道窄鳖鳖的板桥，向对面的高山接去，那桥上月光如霜，桥头横出木柱，柱上隐隐有字，张竖上前，借着月光查看，上面有人用本朝流布的刀刻斧削般的飞廉体书法，扭捏写下了一句诗：

相思桥上行人泪，相思桥下葫芦寺。

原来这桥，名叫相思桥。那桥下万丈深壑，宽绰谷地，溪水奔流，轰然有声，溪水之边，苍苍藤树中，隐约见到碧瓦飞檐，灯光如豆，想来就是今夜这一人一驴的宿头，云梦隐侠赵文韶荐下的野葫芦寺。

朗朗明月，已升到中天之上，将大别山的诸峰映照得如同琉璃世界。新树初成，春草离离，满山杜鹃如同暗火，令空气清新鲜美。张竖牵驴来到相思桥上，下临深壑，头顶着浩瀚的星空，觉得宇宙如此深邃宽广，不可思议，亦充满奇迹，他一个小秀才，加上一头野驴子，是如此之渺茫而不足道。他想起本朝翰林院掌院学士康德大人的名诗：

宇宙之德，人类之律，
拱乎群星，璨乎吾顶。

这一首诗与前朝曹孟德《观沧海》中的名句：

> 东临碣石，以观沧海。
> 水何澹澹，山岛竦峙。
> 树木丛生，百草丰茂。
> 秋风萧瑟，洪波涌起。
> 日月之行，若出其中。
> 星汉灿烂，若出其里。
> 幸甚至哉！歌以咏志。

两首名诗恰恰辉映，如同溪水一样涌入张竖的心里，令这并未见过多少世面的小秀才心中狂喜，手舞足蹈，他将这些诗句都念出来与那野驴听，奈何野驴一身侠气，却无诗才，只是担心那桥板被夜露打湿，滑不溜蹄，一不小心失足，即会成千古恨，跌到相思溪边，让野狗们：东临小溪，以啃驴肉。

张竖又想起此前的奇遇，云梦老妖，大别悲狐与君山群盗，他们的行径，也颇似本朝一位名叫但丁的隐士，在他的名诗《神曲》中所歌咏的：

> 哀乐中年，悲欣交集。
> 郁郁林莽，星月之辉。
> 溺乎享乐，豹吼如雷。
> 沦乎野性，如伴狮眠。
> 贪求彼物，如狼如狈。
> 君子努力，披荆斩棘。
> 金石其心，乃免乎器！

说的是，人生都会如同今夜这般，受到豹子、狮子与野狼的试探，好像要在黑暗的林子里迷路。他张竖与野驴子总算是没有沦陷于龙宫、归云洞与大悲洞，有机会来到这野葫芦寺说法。

野葫芦寺已近在眼前，可是怎么下去呢？张竖看罢了星空，想

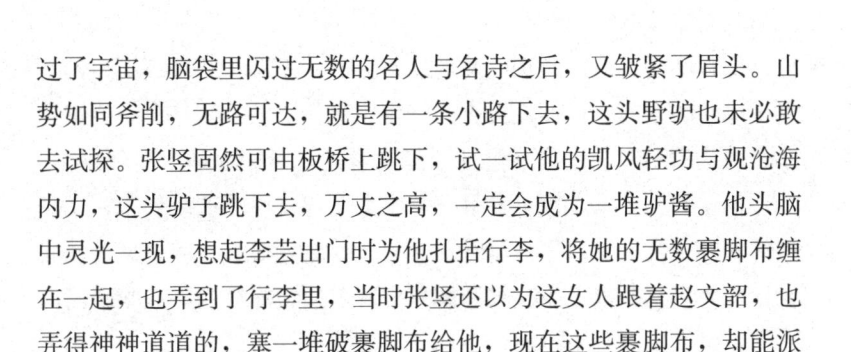

过了宇宙，脑袋里闪过无数的名人与名诗之后，又皱紧了眉头。山势如同斧削，无路可达，就是有一条小路下去，这头野驴也未必敢去试探。张竖固然可由板桥上跳下，试一试他的凯风轻功与观沧海内力，这头驴子跳下去，万丈之高，一定会成为一堆驴酱。他头脑中灵光一现，想起李芸出门时为他扎括行李，将她的无数裹脚布缠在一起，也弄到了行李里，当时张竖还以为这女人跟着赵文韶，也弄得神神道道的，塞一堆破裹脚布给他，现在这些裹脚布，却能派上用场！

张竖由行李里掏出李芸裹脚布，一条一条地纽结成带。这翠微街上的前任花魁果是不凡，裹脚布异香扑鼻，弄得一边提心吊胆的野驴子不由得食蹄大动，口水横流，恨不得一口将之全攘进它的驴胃里去。

结出了百十丈，垂入桥下的虚空里，也不知达到谷底没有，李芸所赐的裹脚却已告罄。张竖将一端牢牢系在桥栏之上，去捉驴子，那驴子左躲右藏，知道终难逃过此劫，只得低头过来，任由张竖挟在手中。张竖的另外一只手攀住布带，一人一驴，一节一节，向桥下滑落。月光如银，习习南风过耳，满天星辉下，那张竖显出挟山超海之能，扯着李芸那千年不腐疑是天山蚕丝织成的传说中的裹脚布，怀里野驴此刻念遍天上诸佛，又去向太上老君打起招呼。野葫芦寺已近，在他们脚下闪现出灯火。可恨李芸的裹脚有时而尽，还是未能探底。难道野葫芦寺是设立在桥下一堆幻影？下面仍是一堆嶙峋的在无穷的虚空里的，正在等待着他们的尊臀的石头？无数念头在张竖心中闪过，可是他已越坠越快，越坠越快，只能横起一条心，手中松开最后一节布带，哎哟一声惊呼，双手合围，抱紧他的驴子，往下坠去！

且不论这野驴与张竖生死如何。话说这片山谷之中，果然有一条相思溪，相思溪边，果然有一处野葫芦寺。野葫芦寺中，果然有一个老和尚空山，空山大师座下，果然有一个小和尚，不对，小尼姑，名叫小转铃。看官一定会问，这小转铃，据《洞庭记》中所叙，不是随游侠袁安泛舟洞庭，游历江湖去了吗？这个倒是没错，只是那日小转铃清晨醒来,发现袁安已不见踪影,原来春雨万剑不耐小尼姑的絮叨,已溜之大吉。小转铃又是怅然,又是无奈。正是东风劲吹的时节,这尼姑索性任风吹舟,自己躺在船头听风观月,渴了掬饮洞庭湖水,饿了,就——干那无师自通的剪绺勾当,反正她的武功也算得上高强,洞庭湖上的行商也算得上大度,见那黑衣飘飘的小尼姑踏浪而来,光溜溜的头皮下脸蒙黑布,一双眼睛溜溜乱转,跳上船头,不抢金,不抢银,不杀人,不奸淫,只是拎起饭锅就跑,这已经是世上一等一的好强盗了。

东风将袁安遗下的小舟推入洞庭以东的大别群山,沿平缓狭窄的相思溪溯流而上,一路上节候已由暮春转入初夏,山中杜鹃盛开,草木葳蕤,相思溪边怪石林立,如同画廊,令小转铃目不暇接,手舞足蹈,后来东风已吹不动她的座船,她竟不介意亲手划桨,沿着渐显窄小的溪流奋力向前。这是一条往桃源去的岔道也未可知。

可恨天道乖离,不遂其志,小尼姑发现这天,相思溪已窄到像鲤鱼嘴一样,正好卡住她的行舟。她只好跳下船来,又瞥见在她的船前,还卡住了三四条船,难道这深山之中,已有游侠捷足先到?小转铃抬头一看,就发现那座小庙,蹲在一片茂林修竹、曲水流觞之间,庙门上写着"野葫芦寺"四个字,字形怪怪的,好像由袁安的那本《龙的历史》上看见过。庙门之中的小院里面,尚无和尚参禅,却有江湖豪客打架。

此时已是黄昏时分,夕照满院,辉映得廊上的佛像,也多了几分慈悲。院子里面,打架的,一个是青袍褴褛的黑脸大汉,一个是高鼻蓝眼的西域怪客。黑脸大汉使的是剑,西域怪客拿的是刀,两个人的招式并不快,刀来剑往,却令夕光生出凛凛清寒,好像是照在隆冬雪地上的阳光,让小转铃浑身激灵,直起鸡皮疙瘩。

她绕过这两个练把式的家伙,来到廊下,廊下一溜蒲团上面还坐着四个怪模怪样的人,直着脖子,像四只鸭子一样,盯着院中的冗长的战斗发呆。一个紫脸膛的中年人,右臂垂下的袖子空荡荡的,看来他的右手,已经在险恶的江湖里搞丢了。他的旁边,是一个干瘦的老道士，猛看起来，像一只鹤伏在蒲团上。老道士的旁边，又是一个西域人，身体宽阔肥大，好像是将弥勒佛弄得高鼻子蓝眼睛，然后搬到地上。西域人旁边，是一个慈眉善目的老和尚，他闭着眼睛，身体前倾，好像是要借这一场争斗来锻炼自己的耳朵。嗯，说不定，他本来，就是一个瞎和尚。老和尚的旁边，还空着五个蒲团，当然，其中的两个，应是那打架的两个人的。小转铃伸了伸舌头，绕到老和尚身边的蒲团上坐了下来。

听到响动，老和尚转过脸来，他睁开眼睛的时候，眼球白茫茫的一片，好像是两只剥了皮的鹌鹑蛋一般。唉，果然是一个瞎和尚。小转铃低声说道："我是无色庵的小转铃，我师父名叫惠能，江湖上有名的素席厨子，也挺能打架的。老和尚你是方丈吗，我今天晚上，作为一名比丘尼，要在你这个破葫芦寺挂单呢。"

瞎和尚的脸上显出了古怪的微笑。无论如何，瞎子的微笑，就像白天的星斗一样，总是古怪的。老和尚道："这个是野葫芦寺，不是破葫芦寺，相传观音菩萨有一次来洞庭湖，到了大别山里，留连山中光景，错过了宿头，就由溪边的藤子上扯下来一颗野葫芦，变化成了这一堆小庙，当夜也就在这小庙里挂了单。这个院子，是葫芦前面的一小半，后面的一大半，却是老衲耕田参禅作息的地方。老衲不才，正是这小庙里的方丈，法名唤作空山。我运气不错，也吃过你师父的素席，现在想起来，还管不住自己的口水滴答呢。"

"哦。"小转铃将屁股全部挪到蒲团上，弄出经惠能师太千锤百炼调教过的坐禅姿态出来，"空山不见人，但闻鸟语响。难怪您后来成了一个瞎和尚，写这个诗的家伙太可恶了，他咒你呢。这几个家伙，又是谁呢？他们这样打过来打过去，叫我晚上如何睡得着，我又是一个尼姑，与一堆老爷们在一座小庙里鬼混一宿，传出去，小贫尼我就得改名作小艳尼我了。"

空山方丈空漠的脸上，又跳出了一颗白天的星斗，他说道："今天这野葫芦庙里，可是在经历他们江湖中的一件惊天动地的大事，毫不夸张地讲，这一只野葫芦，已成为江湖的风暴眼呢。今夜小僧请来八位客人,那院中正在比试的,一个是天下游侠的班头,风月之剑未央生,一个是由西域来的现象学宗师胡塞尔,这廊下坐着的几个,打头的是由京城里赶来的大招神捕薛不离,一个是武当山掌门木剑客,一个是胡塞尔的徒弟海德格。贫僧我,学佛算不得天下第一,武功除了我,天下也没有人敢做第一。你洞庭小尼姑小转铃,是我请的第六位客人。第七位是云梦隐侠赵文韶,第八位,会是赵大侠的义子,不日将轰动京城的张状元。这两位走的是山路,想必这日头下山的时分,也就要到了。"

小转铃撇嘴道:"我可不是你请来的,我是自己撞来的。你出家人,不可打诳语。"

空山道:"择日不如撞日,三生石上说因缘,岂是你这小尼姑能懂得的。一会儿,月亮升圆的时候,还会有更加了不起的人撞来。你且等着瞧。只是这未央生自负天下游侠的班头,秋水老人的师弟,久久未拿下那胡塞尔,真是令老僧我气闷。"

小转铃道:"老和尚你弄一帮子人跑到这鸟不拉屎的地方来,究竟是何所为而来,何所为而去,你莫让小贫尼我云山雾绕的一头雾水。"

空山道:"大道如青天,只有二人行,一人为名,一人为利。他们为屠龙刀而来,自然为屠龙刀而去。"

小转铃惊讶地瞪大了眼睛:"这世界上有屠龙刀?那我还是黄蓉与郭襄呢,你莫非也是中了那个名叫金庸的举人的毒?那家伙考不上进士,去帮坊间编武侠故事,已骗倒一堆人,莫非你这野葫芦庙里,也被卖入了《金庸全集》不成,悲哉佛门净土,竟成江湖道场。阿弥陀佛。"

空山脸红道:"小尼姑你莫乱讲,你不读金举人的书,如何晓得黄蓉郭襄。这世间正是有三把屠龙刀,那第一把在金举人的书中,乃捕风捉影之刀。那第二把与第三把,却是实实在在地藏在山川之中,是我朝之绝密,不然,也不劳未央生、薛不离、胡塞尔这样的人中龙凤来小僧这样荒僻的深山野庙来探听。"

小转铃眼睛瞪得更大了:"老和尚,你是想说,你这野葫芦寺中，藏有屠龙刀？你刚才还讲，你的武功，天下第一？我看你这老和尚，真是疯魔了！你将这些人哄来，莫非是要发一下利市，好趁着他们都在的时候，圆寂坐化，念你的偈子，好替你扬名，你虽然疯魔已深，这个主意却还算拿得不错。"

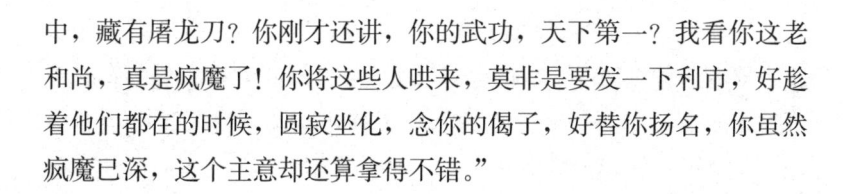

3

小转铃正在疑惑间，小院之中的夕光已经乱了，原来是那未央生的风月之剑，将那一院的阳光解散成为五颜六色，令胡塞尔目眩，趁此机会，剑气大涨，竟将胡塞尔周身的光芒剔出，令胡塞尔陷入无光无色的虚空之境。这未央生用去一个多时辰，终于悟出了这空无之法，遂败胡塞尔。

胡塞尔收掌立在院中，一时又惊又喜，又悲又急，一张白脸泛出红晕，又被夕光镀上，竟弄得像金华火腿一般。半响，胡塞尔向已收剑的未央生作揖谢道："风月之剑，已造轮回，现象之学，何足道哉。海德格承我衣钵，还会努力，十年之后，再以现象之掌，领教未兄或未兄传人的风月之剑。"

未央生道："大师已悟造化之境，却未入造化之法。"

胡塞尔颔首，径回廊下蒲团上，闭目坐下，不言不语，也不管那气急败坏的海德格，在一旁抓耳挠腮，想跳出来为胡塞尔找场子，又明知技不如人，未必在未央生剑下走得过十招，只得打消此念，只盼下一场出来的薛不离，能败未央生，虽然不能助他师徒得到屠龙刀，到底可出这一口鸟气。

只见那玫瑰色的夕光中人影一晃，却是大招神捕薛不离身影飘飘，紫衣广袖，由蒲团上如夜风乍起，移形下到小院，迎向微笑着站立在蒿草间的未央生。

未央生长身耸立，如同胖树临风，冷笑道："人言大招神捕薛不离大隐于朝，却也被这把子虚乌有的'破虚空、灭绝国'的屠龙刀，由开封闹市引入这云梦沼泽的荒谷来了。"

薛不离慢慢挽起右边的袖子，由袖间露出替去他右手的那一把弯曲的铁钩，道："未兄不必多言，屠龙之刀，归于有屠龙之德的人，这有屠龙之德的人，也得有屠龙之技才行。我被袁安断臂于淮河左岸之后，潜心修此安魂曲，今天就用它，来接未兄的风月之剑，不知比你那师侄的春雨万剑，孰强孰弱。"原来他手中的那把黑铁弯钩，叫做安魂曲。只见院中寒光一闪，那安魂曲已经发动，森然寒意涌出，令廊下众人，俱都凛然一惊。

那小转铃到此节，已彻底呆住了，一双嘴巴，怕是要由胡塞尔上前来赏上一记现象掌，才可让她回到生活世界中去。她扯住老和尚空山的僧衣，求道："老和尚，你快告诉我，你这野葫芦庙中的屠龙刀，到底是怎么一回事？我要真是走了狗屎运，一屁股坐到了天下武功第一的空山老僧身边，你就跟我讲一讲，刚才我的老相好袁安的师叔，未央生，是如何打败那个凶巴巴的胡塞尔的？"

空山老僧收回向小院中谛听的法耳，微笑道："这两个问题，要做好大两篇辩经文章的，我且跟你讲一讲第二个，未央生是怎样打败胡塞尔的，你先替我往天上看一看，看我请的第七个第八个客人到了没有。"

小转铃往天上看了看，只见谷地上空，山峰间露出的天空上霞光映照，飞鸟归林，翅膀上驮满了金子，飞得更低的是十数只黑乎乎的蝙蝠。难不成这赵文韶与张竖能像鸟与蝙蝠一样飞来不成，这老和尚多少还是有一些疯魔，她小转铃还没有听说过这稀奇古怪的世上，有"鸟人"这么一种东西呢？她催那空山道："你快讲，未央生已经在打第二场架了，下一场说不得就该你上场了，你要是被他用风月之剑打死了，我听谁讲去！"

空山道："这个未央生，是崇宁山秋水老人的师弟，秋水那个老家伙武功虽然不能与空山老僧我相比，却也是非常了得的。武功也还罢了，最让人羡慕的，倒是他收下袁安这个徒弟，还有代师父调教的未央生这个师弟，都是来路不明、根骨不凡、造化难测、鬼神难缠，你这个小尼姑，我刚才也揣摩过你的根骨，也算是不错的，但是你武功方面的修为，毕竟有限，就像你师父惠能，打架了了，将来成佛入祖，却是一片的光明。老僧扯得远了，再说这秋水

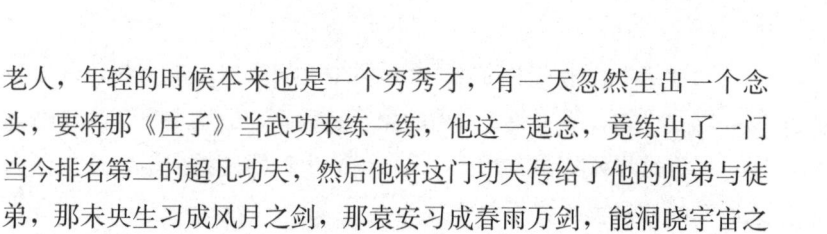

老人，年轻的时候本来也是一个穷秀才，有一天忽然生出一个念头，要将那《庄子》当武功来练一练，他这一起念，竟练出了一门当今排名第二的超凡功夫，然后他将这门功夫传给了他的师弟与徒弟，那未央生习成风月之剑，那袁安习成春雨万剑，能洞晓宇宙之变，人世之微，等生死，齐万物，和光同尘，又生生不息，得逍遥宇内之气，成庖丁解牛之法。袁安的剑法如春雨潇潇，滋润万物，温和入微，却不容阻挡，未央生的剑法如飒飒秋风，凋伤万物，凌厉无匹，又怀有一段靖天地开新局的气魄。

"这风月之剑，先由朝露之剑，练至空无之剑，再练到这风月之剑，能破有无，入虚实，分声色，忘生死。未央生三十余岁才步出崇宁山，浪游天下，做乞丐、入红尘、做镖师、征西夷、当地主，十余年来经过人世上的诸般色相，终于悟到此境，老僧刚才察觉他的剑气充沛如长空，汪洋如大海，视天地为蜗角，人类如刍狗，壮哉已成大宗师。"

小转铃叹息道："你这瞎和尚能听出这么一堆名堂，也算了不起，可是你这样的讲法，讲到天亮，说不定未央生还在佳人的床上练风月之剑，没下地来呢。大家要看的是：打架。我要听的也是：打架。"

空山老僧却不理她，接着讲道："这胡塞尔自大秦西来，一身功夫名唤现象学，也是非凡。据传这胡大师在家乡的象园之中，忽然睹象有悟，觉得盲人摸象，可得象之形，屠夫宰象，可查象之身，而医者医象，可明象之理，学者释象，可得象之意。由此形身理意出发，他觉得天下莫不是象，皆可作如是观，以此创立武学，立现象掌。他学成此技后，先成万象敌，再成万人敌，在大秦已是一等一的绝学。这一回，闻听我寺屠龙刀重现，万里西来，与未央生刚才一战，端的凶险，却是他出江湖以来的首败。"

小转铃道："我看这风月之剑，无非是杀牛的功夫，这现象掌，无非是屠象的功夫，不过都是屠夫杀杀杀罢了，又有何不同。"

空山老僧微笑道："小尼姑果然根骨不凡，能于纷纭世相中，找到切实根据。未央生以剑为我，以牛为天，天人如一，牛即是人，人即是牛，未央生的牛，却是活牛。胡塞尔以掌为我，以象为物，以我役物，终不免器，他的象，是死象，虽然现象学的最高境界，据称是将死象拍成活象，但象由心生，即便拍成活象，也是为人所造的死象罢了。"

小转铃听得头昏，嚷道："你这瞎和尚，打架就是打架，有你这么神神道道吗？你给我讲：未央生是哪一剑，扎中胡塞尔屁股的，以什么角度，什么速度，不就行了吗？你再这么玄之又玄，我只好去弄一块豆腐来撞死算了。"

空山老僧叹息道："武术之道，虽则小道，要想精通，也得穷尽一生之力。你以后就会明白。未央生与胡塞尔对敌，一个时辰之中，两人不分胜负，未央生视胡塞尔为牛，胡塞尔视未央生为象。一个时辰之后，未央生奋剑析光，光作五色，改变空间，时间亦被扭曲，未央生视胡塞尔还是牛，胡塞尔视未央生却已不是象，胡塞尔遂败。"

小转铃听得似懂非懂，心里想道："我听这瞎眼老和尚瞎讲，还不如看场下那薛不离与未央生的真打实斗呢。"一边将目光投向院中蒿林间，二人已尽展平生绝学，斗到了一处，小转铃对空山老僧说："你边听边讲，说一说这未央生大战薛不离又是怎么一回事。"

薛不离旋转容与的紫衣，令野葫芦寺中的暮色更沉了。这个人，咬紧牙关，将他的安魂曲舞得如同转轮一般，令未央生的风月之剑无法探入，安魂曲所过之处，带来的凛冽寒气，让青草结上了寒霜，片刻工夫过去，两人好像踏上了一层薄雪，在薄雪铺展的草根上往来交手。安魂曲的剑意，就是死亡，是无望之渊中的回旋，它已经发动起来，令未央生感到幻灭与崩溃。这差不多是他的游侠生涯里，最难的时候，就像当年在汉水之滨的白杨林里，遇到汉江群鬼的红白蓝之阵。

空山道："薛不离果然是一个活死人，他的身体的许多部分，都已经死去了。或者说，轮回交替在他的身上，一部分坚持在这个世界上，而另一部分，已进入轮回。淮河之边他与袁安的一场大战，已令他成为一个魔头。"

小转铃问："什么是魔。"

空山叹道："魔就是灭。未央生要败了，他的剑意如同秋风，秋风虽长，却不敌冬天的飞雪，就像一场睡眠，无论如何，都不及一场死亡。"

但是这时候，小转铃却惊叫起来，她发现，未央生被冻僵的剑意，忽然像倒下去又被扶起的蜡烛光，又一点一点地闪亮起来，在一片暮紫之中，他的一角青袍显现出来，就像夕光沉下去后，蓝天，由黄昏里重新廓清出来。

空山喃喃道："风月之剑，果然能分声色、破虚空。小转铃小师父你看，那薛不离的右手。"

小转铃往阶下望去，只见那薛不离呆呆地站在铺满薄雪的草地上，他用安魂曲替代的右臂，那被唐秀姑砍下的一只手，却已生长出来，安魂曲陡然暴涨，提在手里，看起来，古怪得要命。

薛不离嘎声道："未兄，在下已经输了此阵，屠龙刀任凭未兄处置，薛某不再过问了。"

小转铃奇道："他长出了右手，应更加厉害才对，哪里就输了呢？"

空山叹道："风月之剑果然到了沟通轮回的地步，它让薛不离的右手，回到了过去。"

小转铃呆道："你是说，薛不离的右手在十年以前，身体的其他部分，却是在现在，在你这野葫芦寺里，这未央生会拨动轮回的轮子，将时空倒转，他，是外星人？"

空山苦笑道："他不是外星人，却是天下游侠的班头，他能创造出老僧也无法预想的奇迹。他的风月之剑再发动下去，剑气就会将薛不离的全身，带回到过去，进而将我这葫芦庙也带回到过去，说不定会将之弄成观音菩萨来访的时候，摘下的那一只鸿蒙中的葫芦。"

场中未央生对薛不离道："屠龙刀是华夏运转之中枢，只能埋在江湖之中，不应回到朝廷。"

薛不离道:"是。只是我食朝廷之禄,须得知其不可为而为之。多谢未兄美意,薛某虽逐日在艰难苦恨之中,已有活死人之念,却也不愿回到过往,再求新生。"说罢,薛不离用右手将那安魂曲拍入草地之下,倒身射回,坐入蒲团间,不发一言。

"什么叫华夏运转之中枢?屠龙刀有如此之神奇?"小转铃问道。未央生又胜一场,空山老僧因其危及他天下第一的名头,心中讶异,小转铃却满心欢喜,师叔的武功如此之帅,想那袁安师侄,也应是造诣不凡吧,其实前几天在船上,应与他好好打上一架的,那老小子离开葛晴,变得呆头呆脑的,就像无色庵中的泥菩萨像一般。

空山老僧道:"普通的刀,以刀刃伤人,将刀口磨快,就可杀人如麻,这样的刀,其实就是一把趁手的杀猪刀,我将它叫做肉刀。还有一种刀,是用那深山中的玄铁制成,玄铁由天外陨星带来,所以世上少之又少,以玄铁制刀,武林中的高手,可将内力贯入。杀人于无形,刀不血刃。一代大侠郭靖的侄子,神雕杨过曾经得到过这种玄铁重剑。这种刀,名叫气刀。气刀虽然罕见,但运气够好的话,也是可以得到的,少林武当这样的地方,都藏着这样的绝世神兵。还有一种刀,名叫光刀。其实世界上,只有两把罢了。就是上面我讲过的屠龙刀。这两把刀究竟是由何物制成,不得而知。据传,大禹治水之时,于长江汉水交汇处的黄鹤矶下取得屠龙刀。屠龙刀取出后,大禹将此地命名为鄂,意思是讲,这一块地方,就像是这两把刀的刀锷一样。大禹又在黄鹤矶上盖起黄鹤楼,在前后命名两座山,一个名叫龟山,一个名叫蛇山,龟蛇其实都是龙的分身,因屠龙刀与龙渊源深厚,这两个山头,大禹之前,实则是镇压着两把屠龙刀的。"

4

小转铃说:"你又在讲出又臭又长的一大段。那未央生还在等人打架呢。"空山老僧道:"小转铃你且听我讲完,那未央生今天取不走屠龙刀的,他这一场,由木剑客去抵挡。木剑客那老强盗的本领，差不多就跟当年坐镇黄鹤楼的吕洞宾差不多了。你且听我将这屠龙刀讲完，你与这个东西有莫大的干系。两把屠龙刀，一把由大禹传给了一个名叫伯益的家伙，这个家伙，后来开创了屠龙门。每年二月初二，用屠龙刀去洞庭屠龙，昭告一年天地轮回的开始。另外一把，大禹传给了他的儿子叔启。叔启是华夏的第一个皇帝。这一把刀，用来攻城掠地，包打天下。远的不去讲它，你小转铃不爱读书，但下面几件事，你或许知道。一个叫秦始皇的，统一天下，与赵国一战，一夜之间死去了四十万赵卒，这个就是动用了屠龙刀的缘故。魏蜀吴三国的时候，中国弄得只剩下几百万人，也是这屠龙刀出来作怪，那南北朝的时候，眼看着后秦的苻坚就要打下江南了，在八公山下，被谢石那小子拿着屠龙刀一挥，将苻坚的前锋化作飞灰，弄得他疑心草木皆兵，跑回老家去了。这把刀，皇帝还将它弄去征讨东夷，唐朝时薛仁贵将军用它打下了朝鲜，又跃马进入日本国，在广岛一战中，用此刀毁灭全城，日本遂降。"

小转铃仔细想了一想，撇嘴道："你这老和尚又在讲野狐禅，要是有这样的刀在，那学武功，还有屁用，那抢到这一把刀的人，天下武功第一，就像天上的雷公电婆似的，一杀一片，这人间早就毁掉了，这是可想而知的。你编出这屠龙刀来，无非是一个人在深山里，无聊寂寞，难以排遣，你又没有女尼可以谈恋爱，所以得了这治不好的狂想症，你将我们都骗来，打架给你看罢了。"

空山老僧没理会这小尼姑，举目向院子里看去，发现黑夜已经来到了，院子上空的山峦间，跳出了星星。打了两个时辰群架的未央生，站在薄薄的黑暗里，抬头看着星斗，星光下，他像一头倨傲的野猪一样。这时候有小沙弥由殿内抱出一捆蜡烛出来，准备去院子里一根一根点起来，供群侠们夜战。

空山老僧挥手赶走了小沙弥，将那一捆蜡烛笼到膝下，一支接着一支朝院内抛过去。那蜡烛插入白雪青草中，就跳闪出烛光出来，等到那几百只蜡烛立起来的时候，院子里也明亮起来，烛光如水，好像要将那院中的未央生浮起来一般。

小转铃道："老和尚你将这个院子，弄得像一块生日蛋糕似的，你这一手隔空放火的功夫，也算是非常了不起。"

空山老僧道："这个也没有什么，要是你练了一百年的童子功，练成了这大金刚神力，你的元阳就像地下的岩浆，你随手捡起一块石头，都能将它化成火苗。"

小转铃道："老和尚，我准备相信你的屠龙刀了。但是你得告诉我，人家皇帝传下的这把屠龙刀，一定是非常稀罕的玩意，还不供在太庙里，弄一群鸭子一般的御林军，铁桶一般地守着，如何会弄到你这鬼都不晓得的野葫芦寺里收着藏着。哪天你老和尚不想念佛了，也想弄三宫六院七十二妃玩玩，抄起一把刀，像那鲁智深似的杀出去，谁又拦得住你。"

空山老僧抛完蜡烛，转头对小转铃解释道："我讲过，一般的刀，是肉刀，而这屠龙刀，是绝无仅有的光刀，它寄寓在一把不起眼的大刀里，刀的毁灭之光，只有经过特别的人、特别的办法，才能激发出来。不然，连一把砍瓜切菜的菜刀都有所不如。你听说过'易'吗？周文王被商纣王关进牢里，因为商纣丢掉了上一代的商王传下来的使用屠龙刀的法门，他要当时天下武功与心智最好的周文王替他想出来，文王演出了'易'，写成一本书，后来人家都将这本书叫做《易经》，没成想，这商纣王读完《易经》，却觉得不过是一本房中术的书，要将那文王砍去脑壳。文王逃回家里去，他推演出自己家里的老二是可以使用屠龙刀的人，又推演出屠龙刀所藏的地方，取出屠龙刀，牧野一战，血流成河，商朝也就垮掉了。"

小转铃疑惑地问："你是讲，那《易经》，就是屠龙刀法？你没有搞错吧，学过武的人都晓得，最难弄到手的，是少林寺的《易筋经》，那个，才是吧？"

空山老僧道："《易筋经》不过是打熬力气的一本指南罢了。这《易经》，却真正是中华兴亡之枢纽。发动八卦，推演《易经》，即可知屠龙刀藏在何处，以何法门发动屠龙之刀，这一代的屠龙刀的主人，是谁？我这野葫芦寺在洞庭云梦之间，在大别秦岭之内，正是天地之中，华夏之枢纽，历朝藏入屠龙刀的重地。云梦隐侠赵文

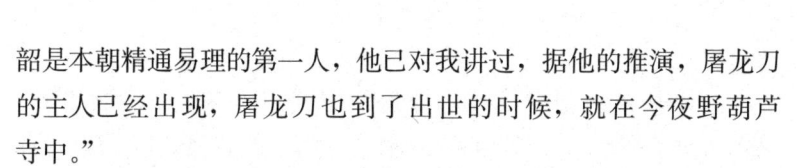

韶是本朝精通易理的第一人，他已对我讲过，据他的推演，屠龙刀的主人已经出现，屠龙刀也到了出世的时候，就在今夜野葫芦寺中。"

这是高人如麻的一夜，小转铃只觉得浑身生出凉意，初夏的晚上，确实是蛮清凉的，她朝小院子里望去，看着那被未央生享用的生日蛋糕，那些亮闪闪的烛光，原来被空山老僧不动声色地摆成了八卦的形状。

"这八卦就是屠龙刀发动的法门，屠龙刀的主人，马上就要挑选出来了。"坐在空山老僧身边的木剑客站起身来，走向小院里，"在屠龙刀的主人现身之前，我且来会一会大名鼎鼎的未央生。"

木剑客身形瘦小，严肃得像一枚老核桃，背后插着他闻名天下的桃木剑，下场的这十几步行过去，却是凛然生威，一派宗师气度。看得那海德格心底里佩服不已，他师父胡塞尔已败，薛不离不胜，他对那未央生又气又恨，不由得又盼这老道士，能一战功成。

"武当木剑客，向未大侠请教。"木剑客揖起宽大的袍袖。

"木道长请了。"未央生微笑道。这老头子，就像世外的神仙一般，并不是人人都可见到的呢，固然每年都要去他的斋室里讨茶吃，可这老家伙，很少愿意下山半步。

"未兄前来护卫屠龙刀，顾念天下百姓，这个也是游侠份内之事。胡塞尔欲将屠龙刀请入西域，授予外族，这个当然是大大的不行。薛不离要将屠龙刀带回朝廷，去对付洞庭梁山等处强盗，屠龙刀一旦成为皇帝之奴仆，天下血雨腥风可知，老道也不同意。这屠龙刀，本是当年吕洞宾宗师，取自武当山中，在云梦黄鹤矶赠予大禹开山疏河之器，当日完结使命，就应返还武当，不料卷入政争，成为杀人夺城的利器。今日，且让老道替吕祖了结这一项遗愿。"木剑客说道。

未央生说："我并不知道什么屠龙刀，我只是觉得，这样的东西，一定要将它销毁掉。这样超乎我们江湖经验的奇刀，由虚无中来，自然是要回到虚无中去。即便纯阳祖师再世，也会赞同我的办法。江湖之中，绝不能有屠龙刀，不然，这个江湖，有何意义可言。"

这样的争吵，几乎每年，都会在他的斋室里来上一次吧。木剑客与未央生都是闲云野鹤般的人物，可是，他们既然以人托生在这个世界上，就还不能达到羽化成仙的地步，就会有他们的烦恼。木剑客立意，要以口舌为剑，来折服未央生，不到万不得已，他不会拔出他的桃木剑来，与风月剑决一雌雄。

木剑客道："我来设一个譬喻，与未大侠一辩。现在有一头驴，名叫江湖。有一鸟粪，名叫屠龙刀。屠龙刀落入那江湖之中，就如鸟粪落到驴头上。"

未央生道："是啊，洗净鸟粪驴头轻。没有屠龙刀，江湖自在任我行。"

木剑客道："非也，我倒是觉得，泄去元阳驴头轻。那驴子一身不自在，固然是由鸟粪而起，但更大的不自在，却是这野驴的意志与欲望，它要是能想办法，泄去它的元阳，比那洗去鸟粪，能得到更大的自在。"

未央生道："按你这么说，还不如讲，是砍掉脑袋驴头轻。你一剑将那驴头砍下来，没有了江湖，哪来的烦恼，只是这江湖，你砍得掉吗？你得用屠龙刀来砍吧，这世上没有了江湖，没有了人，驴头的轻重，又有何意义。所以我们还是要回到本义。驴头上有鸟粪，就先将鸟粪洗下来再讲。"

木剑客长叹一声，他口舌之利，一向不如未央生，看样子这一次又是输掉了。难道真的，一定要拔剑出来，与他去拼命打一架吗？这真的是一个非常无聊的世界啊。露水由星空里掉下来，一滴一滴地落到院中的草丛里。木剑客将手伸到背后，去拔他的桃木剑，他看到，未央生的眼中，也闪过悲戚的神色。他们是非常好的朋友。虽然他们彼此从来都未将对方看作朋友。

小转铃想道：他们终于要打起来了，可是，到底是洗去鸟粪驴头轻，还是泄去元阳驴头空呢，还是砍掉脑袋驴头空呢？这个可真是一个非常麻烦的问题。她的小脑袋正在为这个问题淘神的时候，只见一团黑影，由廊上的星空中直坠下来。"扑通"一声，固然是

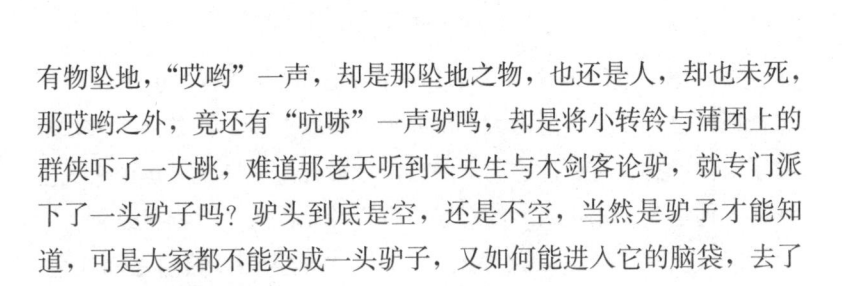

有物坠地,"哎哟"一声,却是那坠地之物,也还是人,却也未死,那哎哟之外,竟还有"吭哧"一声驴鸣,却是将小转铃与蒲团上的群侠吓了一大跳,难道那老天听到未央生与木剑客论驴,就专门派下了一头驴子吗?驴头到底是空,还是不空,当然是驴子才能知道,可是大家都不能变成一头驴子,又如何能进入它的脑袋,去了解这一段公案呢?

这自天而降的,正是小秀才张竖与他的野驴子。"飞流直下三千尺,疑是银河落谪仙。"小秀才心想,我竟落入这样的灯火禅院里,这样的出场可真不算坏。野驴子睁开它的驴眼,发现自己得以生还,生命之欢欣顿时涌向全身,化作驴鸣昭告各位施主。

那海德格与胡塞尔,是喜欢吃肉的胡人,一天未曾沾到腥荤,想到半夜时分,说不定可以吃到烤驴肉,自然是满心欢喜。薛不离一眼盯住张竖,眼中犹疑不定。那小转铃的一双妙目在张竖的俊脸上滚了两滚,又奔向那野驴子的腹下,看到那所以然的累累物件,想到,这野驴子真是方外之物,难道就不能穿条裤子,再玩这样堕入深谷的戏码吗?空山老僧一则以喜,一则以惊。喜的是,今夜的最后两位客人终于来到。惊的是隐侠赵文韶并未亲来主持这屠龙刀的存留大计。他奋起六识,查看那一人一驴,张竖固然是受到隐侠调教,俨然已入一流高手之列,那一头驴子,却是骨骼清奇,气息充沛,精力旺盛,汪洋恣肆,不由低声赞道:"好一头野驴,天地灵气所钟,宇宙元阳荟萃。"忽然间,后院之中,一道白光,如闪电一般,由屋舍间升起,向星空奔去。想必是那屠龙刀受到感应,也在向这驴子与他的主人致意。

场中木剑客将手由背后收回,长叹道:"未大侠,我们以驴设喻,驴从天降。其实这驴头轻否,是驴子自己的事情,这屠龙刀出世或者入世,入华夏还是进番邦,却是屠龙刀自己的事情,木剑客修道百年,还被执念所劫,吕祖误我。我这一场,已经输了,不再问那屠龙刀的存亡。你今年得空,还要去我武当山吃茶。"说毕身形一退,已回到廊下蒲团之上。

此刻已到起更时分,小院上烛光闪烁,映照着未央生胡须缠绕的脸庞。他一战胡塞尔,二战薛不离,三战木剑客,也未露出疲态,风月之剑,果然能由大千世界中,汲取力量,让游侠本人,成为宇宙律令的支配者。这无上的自由之境得到了印证,也令未央生欢喜。他学艺于崇宁山中的时候,就听师兄讲过,万物皆是剑,一生练成气。剑气合一,风月无边,耳得之而为声,目遇之而成色。那时候,风月之剑,就会遇到屠龙刀,你务必要毁去屠龙刀,它是真正的魔教,像绳子一样捆住这个世界。现在,他未央生离屠龙刀,只余下一步了。空山老僧,将是他的第四站。但是,就是秋水老人由金竹寺里跑过来,亲自与这瞎和尚对阵,也没有必胜的把握吧。空山老僧已经将大金刚神力修炼了一百年,他本身,就已经是佛,而不是人。未央生长吸一口气,闻到深夜里,被露水滋润的青草的苦涩香气。薛不离布下的小雪,正在融化,月色如银,银色的月光中,烛光跳闪,它们被八卦的图案组织在一起,就像一团微光的漩涡,在不停息地运转。

"轮到我了。"空山老僧喃喃说道,"我真想睁开眼睛,看一看这头驴子。我真的是,非常喜欢这头驴子。我觉得我好像在什么地方看到过它,也许我前世历劫的时候,就是一头野驴子,不然我无法解释,为什么会有那么多荒谬的想法,常由我的脑袋里涌现出来。"

小转铃道:"老和尚,你太不讲道理吧,未央生打了好几架了,刚才他与木剑客斗的是嘴皮子,可是这个比打架更花心思呢。他累得像头驴子,你再去降他,你又是天下武功第一,这架,还有得打吗?小贫尼我可看不下去了。"

空山老僧道:"未大侠来取屠龙刀,必得闯过野葫芦寺这一场夜宴,来挑战手持屠龙刀的看护人。老僧一生被这屠龙刀所累,无非是屠龙刀奴罢了。以隐侠赵文韶的安排,今夜新的屠龙刀看护人将要出现,老僧我将按照历年看护人的规则,传功给新的看护人。所以,一会儿面对未大侠的风月之剑的人,不是我,而是他!"

这忽然的变故,让大家都觉得非常意外,那小转铃更是瞪大了眼睛:"老和尚,我早看出你是一只老狐狸了,这天上随便掉下来一个人，你就说他是屠龙刀的传人，你就要将武功传给他？让他替你去送死？你敢说他与驴子不是你事先蚱蜢一样拴桥上的？"

那张竖已牵着驴子站立起来，知道自己已经来到野葫芦寺，但此刻庙中，没有知客僧来安排宿头，却见一堆人或坐或站，像是庙里的一堆罗汉跑出来接露水一样，竟是那比武打架的光景。身边一个绝色的小尼姑在那里与一个看起来瞎了眼睛的老和尚吵架，那个老和尚，就是赵文韶说到的天下武功第一的空山老僧吗，他要将武功传给张竖，让他替他出战？电光石火间，张竖只觉得脑袋疼痛，乱成一片。那野驴子却是一眼看到院中烛光下的青草，又是吭哧的一声大叫，就要去狂啃一通，享用那烛光中的晚餐。张竖扯着它老人家的尾巴，将它扯了回来，指着未央生对那驴说道："你看见那拿着剑的黑大个没有，那个就是传说中的风月之剑未央生，你去烦他，小心他剑一挥，将你弄成一条太监驴，你难道没有听说过，住在未央生家的公苍蝇都被割成了太监这样的江湖故事吗？"野驴只好强忍腹中饥火，退了回来，与张竖一起，站在小转铃的旁边。

空山老僧叫过张竖，问道："赵文韶李芸二施主一向可好？"

张竖答道："好得很，现在将我打发去赶考，他们在家里，更加可以胡天胡地，为非作歹了。"

空山老僧道："赵施主已答应小僧今夜亲来野葫芦寺，一起取出屠龙刀，没想到他竟爽约未来，抛闪下我一个人面对那个黑厮，真是岂有此理。"

张竖道："赵文韶在我临行前，将这一头黑驴牵给我，让我去京城的路上，顺便找一找野葫芦寺，见那寺中的空山大师，取下一把刀，带到京城里去。莫非你就是空山大师，说的这把刀就是屠龙刀？赵文韶本来也想送我出这大别山，与我一起来，只是这几天田里正是插早秧的时候，他挪不开工夫，那李芸也不愿下地弄脏腿，所以他想一想，也就没有来，我还想，他可能是离不开李芸，我看他在云梦住了十几年，离家的次数，也寥寥可数。"

空山老僧双掌合十，念了几句"善哉善哉"，叹道："屠龙刀不如一季稻，天下武功第一，不如名妓在侧。赵文韶世外高人，小僧拍马难追。这野驴果然是，赵文韶托你送来?"

张竖点头称是。一边将那野驴子由背后扯出来，引荐给空山老僧。

空山老僧对那院中的未央生说道："未大侠稍安勿躁，老僧将这红尘中的琐事理毕，速速就来。"未央生在月光下点头应允。

5

空山老僧将那黑驴半揽入怀里，由四肢到肚腹到头脑，那惯使大金刚神力的一对手掌，像两片枯叶一般，在那畜生油亮光滑的驴毛间滑行翻转，看似极缓，实则极快，直看得一干众人目瞪口呆，不知所以。

那海德格想，这老和尚莫非是在揣揣肥瘠，将野驴弄去做成宵夜，阿弥陀佛，我这个肚子之饥火如炽的现象马上就要得到解释，自由自在地显现出来，善哉善哉。那薛不离却想到，这野驴子，应是赵文韶送给空山老僧代步，难道赵文韶是让空山老僧离开这野葫芦寺？木剑客盯住那野驴的四条腿出神，觉得要是人也长出这四条腿，再去练习武当的梯云纵，一定事半功倍。那小转铃，脑中灵光一闪，大叫道："你这老和尚，莫非，莫非，你竟有那难以启齿的恋兽癖？可怜见的，不过，这也不是你的罪过，一个人在这深山里住了一百多年，养出一些怪癖，我觉得也是情有可原。"小转铃发现到这件珍贵个案，激动得脸都要红了。

这边厢，野驴被空山老僧半拥入怀内，也是觉得难为情得要命，渐渐地，它觉得一股热流由头脑轰然灌顶，涤洗着它的驴头驴心驴胃驴肺驴肠驴球等无数物件，开始还觉得是清风徐来，水波不兴，青草连天，啃食不尽，融融泄泄，不亦快哉，如那温水中的青蛙。不一刻，那热流渐炙，如蒸如炮，热流一下子扼住了它的嗓子，让它那著称于世的驴鸣，也无缘发出，它想奋蹄跑掉，却觉得四条腿好像都变成豆腐一般，热瘫无力。无限悲凉之意，由它几近于半生不熟的驴头中涌现出来，人的确是一个不可轻信的东西，谁想到这么一个老和尚,也如此歹恶,本领又如此高强,竟能将他的怀抱,变得像烤肉的架子,眼见那云梦老妖江筱湖的黄昏预言,就要实现,自己就要落入这一堆和尚道士艳尼名侠的肚子里。

正所谓当局者迷,旁观者清。那空山老僧已趺坐入定,双手抱控野驴,头上蒸气腾腾,好像是小转铃煮粥的火灶一般。星月光里,烛火映照着他脸色青白不定,一会儿像门前相思溪里的流水清明透彻,一会儿又像谷中入秋的红叶飒然璀璨。人间传大道,冰火九重天。木剑客喃喃说道:"没想到空山老僧百年修为,金刚元气,不坏之躯,本朝第一,竟传功给一头野驴。老子有言,视万物如刍狗。万物视人亦刍狗,哪里有什么人狗之辨,所谓等生死,齐万物,野驴也能做游侠。空山老僧武功贫道有所不及,这一份襟怀,我也是赶不上的,这么大一把年纪,还放舟千里,来求屠龙刀。只是不入野葫芦寺,我如何能悟得这些。放下屠龙刀,可作逍遥游。"木剑客的脸上,露出了微笑,他一向是一个悟性很好的老家伙,此夜之后,木剑客以驴开悟,实则已跻身地仙之列。这个,我们按下不表。

那胡塞尔的一双碧眼,也是越睁越大,他命海德格起身,坐到他身边,对他讲道:"为师痴迷现象学,终身与象为伍,无非是摸象、骑象、杀象、想象,此象非彼象,无非是死象,为师亦非师,无非是象奴而已。这空山大师,以驴为徒,超越宇宙执见,冲出物我狃识,我也颇受启发。咱们回大秦以后,当解放象园,我即是象,象即是我,以我象入他象,方可破除心障,我们的现象学,也不会被中原之武功边缘化。幸甚至哉,歌以咏驴啊,我们不远万里,来到野葫芦寺,今夜必将成为现象学派最为重要的一个晚上。"海德格还担心师父今日一败,会一蹶难振,见他又有妙悟,登堂奥入新境界,也是暗自欢喜。

薛不离心道:"从此江湖上,将会跳出一匹武功高强的驴子,皇上已不满眼下名侠辈出,游侠当道,法令废弛,一匹自由主义的驴子,在塞北江南跳来跳去,要是被朝廷掌控,也还罢了,如果落入游侠手里,一味快意恩仇,杀人越货,不平则鸣,这天下,差不多也就庶几乎了。只是他回去跟朝廷讲,一头驴子如何如何,谁又会信,说不定,还会被关入疯人院去。"薛不离心中暗叹,欲上前去,将那空山老僧与野驴用安魂曲送上天国,除此一害,奈何安魂曲被他刚才拍入院中青草间,又有木剑客与未央生在一边为空山老僧掠阵,他冒昧出掌,也未必讨得到好去,也只得罢了。好在今夜他战未央生,生出右手,又激活战力,明天回京城去,振作起来,大招神捕薛不离,还是一条好汉。

座中泣下谁最多?小秀才张竖却是沮丧得要命。他平日读金庸举人所修之武侠野史甚勤,并不亚于他去钻研那李太白的诗集、太史公的史记、笑笑生的小说。以他的阅历,刚才由相思桥上坠下的时候,就知道今夜必有奇遇。或是掉到珠宝堆里,或是掉到美人怀里,或是遇到不世出的高人,去继承了他的衣钵。就在空山老僧将野驴抱过去之前,一切的一切,还是在按金举人的江湖法则运转,没想到,这老和尚不声不响地将那鸟粪未洗干净的野驴抱入怀里,就要将天下第一的金刚内力,渡还给它。不对啊,老僧怀中之人,应是集万千宠爱于一身,刚刚拒绝了做强盗王、群妖主、万女夫的张竖才对啊。张竖只觉得生命如此荒谬,世界乱成一团,不按规矩出牌,实在令人讨厌。所以野驴子此刻好像入了太上老君的八卦炉,在这张竖,也入到名利场的八卦炉里,心中交战,酸来涩往,像醋缸中打滚的泥鳅一般,也是生生活受。

天心月圆,人间生变。未央生只觉得浑身冰凉,看样子,此生无缘一战空山老僧。秋水老人讲过,他这一生,要遇剑如命,遇水而憩,遇园而居,遇山而返。这个山,就是那空山老僧了。他举头望月,看到月亮里,吴刚举斧伐树,并未因野葫芦谷里的江湖大会停下斧头。倒是那头顶万丈之上的相思桥上,忽然垂下黑压压的一片人影。却原来是洞庭新主李奎,领着一千强盗打劫已毕,想起张竖夜宿野葫芦寺,又特意前来看望。他们怀里没得缠脚布,却有那穿墙入户的飞爪盗绳,一个接一个缒下来,好似那月下往澄潭中探水的猴子。

那李奎率先跳入院里,见院中傻乎乎立着一条与自己仿佛的黑汉，举斧就要去砍，其余群盗，一见廊下数人中，有一个娇美的女尼，职业病作，也要上前调戏。张竖一眼看到，忙跟过去，将那李奎一把拦下，说道："好李大叔，这里，正在发生江湖上最了不起的一件大事，你跑来观礼，说明你运气不错，但你千万不要添乱，免得送掉了性命。这里面随便跳出一人，就可以将你那千把人砍瓜切菜一般，连夜送上阎王殿。你领着各位兄弟，站在墙上，闷声发大财，不要出声，只看着便是。"那李奎倒也是听话，将斧头插回腰上，领着兄弟们上了墙，将那野葫芦寺的院墙竟坐去了一小半。群盗无声，就像落在绳线之上的黑压压的一群鸟儿一般。

张竖盯着那些强盗，又盯着被蒸汽环绕的空山老僧与野驴，心中叹道："人家讲饥寒起盗心，我的武功也不是不好，为什么会去垂涎人家的功夫，这与强盗又有何异？"此念一生，如同温水沃雪，浇灭心中炉火，顿时一身清凉无比。

那小转铃离空山老僧与野驴最近，好像呆在火宅之侧，被那金刚真气运行挥发的湿热，弄得头昏脑涨。迷迷糊糊中，她想到："这老和尚真是汗邪了。清风明月之下，大庭广众之中，他竟与他心爱的驴子，大洗桑拿浴。"

半夜时分，天地携此野葫芦寺一道，在东山明月之下，归入宁静。众人屏声静气，盯着半明半暗的廊下，这匪夷所思的一幕。那大别悲狐领着一千狐狸美女，云梦老妖江筱湖领着一千云梦泽中的妖精，分别由露水如麻的山崖上缒藤下来，悄无声息地爬上院墙，将那群盗占了一小半的围墙填满，大别悲狐与云梦老妖站立起来，向张竖致意时，众人才觉察到，围墙已被这些妖魔弄得如铁桶一般。青草与香火气味混杂的野葫芦寺，气象一变，一样的明月清风里，却扑面而来群盗的汗臭、群狐的狐臭，还有那水泽妖精们身上的腥臭。那木剑客最是好洁，一时间，清风明月的道场翻作五味杂陈的肉铺，令他好生苦恼，要不是这旷世的传功大典正在如火如荼之中，他老人家早奋起他的梯云纵，腾云驾雾，回他的道山去了。

难得的是臭则臭矣，这些妖魔鬼怪，都默不做声，尤其是那一千骚狐聚在一起，平日里，将那大悲洞弄得就像几万台黄梅戏上演的剧场，防彼之口，比防川还难。看样子空山老僧传功的气场，已震慑了这些狐媚妖精。一片静默里面，群侠背后的庙门突然"咣啷"一声，被推开来，一个光头小沙弥，名叫智能的，拎着一只夜壶跑了出，推开那欲仙欲死的驴子道："师父，尿尿。"原来，子夜时分，正是这智能服侍师父起夜的时刻，智能哪里晓得今夜的大事，依常例醒过来，一摸师父不在榻上，拎着夜壶就冲了出来，此刻，一边叫着师父尿尿，他小沙弥，还没得招魂回来呢。

就是那长着死人脸的薛不离，看到此情此景，也不由得破涕为笑，从他的黑脸里露出了白牙。那木剑客只觉得一口笑气在肚子里，像老鼠乱钻，弄得他全身都酸痒难熬，直想将肠子盘出来挠挠才好。小转铃满脸都是泪花，被那张竖搂在怀里，哎哟不停。那张竖，心系黑驴安危，却哪来心思去笑。墙上一千狐妖，笑得花枝乱颤，当场有八百余狐由墙上跌将下来，一千湖妖，怪笑桀桀，也有六七百掉下地。只那一千强盗，爷娘未赐下笑气给他们，只由得他们蹲踞在墙上，帮智能重新喝道："师父，尿尿。"这一番声势，不比刚才，直让场中诸人，都算计起最近的茅坑在哪里。

强盗们的"师父尿尿"乍歇，那两百条还吊着腿坐在墙上的狐精们，也莺莺燕燕地帮那智能乱叫起来："师父，尿尿。"这一下，间关莺语花底滑，让群侠群盗心头乱颤，入厕之念灭去，却又生起淫欲本心。胡塞尔与海德格固然是白脸生酱，洞庭湖的兄弟们，却已是酱脸泛紫，恨不得那未央生早点谢幕，那老和尚洗完桑拿，由他们一个搂上一条狐女，在这青草之上，星月烛光之下，胡天胡地才好呢。

那驴子被智能推开，氤氲白汽也由空山老僧头顶上消退，桑拿浴未洗出一个红光满面、神清气爽的老和尚，廊下多出一截黯然销魂坐立不定的枯木。木剑客心里思量：没想到一代神僧，竟将衣钵传给一头野驴，风流云散俱往矣，且听他吟往世偈。

空山老僧缓缓开言道："好徒儿，师父不尿了，我马上就要圆寂，去见佛陀了，到那边去尿，也还不迟。人生如梦，轮回如常，你快记下师父的偈子：

一生皆作葫芦引，
　　席下垫着屠龙刀。
　　空山不见人来往，
　　犹将空山作市朝。"

　　老和尚念完偈子，两行眼泪由枯眼之中流出来。死亦何惧，生亦可恋！他努力地盘住手脚，作出禅定姿态，呼吸趋慢，渐不可闻，一双玉箸，缓缓由鼻中垂下。智能将夜壶拿着，顾不得尿水四溅，腥臊恶臭，扑入老僧怀里，哭喊道："师父！"

　　空山老僧皱纹繁密的脸上，现出了慈悲的微笑，合眼低声道："徒儿，为师还有一偈，你记着：

　　我娘生下空山子，
　　原是一头野驴子。
　　一百年来鬼谷子，
　　不必葫芦再抠子。"

　　师父临终时节，迸发出来的诗才，令智能儿又悲又喜，他默记下这两首日后必将入选《佛诗三百首》与其他无数灯录的名诗，一边去试探师父的呼吸，发觉师父停止了呼吸与心跳，身体慢慢变凉，已坐成一具肉身佛。智能儿跪在地上，捧着夜壶，哀哀哭泣起来。

　　"他求仁得仁，念佛得佛，功德圆满，难得临死放下屠龙刀。"木剑客叹道。那未央生在院中心绪茫然，他今朝不入野葫芦寺，不来讨要这屠龙刀，空山老僧未必会死吧，可是对这老和尚来说，生死不过是如蜉蝣一般，就像他的武功，哪怕是天下第一，不过也是师父尿尿之类的平常事罢了。他抬眼向那群星间望去，那无穷无尽的光明与黑暗，让他觉得喉头发梗，心中悲凉，眼里涌出泪水，由胡须间百转千回，啪啪滴入脚下濡满夜露的青草里。

小转铃无暇伤感，对着那与她年纪相仿的智能儿喝道："你师父死都死了，你还溺他一身尿！你就不知道，去弄几炷香来点一点，拜一拜，你不念你们师徒一场，香火之情，也要念一念你们贴过的几炉好烧饼吧！"

那野驴被智能推到一边，四蹄朝天，瘫软在地上，只那婴儿手臂一般的驴行货，如天狗吠月一般，暴怒上指，如剑如戟。被那一群野狐乔张做致，飞眼来瞟，要是她们的目光里嵌上刀子，这野驴起码要被阉割九千回。张竖心道："这老和尚临终还在野驴长野驴短，莫非他传功是假，实是要取我这一头野驴的精魂，由他骑着上西天，免得他自己跋涉劳神？"趴着去探听那野驴的声息，只觉得驴息如潮，喷在他的手掌上，迟疑间，那野驴已弹身而起，冲入庭院，在溶溶月色里翻转数圈，四蹄匝地，稳稳落在未央生面前，伸出脖子，也与未央生那般，引领去看那东山之上的明月，"吭唷"一声驴鸣，如暴雷一般，震天动地。

这一声驴鸣，与先前它洗去鸟粪时涧中的欢鸣，有天壤之别，直令它身前的天下游侠班头未央生气血翻涌，几乎站立不住，廊下群侠像不倒翁一般，乱成一团，那围墙之上的三千妖魔狐盗，全部掉将下来，哭爹喊娘不绝，驴鸣在两山之间回荡，卷成一团刮向星辰的狂风。翌日，洞庭湖上，渔人们谈到大别山中，昨夜白光冲天，那自是屠龙刀出世之奇光，又讲到传来驴鸣如雷，令洞庭波涌、湖心月碎，却被同伴看作是扯驴淡、吹牛皮。这些渔樵之辈，庸庸碌碌，从不信宇宙无穷，奇迹频发，哪里知道，那野驴得到空山神僧百年的修为，已成为天下武功第一的高手。就是杀光洞庭湖边上吃草的水牛，将牛皮接起来鞔成君山一样的大鼓，也不如它那条遍布着大金刚神力的驴嗓子。

驴鸣声中，张竖想起向赵文韶辞行的一夜。李芸兴冲冲地翻找着她的裹脚布，他自己，被尚在不动声色地喝酒的赵文韶叫了过去，让他坐到他对面的灯烛光下。赵文韶说："天下没有不散的筵席，我们的父子之缘，已经是尽了。你明朝出云梦泽，越大别山，过淮河，进入京城，你以后就要在那里混日子了，这一路上，你会了解许多事情，上酒楼，进赌场，逛窑子，与人打架，都在所难免，大家都讲，有一个江湖，就算它，有这么一个江湖吧，让你去浪掷光阴，生出白发与皱纹，变成我这么一个多嘴而贪杯的老头子。我希望你能了解，那了不起的酒色财气之外，另外一些了不起的事情。一件是龙。龙就是奇迹。这个世界存在着，我们不知道的奇迹，去了解并追逐这些奇迹，也未必是什么大道，却也像那些真正好的女人，值得你浪费一生。还有一件，是鬼。能不能见到鬼，这个，是一个问题，圣人们讲，不知生，焉知死，其实，不知死，又焉知生，圣人们又讲，敬鬼神而远之，这个说明圣人们，也是觉得世上是有鬼，也有神的，我希望有一天，你能真正地见到鬼，你就能够了解到，人活着的意义何在。"

他长胖了，真的变成了一个饶舌而贪杯的老家伙了。张竖想。在云梦定居的这十年间，隐侠赵文韶其实也有蛮大的变化，他固然是，由这人世的一堆乱麻中超越了出来，却又掉进了另外的一堆乱麻里，与鬼神龙凤打交道，未必就好过与那酒色财气打交道呢。一个上半身的游侠，未必又好得过一个下半身的游侠呢，但他对赵文韶有信心，这是一个了不起的人，他从来没有放弃，即便他已经发现，人世是如此的荒凉与虚无。

那一夜赵文韶接着讲道："你还要去了解屠龙刀。龙意味着你与宇宙的问题。鬼意味着你与自己的问题。屠龙刀，意味着你与别人的事情。你没有办法，由江湖里面出来，就像抓住自己的头发，离开这个地球一样，但是你得去，抓住江湖的头发。屠龙刀在大别山的野葫芦寺里面，所以你得顺道去一趟野葫芦寺。我已经给你物色了一头驴子，它认得去野葫芦寺的路。"他说到这里的时候，门外梨花春雨里传来一声细弱的驴鸣。

张竖盯着赵文韶道："我在那大别山里绕来绕去，不一定找得到那个什么野葫芦寺。"

赵文韶笑道："你可能会径直找到野葫芦寺，也可能会被野葫芦寺的人跳出来，捉将去，也可能会偶然脚下一滑，就跌入野葫芦寺里去。这个你不用担心。"

李芸又插嘴道:"这个啊,小子,就像以后你跟女人们谈情说爱,有时候,是你去追到那女人,有时候,是女人们傍上了你,但最好的谈情说爱,却是你与那女人,偶然的脚下一滑,掉到了一张大床上。这个,你也不用操心,你去京城后,尽管去游乐,我在你的包袱里,起码塞了一百两金叶子,这些都是你那死鬼亲爹在洞庭湖抢人家的,你正好去京城里施舍掉。"

那天晚上的谈话,到这里,就结束了。赵文韶夫妇坐在八仙桌前的烛光里,脸上露出慈祥的微笑。那是在日后张竖的江湖岁月里,永难忘记,想起来,鼻头就要发酸的微笑。是啊,我已经到了野葫芦寺,你给我准备了一头奇迹一般的驴子,现在,我们就要去找屠龙刀了,屠龙刀呢?

这小秀才想到屠龙刀的时候,旁边的小转铃也将心思,由那驴眼对人眼的未央生与野驴那里移回来,想到了今夜一切问题之关键,她剔起一双柳眉,对那已经冰凉的空山老僧喝道:"老和尚,你成佛升天,我不管你,可是你不该讲了一堆混账故事,又将我抛闪在这里,屠龙刀,你讲的那个劳什子屠龙刀呢!我要是找不出屠龙刀,发现你的一生,就是一个谎言,我不一把火,烧了这破庙,将你的好徒弟弄进宫里,去给皇上做公公,我就不是那惠能老尼姑调教出来的好徒儿——小转铃!"她一时发作得像酱块似的,将众人由驴鸣的惊悚之中唤醒过来。

张竖问那小智能说:"和尚兄弟,你这小姐姐的话,你也听到了吧,你且莫哭你师父,他已经成佛了,用不着伤心,你且替我们想一想,屠龙刀在哪里?"

那智能小和尚抬起雨打梨花一般的脸,众人都不由暗暗喝了一声彩:好一个俊俏的小和尚,与那小尼姑,可称佛座前的一对璧人。智能疑惑地说:"你们讲的这个劳什子屠龙刀,莫非是我们寺里的那把切菜刀?白天的时候,师父让我拎着上山去砍柴,晚上他用这把刀切菜做饭,睡觉的时候,他就将他放在枕头边上,说是防贼。这把黑乎乎的刀,砍起柴来也算称手,说起好处,也就是比较快,不生锈罢了。有一天师父跟我讲,这把刀其实应扔到门前的河里去的，它给我们惹来麻烦了！果然从那以后，就常常有人坐着船，像你们一样，由洞庭湖里寻到我们这儿来，来讨要什么屠龙刀。我师父就成天跟人家打架，将那些家伙一个一个地点倒在地上，然后绑得像粽子一样，扔到船上，由着流水将船推到下面的洞庭湖里去。我从来没有想过，我师父这么会打架。我说，师父，你教教我打架吧。师父就很生气，说什么一个和尚学会了打架，就不会好好念佛，也不会专心砍柴。武功这个东西，沾上了身，想丢，都是丢不下的。我哪里晓得这些事，我只是觉得师父自从天天打架之后，念佛不专心不讲，晚上做的饭也越来越难吃了。"

真的是一个古怪的老和尚，群侠面面相觑。在过去的一百年里，屠龙刀，就被这个家伙用来砍柴切菜，甚至连一滴血都没有给它尝过，如果那和尚在山上与厨房里足够小心的话。木剑客对那小和尚讲道："智能，我们这一番来，与以前那些抢刀的家伙不一样，我们是你师父请来，为这屠龙刀物色新的主人的。你快去将屠龙刀取来，了却你师父的遗旨，我们再来安葬你师父，送他西归不迟。"木剑客一脸慈容，言语温和，那智能听了，由师父尸身上爬起，往后院去了。

此时圆月偏西，挂在山峰顶上，已变得如铜锣一般。夜露下降，寒气上升，一天繁星变得更亮了。群妖回到墙头，绕成一圈坐定，大家一起，屏心静气，等那传说中的屠龙刀的问世。那智能小和尚去后院，好半天都没有回来，众人正担心，这小和尚又糊里糊涂地睡了去，或是被伏在后院的魔头劫走时，智能却推开木门，又走到月亮地里来，他手上捧着一把黑乎乎的菜刀，交到木剑客的手里："就是这个劳什子了，我刚才一番好找，师父将他忘在柴房里去了，今天晚上我们没有做饭，所以也没有去找出来搁在厨房里，害得我刚才一头撞灶台上。"木剑客一边接过屠龙刀，一边去看那智能，果然脸上已蹭得油黑，弄得一张脸像被咬掉了半边的月亮似的。木剑客将那菜刀递给张竖，说道："你带着你的驴子，去与这未央生，打完这最后一场架吧。你们要是敌不过未大侠，就由他将屠龙刀带走，你们赢下来，一路上，也多一把刀切菜砍柴，不是坏事。"一边将目光扫向一边的薛不离、胡塞尔、海德格，那目光沉下去，变得如寒霜一般清冷。那三人点头同意，无话。

张竖接过那把黑乎乎的菜刀，却也觉得称手至极，竦身一摇，已跳到院中，与那正呆呆盯着未央生的驴子站成一线。他脚下乍一踏实，四周围墙之上，就传来一片喝彩之声。云梦泽里的妖怪们觉得他这一手变影幻形的出场，分外有派。大悲洞的狐狸们倒觉得他月下扬眉持刀的模样特别有型，洞庭湖的群盗，却由他的举手投足中又见到昔年洞庭之王张横的影子，一时间，悲欣交集，一边喝彩，一边眼眶里涌现出不争气的泪水。

"这屠龙刀是真的吗？这么俊的一个小秀才，你们莫诳他去送了性命。"小转铃问那智能。智能瞪了她一眼，也不理会院中的热闹，抱起师父的尸身，往后院中去了。一边木剑客答道："假作真时真亦假，姑娘，你如果没有觉得困倦，就接着往下看。"

秋水剑铮然一响，弹开剑身上的夜露，剑气翻腾的时候，好像是朝霞，要由未央生的剑上涌出来。他坚定地挥起剑，对那年轻的后生与和他并肩站到一处的驴子说："你们，来吧。"张竖点头，一手施展开观沧海剑法，一手挽着黑驴，在那烛光闪现的八卦之上，与那未央生战到了一处。

6

这真的是一个奇妙的春夏之交的晚上。按下葫芦庙不表。在千里之外的京城里，在紫金山下，那一片由数万御林军与数千大内高手守卫着的皇宫里面，年轻的皇帝正在睡觉。上半夜皇帝与他最喜爱的宁妃交欢，由江南出产的宁妃肤如凝脂，貌如初荷，宛转承欢，不胜羞怯。这宁妃自此夜灵感动天、珠胎暗结，腹中胎儿，将养成下一代的人间皇帝，这个不在话下。那皇帝房事劳累，作别佳人，投入梦乡。他梦见后花园里，夜露频结，将那一园的牡丹、芍药、夏莲、秋菊，竟一同催发，星月下面，花团锦簇，奇香郁结，那场面，又美丽，又奇异，花海之中，忽然白光一闪，一头黑驴子,好像是由天上掉下来的,由那石桥之上冲入御花园内,也不管那圣驾正在梦游,径入花丛之中,将那繁花,啃食得一朵不剩!

皇帝想叫薛不离领着大内高手,将黑驴拍成一堆驴酱,灭掉这不通风雅、恣意妄为的畜生。又觉得手脚无法动弹,口舌无法出声。只得听任那黑驴大块朵颐,然后发出一声欢快的驴鸣,跑得无影无踪。

此梦来得蹊跷。皇帝惊醒过来,命人去御花园中查看,御花园里,月落如同金盆,花开如同夜锦,与平日并无二致。皇帝方才心里安定,又命人连夜请来参知政事冯道。冯道听年轻皇帝讲完他的奇梦,沉吟半晌,说道:"明日是陛下赴武英殿,写出今年殿试题目的日子。皇帝梦到御苑花开,是英才辈出的得人之象。这黑驴来访,莫非是要皇上如此如此出题?"年轻的皇帝听罢,点头称是。打发参知政事回府,自己踱回深宫,搂着宁妃,继续睡觉。

一个月后,初夏新凉,新荷如箭。皇帝在御花园里,摆出酒席,请的是今年大比抡元,做了天子门生的一百多个进士,坐在皇帝身边的,当然是这一榜的状元,榜眼与探花,一眼看去,都是如皇帝一样,英姿勃发,生龙活虎的年轻人。

皇帝问那探花,由哪里来?殿试之中如何应答。那探花答道:"微臣巴尔扎克,法兰西人,此次殿试,圣上赐下论驴之题,微臣的卷子,写的是论驴皮。破题曰:躬逢盛世,英明吾皇,圣人不出,乃赐驴皮,养血回精,佑我万民。"皇帝笑道:"你这巴尔扎克,那里是论驴皮,分明是拍马屁,可是盛世求贤,也要你这样拍马屁的高手,赏你做探花郎,不要枉了朕的一番期许。"巴尔扎克诺诺。

皇帝问那榜眼,由哪里来?殿试如何应答。那榜眼答道:"微臣史蒂文森,英格兰人,此次殿试,微臣写的是论驴游。破题曰:盛世如炉,民众如铁,养驴成群,可作驴游,无限商机,尽在其中,国富民强,外夷不入。"皇帝肃容道:"你这史蒂文森,本来就是夷人来我朝入籍,应时刻警醒。你于经济一道,颇有专长,朕取你作榜眼,勉之。"史蒂文森慌忙点头。

皇帝又转头问那状元，坐在他身边的俊生生的小伙子，头上被宫女们插了一头的荷花。那状元郎答道："微臣张竖，云梦泽人，此次殿试，微臣写的是论驴头。破题曰：洗去鸟粪驴头轻？泄去元阳驴头轻？砍掉脑袋驴头轻？微臣由此陷入迷茫，只好结题曰：吾非驴，不知驴之头。微臣文章狂悖，得陛下赏鉴，实该万死。"皇帝叹道："爱卿不必惶恐不安。我出一个题目，名叫论驴。那些家伙，借驴讽今，也是对的，可是，我实在是想借此弄清楚，驴子是怎么一回事情。我读张状元的文章，才知道，驴子不过是一头驴子罢了。张状元家中莫非养了驴子，不然如何对驴子如此熟悉？"

张竖答道："为臣一路入京，都是骑着驴子来的。这头驴子，此刻就在御花园外，等我吃完陛下的酒席，还要将我驮回云梦客馆去。"

皇帝笑道："爱卿去将你那头驴子牵进来。给我看一看。"

那张竖应诺。离席出园，片刻，牵着驴子走来，远远地站在那荷花盛开的桥面上。南风吹得年轻的皇帝眼睛眯了起来，他看到，那头精神奕奕，正在张望着荷花的黑驴，与他梦中见到的那一头黑驴，完全是一模一样。

黑驴在清香荷风之中，习习翠圆，点点珠光，觉得分外畅快，张开它布满大金刚神力的嗓子，欢叫了一声，在得到空山神僧传功的一个多月后，驴子已经学会如何支配它身体里的宝藏，所以这一场驴鸣令皇帝与进士们心头一凛，却并没有将他们由酒席上掀翻下来。皇帝见到黑驴，梦境圆满，一下子觉得状元宴了无生趣，他本来想将黑驴牵进去，让宁妃也瞧一瞧，可是遥遥看到黑驴那腹下的物件，又觉得不妥，宁妃如果开了眼界，这个比较麻烦，在年轻的宁妃眼中，世界上只有一个男人，那个男人的行货天下第一，朕的家伙，比驴子还要不凡呢，这个，是有个春风沉醉的晚上，皇帝本人亲自向宁妃讲的，当然，现在看起来，难免有一些吹牛了，与这一头黑驴相比，皇帝的那活儿，就像是拿孙行者耳朵里的金箍棒去与他拿在手里的金箍棒相比。皇帝叹了一口气，吩咐众进士继续吃酒赏花，他自己要回内宫更衣去了。

直到进士们摇摇摆摆地由御花园中一哄而散，那状元郎骑着驴子，消失在宫墙之外，薛不离才松了一口气，他与几百名大内高手，就藏在那御花园的荷池之中，像几百个大西瓜，在荷塘里泡了一整天。那天晚上，皇帝向参知政事冯道问计之前，老冯道已召见过司马飞廉与薛不离。有一头野驴子，让冯道无比困扰，钦天监的飞廉大人已向他讲过，最近观察到紫微星被太岁星严重冲犯，今年的状元郎，显然，对皇帝不利。冯道问："茫茫大块，秀才无数，我怎么知道哪一个秀才会成为今年的状元郎，我不是李斯，皇帝也不是嬴政，难不成，要我们去干焚书坑儒的勾当。"飞廉大人将眼睛由他闻名天下的洋毛子进贡的望远镜上挪下来，说道："如果你想焚书坑儒，还不如是焚书坑驴呢。那太岁星侵向紫微星的时候，挟着一道由大驴星座射出的白光，当然，这个大驴星座，从前的星象家，认为应是北斗七星，实际上，它们更像嵌在北半球的星空上的一颗驴头，莫非，这个状元郎骑着一头驴子？"飞廉推算出，状元郎刺杀皇帝的时刻，应是一个月以后的状元宴上，"所以，你们应在御花园里伏下大内高手，越多越好，不过，这一次刺杀，可能有，也可能没有。"

老冯道呆了半天，说道："飞廉大人，此事关系社稷平安，什么叫可能有，可能没有，莫须有，如何能钳天下之口啊。"

飞廉叹了一口气："天下承平日久，盛世已近百年，而今乱世将临，魔人魔星出道，这一代皇帝，或许将做亡国之君。你我无非是尽人力，听天命，且看这天地席卷，生灵涂炭罢了，必得以血来换得新的太平盛世，贵为皇帝，也难免于刀枪。我作为一名星象学家，只能知命，不能改命。家国系于那野驴子与状元郎的一念之间，这一念，是生，还是灭，只得由他去了。你既忝为参知政事，早去命薛不离，伏下大内高手，以防万一，才是正经，这个知其不可为而为之，正是老相国您的份内之事。"

老冯道揖别飞廉，又与薛不离商议到半夜。正待安寝，即被皇帝召入宫内。听到皇帝的怪梦，老冯道心里一凉，献上殿试的试题：论驴。他离开皇宫，坐在下朝的轿子里，由打开的轿帘，去看那汴京天街顶上，驴头一般的北斗七星的时候，心里充满了荒谬之感，他想到，让暴风雨，来临得更猛烈一些吧。

五月池水冰凉，令薛不离新生出的右臂隐隐作疼。他看到那野驴子与张竖，就站在他头顶的拱桥上。整座拱桥，沉没在凛凛杀气里，那些乍生出来的钥匙一般的蜻蜓，闯到桥边，就像落叶一样，凋谢在碧荷之上。虽然身后有两百多名兄弟，这些兄弟，差不多占去了最新的侠客排行榜前一百名的一大半，但他，还是觉得绝望和无助。一个月前他在大别山中，野葫芦寺的深夜里，所见的匪夷所思的一幕，又展现在他的脑海里。

强盗们在欢呼，妖精们在狂喊，狐狸们在尖叫，月落后的野葫芦寺，看起来，更像藏在深山里的皇家剧院，只是演员是三千零二名男女，加上一头莫名其妙的驴子，而观众，只是那庙廊下的两个胡人，一个捕快，一个老道士，一个小尼姑。后院里，那个小和尚顾不得这些热闹，他举着烛光，一寸一寸地擦洗着空山老和尚的尸体，他是过早地谢幕掉的男主角，不久，小和尚就要将他烧成舍利，装到坛子里去。

薛不离旁观者清，这一番与他身在局中与未央生缠斗，所见又有不同。未央生已练成了风月之剑。江湖传闻，风月之剑是崇宁山最终的剑法，自然也是天下第一，难怪那木剑客以武当太极剑法，打通阴阳，生生不息，都望洋兴叹，知难而返。未央生的剑光如清风明月，毫无杀气，但是，这清风明月，却坚定而有力地，改变着他的对手，将对手引入新的天地里，失去反抗的能力，薛不离想起那可怕的剑光，将他的右臂滋生出来的时刻，那是未央生由已经消逝的时光里，为他寻回来的臂膀，但是这新生的臂膀将他新练成的大招安魂曲破解掉了，未央生再进一步，就会要了他的命，但是，这个伟大的游侠，他，已经没有杀气，他珍惜他的对手，胜过了他自己。

可是那进入崭新的时空里的野驴与小秀才，却毫无所惧。那野驴绕着未央生奔跑，就像一座旋转的山岳，清风明月，却也难耐那山的坚韧，张竖就像在山上嬉戏的孩童一般，上下跳蹦，这个，也让未央生头疼。薛不离认出那张竖的刀法，果然是失传已久的屠龙刀法。那一把屠龙刀，在野驴的助力下，正在召唤着天风海雨，好像在山峰之上初升的霞光，也要加入进来，进入那被屠龙刀法激发的大金刚神力的气流之中。

野驴子围绕着未央生与张竖的战团，疯狂地奔跑，在众人的惊呼中，变作了青色的曙光中，一道黑色的闪电，由闪电划出来的狂热宇宙。闪电之中，那屠龙刀发出奇异的轰鸣，就像夏天的午后，一阵一阵沉闷的雷声，在众人的心头滚动，那雷声渐进，如鼓点一般频密。墙头上的群盗心里慌乱，李奎大叫一声："风紧扯呼！"一千强盗一起起身，往后就跳，伏到了围墙外面，那妖魔狐精，也一一滑到墙下，躲在草丛中超生。

薛不离听得身边木剑客一声叹息，就知道未央生大势已去，那野驴子将大金刚神力推向圈内，压合作拳头大小的一团，正撞在屠龙刀上，那屠龙刀激发出万丈光华，平地生起一声霹雳，将空山老僧传下的大金刚神力反弹出来。

这一刀，要是刚才在桥上由他们重新使出来，这御花园，也会像那野葫芦寺一样，在黎明的微光里毁灭掉吧。这些手无缚鸡之力的进士，被埋到荷花池里，也只有沦落到做来年的荷花的花肥了。那年轻的皇帝，能不能在两百名大内高手的簇拥中逃得性命，老实讲，薛不离也不知道。那时候，那头野驴子欢快地吟唱的时候，他已经准备好了，要尽全力，来维护这年轻的皇帝。

惊世骇俗的刀光，迸发出来排山倒海的劲气，竟将那野葫芦寺的围墙、廊庑与内外院的房舍尽皆推倒，连那大雄宝殿之上，含着微笑的释迦牟尼佛像，也被轰然掩入尘埃之中。如果不是未央生拼命挡下的一剑，泄去了屠龙刀六七成的戾气，场上的众人，笃定无法由废墟中爬起。

众人由惊骇之中镇定下来，由砖瓦中灰头土脸地钻出，像蟑螂一般聚到一起时，发现院中，只余下未央生怔怔地站着，他的风月剑，已在刚才屠龙刀霸道的劲气中被击碎。那头黑驴驮起张竖，已攒蹄向着壁立的山崖飞踏上去，他们再也不需要李芸的裹脚布了。

大悲洞的妖精、洞庭湖的群盗、云梦泽的群妖一见正主儿跑路了，连忙也是爬山的爬山，缒藤的缒藤，转眼间，消失得无影无踪。那朝阳恰恰如铜锣一般，钻出东山之上的霞光云海，将从前的野葫芦寺，照作一片红尘。

那是薛不离第一次看见屠龙刀的少主人带着屠龙刀离去，在他一生的名捕生涯中，从未觉得这般徒劳与无力，只觉得朝暾如一张冰冷的网一样撒下来，将他束缚住，让他不要生发出追击那不可能战胜的对手的雄心。

这样的绝望，在他盯着那新状元，牵着黑驴离开御花园的时候，再一次由他的心头升起来，看着他们的身影，消失在宫墙之外，他将他的兄弟们，那些排名在本朝武功前百名的捕快们，由池水中叫上来，一边命人去向参知政事冯道报信：屠龙刀隐入市朝，皇帝平安，甘露之变，未起。

潮湿的东南风已经灌进了汴京城的街道。像少女的头发般浓密的柳枝里，新升树的夏蝉拼命地鸣叫。由御街下的阴沟里，翻起一阵阵的恶臭。正好是黄昏时分，夕阳将京城弄得像筑在金山上一般，新科的状元，由御花园里醉醺醺地出来，牵着他的黑驴子，走在街上，他与黑驴的影子就贴在宫墙上面。满城的仕女，都在等候这状元宴散席，进士们谢恩出来的一刻，像早上等着新出炉的包子一般，去放眺这些运气不错的读书人的容颜。但张竖走的是后街侧巷，恶臭扑鼻，悄无人影。

只见一个女孩子，由一棵浓密的柳树上跳了下来，拦住了一人一驴的去路。

"此路是我开，此树是我栽，要想从此过，留下买路财！"那女孩子笑吟吟地说道。她一身黑衣，头顶上原来剃光了头发，一个多月没有打理，现在已如春草一般，萌生出黑压压的一片烦恼丝。滴溜溜乱转的剪水双瞳，俊生生的一张粉脸，这劫匪，不是那小尼姑小转铃，却又是谁？

"知道就是你这丫头，不知道是你看上了本状元呢，还是看上了这头驴子？亏得你由京城的几百条巷子里，将我们找出来。"张

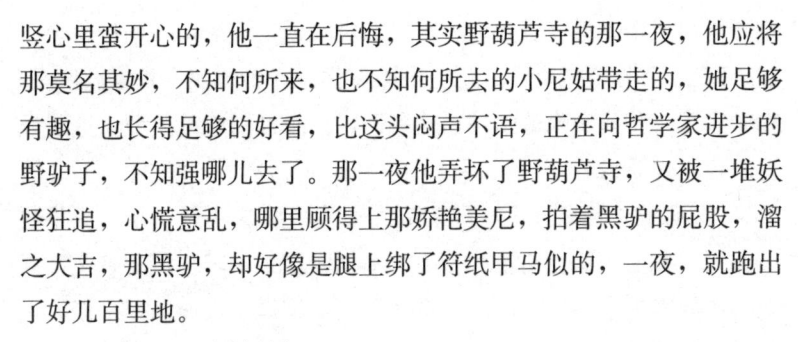

竖心里蛮开心的,他一直在后悔,其实野葫芦寺的那一夜,他应将那莫名其妙,不知何所来,也不知何所去的小尼姑带走的,她足够有趣,也长得足够的好看,比这头闷声不语,正在向哲学家进步的野驴子,不知强哪儿去了。那一夜他弄坏了野葫芦寺,又被一堆妖怪狂追,心慌意乱,哪里顾得上那娇艳美尼,拍着黑驴的屁股,溜之大吉,那黑驴,却好像是腿上绑了符纸甲马似的,一夜,就跑出了好几百里地。

"皇帝呢?"小转铃问。

"正吃晚饭呢,他要吃一百多道菜,麻烦着呢。"张竖说。

"你没杀掉他?"

"没有。"

"真可惜,难道你自己,不想做皇帝吗?得到屠龙刀的人,就可以做皇帝啊。空山老和尚对我讲过的。"

"每天在几百道菜中间挑来捡去,在几千道奏章里挑来捡去,在几万个女人中挑来捡去,没什么意思。"

"你父亲的仇,也不报啦?"

"我父亲名叫赵文韶,他还在云梦泽里活着,与一个名叫李芸的女人在一起。"

"可是赵文韶让你取屠龙刀,就是要让你做皇帝啊。"

"不完全是,他对我说,你得到了屠龙刀,就可以做皇帝,也可以不做皇帝,可以做状元,也可以不做状元,可以做游侠,也可以不做游侠,可以做隐士,也可以不做隐士。有了屠龙刀,就有了选择,有了选择,就有了自由。他只是要我,自由自在地生活。"

"可是,你让我失去了到皇宫里,做娘娘的机会。"小转铃嗔道。

"你现在也可以去啊,现在这个皇帝刚吃完饭,腆着肚皮,正在思量着去找哪个娘娘睡觉呢,你这样的新鲜货色,像他的荷花池里刚长出来的莲藕似的,他当然会喜欢,你让他龙颜大悦,封你一个娘娘,也是指日可待。"

"你,你,你,你这张油嘴,你看这黑驴子多老实。"其实黑驴刚才没打成架，沮丧着呢。小转铃的声音低了下去，一张俊脸上飞起了红云，"你不做皇帝，我也得跟着你，你做游侠，我就做侠女，你做隐士，我就做隐婆，哼，这一回，你们可别想甩掉我。这屠龙刀，也得由我管着。"

"跟着就跟着吧，正好每天帮我去放一放这头野驴子。只是这屠龙刀，我已顺路还给了武当山的木剑客道长，其实那天晚上，屠龙刀击碎未央生的风月剑后，魔性已灭，绚烂至极而归于平淡，也只能去切菜与砍柴了。"

两人一驴，沿着宫墙外的小路走着，夕光已灭，京城里生起万家灯火，一轮明月，挂到御街的柳树上面，就像一个月前，挂在大别山中相思桥上。如果不是街下阴沟里气味难闻，眼前，还真的是一番好景致呢。"月上柳梢头，人约黄昏后。"今夜长安城里官家与富人的娇美的女儿们，一定不会想到，新科的状元郎，没去王谢堂上相亲，而是牵着一头愤怒的野驴，跟一个刚刚蓄发的小尼姑，在宫城外的臭水沟边厮混呢。

（题目来自古罗马作家阿普列尤斯的《金驴记》。文中各种互文，读者莫笑话。冯道并非五代十国时的冯道大人。郭靖、黄蓉之事，金庸先生著书时列入南宋，引用到此文中，时间也是不对的。本书中这些例子不少，一些诗词的引用时间上也不对，反讽之用。）

林语记

　　袁安遇到彭彭，是在洞庭湖君山岛上藏舟之战十年之前。某年端午前后。

　　那一年暮春时节，袁安离开了秋水老人，告别秋水老人隐居的万木草堂，由崇宁山中出来游历江湖。秋水老人认为袁安已掌握了春雨之剑，如果想进一步修习剑术，崇宁山中峭拔回环的地势、师徒二人清心寡欲的生活，已经在妨碍他练习春雨之剑的下一个境界：朝露之剑。

　　"我总是要死的，你的路却还很长，有清欢陪我，就足够了。"老人怅然地对袁安讲道。其实清欢也要算得上一条爷爷辈的老狗了，十年以前，袁安以八九岁的垂髫少年，流浪到崇宁山中向秋水老人求艺的时候，它还是刚由山外拾回的一只小土狗，不时地拼命将尾巴摇得像一朵野菊花一样。现在袁安要辞别师父，自己去弄自己的江湖了，它呜呜哀鸣，悲伤得要命，脸上的皱纹都挤作了一堆。

　　"江湖就在崇宁山外面。你先去江湖上练习朝露之剑，之后再练沧海之剑，再练桑榆之剑，你弄得差不多了，如果还没有死，再回崇宁山中来看一看，我说不定是在坟墓里了，不用找我，我的坟会是崇宁山荒坟中的一座。如果我还活着，也差不多是老妖怪了。我还想去看一看金竹寺，说不定就与清欢留在那儿了，总之以后你自己去管你自己吧，我们师徒一场，总有缘尽的时候，够了。"秋水老人领着清欢走进万木草堂里，掩上门，老人有一些伤感，但是他不愿让袁安看见。

崇宁山外是大片大片的平原，平原上自然是人烟辐辏。连狗都是成群结队的，如果是清欢，一定会高兴得要命吧，由它在万木草堂的狗窝里跳出来，随它的同伴们一道，去狂吠与奔逐。但是袁安，却没有办法与那一群一群的陌生人往来，他在一个名叫桑田的小镇上的旅店里住了两天，就差不多被市镇上自早到晚的吵嚷弄昏了脑袋，要想去弄什么朝露之剑，简直是不可能。他决心像秋水老人一样，找一块没有人地方，躲一躲再讲话。

离桑田镇东三四里外有一个名叫东湖的大湖，湖四周长满了水杉树与桑树。湖边是附近的农民种下的莲藕与菱角。袁安觉得那片湖清静，即将行李弄到了湖边的一棵大水杉树上，他向秋水老人学的木匠手艺果然是有用的，他用他的春雨剑砍削了几日，在水杉树上做出了一个小木头房子，他将这房子命名曰："风雨茅庐"，当夜，他就躺在自己的风雨茅庐里的地板上，看着木窗外的湖上星空入睡了。第二天晨光熹微，即跳下树，去湖边练剑，等湖边桑林里的采桑叶村姑们的身影出现的时候，他差不多已经习剑一个多时辰，加上晚上几个时辰的采气，差不多能做完秋水老人布置的日课了。

其实与崇宁山中，也没有区别吧，无非是他自己要独自面对孤寂的时光，不过袁安也习惯了。晚上看着天上一颗一颗的星星，按照星座的位置，来修炼他身体里的先天的真气。人生就是这样吧，一个星座一个星座地修炼过去，内劲也一天天地好起来，他的武功，虽说比不上秋水老人，在这个世界上，差不多也算很高了吧，秋水老人的徒弟，已经出了崇宁山，江湖上的震动，恐怕只是迟早的事。可是袁安，也没有觉得怎么高兴与骄傲，有时候到深夜，一天的星星忽然好像被风搅动了一般，成为一锅乱粥，再不像秋水老人交给他的春雨剑谱上所描绘的如此有条理。他觉得脑子里变成了一团乱麻，也许他的人生也并不是如剑谱一样条条有理吧，一定会有一些转折与变化，在等待着他去做、去完成。想到这些，他也觉得微微的亢奋，他的一生，不一定要去重复秋水老人，年少成名，江湖上的万人敌，从来无人战胜，又到朝廷上，去为国家的命运担当责任，老的时候，完全隐居起来，藏入方圆八百里的崇宁山里，与鸟兽同群，建起万木草堂，没有任何一个人知道，世界上武功第一第二的秋水老人，是否还活着。这样毫无漏洞、无可挑剔的一生，是不是太完美，只有他这样的已差不多与天地造化往来的老家伙，才能够做到的吧。

这天早上，袁安在远远的桑田镇的第一阵鸡鸣中醒了过来。第一缕绯红的霞光正由东湖之上升起来，他提着春雨剑由树上一跃而下。湖畔青草离离，草尖上白露点点。他将剑式展开，即在晨光中一路一路温习。他将草尖上的露水用他的春雨内劲逼向空中，然后由剑气将这些白露收入放在路边的一只皮囊里，那皮囊里的露水聚满了，他的一路剑也差不多是练完了。

这一袋子露水，正好够他一日的梳洗与饮用了。当下袁安收起剑，即打算结束此日的修习。抬起头来，正好看见朝阳升起半边脸庞，映得湖水一片淡红。湖边的田田荷叶中，已有荷箭出水，竟有几朵已经开了。袁安一时玩心大起，也不忙着回树上的风雨茅庐，纵身而起，向那荷叶中跃去。

荷叶上的露水圆滑可爱，如同珍珠一样，袁安展开身姿，将这些珍珠一颗颗用剑气逼起来，碎珠飞琼，投向朝霞中，一时间荷田之上，好像下起了一阵纷纷细雨一般，伏在荷叶上的虎皮青蛙，吓得呱呱大叫，忙不迭地往水里跳去。

"好轻功，好剑法！不过用来吓唬青蛙，也不见得有什么了不起。"岸上有女子的声音。袁安忙收住身形，立在一枝荷箭上，好像一只巨大的青色的蜻蜓一样。他的轻功自然是好的。剑法，嘿嘿，倒不至于是专门来吓青蛙的吧。一定是今天贪着这东湖的晨色，回去晚了，所以被来湖边的桑林里采桑叶的乡下丫头看见了吧。

袁安往岸上望过去，只见一个二十来岁的女子正在草丛间俏生生地立着，那草地已经被袁安收走了夜露，所以她也用不着担心，弄湿她那湖蓝色的裙子。她没有戴头巾，背上也没有那高高的背篓，不见得是来采桑叶的村姑。她的腰间还挂着一把又沉又阔的刀，应该也是江湖中人了。袁安道："你如果觉得我的轻功与剑法不好，你来练给我看。"

"练就练，有什么了不起。"那女孩子嚷道，飞身就往湖中跃来，她也想立到一片荷叶上，可是甫一入水，那片荷叶就不争气地一翻，只听澎澎两声，已经是将她翻落到水里去了。

她应该是识水性的吧，袁安想道。可是半晌，那个女孩子还是未由水下冒出头来，袁安这才急了，一下子掠了过去，飞身插入水里，将正在咕噜咕噜冒水泡的侠女扯了起来，将她提着，借势另一片荷叶，奔到岸上来。

"我叫彭彭。"那女孩子醒过来，将肚子里的湖水哇哇几口吐净了，狼狈地直身坐起来。

"喔，原来是你的名字叫得不好，难怪刚才嘭嘭两声，就弄湖里去追青蛙去了。"袁安背起他的皮囊，转身就要走。

"你站住。"彭彭脸上已经是红得像朝霞一样了，"你总得找个地方，让我将衣裳弄干吧。"

袁安只好停下脚步。秋水老人讲，女人最麻烦。他老人家真是什么都知道啊。他只好将这个忽然出现在他生活中的，名叫彭彭的女孩子领回他的风雨茅庐里去。彭彭跳不上一团荷叶，跳上风雨茅庐却没有问题。她好像一下子就喜欢上了这个地方，抢身进去，坐在地板上，脸上又是惊奇又喜悦。风雨茅庐还是太小了，挤上两个人，转身都要成问题。袁安想，要是这个彭彭喜欢上了这个屋子，自己也只好换一个地方，再花了几天，用春雨剑再削一个了。师父，女人真的是很麻烦啊。

"我要换衣服，天气热，裙子黏在身上太难受了。"彭彭道。

袁安只好由自己的房子里跳出来。他站在树下叫喊着，让彭彭将湿衣服由窗口里扔下来，由他用内功将大大小小的衣服弄干，又由窗口投进去。等她弄好衣服，又要将水囊里的水弄热，由她去洗头发，她洗头发也罢了，又要袁安去弄一堆桑叶来。袁安在树下仰面看着，那个奇怪的好像由半空中掉下来的丫头，在他的房门前，摆出他拼好的木盆，将桑叶绿稠的汁液挤出来，然后哗哗地将皮囊中的水倒出一满盆，就蹲在那儿慢条斯理地搓着头发，她的头发长得要命，垂在树枝间摇晃，搓完了头发，又一遍一遍地清洗。水囊里的水差不多底朝天了吧，她也差不多算是洗完了。袁安想，今天恐怕是只能喝东湖里的湖水了，鱼的洗澡水，一股子腥气唉。这么多年都没有吃湖水，托这个彭彭的福，真是见了活鬼。

袁安能够再重返他的风雨茅庐的时候，差不多一个上午已经过去了。袁安觉得却好像是一会儿的事情，看来女人虽则麻烦，却有本领让你忘掉时光的流逝。彭彭面目一新，看上去，不高不矮，不胖不瘦，女鬼一样披着头发，差不多也算得上是一个美人吧，见到袁安那小子骨碌碌地打量她，一张脸又红了。

"谢谢你啊，我长这么大，还是第一次用露水洗头发。我觉得满头都是桑叶和青草的味道。"她说。

"没事。本来还可以煮点茶给你喝的，可惜你一点露水都没有留下来。"袁安道。

"下次吧，来承你的情喝你的茶就是。时候不早，我得走了。"彭彭说完，也不与袁安打招呼，径自挤出门，跳到旁边的桑树上，在桑树里几个转身，就消失了踪影。她的轻功，果然还是不错的。

丢下袁安一个人在树上，兀然觉得孤单起来。这倒是春雨剑客很多年都未有过的感觉，他的心情，就像此刻桑林里结满的黑红的让乌鸦们啄食的桑葚，有一点甜，又有一点酸。好在黄昏到了，新月升上来，星星开始跃现，袁安放下他的闲愁，对着满天星河，开始他一直要到深夜的炼气，才将那个唐突的美人由脑海里赶出去。

第二天一大早，袁安特别带了两只皮囊，去练他的朝露之剑，他在草地上忙活了半天，又像昨天一样，跳到荷叶上舞剑，总算是将两只皮囊都灌满了水。等不到佳人来跳水，袁安就背着两只皮囊回家去。他想，这么多的露水，就是杀洗一只猪都够用了，要是彭彭今天来，将她那一头又厚又长的漆黑头发再洗十次也没有问题。

袁安跃上大树，惊喜地发现，他的风雨茅庐的门竟已经打开了，他却记得自己清早出门时，是虚掩上的。

房子的中间，站着一个身材巨大的中年男人，一脸黑刷刷的胡子。他身材实在是太大了，让这了不起的风雨茅庐像搭成的积木。那男人长得一只阔大的鼻子，此时他的一只手就捏在鼻子上。他也背了两个皮囊，酒气刺鼻，里面竟是灌满了酒了。他转过身，微笑着盯着刚跳上来的一脸惊讶的袁安。

"你的房子弄得不错啊。你这木门上的纹路，只有学过春雨剑法，用一招'斜雨打春燕'才弄得出来，嗯，你是秋水老人的徒弟，了不起，那一个想做神仙的老家伙，自然要带一个想做神仙的小家伙，人就是人，做神仙有狗屁用！"

"你的轻功也不错，你在前面第二棵树的时候，我才知道你过来了，你刚才跳上树来，拎着与我的两袋'孝感米酒'差不多重的玩意儿，这棵老不死的杉树，都没有掉一根松针。所以你刚才在荷叶上像蚂蚱蹦来蹦去，也算不得稀奇。"

"剑法不错，轻功又好，不错不错，正是一把杀人的好手。兄弟，呆在这老不死的杉树上做呆鸟有什么意思，早点出道，与我未央生一起杀人去，气死你那个老不死的半仙师父。"

听到他自称未央生，袁安也笑了起来。在崇宁山中，他听师父讲到过他有这么一个师弟，尚在人世间鬼混。酒色之徒，唉，酒色之徒，秋水先生提到他的时候，眼神很复杂。

"想起来了吧，嘿嘿，我也要将你弄成酒色之徒，然后将你扔回那个狗屁崇宁山里去嫖狐狸。咦，你这里怎么有女人的味道？我原来就讲过，食色是人的本性，你这样俊得像花朵一样的小子，遇到那样不人道的师父，真是见了活鬼，练出一身活死人的功夫，有屁用。不过男女之事，原本就是无师自通的。"未央生转动着他的鼻子，叫道。

袁安的脸一下子涨红了。他恨不得立马就用那两囊水，将风雨茅庐刷洗一遍，将彭彭留下来的，让他昨天一夜都心神不定的香气洗得干干净净。

"原来是五虎断刀门彭家的丫头。"未央生由窗下拾起了昨天彭彭忘了带走的那把又沉又阔的刀。"只有彭家的那一群杀猪佬，才会将刀弄成这个样子，他们一年四季都杀猪，偶尔才出门去杀一下人，所以刀都打得像杀猪刀，丫头们用的，自然是要轻一些，可看起来，还是像杀猪刀。"

再下去，这个老江湖，连她叫彭彭也会猜出来吧，真是见鬼啊，袁安抢过去，将刀一把抓过来。对，的确是同门的师叔，他们的擒拿手名叫"春江花月夜"，袁安的一招"汀上白沙看不见"，不就被回了一招"空中流霜不觉飞"吗？看来这个酒色之徒的身子也被淘得差不多了，竟能让师兄的大徒弟一招将那把女用杀猪刀夺回去。

"拿去拿去，好好地抢人家定情的信物干什么，我真是老糊涂了，喝酒喝酒。你这地方喝酒不错，喝醉了要吐要小便什么的，推开窗子就行了。"未央生不太计较输下的一招"空中流霜不觉飞"，砰的一声坐下来，拧开了其中一只酒囊，就着袁安递上来的半只烤鸭子，对着囊口像牛吸水一样喝了起来。

在崇宁山里，只是过年过节的时候，秋水老人才会拉袁安喝一点他们自己弄的高粱酒。不过袁安的酒量也算得上是好的，倒是秋水老人醉意盎然的时候多一些。未央生给袁安也匀出了半囊酒，盛在昨天彭彭用来洗头发的木盆子里，满满的一盆。那孝感米酒清甜醇厚，如同仙醴一般，却是极能醉人。看着袁安渐渐朦胧的眼神与红潮涌现的脸孔，未央生笑道："这酒就像风情万种的女人，你这样的小哥，不知不觉也就着了道儿，任你奸似鬼，也喝人家的洗脚水。所以我总恨孝感米酒这名儿俗气，想改成美人洗脚水之类的。"袁安一听心头作呕，却一边暗想道，你这未师叔可能不晓得，他这酒算不得美人洗脚水，却是如假包换的美人洗发水。

不觉黄昏来到，四野入暝，星月重回。凉风吹上树，蝉声散入林。那袁安与未央生喝酒也渐渐入港。未央生在风雨茅庐的木窗前小便无数次，袁安在木窗前呕吐无数次。第一次去到窗前时，还是黄昏残照，湖面铺金，后来，却是令人担心，那飞流直下的乱七八糟的水流，溅湿了月亮与星辰。

"跟我杀人去，小白脸。我前日听说云梦泽里有一伙强盗，已经坏得没有办法救了，砍下他们的头，就是挽救他们的最好的办法。这一群强盗在云梦泽中的双峰山落草，以洗劫来往汉江中的客船为生，他们最爱将一只船上的财货弄得一干二净，然后将上面所有人的右边的耳朵砍下来。这样弄了一两年，往云梦以南做生意的人，做官的人，甚至是丐帮的弟子，都弄得没有了右边的耳朵。最可恨的是，这群强盗将砍下的耳朵都卤制起来，腌晒得干干的，用一条铁索一串，将那双峰山前前后后都围了起来。北边的人想往南边去，双峰山又是必要经过的水路。要想从此过，留下耳朵来。我杀人半辈子，真是没见过这么邪门变态的强盗。"

袁安也觉是匪夷所思，心头油然而生出厌恶之情。江湖也真是邪门的地方，有的人学武功，是用来数星星的，有的人学武功，是用来杀人的，有的人学武功，是为了割耳朵的，想到双峰山前那一匝卤耳朵，他赶忙跑到窗口上，又对着北斗七星呕出了一大口。

"我查知那双峰山群盗有两百余人，头领有五人。老大名叫寒毛，听说暗器功夫不错，老二名叫顺风，轻功还算凑合，老三千张，是个文化人，读了不少书，老四名叫柿饼，用一把五丁开山锤，老五名叫焦媒，他负责刺探情报……"

未央生喃喃地讲着他的杀人计划，慢慢进入梦乡，巨大的鼾声随即由他巨大的鼻子里涌出来，如奔流如骇浪，令风雨茅庐风雨飘摇。酒臭如厕，鼾声如雷，袁安辗转反侧，难以合眼，他起身将那两只水囊中的露水倒出来，将风雨茅庐冲刷了一回，觉得恶臭稍降，才倒头重攀梦乡。没想到早上辛辛苦苦弄来的露水，没让美人沐发，却冲去了这浊世浊汉的浊臭，唉。

合眼之际，袁安已下定决心，醒来以后，就陪这未师叔去云梦泽杀人。

第二日起床，未央生与袁安二人，一人伐倒一棵一人都抱不过来的杉树，在东湖边上各自造舟。这对袁安，当然是驾轻就熟，太

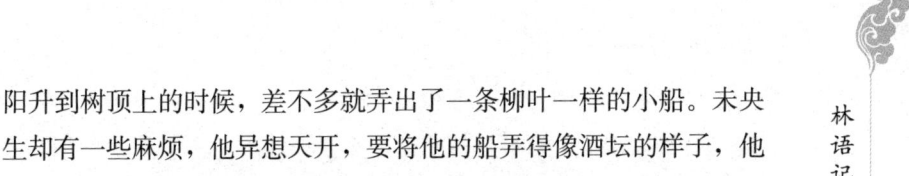

阳升到树顶上的时候，差不多就弄出了一条柳叶一样的小船。未央生却有一些麻烦，他异想天开，要将他的船弄得像酒坛的样子，他本人又是一个笨手笨脚的木匠，最后弄出来，太阳差不多都快掉到西边的桑树林子里去了。饶是他如此辛苦，他的小船看起来，也不太像酒坛，倒是像一个马桶。袁安说在风雨茅庐里再过一夜，明日清晨出发。未央生却兴致勃勃："小白脸，杀人要趁早，你没听到我的'风月剑'在嘶嘶地叫吗？这小家伙想喝强盗的血了。"他的剑原来叫"风月剑"，袁安不由苦笑了一下。

没得办法，两人只好在日暮里登舟出发。出发之前，未央生还特别去桑田镇弄来了两皮囊孝感米酒，还有一堆卤牛肉狗肉什么的。离开风雨茅庐时，趁未央生走在前面，袁安回转来，伸指在木门上刻了几行字：

　　我杀人去了。
　　你的刀在地板上。

袁安

写完后，急急忙忙跑回来。未央生已经跳到他的马桶船上去了。他一脸讥讽地看着袁安："没跟你那杀猪佬的丫头告别，你心里难过吧。"袁安的脸一下子红了。未央生又道："不要紧，那几个强盗，几下就杀得精光，只是这水路，要多走上几天罢了，跟着你未师叔闯江湖，有得吃有得玩，是你前生修来的福气。出发！妈的，风起大一点就好了，我这条破船，划起来真他娘的吃力。"未央生壮硕的身躯站在金色的余晖里，一脸胡须在风中横生，看上去当然是很好汉的样子，令袁安心中也无端地涌出无限豪情。出发，出发。杀人去。

原来这东湖有水道与汉江相连，汉江又与长江相通。由此地往西，过夏口，金口，汉川，荆门，华容道，即进入茫茫云梦大泽。一路上餐风饮露，两人也不以为意，天气渐热，已是伏夏，所以白天多是藏舟于荷塘柳阴之下酣睡，晚上奋力划船向前。未央生不愤袁安舟发如箭，常常要与他比试，无奈船头如斗，就算他使出与妓女们在床上折腾的劲头，也难得有压过袁安一头的时候。他只好借酒消愁，在酒馆里拍桌子打板凳，拿那些盘卤牛肉与狗肉出气罢了。

闲话不提。这一天下午，两人终于来到了江湖上谈耳色变的"要想从此过，留下耳朵来"的云梦双峰山。那双峰山不过是湖中一只小岛，岛上前后突起两个低矮的山头，远远看去，活像一只倒扣在水面的田螺。

两人由"田螺"的阔嘴边靠船登岸，岸边巨石累累，果然有一排木柱，顶着一串蝙蝠一样的黑色物件，奔向后山去，想来这就是那一帮强盗割下的人耳朵了。岸上并无喽啰跳出来招呼，打两人耳朵的主意，令未央生颇觉意外。他纳闷道："我前日已托人传我的'未央令'给此山的强盗，言明今日会来杀人，难道寒毛、千张、顺风这些人，已经跑掉了吗，真他娘的不要脸啊，做强盗也要讲规矩嘛，哪有这样守山头的！"未央生站在渡口前朝那田螺的后背大声叫道："寒毛、顺风、千张、柿饼、焦媒，你们给老子出来！你们以为跑得了和尚跑得了庙吗？你们也不打听打听，这江湖上，我风月剑未央生想杀的人，有谁逃脱过的！"那螺背将未央生喊出的"寒毛、顺风、千张、柿饼、焦媒"的名字又远远地回声过来，山中却无一人出来应酬。

未央生冷冷道："这帮无用的东西，一定是跑了。"袁安兴致勃勃而来，本来以为入江湖的第一战，即将留名于这双峰山上，没想到几百里划舟奔袭，却扑了一个空，心下亦是黯然。抬头见那渡口前的一块空地上有一个小庙，庙前有一只旗杆，旗杆上的一面小旗上，写着"双峰山五侠聚义"几个字。想来那小庙已被停了香火，征作五侠的聚义厅了。强盗岂会信仰佛祖，小庙破旧不堪，也在情理之中，两人信步上前，推开虚掩的庙门，堂上景象，不由令二人大吃一惊。

那小庙正中，奉着几百年未再塑过金身的观世音菩萨的法相，

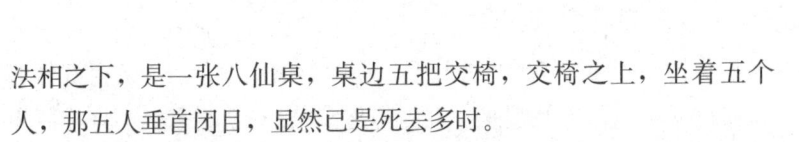

法相之下，是一张八仙桌，桌边五把交椅，交椅之上，坐着五个人，那五人垂首闭目，显然已是死去多时。

"难不成有人抢了我风月之剑未央生的生意，小白脸，我早对你讲过，杀人要趁早，你不听，这世界上又少了五个该杀之人，我这风月剑又不知得饿多久了，妈的蛋，你以为这世界上坏人很多是不是。"未央生脸上紫气渐现，暴跳如雷。

袁安上前查看。只见第一张交椅上第一具尸首身材矮胖，放在桌面上的一只手却纤细修长，如同白玉，身下还伏着一只西洋卷毛狗，想必这当是以暗器出名的双峰山首盗寒毛无疑，下面一尸，生前一定是竹竿一样的瘦子，许是老二顺风。第三张椅子上也是一个黑胖的尸首，虽则死去多时，脸上仍有诡秘的笑容。那柿饼脸伏在双臂之间，已看不清面容，只是一对南瓜一样的双锤，被擦得锃亮，放在脚边，这双锤随主人征战一生，自是他的心爱之物了。那第五人面皮焦黄，头发如同铁锈一般发出暗红之色，自是焦媒无疑，只是袁安没有想到，原来焦媒竟是一个女强盗。

"唉，别看了，他们是服毒自杀的。"未央生直直地看着白墙上贴住的一大张红纸道。"他们中的老二顺风有一种毒药，名曰'寒风清似眉'，制成灯烛，投放其上，点着后，无色无臭，随风飘散，方圆三丈之内人畜吸入后，再无生还可能。这种毒药由顺风自蜀中唐门带出来，是双峰山的镇山之宝，顺风本是唐门掌门老太唐婉儿与青城山掌门陆游之的私生子。'寒风清似眉'本无解药，只是我未央生偏偏不服，去年我花去一年时间，钻天打洞，发穴开墓，总算是找到了一种由千年古墓里生长的解毒圣药。"

未央生长叹一声，伸手入怀，掏出一枝梅花来递给袁安："此枝梅花，是在千年古墓之中，由富贵人家男女合葬之古尸之身体上长出，集千年之阴，生出千年之阳。我用一年的时间培植一枝，防范双峰山强盗的偷袭。哪怕天下至毒如'寒风清似眉'，也是能解的。此梅名曰金瓶梅。"

袁安仔细看去，那金瓶梅果然是枝干如铁，清香扑鼻。未央生道："我本来是种出此梅来克制'寒风清似眉'，现在已然无用，就送给你做咱师佺一场的见面礼吧,你回你的风雨茅房,去讨好你那杀猪的丫头,送给她嗅嗅,也由得你。"袁安毫不客气,将金瓶梅纳入怀里。

这时候天色已暗,两人借着余晖,伸颈去看墙上字纸。那纸上墨迹淋漓,字体肥短,不好不坏,应是出自老三千张之手笔:

未央生你这淫贼:

看到我们五条双峰山好汉的尸首,你一定大大不爽吧。我们宁愿自杀,也不要让你的风月剑与金瓶梅弄脏了我们的脖子。

十年以来,我们共割下三千八百八十一只耳朵,这些耳朵串成的巨大圈圈,是我们制成的"冕",在江湖上引起了深深的震撼,你跳到月亮上都看得见它们围着双峰山的长城一般的暗影。最让我们遗憾的,就是没有割下你那被无数个又老又丑的妓女咬过的耳朵,来世再算账吧!

寒毛的日月丽天大法没来得及练成,顺风还想回唐门去看他的老妈,我的字本来可以练得像赵孟頫那小子一样好的,柿饼本来想将双峰山全种上柿子树,他还只来得及在后山种上一小片,焦媒立志给双峰山的所有兄弟都做上媒(她为不让你看出她的姿色,特别在死前染了头发)。人生在世如朝露,英雄大业竟未成,想起来,令我们在死前嚎啕大哭,只好来世再说了!

我们不要跑,我们都喜欢被耳朵围起来的双峰山,我们要死在这里给你看。"寒风清似眉"虽然夺人性命,但临死前让我飘飘欲仙,与上天堂相去其庶几乎!你以后被别人追杀时,也可试一试。

愿我们早日阴间相会。

将我们好好埋了!

双峰山五侠:寒毛、顺风、千张、柿饼、焦媒绝笔未央生怔怔看了半响,脸上的肌肉好像被冻住了一般,只见两行热泪,由他草莽丛生的脸上滴落下来。

"我杀人无数,从没遇到这么好玩的强盗。妈的,这些人,做什么不好,偏偏喜欢去割人家的耳朵。"未央生道,两人并肩走出落晖残照中的小庙,去渡口边,拔出他们的风月剑与春雨剑挖坑做坟。袁安一边凿土,一边想着千张所写的"人生在世如朝露,英雄大业竟未成"一行字,不觉心动神摇,如痴如醉,站立不住,便蹲身在岸上看着云梦泽上的夕照,细嚼"人生如朝露"五个字,仔细忖度,秋水老人教授他朝露之剑,不一定是要他去弄露水洗澡喝茶吧,而是要去领悟人世间的道理也不定。

他转头问未央生:"未师叔,当年我师父代替他师父教过你春雨之剑后,也是教你朝露之剑吗?"

未央生闷闷地答道:"我没学劳什子的朝露之剑,我学的是风月之剑。"

袁安道:"如何练习风月之剑。"

未央生道:"我一开始上了那老鬼的当,以为要在刮大风的晚上,在大月亮底下,才练得成风月之剑。后来才知道风月之剑本来是在如花美眷、似水流年中练成的。"

袁安道:"什么叫做如花美眷、似水流年。"

未央生道:"你将那个杀猪佬的丫头拖到你的茅房中鬼混,茅房四周开满了油菜花,就叫做如花美眷、似水流年。"

袁安道:"风月之剑练完后,你也练沧海之剑与桑榆之剑吗?"

未央生道:"非也非也,风月之剑之后,我将练霜雪之剑,再练虚无之剑。"

袁安道:"云梦泽名不虚传,果然是大得像沧海一样。有一天我练沧海之剑的时候,就到这个岛上来。"

未央生道:"好,到时候我来送酒给你喝。妈的,这次杀人太不顺了,对以后你入江湖杀人一定会有影响,其实杀人不是这样子,我保证不是这样子。这只是一个意外。"

袁安道:"没事,生活本来就是由意外组成的。我想我已经学会了杀人。"

未央生道："我明天去江南寻欢去，我想我差不多厌倦杀人了，他娘的千张，写得泥鳅一样的字！他的遗书，让我觉得杀人索然无味，像在桌子上吃到一个苍蝇。不对，是五个苍蝇。"

两人埋罢双峰山五侠，已是明月在天，星河如沸。两人无意在这被人耳围困的山岭间过夜，分别跳上各自的座舟，星夜竞发，离岛而去。

"我完全可以留在双峰山的，我挺喜欢那个地方。"回到桑田镇的东湖之滨，袁安想到。东湖之滨的荷花开得更茂盛了，在他离开的几日，荷箭密密麻麻地立起来。那些高大而严肃的杉树，令他觉得又陌生又宽慰。佛陀讲，不可三宿于一棵桑树下面，不然即会生出留恋之情，他在他的风雨茅房，不，该死的未央生，他的风雨茅庐中已栖居了好几个月，留恋之情自然也是有的。何况，只有从这里出发，他才有可能找到那个杀猪佬的丫头。未央生到底是练过那如花美眷、似水流年的风月剑，他看出了他的心思。袁安一边在云梦泽中划着船，一边想念她。彭彭，正像他以船桨击水的声音。他都没有心思去听师叔的唠叨。未央生在旁边划着船，一边吹嘘他的风流往事。好在未央生在汉川就上了岸，抄着近路去了江南，让他有机会一个人一路划船，一路揣摩那彭彭彭彭的声响。

风雨茅庐的木门掩着，门上却新添了许多行字：

我杀人去了。你的刀在地板上。袁安。

刀拿走了。好好杀人。彭彭。

我来睡了一个午觉，你还没杀完人吗？彭彭。

我又来睡了一个午觉。并且又从荷叶上掉到水里去了。彭彭。

晚上没有回去，你的地板将我的背弄得疼死了。醒来时我觉得像乌龟。彭彭。

我在东湖里捞虾吃，长了一脸的泡泡。彭彭。

你还不回，一定是被别人杀了。不要指望我给你报仇。我们不熟。彭彭。

他不在的时候，她来过六次，每一次来，都闯进他的风雨茅庐里。真是见鬼了，难道在这里面洗过一回头发，就可以将这里当成她的地盘吗？难得她每回用她那又厚又重的女用杀猪刀在木门上刻字，肥肥大大的颜体字，还是一个有文化的女侠啊，袁安抽出他的春雨剑，在后面又加上了一行：

我杀完了人。你的刀和人都不在地板上。袁安。

这一行字，差不多得蹲下来写到门板的最下面了。袁安写完，将门换了一个面，将干净的一面朝向外头，毕竟，门总得像门的样子。

然后他一头倒在地板上，就沉沉地睡过去了。

千里放舟去杀人，虽然没有什么结果，人却是累着啦。袁安一觉醒转，外面天已经黑了下来。他直起腰来怔怔地坐了半天，又起身跑到门外面去看，门上再没有刻上肥肥的字。天气不好，要下雨了，闷得要命。他又发了一会儿呆，大雨果然就哗的一下，由天上掉了下来，闪电将黑沉沉的天空撕得一块一块的，那雷公也学过剑法吧，他学的应是雷霆之剑吧，可以将天空划得一块一块的。袁安忽地竦身而起，如飞丸一般投入沉沉的雷雨之夜。

他在暗绿湿滑的桑树顶上，运起凯风轻功，往桑田镇奔去。彭彭不来找他，他可以去找彭彭啊。桑田镇虽大，也大不过云梦泽去吧。

桑田镇总有二三千户居民，袁安在人家的屋顶上掠过去，大雨如泼，瓦垄里白雨跳珠，水流如溪，哗哗流水之声，倒是掩盖了他的脚步声响。暗雨之夜，街巷中的人家，多半在关门睡觉吧，也不过数十个窗子里面，还露出明黄的灯光来，袁安剑气下指，即可将窗纸击出小孔。窗下有苦读的秀才，有做鞋的女人，有谈天的老者,也有正在敦伦的夫妻。彭彭在哪里呢?袁安想起一个名叫"水木年华"的小酒店,他记得彭彭上次在风雨茅房,不,风雨茅庐里提到过,她喜欢吃里面的花椒牛肉面。

他终于在南街上找到了"水木年华"。大雨如瀑,挂在屋檐上,却没有办法将那盏廊下的气死风灯打灭。灯上正是"水木年华"四个大字。这样的晚上都没有关门打烊,可见里面牛肉面的好,倒不是由那杀猪佬的丫头信口胡扯的,那个由荷叶上翻落的丫头,也并不是狐鬼的幻影,而是切切地存在于这个世界上。

那个杀猪佬家的丫头果然在这里。坐在窗边将头埋入面盆一样的青瓷大碗中的那个穿湖蓝色裙子的女子,可不就是她?袁安心口狂跳,举目再看,却发现彭彭坐着的桌子对面,已坐上了一个青年男子,而彭彭身后,也站着一个肥短的女孩儿,一动不动,双手捧着那把曾在他的风雨茅庐里躺过的杀猪刀。要不要去跟她打一下招呼呢,袁安一时木木地怔住了。

倒是彭彭由面碗里探出头,看到一身泥水的袁安,一下子由板凳上跳起来,面前的面碗倾倒,面汁汹涌而出,就向对面的青年男子身前涌去。那人却也不慌不忙,展开手中的折扇,如乌龙搅水一般划出几个圆圈,即见那面汁化作一道水箭,裹着牛肉花椒,绕过袁安的面门,冲破窗纸,往外面夜雨中的街道奔去。

彭彭却没有理会那人这一手俊极的功夫,跑过来拉着袁安,好像是过半辈子,忽然才又遇到了一个什么老熟人,倒是弄得袁安不自在起来。

"再来一碗,不,两碗牛肉面!"彭彭对站在门口的堂倌吩咐道。"好咧,两碗水木年华牛肉面。"堂倌一边扯着嗓子喊,一边扯过一条凳子,让袁安打横,在彭彭的桌子边坐下来。

"我说他不会被人杀死吧,他武功不错,能在荷叶上学青蛙跳的。"彭彭朝对面那青年男子道。那人微微一笑,也未做声。彭彭侧过头,对袁安道:"这人是我刚认得的桑田镇上的财主,名叫邓小安,这几天我吃牛肉面,都是他掏的银子。"

"邓兄,久仰了。"袁安淡淡道。

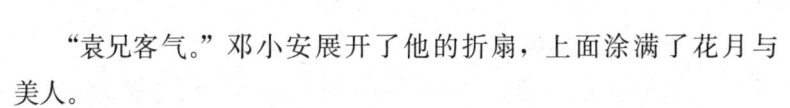

"袁兄客气。"邓小安展开了他的折扇，上面涂满了花月与美人。

"对，我还买了一个丫环。"彭彭一把将身后捧刀的那个女孩儿拉过来，"我那把刀太重了，我每天拖来拖去，累得要命。不如买一个人来帮我拿，反正这刀也不常用的。这个丫头名叫俊儿，是长得胖了一些，不过帮我背上几年刀，差不多也该减下几十斤肥肉来了，所以她也挺喜欢背刀的，是不是？"那俊儿点点头，嗯了一声，不动声色转到彭彭背后去了。

彭彭虽在尽力弥缝，但水木年华牛肉面馆中此时的气氛还是非常的微妙。好在堂倌已将两碗牛肉面端了上来，一碗是袁安的，一碗是彭彭的，两人埋头扯天呼地地吃面。

"你觉得这牛肉面好吃吗？"彭彭问道。

"好吃，我从来没有吃过这么有劲道的牛肉面，这里的面条完全可以让人拿去做上吊的绳子。花椒放得也够多，好像他们刚刚打劫了一个贩花椒的商人。"袁安道。

"这可能是你吃的最后一碗牛肉面了。"彭彭正色道。

"为什么？"袁安差不多已吃到最后一根面了。

"邓小安是来找你打架的。"彭彭道。

"好，你们等我将面条与牛肉吃完。"袁安道。

"他是当朝文丞相的小儿子，名叫文高唐。江湖上的人叫他'潘驴邓小闲'文高唐，他觉得潘驴两个字不雅，改作邓小闲，又为了避他爷爷的讳，改作邓小安。他是京城禁军总教头林不退的大徒弟，他的扇子里起码藏有一百零八种杀人的办法。"

"我知道，'虽千万人吾往矣'林不退的武功在天下排到第五名，听说他教出的徒弟，已经比他强了。其实他应该改名叫林退才对。有了这样的徒弟，退出江湖，正其时哉。"袁安闷闷地说道。

"你与他打架，你会死的。"彭彭的眼圈红了。

"我一定要跟他打架吗？"袁安道。

"我吃了他二十九碗牛肉面，他要我给他做第二十九房姨太太。"彭彭道。

"你愿意吗?"袁安问。

"我也不知道。他那个'潘驴邓小闲',就是长得像潘安,什么什么超过驴子,比那个有钱山的邓通还有钱,又会小声小气地磨人,也有的是闲工夫缠磨人,这样的男人,嫁给他也算过得去,可是,我已经在你的风雨茅庐睡了好几次了,我怎么能够嫁给他,我心里都乱了。"彭彭道。

"打架吧。有些事,刀剑比我们更清楚该怎么办。"袁安道,他已经吃完最后一根面了。

"好,你们去打架,谁活着回来我就嫁给谁。"彭彭将手支在下颌上,皱着眉头说道:"俊儿,你觉得这个办法怎么样,我总得给你挑一个姑爷吧。"那捧刀的丫头又嗯了一声,脸上一点表情都没有显示出来。

袁安低下头,喝下最后一口面汤,水木年华的牛肉面果真是不错的,面汤都好好喝。他抬起头,对邓小安道:"邓公子,我不喜欢贪心的人,你应该去请你的二十八个太太吃牛肉面。"

邓小安道:"我的二十八位太太中,没有喜欢吃牛肉面的,她们吃阳春面,也不爱花椒。"

袁安道:"即便她们喜欢吃,恐怕以后你也没有机会带她们来吃了。"

邓小安道:"这样的话,我差不多听了二十七次,除了我大太太,是文丞相他老人家替我定的,其余的太太,都是我由天下的名镇抢来的。"

袁安道:"我再说一遍,我不喜欢贪心的人。你记住,这就是我杀人的理由。彭彭,你也记住了。"

邓小安道:"我知道了,大雨未歇,正好可以将你的脖子洗干净,打架不是比嘴皮子,我们该出去了。"

邓小安说完。由彭彭对面拔身而起,扇子在桌面上一顶,人已如一只黄鹤,由窗口冲出,遥遥投入密雨之中。

袁安看着忧心忡忡的彭彭,微微一笑道:"你的字写得不错。"说完也直直弹起,撞进窗外的雨夜。

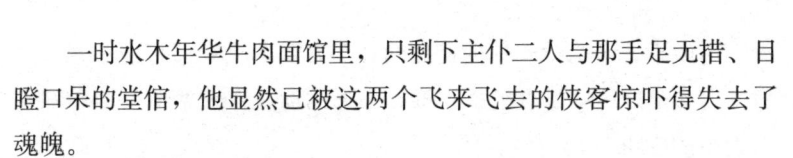

一时水木年华牛肉面馆里，只剩下主仆二人与那手足无措、目瞪口呆的堂倌，他显然已被这两个飞来飞去的侠客惊吓得失去了魂魄。

"我不应该随便就往荷叶上跳，也不该随便吃人家的牛肉面。我妈妈在我出来闯江湖的时候，早就跟我讲过，不要随便同陌生的男人讲话。我不听，弄成了这个样子，俊儿，我好后悔的。"彭彭道。

俊儿嗯了一下，面容呆板。

"我不知道他们谁能回来。刚才我还想：我也不知道我心里更愿意他们谁能回来，总之不管他们之中哪一个回来，我一定好好对他就是。并不是随便哪个女人，就可以让春雨剑客袁安与潘驴邓小闲文高唐冲进大雨中打架的，我让我妈其实很有面子，是不是？俊儿？但在他们冲出门的一刹那，好像一道闪电划过我脑海，我明白我自己了。袁安回来，我会很开心。要是邓小安回来，我可能会用这把杀猪刀跟他拼命！我只是后悔，在那一刹那，我没有将他们扯住。"彭彭道。

只听扑通一声，那个可怜的丫头，竟捧着刀摔到地上，是彭彭小姐的话弄乱了她简单的脑子，还是紧张的不可预知的比试结果让她心跳太快，还是杀猪刀太重，终于让她支撑不住呢？

彭彭已经没有心思去管俊儿了，她起身站在窗子边上，透过邓小安与袁安用身体撞出的破洞，看着外面电闪雷鸣中瓢泼的雨水，这是她的生命中从未经过的凶险的夜晚，雨夜里，在某一处雨幕中，刀光剑影正急，两个男人为了她在打架。不久，一个男人就会回来将她领走，那个男人身上，溅着另外一个男人的血。

"唉，到底谁会回来呢？"她自语道。

俊儿已昏倒在地，没有人，来嗯的一声，回答她了。

七月初七。良夜迢迢。天上牵牛星与织女星相会。佳期如梦，人间遍地清露。

秋风老人讲，朝露之剑如有大成，应是在七夕之夜。此夜练习分别对应牵牛星与织女星的督任两脉。袁安十余岁即打通了督任两脉，但朝露之剑，贵在通而不通，不通而通，在短暂的一刻，涌现出无限的生机。

天气之变化无常，令人匪夷所思，前几天还是雷雨如煮，此日却晴明一片，此刻牵牛也应涉过了银河的滚滚波涛吧。袁安只觉得气海中纯正的春雨劲气往返回复，令人温润平和，遍体生凉。

忽然间响起了毕剥的敲门之声。袁安起身开门，只见彭彭背着她的刀，飘飘乎如遗世独立，立在门前的枝桠上。

"你还没有睡吗？"袁安道。他为彭彭在隔壁的杉树上也造了一座木头房子，彭彭起名作"东湖林语"。

"我睡不着，我被牛郎与织女吵醒了。"彭彭揉着眼睛道。

"他们在弄什么，除了青蛙在东湖里跳水的响声，我可是什么都没听见。"袁安道。

"你这个死人啊。"彭彭跳进袁安的风雨茅庐，伸指按着他的鼻子道。

袁安将彭彭让进来，自己忙着去煮茶水。他由桑田镇弄回了一套茶具，将皮囊中的露水倒入紫砂的壶里，然后将他由杉树顶上采来的松针取出一小撮放进去，双手捧好，运气内劲加热煮沸。片刻，茶汤弄好，袁安将茶汤倾入青瓷杯里，小屋里都是松针的清爽香气。

"我有一点想俊儿，也许我不该将她卖掉的。可是不卖掉她，我的东湖林语里根本没有办法住下她，她实在是长得太胖了。"彭彭一边喝着茶，一边讲。

"没事，她会过得很好的，我看领她走的汪翰林家，也算是富足的书香世家。总比跟着我们这些朝不保夕的江湖人强吧，你哪一天暴死在街头，她这个月的工钱就完蛋了。她这一去，因祸得福也不一定。过几天我再给你到镇上铁匠铺打一把轻一点的柳叶刀玩，免得这把杀猪刀累坏了你。"袁安道。

"前两天邓小安还跟我讲，要与他的二十八个太太一起过七夕的。他已经在镇上的成衣铺里，订了一张七八丈长宽的被子与席子，准备铺在后花园过节用的。"

"他其实是想与二十九个太太过七夕吧。"

"你这家伙，还记得啊。"彭彭低下头道。

"所以说世事不可预料，一切如同梦幻，此刻如果你不遇到我，来这东湖边的大树上喝茶，就会与另外二十八位美女钻进一张巨大被子里，去领教潘驴邓小闲的七夕满堂春。邓小安未必是一个坏人，他只是太贪心，比寒毛、顺风、千张他们更贪心，寒毛他们无非是要取下一个人的耳朵，邓小闲却要去占领每一个他喜欢上的人。"

"是啊，我宁愿没有右边的耳朵，也不愿让别人去占领。"

"也不知他的二十八个太太，现在作如何想，她们会不会恨我到咬牙切齿。还有那成衣铺的老板，也会恨我吧，让他做出来的天地之被，派不上用场。我忘不了邓小安在大雨中艰难地咽气的样子。他趴在泥水里，雨打在他的身上，他伤在了咽喉，所以没有办法说出话来，只好听凭他的血大团大团地涌出来，由雨水冲走。我由云梦泽回来的时候，以为我能杀人了，可在邓小安咽气的枫杨树下，我还是觉得又害怕又恐惧，差一点将春雨剑扔掉。杀人实在是一件令人不快的事。"

袁安说完，由地板上拾起剑，冲出房门，在湖边的一排杉树上舞将起来。这是他刚刚领悟到的朝露之剑，他的春雨之剑是要令万物有欣然生长之意，是相会，是聚和，是成长，是生息，朝露之剑却是别离，是短暂，是杀伐，是绝灭。秋水老人没有告诉过他，他现在才明白过来。在他的萧萧剑意里，好像秋天的风提前来到了东湖之滨，带来了凋伤万物的杀气，那树顶的簇簇松针，在他的剑气里，慢慢地变得金黄。他如秋风中的游龙，在黑暗的树顶上飒飒来去，看得风雨茅庐中吃茶的彭彭一时痴住了。

"你回来，今晚上我们除了喝茶，还要做点别的事吧。"彭彭喊道。

"好，外面好大的露水。"袁安像一只巨大的黑鸟，缓缓落到门口。

"你再热一壶茶吧。"彭彭在烛光里笑着,很妩媚的样子,令袁安心中一荡。

"你来江湖上做什么呢?"袁安一边捂着壶烧开水一边问道。

"我被我们家每天早上叔叔伯伯们杀猪时,猪的狂叫弄得心烦意乱,差不多就要疯掉了,所以就跑出来了。我想在江湖上,会遇到很多人与事,等我老的时候,会讲给我的孙子孙女们听。"彭彭道。

"江湖也没有什么好玩的,特别是像你这样的丫头跑出来混,弄不好就成了人家的二十九房姨太太,岂非是比早上起来听猪群鬼哭狼嚎更难受。"袁安道。

"这个也不见得,你又没有听过一百头猪临死前一齐发出的惨叫,你怎么会难受。"彭彭白了他一眼,问道,"你来江湖上做什么呢?"

"我不知道。"袁安想了半天,却想不到理由,崇宁山早上只有婉转的鸟啼。鸟啼也非常好听,如果秋水老人不扯他起床,他才不会早早爬起来舞剑。他只是像一片叶子,被风由崇宁山中刮了出来,茫然地落到这被称作江湖的世界上。说不定,是要来江湖上认得这个名叫彭彭的丫头的吧,所以才来桑田镇,来到东湖之滨,来盖这么一个鸟巢一样的房子。

"我来江湖上就是来找你的。"袁安一本正经地说,自己却笑了起来。

"我相信,我也是来江湖上找你的。"彭彭盯着他,说道。

两人一起笑了。彭彭笑得流出了眼泪。等他们停止发笑的时候,彭彭发现,她已经钻进了袁安的怀里。

天上新月如钩,繁星历历,牛郎织女正在厮会。地上良夜何其,清露涟涟,那一对新相识的江湖情侣在林中私语。

"我还从未见到男人长什么样子。"

"我也是。我也不知道女人长什么样子。"

"你别急啊,一会就看到了。早知道你要看,我就不要长这么胖,真是羞死啦。"

"我喜欢胖,我要你长得像一根新藕一样。"

夜风吹过东湖,将沉寂的星月波光揉碎。那高高的杉树上的小木屋,终于灭去了烛光。小木屋藏在枝叶间,不过是像一枚鸟巢一样罢了,现在,这只鸟巢开始微微颤动起来了。

当那鸟巢的振动显得稍稍狂放的时候,却忽然发出了绷断的声响,那鸟巢竟忽然直直地坠了下来!

饶是春雨剑客袁安轻功惊人,内力惊人,这一回,也难免着了道儿,他抱着彭彭,随风雨茅房,不,茅庐,直直地落下去,嘭嘭两声,摔到了地上。

"你这个死人,将我压死了。"彭彭叫道,她当然是最吃亏不过的了。

"我也没想到,要用这么大的劲。"袁安的脸红了。

"你做的什么破房子啊。你给我做的那个东湖林语,也一定是破玩意,说不定哪天晚上也会掉下来,我醒了还好,要是没有醒,不喂野猪才怪。"彭彭道,她脸上的酡红尚未消散。

"不对不对,一定是出了什么麻烦。"袁安跳起来,摸到他的春雨剑,飞身而起,彭彭紧紧地跟在他身后。

他们跳上那一棵曾挂着风雨茅庐的老杉树。袁安发现,有好几根绑在房子上的树皮,实则是被剑弄断的。

"这是我师叔未央生干的,他的风月之剑的剑招,我认得出来。"袁安哭笑不得。

"你看他还留了一首诗。"袁安果然看到一处断绳下,刮得惨白光亮的树皮上,有隐隐的字迹,他借着星月的微光上前细看,只见上面未央生用他的宝剑歪歪斜斜地写道:

江南人如玉,广疮真讨厌。来取金瓶梅,大叔未央生。听梆疼我心,拔剑写诗篇。风雨茅房中,不可住两人。吃茶尚勉强,寻欢请告免。夜半闻私语,屋落如金盆。人在江湖上,岂能徇私情。勉哉春雨剑,各自奔前程。

"金瓶梅是什么?"彭彭幽幽地问。

"他自己弄的解毒药,他送给我,又偷回去治他的广疮去了!"

"你师叔不让我们好。"

"他自己都到江南鬼混去了。"袁安不屑道。

"我觉得他说得还是有道理的。"

"不管他,他弄坏了我的风雨茅庐,却没想到我又修了一个东湖林语。我们到东湖林语去。"

一点烛光,在东湖之滨,杉树之上的另一座木屋里亮了起来。

金风玉露一相逢,便胜人间无数。夜还长。七月初七,向来就是人间最长,却也是最短暂的一夜。

明天。江湖一定会有明天。明天也许一切都会发生改变,也许一切都还会是老样子。也许牛郎就留在了织女那里,他们再不要千万年以来,这样伤感地离别与聚会。

那一对江湖上的小儿女,也许要在清晨的清露里各奔前程,江湖之大,江南塞北,杀人放火。也许就留在了这里,东湖之滨,桑林之外,生儿育女,造出无数的东湖林语,挂在杉树之上。

谁知道呢?江湖本来就是奇妙的,偶然的,像青草上的朝露一样。

(我幼年爱读古龙小说,读完《欢乐英雄》《多情剑客无情剑》《边城浪子》《楚留香传奇》,心动神摇,在租书店里盘桓不去,常以"侠是伟大的同情"自勉。)

阮途记

狂啸的北风之中，大雪又下了三天三夜，将武林镇埋入深雪里。现在，风停雪止，朝暾初生，天空深蓝如海，武林镇外平原如镜，积雪盈丈，平原上蛛网一般回环的道路与棋粒般散落的村庄皆被大雪埋没。平原尽头的崇宁诸山，如白马，成群结队，在胭脂一般的朝阳中奔驰向前。

本镇居民被风雪禁闭在家里数日，为造物之严威震骇，眼下雪霁放晴，新年在即，宇内澄清，官家庶民，如何不喜，大人小孩，裹衣戴帽地好像由雪底下钻出来，除掉镇中的积雪，清理出鸡肠一般的两边新雪与旧雪壁立的雪巷，将那集市、旅馆、酒店、戏园、茶楼、澡堂、镖局、妓院、军营、关帝庙与家宅连作一体，顿时雪地为人迹污黑，家户中炊烟起来，鸡鸣狗吠、鸟喧人语生发，冰天雪地中，出现一番活色生香的世界。

在这样的冰天雪地里去崇宁山，简直是活受罪，但赵文韶决心已定。

德义楼上，已有前来吃早茶喝早酒的人。赵文韶走到楼梯口，即看见东边的窗子下面，已坐着一个穿着浅褐色外衣的年轻女子。阳光映过她身上，混入白茫茫的茶汤蒸汽之中。赵文韶只觉得眼前一迷，一时不知道怎么办才好。一边跟上来的小二道:"这位姑娘一定要坐您的位子,要不,您到那边用茶吧。"

改变习惯不是一件容易的事,他已经习惯了这个冬天,每天清早在同一把桌椅上喝酒。赵文韶心中一乱。那褐衣女子转过头来,对小二道:"你将这位先生的杯碟,一起摆到我的桌子上来好了。"

德义楼敝旧破败,说不上好,立在镇子边上,清静。由二楼的窗口上,可以远眺窗外的平原。深秋时节,未下雪之前,远山如同美人眉目间的青黛,浮现在朝晖里。入冬之后,武林镇外的平原成为雪国,那山线影影绰绰,得用尽目力才能看见其虚幻的身影。

德义楼的迎春酒也未见得好,用镇外平原上的高粱酿成,不索然寡味,也不是像烈马一样直杀咽喉,平常罢了,正是中年男人们喜欢的那种吧。德义楼的北越茶却是好的,应是由崇宁山中采来的明前茶,赵文韶喜欢其中的微微的熟板栗香气。那个褐衣女子喝的也是这一道茶。她不是本镇人,冰天雪地中,她如何能到武林镇来呢?

"江湖上的朋友讲,武林镇的大雪年年铺天盖地,果然是没有错。"那女子道,她容颜清丽,声音婉转而清脆,就像刚才赵文韶由雪巷往德义楼进发时,听到的檐间呼晴的黄鹂的啼鸣。

"此时往镇外的道路,都被积雪盖没,镇上运盐运粮的兵丁出入,都需要由雪下掏出雪洞来。那雪洞四通八达,缠绕不清,不是常往来的人,走进去就像走入迷宫一般,想再出来都难了,听说雪洞之中年年有冻死的迷路人。"赵文韶说道。这女子,也应是大风雪里,由那环绕的雪洞中来到武林镇的吧,这令外乡人惊奇不已的雪中迷宫,对她来讲,应已大大经历了一番。

"我由鸦鹊岭进来,在雪中行走了三天才到这个鬼镇子上,好在我还稍稍知道一点武功,不然早就冻死在雪下了。"那女子低下颈项去喝了一口茶,阳光映着她脖项间的细细绒发,脸上浮出的明亮笑容。

"我倒是听镇上人讲,冬天崇宁山中的狐狸衣食无着,所以常有幻化成人形的,穿过雪洞到镇里找年轻人。狐狸认路的本领自然是高明的,不过也有一些狐狸一时疏忽,迷路后冻死在雪洞中,死后就显露出了原形。"赵文韶道,话一出口,即觉得唐突了。

"我虽然也是来找人的,可我不是狐狸精。"那女子爽朗地笑了起来,瓷白的细牙在阳光下闪闪发亮。

"我相信你不是狐狸精,狐狸精好容易跑到镇上来,不会浪费大清晨暖被中的好时光,跑出来吃早茶。"

"就是,我叫葛晴。"

"我叫赵文韶,也算是江湖上的朋友。"

"我想到崇宁山里去找一个人。"

"我也是。"

"在这冰雪中去吗?"

"我想过了,与其等待,不如出发,我待在武林镇已经太久了。"

"一起去。"

"好。"

两人吃完茶,找小二要了十来斤德义楼的迎春酒,灌入一只牛皮囊中,由赵文韶背起来,又绕进雪巷,到集市上买来七八斤熟牛肉,由葛晴背着。全镇蛛网般的雪巷中人来人往,年关将至,喜庆之色已早早地春联一般贴写在镇上老少的脸上。

出镇的雪洞入口在城门之外,与乌暗的城门遥遥相对。有好事的小孩,用雪照着城门口的石狮子弄了两只雪狮子,怪模怪样的,蹲在洞口,那雪洞上面,有木匾悬挂,上书"崇宁雪隧"四字,雪洞缓缓深入雪原之下,恰恰一人来高,却不知是几百千里长了。

洞外阳光明亮,经雪地反射,更是光华无比。雪洞在大雪之下,有一点像黎明的时候,曙色乍现,将鱼背一样的青黑印上窗来的样子,光线虽暗,却也可将洞中曲折之道路映得纤毫毕现。

赵文韶与葛晴两人各自施展起轻功,也不讲话,默然向前赶路。赵文韶习得的是"鲲鹏之翼",差不多是提气在雪洞的冰面上滑行,而葛晴褐色的背影看起来,却好像是飘在雪洞之中,全无凭借,这样的蹈虚御风的轻功,真是令人惊叹。以赵文韶的见识,只有桃源世家里的人,才会这样凭着真气飞翔的提纵之术。难道这女子是由桃花源中来的吗？

雪路绵长，却并非像他们进来时想象的那么单调。因为是在雪下掘出来的道路，所以未免会忙不择路，有时候是经过麦地，洞底长出了青青荞麦，有时候经过一片萝卜地，青翠的菜叶与火红的萝卜一道被冻在冰里，说明附近尚有村民，没有来得及在雪季来临之前，将他们菜地里的萝卜取走。雪洞之中也有人来往。他们刚入雪洞不久，就见一个商队由里面出来，十来匹黑驴，由十来个黑衣人驱赶着，驮着货飞奔而来，堪堪由他们身边擦挤过去，人与驴的鼻孔里都喷出了道道白汽。赵文韶想拦下一人打听道路，但黑衣人低头赶路，嘿然不理，径直去了。

他们有一次甚至是由一艘破木船上跳了过去，木船还有淡淡桐油味，说明附近有一条河，果然不久，雪洞就由一条结着厚厚冰层的河面上穿过去。这条河总有二里多宽，不出意外的话，应是武林镇人讲的飞鸟川了。等到四五月里平原上积雪消融，青草滋生，武林镇举镇的士女，即到飞鸟川上踏青赏景，风乎舞雩，咏而归，飞鸟川上的桃花在雪融后迟迟发放，繁花如锦，那时候，差不多也到了春夏交会的时节了。

此刻飞鸟川上虽然冰冻，冰下却仍可听到潺潺流水之声。赵文韶踏在冰面上，忽然驻足道："这飞鸟川中的鲑鱼今年多而肥美，仅我立足的冰下，就有七条鲑鱼。"原来这飞鸟川以出产鲑鱼出名，鲑鱼肉橙红肥美，每年产出的嫩红色的鲑鱼卵，也是进献汴京的无上珍品。葛晴笑道："到底还是你的内功好一些，我只听出有五条鱼在游动。你修习的应是逍遥游内劲，只有练过逍遥游的人，才能六识灵敏如此。"赵文韶颔首微笑道："你们桃源世家的桃花内劲，自然也是非同小可，能默识到冰下五条鱼，已是难得了，这十余年来，我只是与春雨剑客袁安比试内力时，未曾占到上风而已。"

葛晴听罢，默然不语。

穿过飞鸟川，雪洞拐入一个村庄。雪洞先是被一道翠竹掩着的青石围墙挡住了，掘雪洞的人不甘心，便沿着石墙折向左右，总算是找到了墙上打开的门，然后破门进入，才发现来到了一个村子吧，所以雪洞竟是拐入了一个被积雪填埋的村子里面。

雪洞登堂入奥，豁然开朗，绕着村中的房舍。村民们其实也可将顶上的积雪拨开，让阳光射进来，也许是此刻大雪频仍，也许是北风逼人，所以村民并不愿为曝一天的太阳，将雪盖掀去，只是除净屋内与巷中的积雪，任凭村庄埋入雪里。

虽然大雪封村，村民们却未曾偷闲寻乐。家家传出织机哐哐织布的声音，举目看去，即可看到人家的堂前，织机之上，女人们在织布，男人们在一边绩麻纺线，小孩子也被大人支使得团团乱转，一只大火盆摆在织机之下，木炭灼灼，驱赶着严寒。

"这个村子名叫曹洞，我认得这里的地保，竟是一个女人，我们去看一看她。"赵文韶笑道。两人由村巷里迷宫般的道路中转来转去，赵文韶闲庭信步，似乎对这个村子非常熟悉。一间白墙黑瓦的小院嵌在村子正东的积雪中，由院门进去，即闻到腊梅扑鼻的清香，小院中三五株腊梅，已经在积雪之下，开满了娇黄的小花，廊下堆着南瓜与冬瓜，外壁上挂着一条一条的腊肉与腊鱼，还有七八串火苗般的红椒。

地保果然是一个三十来岁的女人，一身红色的重茧衣裙，神情温和。身边陪着一个十来岁的小女孩儿，与她一起，侍弄着旋转不休的纺车。女孩儿白玉一样的脸孔，乌黑头发，龙眼核般的黑眼睛，热烈地看着家里忽然来到的客人，倒是如冰雪一般美丽。

"你好久没来了，这位是李芸妹妹吗？"地保起身，笑吟吟地招呼着他俩。

"不是。我要到崇宁山里去，她名叫葛晴，由桃源来，与我同路。"赵文韶道。

"我叫浮玉，这是我女儿，名叫小玉。"那地保浮玉对葛晴道。说话间，小玉已由室内端出茶水来，茶水里浮着黄豆芝麻与枸杞子，热香扑鼻。

喝过了茶，浮玉起身去张罗中饭。她手脚麻利，不久即将二人让到厨屋里。厨屋里光线暗，所以点上了蜡烛，四人围在一张八仙桌边坐着，八仙桌中央是一只紫红的铜锅，锅中正煮着腊猪蹄与红萝卜，热气腾腾。锅下烧着木炭，红光四射。赵文韶将背囊中的迎春酒哗哗倒入葛晴、浮玉与他自己的瓷碗中。四人打着边炉吃酒闲话。

"小玉已经长大，去年的时候，还要躲在妈妈的怀里撒娇。"赵文韶道，那小丫头的脸一下子红了，跑过来用小拳头捶着他，对葛晴笑道："阿姨，这个伯伯坏。"烛光映照下，只见这小丫头乌黑的头发下，细细的脖梗都赤红了，过几年，她就会成长为曹洞村的又一个美人吧。浮玉道："小玉，别闹，让伯伯与阿姨吃酒。"葛晴笑着将小玉搂在怀里。

"今年冬天的生意还好吧？"赵文韶问道。

"还好，武林镇上的马帮刚刚运走了村里的第一批雪麻。今年雪下得比往年要大，村里被雪压得密实，空气也更清爽，所以雪麻织得比去年好，晴天也多，我们到雪地上晒出的雪麻，也比去年好。"浮玉道。

"他们这个曹洞村，在江湖上也算是小有名气，倒不是这个村里有什么大人物。他们在雪下纺出来的雪麻，用这样的雪麻布做成的衣服，一般有头有面的江湖人都得有一二件。你身上的这一件褐衣，如果我没看错，就是由这里的布织出来的。"赵文韶对葛晴道。小玉在葛晴怀里掀起葛晴的衣角，点头道："是的哩，阿姨的衣服就是由我们村的雪麻布做成的。"

"曹洞村的雪麻布好看，耐用，还有一个好处就是，沾上再多的血，一洗就干净了。所以武林镇上的马帮，专门要将它贩出去，给江湖中的人做衣服。"浮玉也在一边解释。

葛晴一边吃酒，一边看着浮玉与赵文韶。她喝酒快而好，脸上微微泛红，却没有什么醉意。

"你们在雪下不觉得寂寞吗？"葛晴问道。

"也没有什么啊，雪总是要化的，一年中有三四个月，这样被埋在雪下面，专心地织布，也觉得蛮有意思的，习惯了，到别的地方去过冬天，反而觉得不方便。"浮玉答道。

"小玉呢，你觉得冬天好玩吗？"葛晴问。

"没有,我吃完饭就去雪洞里堆宫殿。我们今年的宫殿修得特别好,大人们说跟京城里皇帝住的地方一模一样。"小玉道。

"村里的小孩每年都要在雪下面用雪砌房子玩,所以今年去京城里的人回来,专门带回来了皇宫的画,由小孩们照着堆。"浮玉解释道。

小玉又问葛晴道:"你是做什么的啊?"

葛晴想了半天,说:"我与你赵伯伯,都是江湖上的游侠。"

小玉问:"什么叫游侠呢?"

葛晴答道:"游侠就是喜欢与别人打架的人。"

小玉问:"那什么叫江湖呢?"

葛晴答道:"江湖就是游侠们打架的地方啊。"

小玉还是似懂非懂的样子,浮玉微笑着夹起一块腊排骨,将她的嘴堵上了。

两人在浮玉家吃完中饭,告辞出来。浮玉特别入内室去取出两套衣服送给二人,赵文韶那一套男人的衣服,应是她早就备好的吧。葛晴的一套,说不定是浮玉为自己做的新衣。两人推辞了半天,浮玉生气道:"你们不收下,以后就不要来了。"两人只好将衣服收入行李中。浮玉又道:"你们在崇宁山里,忙完了事情,再回来到村上来,我们正在准备浴蚕节。很快蚕宝宝就要出世了,我们得好好庆贺一番。"赵文韶答应下来。

出了村,雪洞里面,出现了岔道。一左一右,两边的雪洞之中,皆有人畜往来的足迹。两个对视一眼,即拐向了左边的雪洞,继续向前走去。

"为什么要向左走呢。"葛晴问。

"左与右,也许只有一条雪洞可以到达崇宁山。我无法识辨,只好凭运气。"赵文韶答道。

"我也是。"葛晴笑道。

"希望后面再没有岔道,但这恐怕也不太可能。"赵文韶叹息道。

"你与浮玉认识很久了吧。"葛晴问,有一点漫不经心。

"是，我这几年常来武林镇。我常去飞鸟川散步，清晨起来，一个人沿着河边的草滩向上走，初春时节，河面解冻，冰水下流，常有人在河边扳罾，打捞由崇宁山里冲下来，去海里产籽的鲑鱼。越近崇宁山，自然运气就会越好，所以村里的人，常有到崇宁山脚下捕鱼的，可是到了山脚下，飞鸟川已被夹入了山崖之间，就只好由山崖上垂下绳子，到飞鸟川上空去悬一块木板，站在木板上扳罾。这一般是胆子大的男人们才做的事。可是浮玉就喜欢这样扳罾，那一回上面的绳子就被石头磨断，她掉进了飞鸟川的冷水与浮冰里。"

"你将她救了起来，书上英雄救美的故事都是这么写的。"葛晴笑道。

赵文韶不好意思地笑了，接着道："她一个寡妇年纪轻轻地在世上讨生活，也不容易，后来我常与李芸一起去她家拜访她们母女，武林镇方圆几百里，我认得的人太少了。你刚才也尝过，浮玉的饭菜可比德义楼的大厨强多了。"

葛晴道："这个曹洞村挺有意思的，虽然民生艰难，冬天都要绩麻缲丝劳作，一年四季，能过上安定的生活，在这样的世道，也算是难得之至。"

赵文韶道："无论如何，也比不上你们桃源了，桃源得山水之助，独立世外，你们又世代习武，以拒官贼，承平千年，为大舜归葬之地，那才叫一个好。这曹洞村，春夏秋三季为官吏敲扑，苛政猛如虎，只余漫长冬日，能在雪下苟安，有时候，还会为雪中盗所乘，啸集抢劫，也算不上什么乐土。"

葛晴道："雪中盗？"

赵文韶道："浮玉的丈夫即为雪中盗所杀，不过这二三年来，雪中十盗中的雪豹雪虎雪雕雪猪雪猫雪狮雪豺雪貂，他们数次在雪中布阵、设局、下毒、挖坑，差不多都被我除掉，只余下雪狼与雪狐，还活着罢了。我也在教浮玉与小玉与曹洞村里的人一点武功，他们现在自保，也算是有余了。"他讲得云淡风轻，但那些惊心动魄、九死一生、如影随形的杀局，那一次一次血红雪白的绝境，也

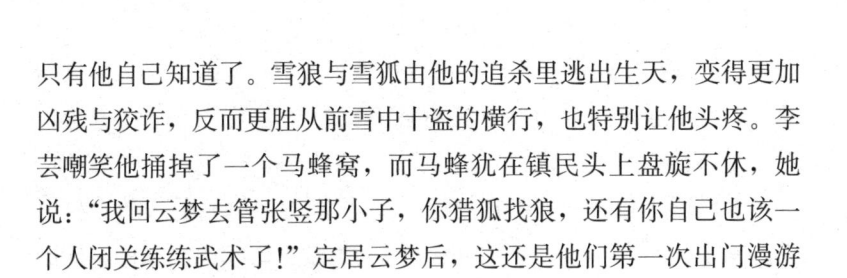

只有他自己知道了。雪狼与雪狐由他的追杀里逃出生天，变得更加凶残与狡诈，反而更胜从前雪中十盗的横行，也特别让他头疼。李芸嘲笑他捅掉了一个马蜂窝，而马蜂犹在镇民头上盘旋不休，她说："我回云梦去管张竖那小子，你猎狐找狼，还有你自己也该一个人闭关练练武术了！"定居云梦后，这还是他们第一次出门漫游行侠，没想到雪中盗如此难缠。

葛晴笑道："原来桃源不仅可天造地设，也可由赵兄这般的奇侠造境出来，佩服。赵兄此次赴崇宁山，莫非是为了追捕雪狼与雪狐二盗？"

赵文韶道："遇见那二盗，自然是要穷尽心力，将其格毙，之前我随意进入雪中岔洞，也是此意。不过这二人，去年以来，已未在这附近走动了。我此次来武林镇，其实是还想上崇宁山拜访秋水老人，不成想在武林镇与飞鸟川中淹留，忽忽三年过去，也未了心愿。"

葛晴道："赵兄此理未通，由武林镇赴崇宁山，以赵兄的轻功，也就是一日夜的路程，得暇即可前往，如何能等待三年之久呢？"

赵文韶道："我也不知道。也许是我没办法鼓起勇气。如果不是三场大雪，我都不知道我往返此地已有三年了。"

葛晴道："也许是机缘不对，我知道你们这些酸文人，一定要弄出一个什么'雪夜访戴'这样的事情，才好像是与人家见过一面似的。"

赵文韶道："我从前是一个文人，现在倒是一个江湖中人了，我只是一直很犹豫，忽忽就三年在铺天盖地的大雪中过去了。"

葛晴道："当然，你这三年也没有白过，浮玉家的饭菜，总算也被你叨扰得不少了。你一定想过，娶纳浮玉，与她那个如花似玉的丫头一道做一个捕鱼织绸的乡下汉子罢了吧。"

赵文韶道："这只是一闪即逝的念头。我与浮玉是兄妹之交。我与李芸结缡以来，这两年虽则会少离多，她也会来武林镇探望我的。我没有办法下决心将武功忘记，由江湖退出来，也没有办法下决心隐居在田园里。我的头脑里一团乱麻，这两年来武功越练越好，心里却越来越乱。我想去求教秋水老人，一个人武功忽然达到至境，他在这个世界上活着还有何意义？这好像是一个可笑的问题，却一直折磨着我。"

葛晴眼中也露出了迷惘神色："我只觉得，你们男人的头脑也像这雪下的迷宫一样，不可捉摸。袁安也是由崇宁山出来的，他的师父就是秋水老人。他离开了我们的桃源，他相信世界上真有一个名叫金竹寺的地方。他像一条咬住了尾巴的蛇一样，拼命地追问着自己，他一身的好武功，就是为了让他咬住自己尾巴的时候，更加有力，更加的鲜血淋漓。"

赵文韶道："你喜欢袁安？"

葛晴默默地点点头。

赵文韶道："我去年在德义楼与他喝过酒。他由外面回来，住在镇外的一片树林里，整整一个春上，都来与我一起喝酒。他武功很好，酒量也很好。他看起来好像是一个很快乐的人。我们还经常一起去飞鸟川洗澡，春天的时候浮着冰的水真是冷得要命，他也喜欢吃浮玉做的饭，他与我比试过武功，看谁可以运起内力先将湿衣服烤干，像刚才我与你比过的一样，谁可以听到藏在川底石缝中的鲑鱼，我们半斤八两的样子，就像我们的酒量一样。我从来没有见过像他这样清爽洒脱的年轻人，他好像活在另外一个世界里，像一朵云彩飘来飘去。我和浮玉与他一起商量，本来想开一个镖局什么的，他不同意，初夏，飞鸟川里的河水刚涨起来，他就离开了武林镇，对，他说他要去寻找金竹寺。他并没有返回崇宁山，去看望师父。"

葛晴道："你们两个人能遇到一块儿去，也算是一件有趣的事吧，袁安像云与风一样，到处游荡，他子虚乌有的金竹寺，说不定就是用风来盖成的。你倒是像一棵树一样，随便栽入一地，就可以一直站下去。我要是去年来武林镇上就好了，起码可以与你们一起喝酒。"

赵文韶笑了起来。袁安的酒量真的是很好啊。他好像从来都没有办法喝醉。喝酒本来是很好的消遣的办法，在他却全然无用，有时候真不知该替他的好酒量高兴，还是替他可惜。他对葛晴道："你要找到他，然后将他再领回桃源去吗？"

葛晴摇摇头，黯然道："我只是想来崇宁山看一看，他由崇宁山里成长出来，崇宁山里有他呼吸过的空气，抚摸过的树，那些在山里飞的鸟，跑过的野兽，都看过他小时候的样子吧，想到这些，我就忍不住好奇，拼命想来看一看，然后回去讲给他的孩子们听。"

赵文韶问道："他已经有孩子了吗？"

葛晴道："是，两个差不多已经十岁了。他留在桃源里，与我们在一起，并不总是开心。他硬起心肠离开了桃源，他去找他的金竹寺的时候，心里面可能也会难过的。这不过是我想生下来的两个孩子罢了，他们代替父亲在桃源里将我陪伴，直到他们长大成人。"

赵文韶点点头，两人陷入沉默之中。已经到了黄昏的光景，雪洞外的太阳差不多要落下去了吧，橘红色的光洒在雪原上，渗下来，将雪洞内也隐隐弄成了淡淡的绯红。雪下了无声息，静寂如冰。两人走在这奇妙的景象中，一时忘记了江湖之外的事情，只觉得心荡神摇。身下的雪洞，越来越窄，岔洞也越来越多了，两人也不在意，遇到岔路，即凭心意拣出一条，向前走去。

这么着走下去，可能会到达崇宁山，也有可能重新回到武林镇，说不定又会遇见曹洞村与飞鸟川。二人浑不在意。此刻雪原上夕阳西沉，余晖敛去，暮色沉紫。雪洞之中，兀然一暗，即将身着褐衣的葛晴掩入黑暗里。

"我没有带火烛，你看得见吧？"赵文韶问。

"嗯。我看得见。我在用暗识之术。"葛晴道。

"我们找一个地方歇下来吧，等天明再赶路也来得及。"赵文韶道。

"好吧，不过让我往前再走走，我好久未在这么黑的地方走夜路，差一点就将当年葛木爷爷教我的这一套心法忘了。"葛晴道。

不久，雪洞在黑暗中回环，忽然豁然亮堂，前面一片烛光清黄，竟由嵌在洞边的一幢小屋的窗口映出来。那窗子上糊着簇新的桑皮纸,纸下是一格一格的精细木条,将那漫出的烛光切成一块一块的。在这一扇窗子下,一定有一个温暖的家。说不定曲折的雪洞,就是要将两人引至此来与窗下的人家,一起度过漫长的雪夜。

窗子旁边,有一条岔道向内拐去,通向一扇紧紧掩上的木门。木门上,贴着去年春节里铜铃大眼的门神。赵文韶上前敲门。好半天,门开了,一个大腹便便的女人出现在烛光里,冷冷地看着二人。

葛晴道:"我们到崇宁山里去,在雪洞里迷了路,能否在你这里借住一宿?"

那女人犹豫半响,点点头,只手捂着小腹放两人进来。

一间木头钉住的小屋子,井井有条,地上堆满了皮毛翻卷的兽皮,壁上挂满已腌好的兽肉。小屋的中间,用石头堆起来一个火盆,火盆里灼灼燃烧木炭。火盆边上,堆着一堆衣物与细碎的兽皮,女主人是打算一针一线,将之改制成一堆婴儿的尿片与衣裳。这是树林之中猎人们临时住下的小屋,但又比那些小屋精美、舒适。木炭散发出的暖暖的气味与野兽的膻腥味混杂一起。壁上各类兽肉中间,还挂有两把刀,一把细如弯月,一把却是粗大如砍刀。

女人艰难地坐回那一堆衣物与兽皮中间去,也不理他们,低下头,拈起针,窸窸窣窣地忙完手边的活计,才重新站起身。她还没有吃晚饭,所以准备烤肉吃。就着火盆中的木炭,将壁上的兽肉割下来,串在铁条上,滋滋炙烤。这是野山羊的肉。她只烤了够自己吃下去的肉条的分量,未必烤熟了,就急忙将肉条塞到嘴里。她本来是一个漂亮、娇媚、狡猾的女人,现在她全部的意志,好像都集中在这半生不熟的肉条上。

"雪狼呢,他死掉了吗?"赵文韶问道。

那女人停下来看了他一眼,闷声道:"是啊,死了。"

"我不会杀你的。我知道你就是雪狐。"赵文韶道。

"这个得随你心意了,你从来未做过坏事,武功也比我好太多。

你自然是想杀谁就可以杀谁的。你已经毁掉了我们雪中盗,会做木匠的雪雕,会吹笛子的雪豹,会讲笑话的雪狮,贪吃的雪猪,他们都死了。他们作恶多端,是该死的。我也是。"雪狐低声道,她响亮的嗓子,曾经聚啸山林间呼朋唤侣,现在已经在漫长的雪季里毁掉了,变得沙哑而低沉,"上月雪季来的时候,我与雪狼出去打猎,深夜遇到了大雪暴,狂风巨雪,十几天不停。我们一起被埋在雪地里。结果他护着我,让我吸他手腕上的血。我活了下来,他死掉了。"

赵文韶道:"雪狼在雪国中,臭名昭著,临死倒也像一条汉子。"

雪狐道:"他死,也并不是因为我,而是因为我腹中的孩子是他的。要不是有这个孩子,他会毫不犹豫吃我的血。他十恶不赦,无非是舍不得孩子。"

葛晴道:"孩子快出生了对吗?"

雪狐道:"可能就是明年的元宵节前后了,这几天晚上,这狼崽子常踢我肚子。"她这样说的时候,双手抚着隆起的小腹,脸上涌现出难得的温柔神色。

葛晴道:"你一个人生孩子吗?"

雪狐点点头:"我也不算是一个人,我喝光了他爹的血啊。这满墙的肉够我吃到雪化的,小崽子的衣服我也准备得差不多了,我还准备了一堆稻草灰,到时候我咬脐带时敷好止血。"

赵文韶叹道:"我们也不要再与你为难了。你明天可到曹洞村去,以后你就在那里,做一个好人吧。"

雪狐点点头,接着去吃她的野山羊肉条。

葛晴取出迎春酒与熟牛肉,与赵文韶一起吃晚饭。那雪狐吃过烤肉,蜷在一堆兽皮与婴儿衣物中,睡过去了。她的鼾声在小木屋的昏黄而温暖的灯光中,轻轻荡漾。葛晴站起身,对赵文韶道:"我们到雪地上去吃肉喝酒吧。"

两人带着酒菜,轻手轻脚地推门出来,站在雪道中,拔身上冲,双双撞破了头上的积雪,站到小木屋的顶上。木屋顶上,不过是积了一二尺厚的雪罢了，暗黑的屋脊，隐隐一线，由雪堆里顶出来。无限的雪浪，伸展在星月之下，暗白如玉。天上一轮金黄的明月，浴着明暗不一的寒星。

两人坐在屋脊上，继续喝迎春酒，吃熟牛肉。

"老赵你觉得人活着有意义吗？"葛晴大口大口地喝着酒，她的酒量可有一点吓人。

"你喝多了吗？"

"没有。我问你觉得人活着有没有意义。"

"我还不知道。"赵文韶叹了一口气。

"你多大年纪了？"

"也不知道。蒋芸去世的那一年，我在君山岛上，那一年我三十岁，之后，我就没有再记自己的年龄。我觉得记下来，也没有意思。"

"你真是一个奇怪的人。"

"其实每一棵树，每一个动物，都不知道它在世上待了多长的时间。时间像一把尺子，量出了你与死亡的距离，让人惊恐难安，让人心中欲望丛生。有一天，你毁掉这把尺子，你将时间丢掉，又会有更加深广的无望渊出现在你面前，像这雪下迷宫。"

"我三十岁了。"葛晴又喝了一大口酒，"三十岁的时候，来到雪国，看到了平生见到的最大的一场雪，遇见你这么个奇怪的人。"

"你去过哪些地方啊，葛晴。"赵文韶问道。

"这是我第三次出远门，到江湖上来。第一次由桃源出来的时候，我去君山，帮爷爷投出荣兰帖。我认识了袁安。第二次出门，是送他到洞庭湖。第三次出门，是为了寻找他。一晃好多年过去了。"

"世界非常小，又非常大，你看天上如此多的星星，还有那枚月亮，你与我都没有办法到达，可是如果真的像嫦娥、太白金星他们那样，练成无上的轻功，可以无所凭借地飞升，到达那里，你发现，那里与桃源，没有两样。"

"是啊。月亮上也好，金星上也好，一定也如桃源上一样寂寞，你在那里的时候，觉得年华流逝如水，你离开那里哪怕是一会儿，你又想念得要命。"

"我觉得喝酒可以缓解这些莫名其妙的念头。做侠客，是要去杀人放火的，没必要想这些莫名其妙的问题。"赵文韶笑道。他接过酒囊来，吸了一口酒，他与葛晴，都是对着囊口虹吸罢了。

"你要是离开了武林镇。德义楼的老板会惦记你的，天下像你这么好的酒客，恐怕也少得很。"

"袁安算得上一个吧。他比我有钱。他师父是一个有钱的老头子，给了他大把大把的金叶子拿到外面来花。"

"他还是一个孩子。我认识到他现在，他都是一个孩子。他相信世界上有金竹寺。他满世界去找金竹寺。"

"也许你只看到他像孩子的一面罢了。袁安兄是一个很好的酒鬼，这个我是喜欢的。"

葛晴轻轻地叹了一口气，站起身来，在星光里，离开屋顶向雪地中缓步走去。星空下的雪原是松软的，不停地被风吹出平缓的弧坡。她轻轻地走在雪上，连鞋底都没有陷进去。她的背影轻盈而优美，向着星月走过去，慢慢地消失在星月与雪地生发的碧玉辉光里，消失在赵文韶的视界。

其实，不用走这崇宁雪隧的。他们两个人，江湖传说中的奇侠，以他们的轻功，完全能如葛晴这般，羽毛一般飘行在雪地上，奔向少年袁安的崇宁山。

为什么要到迷宫般的雪巷中摸索呢？

为什么要投身到迷宫一般的江湖？

生与死之间不过是一条直线，但我们将这条线织成了网。

她也许就这么着，走掉了吧。消失在雪地上，像一个桃源梦境一样。

也许她还要回来，与他一起结伴，沿着雪国上的乡民开掘出的雪道向前走。

无论如何,这是一个不错的朋友,朋友的朋友。赵文韶想道,微微地笑了起来,他盘腿坐在屋脊上,酒囊里的迎春酒还有不少,尽够他消遣这漫长的雪夜。

(本文部分内容取材自铃木牧之《北越雪谱》。2020年2月改。)

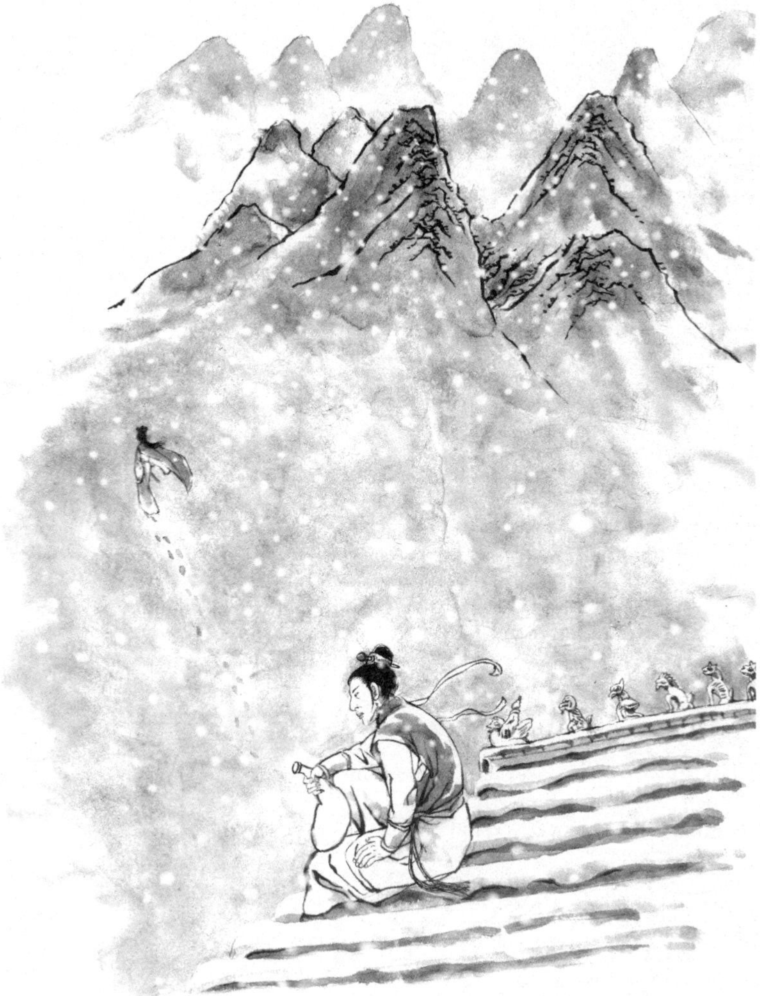

渡淮记

1

一轮新月映在白雪之上。人处大地中央，如同踏入一整块微微发青的冰凉白玉。袁安一身黑衣，在月光之下奔驰。他不知道这个世界上是否有未央生所说的金竹寺，也不知道能否在新月沉埋的时候赶到。他施展起他的凯风轻功，像一只乌黑的鹰贴着地面在飞，能追上他的，恐怕只有天上的新月、与他身后自己淡淡的身影。

但是袁安没有把握摆脱那些追赶他的好汉们。如果说他是一匹轻捷的羚羊，那些人就是沉默而黑暗的狼群。他们中间扎手的人物有：青城四秀中的老大余风雷，丐帮的长老冯去病，唐门的女毒王唐秀姑，龙虎山的掌门首徒何天工。江湖上的人物，哪怕是春雨万剑袁安，被这四人追捕，也只有一个办法：逃。何况这四个人的身后，还有那飞鸟庄的近百名黑衣豪客，他们仿佛还不知道什么叫做死亡。

就像一群狼中有一匹头狼，他们的头狼是"大招神捕"薛不离。他据称是"天问神医"薛芜蘅的独子，武林中传说这薛神医是自小即将薛不离换成了猎犬的鼻窦，鹰隼的疾眼，灵猫的耳鼓，豹子的四肢。有了天下无双的追踪术，他甫一成年，便在汴京的一堆捕头中坐上了第一把交椅。他出道的十年，即是那与官府作对的江湖汉子们噩梦般的十年。绿林中的好汉，做梦都想让薛不离的鼻子与耳朵离开他的脸，为此，他们设下一万两黄金的赏格，得到那神奇的鼻子与耳朵的汉子，即可上伏牛山的飞云寨，向瓢把子宋青杨领取那已在大厅中堆积了五六年的金子，并坐到"丰年好大雪"庆功宴的首席。

每一个想报仇的人都会上伏牛山，朝那堆金子扔进金块，而今金块磊磊如坟，可惜薛不离还活在世界上。上天假薛神医之手造就的人中神犬，他自己也知道应好好珍惜。为了保卫自己无与伦比的鼻子与耳朵，薛不离还赴少林寺，习得了《易筋经》，薛神医年轻时救过少林寺空禅住持的性命，正是用这段交情，薛不离换回了独步天下的内力。

袁安觉得薛不离冰凉的眼神，就如同那天边的新月，稳稳地粘在他的背脊上。由京城至川陕，又由川陕到湖湘，由湖湘逃到这沃野千里的江南，已经有三个多月，草木微凋的初秋，已变成了白雪皑皑的严冬。一路上袁安饥难择食，睡少定处，出京城时还是鲜衣怒马，衣衫飘飘，今晨他由太湖之畔弃舟登上姑苏沧浪亭，回头看那水中的倒影，自己都只好苦笑，他首如飞蓬，鹑衣百结，猛看上去，也与丐帮弟子形状无异。

那一会儿他心情又是沮丧又是悲壮，他心一横，也不想再跑了，谁知道什么时候才是尽头。痛痛快快地搏杀一番，总比这么窝窝囊囊地跑要好，他是春雨剑客袁安啊，现在全江湖上的人，都怕是将半边大牙笑掉，正满地找寻呢。

袁安大清早在沧浪亭边停了下来，雪霁的清晨，眼前正是千里雪封的江南，风干冷干冷地吹打在脸上，空气中回荡着亭角铜铃清脆的声音。一轮红日就在太湖之上，又大又圆，映得身前的积雪如同抹上了胭脂，亭外几棵枫杨树的枝条好像全是用金子锻成。袁安盯着雪地，他的喉咙又干又紧，眼泪却一下子流出来，令他自己都觉得手忙脚乱。

他定了定神，将腰间几个月都没有离开身的春雨剑解下来，掷到沧浪亭顶皑皑的积雪上，然后将身上的衣裳一件一件脱下，在湖水中漂洗干净，将它们一件件挂在朱红的栏杆上。

之后他赤身裸体，扑通一声，跳进了冰凉刺骨的太湖之中。他尚不会游泳，好在湖边水浅，刚好及胸，可以任由他将身体蹲伏在冰水里，让耳鼻眼口都封闭起来，觉得世界又安全又清寒。总有小半个时辰，他才由湖水中一跃而起，绾好头发，穿上已经冻得如同铁片一般的衣服，趺坐在亭中。他运起他的春雨内力，在经脉中运行了三五个小周天，只觉得蒸汽上行，浑身如同火炭，令那露出本来面目的一身绸衣窸窣作响。半响，袁安立起身来，只觉得风吹青衫飘飘，一身怡然爽快，禁不住一声清啸，就由口唇间迸发出来。只见那亭边的枫杨树上，扑簌簌飞出几只灰灰的麻雀来。

待袁安清啸一毕，准备走出沧浪亭的时候，他发现正像他所预料的，亭周已围满了人。余风雷，冯去病，唐秀姑，何天工，每一个人都目光灼灼地领着一群飞鸟庄的黑衣豪客，守在亭子四面。那薛不离远远地站在一棵沐浴着晨光的榆树下面，手里折着一根细黑的枝条，他在微笑，就像雪地上的阳光一样，笑容分外的清和、温暖。

"沧浪之水清兮，可以濯吾缨。你的澡洗得很舒服吧。现在可以跟我们回汴京去了。"他嘴角一弯。这是令女人们魂牵梦绕的笑，它令袁安稍稍迟疑了片刻，几乎就要垂下双手，一步走到亭外，将这几个月来的噩梦结束。

袁安眯起眼，抬起头，他看到了春雨剑的影子。阳光射穿了亭顶的积雪，将春雨剑细长清秀的姿态映在亭子的穹顶。袁安头脑里像有一根琴弦被拨动了，他呆了一下，猛然拔身而起，已冲破那亭顶的积雪。他持剑站在亭顶上，阳光照耀他的全身，也照着他已经出鞘的春雨剑。春雨剑无非是一把平常的铁剑，它在江湖上有名不是因为它的锋利、它的名贵，它第一次遇到袁安的时候，袁安只有五岁，现在，二十七年过去了，它已经成为袁安身体的一部分。它的想法与袁安不一样，它不愿意放弃反抗，不愿意与薛不离一道回帝京去，袁安听得见它在深雪里嘶哑的龙吟。

　　大伙都眯眼看着那亭上的白衣青年，听任他身体反射出来的光落进他们的眼睛里。不过这也只有那么短短的一瞬，只见一群蓝荧荧的蜻蜓飞起来，好像是盛夏来临，湖中荷花开放，它们成千上万只一下子由地底下涌了出来，围着那个年轻人飞旋。众人怔忡的时刻，唐秀姑发出了她的"玉蜻蜓"，这位唐门中数一数二的女高手，岂会错失这样好的机会。

　　唐秀姑长舒了一口气，将她那一直皱着的眉头舒展开来，她穿一身淡紫色的衣裙，其实是一个很美丽的女人，年龄也并不是太大，她太想让天下的侠客都知道她其实是一个孀居的可怜女人，所以她情愿总是皱着眉头。但是，她再抬头看亭顶的时候，她的眼睛睁大了。那袁安的剑已舞起来，那些蜻蜓被剑气指挥着，一只一只地聚合起来，由一团乱影渐渐变成了一条直线，向外射将出来，朝亭西的冯去病兜头飞去，冯去病凭一双肉掌在江湖中闯出的名头，手上并无武器，此时一抬头，阳光正好射进眼睛中，那明晃晃的一片蜻蜓飞来，他一下子慌掉了手脚，只好往后侧边一移，扑通一声，捂胸倒栽葱掉进了太湖里。袁安趁此空隙，已是持剑飞身而过。饶是他快捷如此，南边的何天工还是随后赶到，回风舞柳剑随手刺出来，堪堪由袁安的靴底抹过。

　　那些幽蓝的蜻蜓冲开如树桩一样站立着的飞鸟庄的庄客们，如暴雨一般落在雪地上。袁安却是余势不息，掠过纷纷下坠的蜻蜓，来到了包围圈的外面。他一边疾驰一边回头，只见那唐秀姑一脸茫然地站在亭下，枫杨树浴着朝晖，而薛不离冷笑着盯着他，一点追赶的意思都没有。

2

　　是啊，薛不离胸有成竹，他没有必要着急。在这个世界上，只要他愿意，他可以追上任何活着的东西。清早袁安脱险后，即向姑苏城奔去。这是他杀邓小安逃亡以来进入的第一个城市。在深深的积雪之中,姑苏城的暗黑城墙高高地矗立着。它的沉默反而给了袁安勇气。未央生即住在姑苏的东城。袁安心一横,跃上了姑苏城的围墙。

未央生变胖了,穿着一件皮裘懒懒地坐在他的书房里,皮裘朝外翻出厚厚的皮毛。他从前厚厚的虬髯也刮得干干净净,露出一张肥白而空阔的脸。袁安推开书房的门,他的脸色微微呆一下。他对袁安道:"师侄来得正是时候,我后园中的腊梅恰好今天早上开了。"

袁安在那暗红的铜火盆边坐下来,用火钳除尽靴帮上的雪泥,搓着双手,微笑道:"我已经闻到啦,我就是由后面的花园里翻进来的,嫂子和几个丫环正在里面剪枝插瓶,我打招呼的时候,还踏坏了围墙上的瓦片。"正说着,一个穿着桃红小袄的小丫环捧着一个瓷瓶走了进来,她已见过袁安,掩嘴胡卢一笑,将花瓶和瓶中的梅枝一道放在了书案上。刚要闪身离去,未央生却是一把捏住了她春葱一般的小手,涎着脸笑道:"小荷,快叫你娘到厨房安排几个菜,送到书房来,我和你袁小哥要喝酒。"那小荷将他的肥手一打,就果真如风行芰荷一般,出门去了。

"想不到师叔也做起员外,拥重裘,看雪景,吃醇酒,对美人,真是令人羡慕。"袁安与未央生相对,在案边坐了下来,他看见案上有一叠暗褐色的书册,正是当日风行的《游仙窟》。未央生脸色微微一红,将书抄起来掷进一边的书箱里,那书竟是如同一片叶子轻轻地飘了进去,无丝毫的响声发出。未央生抬起头,低声道:"你杀了人家文丞相家的二小子,现在薛不离盯上你啦。"

"是啊,被他盯上,可不是一件好事情,我已经逃了三个月。"袁安叹了一口气。火盆中的热气已经浸到他的身上,他只觉得如同一张绷紧的琴弦松了一松,如果薛不离是一把剑,现在也暂时可以将之插进鞘中去,不去想他吧,他未必愿意来找天下游侠的班首来要人吧,虽然这班首已经摇身变成了员外。他想了一想,接着道:"刚离开武林镇的时候,我还可以住在旅店里,在酒楼上吃饭。我觉得我的轻功好啊,后来我在洛阳,半夜在旅店里和他们遇上了,好容易才冲出飞鸟庄客们的天罗阵,以后只好一边吃东西一边赶路,困了就跳到路边的树上合眼睡一会儿,往往只有几个时辰,一听见他们的响动,我就得跳下树来继续往前赶。我听说薛不离后来将我买过吃食的每一处酒楼都拆毁一尽,睡过觉的每一棵上都刻过一行字:'春雨万剑某年某月宿于此'。今天早上我来到太湖边,才洗一个澡,就被他们赶上了。"

未央生嘴巴渐渐张大成一个圆洞,肥脸上现出怜悯的神气,沉默半晌,方才问道:"你和那薛不离交过手没有?"

袁安摇摇头,由怀里取出一根细黑的枫杨树枝,递给未央生,道:"早晨我冲出包围的时刻,薛不离将这根枝条抛给了我。他用这根树枝毁掉了沧浪亭。"

袁安看到了未央生脸上的苦笑,他接着讲:"我回头看着他,他正好站在沧浪亭下,手轻轻一挥,这根枫杨树枝就飞了出去,将亭下的四根柱子拦腰击断,亭盖一下子就落了下来,飞雪四溅,他朝我冷笑了一声,将这树枝朝我抛过来,我一边飞奔,一边被这树枝追上,只好一抄手将它接住了。"

未央生持着树枝,站起身走到窗前,叹了一口气:"可惜明年春游时再见不到沧浪亭了,这姑苏城外的春色岂不是因此失色不少。这薛不离也太过霸道吧。"一边转过身来对袁安道,"见一见你嫂子吧,难得你来一趟,这姑苏城里就数她最好看。昨晚我们吃羊肉火锅,还讲到等雪化了,二月花朝,就去沧浪亭踏青。"他脸上泛出了温柔乡里宠溺的神气,这样的神色,可不是一个杀人如麻的大游侠应该展现的啊。

袁安点点头。不一会,厚厚的门帘掀开来,那小荷端着暗红的漆盘进来,后面是一位盛装的美艳女子。两人由外面带来一阵凛冽的寒气。不知是这寒气,还是那女子的美艳,令袁安喉头一紧。

"她姓商,名叫商玲珑。"未央生站起身,握着她的手,将她拉到他的身边坐下来。那商玲珑披着一件淡紫色的狐裘,端的是黑发如瀑,肤肌胜雪。此刻被未央生一拉,脸上即飞满了红霞。小荷将盘中的酒菜一一摆上来,山珍海错,散发出阵阵热气,引得人腹中馋虫乱拱。

"随便处置了一些酒菜，也是为袁公子洗尘，袁公子春雨万剑的大名，是常听拙夫提起的。"商玲珑将酒瓶取过来，先为未央生倒满，再为袁安满上，取过一只瓷碗，自己也倒好，正是那藏了十数年的绍酒，金黄剔透，如同琥珀一般盈盈在案。

细密的酒液缓缓流入袁安的嗓子里，如同那美人伸出一双小手，在将人抚慰。未央生笑道："这酒是我自己酿的，酿酒的法子是玲珑告诉我的。"

三个人再不做声，只是一碗一碗慢慢喝着琥珀色的绍酒。窗外阳光分外明亮，映得书房之中纤毫毕现。这是一个积雪消融的上午，房檐上已挂出了长长的冰棱，树顶上枯黑的枝桠由雪国里褪将出来，数日来的积雪正在蓝天之下化作春水。天气却是出奇地寒冷干冽，寒气一阵一阵地由窗棂上涌入，夹杂着后园腊梅花清新的香气，扑在三个人暖暖的身体上，令人神清气爽。

半晌，未央生酒意渐显，脸色渐红。他起身脱下那身狐裘，挽起了袖子，对商玲珑道："玲珑，难得袁安师侄来到我们家里，你来为他唱一支曲吧。"

商玲珑微笑道："好，就让袁公子见笑一回吧。只是得等我去取琵琶来。"言罢就欲起身。

未央生拉住她的手，道："咱们不用琵琶，你唱，我用箸击碗，来为你正音好了！"商玲珑闻言点头，脱去大氅，露出里面鹅黄外衣，浅绿褶裙，愈发衬得眉如春山，脸欺红霞，亭亭玉立，定一定神，即启唇唱道：

"清宵思爽然，好雪天。瑶台月下清虚殿，神仙眷，开玳筵，重欢宴，任教玉漏催银箭。水晶宫里笙歌按。光阴迅速如飞电，好良宵，可惜渐阑，拼取欢娱歌笑喧。"

袁安听着曲子，想起早上投入太湖之中，那沃雪的湖水涌向全身，岂非是如同商珑玲的嗓子一样的清凛，入喉的绍酒又岂非如同她的嗓音一样温存。人在富贵之中，当然是光阴迅速如飞电，可是他袁安眼下的光景，走在死灭的悬崖之上，却是一刻比一刻难捱。

未央生叮叮当当地敲着瓷碗,眼睛却盯着商玲珑,他好像是刚刚才认得这么一个美妙的女人,准备着无穷的时光与耐心地解开藏在她身体与嗓子中的谜团一样。他们是如何相识的呢,他们一定有一段奇妙的故事吧,袁安欲言又止,将桌上花瓶中的梅枝取下来,捏在手中把玩不定。

在明亮的雪光映照中,袁安的脸上浮现出淡淡的微笑,梅花的香气细细地传到他的鼻翼里,让他全身绷紧的肌肉一条一条地松弛下来,他说道:"师叔还记得我们小时候的一些事情吧。那一回师父打了你的屁股,我们不服气,趁他午睡的时候,用明矾和着凤仙花汁将他的鼻子染红了。师父只好做了两个月的酒糟鼻子,没有办法出来见客。"

未央生掷下竹筷,走到窗前,明亮的雪光映出他高大的身影。他慢慢抬起他的右手,另一只手盖上来抚弄着,右手的中指上,有一只碧绿的扳指。半晌,他回过头来,涨红着脸大声道:"我记得。"

袁安又道:"十五年之前,我送你的那一屋子白绸,你还记得吗?"

未央生道:"我记得,你看玲珑身上的衣裳还是取那些白绸染的。那一屋白绸我俩怕是一辈子都用不完了。"十五年前他们师侄俩一起去华山试剑,冲出华山派的"莲花剑阵"时,袁安小腿中剑,竟是未央生一路背着袁安下了华山,未央生的一身绸衣也被血染红,袁安即在长安城中寻来一屋白绸送给了他。

袁安又道:"十年前我们在云梦泽里划船喝酒,七月仲夏夜,一直喝到新月掉到水里,太阳升起来,我们醉得一塌糊涂,差一点一起跳下水去找云梦龙王拼酒。你记得吗?"

未央生看着商玲珑,脸上浮现出了微笑,他也一定曾向这美人儿讲过这一件快意事,那一回他与袁安放舟云梦泽,好好比试了一回酒量。他点头道:"我记得。"

那一次云梦一别,两人再没有见过面。

"好!好!好!好酒,好师叔,好兄弟,江南无所有,聊赠一枝梅。袁安别过了!"袁安吸干碗中的余酒,一拍桌子,腾身而起,如箭一般射向窗子。那花窗被他春雨内劲所逼,竟堪堪如同自己作主张打开一般。

未央生定是穷尽不少心思来经营,他这一片未央园筑得富丽堂皇,水榭楼台,曲折幽深,时逢大雪初霁,别有一番娇媚的景象。难得的是园后的一片梅林,总有数十亩地,每一株枝干虬曲,都似在百年以上,也不知未央生是从何处搜罗过来聚合在此。一色的黄梅,花瓣娇美,香气弱弱。梅林一尽,即是围墙,袁安踏着梅枝一路过来,脚步慢慢缓了下来,正欲跃上高墙,已听见身后有人追来。不会是薛不离他们伏在这梅林之中吧,袁安想到,提起真气,回头一看,原来是商玲珑腾挪在梅枝之上。

袁安不禁心头一跳,这个美人儿原来也有了不起的武功,跟在他身后半晌,竟是未曾觉察。那商玲珑见袁安回过身,也止下脚步,她一脸茫然地站在黄梅之上,紫衣,白雪,俏生生直如画中人。未央生真是好运气,与他分别十年后,他过上了神仙般的日子,他袁安却落得个如同丧家之犬一般的下场。

商玲珑道:"未央生此番没有帮上你的忙,也不好意思来送你,他托我送一样东西给你。"她手中果真有一个白绸扎就的小包裹。

袁安接过来解开白绸,一时呆住了:白绸中裹着一只碧玉的扳指,显然是由未央生中指上取下来。白绸中央"金竹寺"三个血红的字,也是未央生割破中指银钩铁划写出来的!

商玲珑眼中闪过一丝凄凉的神气。她轻声道:"未央生没脸来送你,他说薛不离能用树枝毁掉沧浪亭,也能毁掉未央园。他没有办法收留你,但有一个地方可以藏下你来,那个地方名叫金竹寺。"

袁安只觉得喉咙发梗,他低下头来,不愿这美人儿看见他的眼泪正慢慢地涌上来。

"袁公子拿着我夫君中指上的碧玉扳指,由此地一直向西,如果机缘恰好,即可到金竹寺避过薛不离等人的追杀。薛不离神通广大,耳目如神,却无法进入金竹寺。"

袁安将那扳指套上中指,扳指内侧犹有师叔未央生的体温。他点一下头,便纵上了围墙。商玲珑还站在冰天雪地之中,站在温和的阳光里,她仰着脸看着袁安,忽然笑了起来,她微笑的样子真是好看得紧啊。

"我就是由金竹寺出来,这个扳指是我送给你师叔的。"她说完,就见袁安的身子在阳光中一闪,已消逝在外面蓝天之下白玉般的世界里面。

3

这个世界上难道真是有金竹寺吗?袁安一路飞驰,一路冥想。当年他在秋水老人的门下学艺。未央生名义上是秋水老人的小师弟,由祖师爷托付给秋水师兄传道。那可爱的老头儿一头银白的头发,长着好玩的蒜头鼻子,总是让人产生那么一点要往那鼻头上涂白垩或凤仙花汁的念头。他们住在山中的一间小院里,十好几年,就由这秋水先生教他们二人学艺,认字,读书。秋水先生常常看着朝阳中的一大一小两个小伙子道:"早一点学成气,到江湖上自己混。我这么一大把年纪,是去金竹寺埋老骨头的时候啦!"他们养的那条大黑狗清欢摇头摆尾在秋水老人身边挤挤挨挨,秋水老人伸出他的枯叶一般的手,一会摸着清欢的皮毛,一会摸着他的曾被小师弟与小徒弟染过的鼻头,脸上露出少有的严肃神气。"你带我们一起去就是了。"这时候未央生就停下手中的木剑,朝那秋水老人贼兮兮做着鬼脸。

"不行,我不能带你们去。金竹寺不是你们年轻人待的地方,我宁愿带清欢去,不过它现在这么爱吃肉骨头,金竹寺里可是没得骨头吃啊。"秋水老人搔着他的白头发。秋水老人是这个盛世中的一个奇人,他有了不起的武功与文采,可是甘心做人世间的一颗灰尘,所谓"秋水武功如沧海,秋水文章不染尘",世上又有几人真正知道,可这对他秋水老人来说,又有什么关系。

果然有一天,袁安与未央生由县学里回来,在那山间的小院里已寻不到秋水老人与他的黑狗清欢。水缸中满盈着清水,米瓮里新加了白米，灶下柴集成山，可是那老人与狗已走啦，将两个小伙子抛在人世上。好在他们已经是县学里的秀才，他们已经有了在江湖上任何人都不可小觑的武艺，他们已经可以往自己人生的道途上去。

秋水老人也许就是去了金竹寺吧，这是他暮年的心愿。如果袁安能进入金竹寺，岂不是能与那可爱的老人重逢。袁安心里满怀着喜悦。他心里的惊恐已经淡漠了，他在大地上，如同一只归雁一样飞翔。他用秋水老人教给他的凯风功法，由压盖着平原的千里积雪上掠过，树木与河流，村庄与道路，风一般由他的眼前退后，岁寒如刀割在他的脸上，太阳光也渐渐弱下去，又如清晨时分那样，变得嫣红如醉。最后他眼前正西方的绮霞散尽，天上升起玉盘一样的明月，明月的周围亮起钻石一般的明星。多么美妙的雪夜啊，袁安心里都愿意这雪夜一直就这样往前伸展着，平原无垠，时间无限。雪夜如果要有尽头的话，就应是那无法想象的金竹寺。

明月已经显得黯淡，如同一只金盆悬在正前方。袁安抬起头来，发现眼前兀然一亮，展现出一条河流，河水宽广沉碧，镶在雪野之中，雪夜无风，河面上一点波纹都没有，宛如一片巨大的阴暗的水银。河的对岸，立着一排高大的树影。树影姗姗，姿态修美，却看不清是什么树。

这一定就是淮水。河岸低阔平坦，离离白雪压盖。足足有半人多深。袁安想，这样的大雪之夜，黄河一定已封冻成冰，踏着结实的冰层，一下子就过去了，就是冰薄一点也无关系，不会令他站在岸边如此犹豫。游过去吗，像早上一样跃入太湖之中？可是他不会游泳啊，如此广阔的淮水，望洋兴叹。达摩渡江，一苇可航，可现在他连一支芦苇都折不到。一念之间，袁安不禁全身冷汗淋漓：薛不离一定是守在这里，等他！他一定会像老练的猎人，来守候他这样在雪野里狂奔的兔子。

袁安回头四顾，只见新月之下河岸茫茫一片，并无人影。他正觉得五心不定、如芒在背，忽然就觉得脚下一空，身子竟是往雪地里直坠下去！好像是河岸凭空张开了嘴巴，要将他吞入。片刻雪即涌到他的腰间，雪地里，已伸出了几只手，来试图挽住他的腿。间不容发之间，袁安的春雨剑已经出鞘。一招"杨柳拂面"，已是将剑在周身环游一圈，将那几条仿佛由黄泉伸出的手臂斩下，袁安也借力上冲到雪地之上。雪地里没有声息，袁安扬剑一看，剑尖上已缓缓流下鲜血，散发出缕缕热气。

他忽然发现天地旋转起来，天上的月亮，宽大的淮河，一天的繁星，皆围绕着他在转动，将他置身在漩涡之中。袁安定住神，他发觉他脚下的雪地如磨盘一样在转。他冲天而起，向外圈射出。正如他料想的一样，还未及落地，便有几十把刀向他劈下，几十个黑衣人，像噩梦一般由地下涌现出来。

这些飞鸟堂的好汉，在雪里蛰伏了多久啊，等的就是这拼尽全力的一刀，高高跃起，由上而下，将那已到末路的袁安如同枯木一样劈解成碎片，之后生起火堆喝点烧酒来烤暖他们几乎僵直的身体。可是他们的希望是如此渺茫，春雨剑客已将内劲提到极致，剑光一旋，凭空旋出一轮电光石火般的剑网。那些黑衣汉子四散、跌落、喉头汩汩流出血，将三丈见方的雪地染成一片诡异的桃红。

"好一招'斜雨打春燕'！好一个春雨剑客！"河岸上传来薛不离爽朗的声音。他一身白衣，悬在腰间的是漆黑铁尺。映在星月的微光里，他看上去就是意义的化身。"你这一剑杀掉了我三十二条好汉，可是他们的刀气，也侵入你的经脉之中。你今夜逃不出我为你布下的缀网劳蛛阵。你看这莽莽雪原下，正是埋着一张大大的蛛网，每一个人就是一根蛛丝，每一根蛛丝都有数种变化，总会将你缠起来，让我将你送回汴梁去，向文丞相交差。"

袁安慢慢地拭去春雨剑上的血。一些血块已冰冻凝固在剑尖上，再也拂不下来了。他遥遥地盯着薛不离。他并不恨这个毁坏了他生活的人。薛不离不过是对岸的一棵树，与他一样经历着人间的严寒。"你们不要逼我，我不过是想活下去。我不过是要到淮河对岸去，谁挡我，谁就得死。"他慢慢说道，他觉得周身隐隐作疼，他的确已被那三十二条汉子的刀气所伤，震骇肺腑。但是他不想投降。"人生不过是在一张蛛网中，每一只飞蝇，都不会束手就擒。

即便无法挣得网破,也要挣扎至死!薛不离,今夜我要见蛛杀蛛,见丝断丝!"

袁安一声长吟,飞身向薛不离射去,他知道此人即是蛛网中的蜘蛛,他所在的地方,是蛛网的中央。薛不离却是一闪即没,如鬼魅一样消失在雪地里,他的身后,两道剑光如匹练一般飞出来。余风雷与何天工,双双欺身上来。青城派的"云出岫"与龙虎山的"丹凤引"皆是必杀的绝招,两招合一,激起漫天的雪意。剑光如同月光雪影,泻在袁安的身上。袁安退无可退,踏进鬼门关已是半步有余。袁安却是偏偏不退,他的"空翠湿人衣"就在剑光中闪现出来,向前直逼。他知道"云出岫"会取走他的左臂,"丹凤引"会伤在他的腰上。他管不了那么多,他的"空翠湿人衣"要的是余、何二人的性命,要的是他们的热血,泉水一样喷发出来,打湿他们面前的雪地。

袁安的霸道要了余、何两人的命。他们将剑招在脑海中回旋了千百遍,万无一失,他们的双手却在雪地里埋得太久,指腕僵硬,第一招抢攻就是致命的错误。"丹凤引"还是将袁安的前腰划出一道狭长的伤口,伤口往外冒出温热的血。自己的血啊,暖和着他的手,滴落在雪地上。好袁安,一手捂着伤口,一手支着春雨剑,竟是倒立起身子,在雪地上飞快地滑行起来,片刻工夫,他已将雪岸划遍。他的血滴在雪地上,纵横交错,将雪原画染得如同棋盘一般。雪底藏下的好汉,在这不可思议的闪电一般的剑光里,有多少已成为"缀网劳蛛阵"中死灭的棋子,袁安心里有数,雪下却无声无息。

一支手兀然由雪地里伸出来,握住袁安持着剑在雪地上滑行的手!那支手坚韧如铁,一下子就滞住了袁安的身形。那人并不是想夺下袁安的剑。顺着他的手爪,灼热的真气逼开袁安的护体真气,如决堤的洪水一样冲决而入!"天地为洪炉,锻筋如铄骨"!正是易筋真气!

薛不离就是这支手的主人。他已牢牢地握住袁安。半年来,他第一次将他的猎物握在手中。虽然代价惨重,死伤累累,但是追捕已告结束，就像一头鹿被鳄鱼咬住咽喉，从来没有人由他的手爪中逃脱。

袁安觉得自己全身的脉络如同溪涧，猛然被山洪填涌。薛不离的易筋真气在他体内横冲直撞，刚强，坚定，霸道，凌空蹈虚，袁安觉得全身空无，如同一张蝉蜕，任由这股真气野马一般践踏，在这不停息的践踏中，他的身体也一寸寸地变得火烫起来，他觉得他的血液马上就会沸腾起来，他全身的骨骼也如同炉火中的铁块一般，慢慢变红。他的嗓子变得又干又哑，他想叫，但是已发不出声音。他像被薛不离逼入一个灼热的梦境。啊，多么迷人的梦，又回到那个被夭夭的桃花包围着的村子，又看见了师父秋水老人，他的白头发与白胡须更长了，一张脸却比从前更加红润。清欢也老啦，腰身都松弛下来，看见他回来，它气喘吁吁地叫。但是忽然天空落下了一簇簇火苗，将热闹起来的小院子一下子吞入烈焰之中。那些他钦慕过的女子，那些在他的生活里出现过的人的脸孔也一张一张显现出来，然后扔入那烈焰之中。他一定是快要死了，死竟是如此的滚烫火热，死就像一只锻炉，他就像一柄倒悬着的被烧得紫红的剑。

薛不离的真气还在源源不息地输出来，如同炭块被挥锹投进炉火中。他热汗奔流，蒸汽冉冉而生，喷射向雪地。袁安身下的积雪渐渐被他的热汗与蒸汽消融，埋在雪下的薛不离露出他的身形与面目，他半蹲在深雪中，右手向上伸托，将袁安斜斜地举起来，雪已褪到了薛不离暗黑的脖梗，他粗硬的头发，浓密的眉毛，高而且大的鼻，在月光下皆栩栩可见，他的目光是坚硬的，含着一种不容置疑的神气。汗水流进袁安的眼睛里，然后又往下，滴打在薛不离的脸上。袁安拼命地努力地盯着他，好像这样才可以将自己由梦境中唤醒。前所未有的恐惧由袁安的心里升起来。与蹲在他身下的薛不离，如此之近地互相逼视，于袁安还是首次，也许是最后一次吧，与以前的印象不一样，他觉得他的相貌非常的怪异，从前袁安觉得薛不离像天上的恶神一样，这一刹那袁安的想法却改变了，薛不离也许是人与野兽混合起来的人，他是一个可怜的家伙，可是袁安不

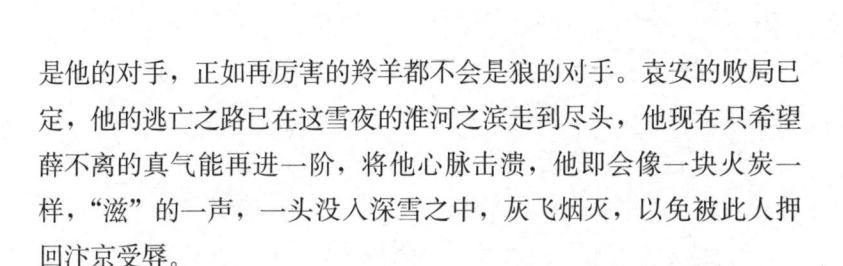

是他的对手，正如再厉害的羚羊都不会是狼的对手。袁安的败局已定，他的逃亡之路已在这雪夜的淮河之滨走到尽头，他现在只希望薛不离的真气能再进一阶，将他心脉击溃，他即会像一块火炭一样，"滋"的一声，一头没入深雪之中，灰飞烟灭，以免被此人押回汴京受辱。

袁安觉得疲倦至极，他却不想合上眼睛，一个人在临死之前应尽量保持清醒吧。这时，他眼前忽然划过一道剑光。他惊奇地看着这一道迅疾的剑光由他与薛不离的身体之间划过去，竟是轻轻巧巧地削断了薛不离紧握着自己的那一只手腕。他体内滔天的洪水骤然消失了，袁安只觉浑身竦然一轻，带着薛不离的断腕跌落在地上。他伏在雪地中，他不敢让自己昏睡过去。他拼命地抬起头，盯着一丈开外，那蹲在雪地之中，被飞来的一剑断腕的薛不离。

那薛不离在这刹那间，被削去了正在发出易筋真气的右腕，还被重手点上了穴道。他像一棵被雷电劈中的树木一般，脸上显出愤怒、惊愕、绝望相混杂的神气。在他的面前，站着的一身淡紫衣裳的美丽的女人，正是那唐门的女毒王唐秀姑。

"你可以找宋青杨领赏去了。听说他已积下了十万两金子。"薛不离说道，他的嗓音还是如此之坚定。

"我不要那堆金子，我要这个年轻人活着。"唐秀姑道。

"早上在沧浪亭，他本来就是跑不掉的，你发出玉蜻蜓，实际上是要帮他的忙，不然冯去病不会死。"

"是。唐门的玉蜻蜓从未有过失手，不过早上我要杀的不是这个年轻人，所以冯去病只好死在太湖里。"

"我也要死吗？我是死在淮河边上？"

"嗯。我已经想好的，我是想将你埋在这里。"唐秀姑柔声道。她慢慢地蹲下身来，蹲在薛不离的身边，双手拄着她的剑，她将脸就搁在她的双手上。

他们像在月夜来到淮河边上散步的一对情侣一样。袁安想道，他们本来就是一对情侣吧，他早就应该看出来了。袁安的脑袋里一片迷惘。

已经是三更的光景,月光已经黯淡,月亮像一只沾染了道道血痕的铜盆,扣在对岸的那一排大树之上。皑皑白雪,已被鲜血染红。淮河在这些活着或死去的江湖客身后十丈开外的地方,如同一带沉沉碧玉,它不动声色地奔流着,无一星半点流水之声。

"你的确是像唐门出身的人,你和他们一样,你们的心都已经炼成了毒药,你为这个年轻人,就一定要杀我吗?"

"我是喜欢这个年轻人,呵,春雨剑客袁安,江湖中哪个女子会不喜欢呢?可是我已经老啦,我想爱的人是大招神捕薛不离薛大哥。"唐秀姑伸出一只手来,用那只发射过玉蜻蜓的手在薛不离的脸上缓缓地抚弄。这真是一只奇妙的手,薛不离僵硬而阴沉的面孔一下子变得柔和起来,他不再像一只狼,而是像一个在迷途中的孩子。只听唐秀姑接着道:"江湖上的人都猜唐秀姑杀了自己的丈夫,成为薛不离的手下,跟着他一起,杀了无数的人,破了无数的案子,可是谁知道,她就是薛不离的女人呢。"

"是的,你是我唯一的女人。如果我不破掉童子之身,我应可将易筋真气练到第十重,这样的话你的剑就不会砍断我的手腕了。"薛不离苦笑着说。

"可是你整天在追捕别人的路上,你越来越像一匹文丞相养的狼。你不爱女人,你也不爱我。你活着,就是要捉弄别人,杀掉别人,你以为你做的都是天经地义的事情,你以为是在帮文丞相治理天下,翦灭坏人,可是我知道,你不是,你是想杀人。"唐秀姑轻轻地说,这么深沉的道理,她却是要这样一边抚着心上人的脸,一边轻轻地讲出来。

"秀姑,你杀了我吧,我不怪你。"过了许久,薛不离说道,袁安听见他发出一声长叹。"我也觉得厌倦了,可是我不去捉人,我能干什么呢?我是大招神捕,天下人都知道。我是唐秀姑的男人,却只有你知道。"他抬起头来,看着他的女人,他眼睛里面的愤怒已经消融掉了,"你动手吧,你杀了我,你跟这个春雨剑客走,我知道他是想上金竹寺去。我愿意死在你手里,我不怪你,我杀的人太多,我应该有报应。"

唐秀姑缓缓由雪地上站起来。她将剑对着薛不离，那薛不离已垂下头，闭上了眼睛。唐秀姑怔怔地站着，她的剑尖在抖动。她是在犹豫吧。只听她轻轻地叹了一口气，又蹲下身去。她由她的衣襟撕下一块长长的布条，将薛不离那一只已没有了手掌的右手抬起来，那齐崭崭的伤口上的血已经冻凝了。她仔细地将那伤口用布条一下一下绑起来。薛不离听任唐秀姑忙碌，他闭着眼睛，一动不动。等到唐秀姑忙完了重新站起身来的时候，他才开口道："你动手吧。喉结下面就是我的命门，你剑刺在那里，我会死得快一些。"

唐秀姑的手在抖动。她站在雪地上，神情忧郁，月亮的光辉映着她手中窄长的剑。唐门的人用的剑，剑身都是细长的，像一枚被拉长了好几倍的竹叶。

"你的丈夫不是你杀的吗？你还有什么好犹豫的。"薛不离闭目道。

唐秀姑怔怔地站着，她被薛不离的话打败了。她的剑由手掌中滑落下来，没入雪地之中。她抬起手，捂住了自己的脸，泪水已经由她的眼睛中涌了出来，由她的手掌间流下。

这是多么漫长的一个晚上啊。可是现在它就要逝去，东方已经发白，明月已经沉埋，星光已经黯淡。袁安觉得自己的内力已经慢慢地由四肢，由身体的深处涌流出来，汇合在丹田之中，经过了如此凶险的战斗，没有受到重创，这实在是一件意想不到的事。袁安暗暗催动内息，他的春雨内劲勃勃涌动，竟是强过了以往，想必是先前受到了薛不离的易筋真气的激发而变强，秋水老人传给他的这一门内功心法，本来就是一门遇强更强、海纳百川的心法。他拿定了主意，如果唐秀姑要杀薛不离，他就将他救下来，他对薛不离从前没有仇恨，现在也没有仇恨。

袁安站起身来，不由发出一声清啸，那啸声令对岸大树上的积雪一大块一大块落下来，积成雪团扑通扑通滚入淮河之中。唐秀姑走上前来，她已停下了哭泣。

"跟我走吧，我愿意与你一起去金竹寺。"袁安说，追捕已经结束了，他的脸上绽现出春风般柔和的笑。

"不。"唐秀姑摇摇头。她的确是一个很美的女人,如果不是经常发愁,如果不是因为经常发愁而在脸上过早地刻出皱纹,她还应更美丽。

"金竹寺里没有人被杀,也不用去杀人。我们一定会找到它,人的运气总会好起来。我师父在那儿,还有一只名叫清欢的狗,它是我自小养大的。"

"我不去,我得照顾薛不离,我已经不想杀死他了,他现在内功全失,已昏睡过去,他醒来后,江湖就没有大招神捕,只有一个名叫薛不离的废人,他得很多年才能够重新恢复武功,可是天下想要他命的人,一定不会少。"也许是因为袁安露出了笑容,她也笑了起来,一下子将她脸上的忧郁化解了。她与未央生的妻子商玲珑长得很像呢。袁安心里一动。

"好吧,感谢你救下我的命。以后如果薛兄遇到了麻烦,我也是愿意出手的。"袁安道。他将手上紧紧箍住的薛不离的断腕取下来,递给唐秀姑。那只手已经冻成了硬邦邦的紫色,乍看上去,令人觉得陌生而奇怪。

"你是一个很好的人,你不应该死。我愿意薛不离与你一样,可这是一件不可能的事情,天就要亮了,你快过河。"唐秀姑将薛不离的断腕在手中掂了两下,奋力将它抛出去,只听扑通一声,已是没入淮河冰凉的河水中。她盯着河水,将自己由黯然的心境里拔出来,对袁安道:"袁公子,这一别,我们此生不会有再相见的机会,请允许我送你一程!"她将手伸入怀里,等她的手再扬起来的时候,一片一片的"玉蜻蜓"由她的手中飞起来,这些幽蓝的"蜻蜓"一片一片地接起来,朝着淮河的对岸飞过去,竟是如同一线浮桥一般。

袁安眼眶一热。叫一声"多谢",已是拔身而起,径直运起春雨内劲,踏着"玉蜻蜓"向前奔去。

他如一阵轻风一样掠过淮河的上空。他落下来的时候,已是在对岸一棵积满雪的大树的树顶上。他站在树巅向他来的那一岸望过去。只见淡淡的晨光中,唐秀姑已将那薛不离横抱在怀里,在雪地上，慢慢迎着淡红色的天幕走去。

袁安心中一阵怅然，他低头一看，发现自己是站在一棵桑树上面，令他惊奇的是，这一棵桑树竟然在如此的寒冬，如此的大雪之夜，还未凋谢掉它暗绿的桑叶。在茫茫的雪天里，由雪下露出的郁郁绿色是如此的妖异。

此刻，他的手指上，师叔未央生送给他的那一件碧玉扳指"铮"的一震，好像是受到神秘的召唤，由沉睡中苏醒过来，在苍白的晨曦中射出淡绿色的光芒。

袁安忽然明白，他已经来到了金竹寺，这一棵四季常青的桑树正好站在那神奇的金竹寺的门口上。在这昼夜交替的短短一瞬，在雪霁的奇丽的清晨，金竹寺会为他，这个刚刚由死亡的边缘上挣扎过来的旅客开一次门。

现在，他只要向前走出一步。

4

眼前一片黑暗。袁安来到一条修长的河堤上。堤下是幽咽的水声。堤两边是郁郁苍苍的桑树，每一棵桑树上，都挂着一只绯红色的灯笼。灯笼中，橘黄的烛光直直地燃烧着。夜凉如水，就像那些令人难以忘怀的春秋佳日。想必大桑树的叶片上，也凝满了珍珠般的夜露吧。每一盏灯笼上，都用墨写着三个字：金竹寺。

已经到了。终于到了。袁安心中一宽。"凯风自南，吹彼棘心"，袁安提运凯风轻功在堤间的白沙上滑行，他的轻功好像从来没有这样高妙自在过，清新的空气阵阵涌入心胸，令人畅快无比。堤长十余里，样子有一点像羊角，前面忽然一转，蜷曲成一个小小的圆环，圆环里一片丛林，交缠的枝叶里，传来点点梵呗。想必江湖中古老传说的神奇金竹寺，就筑在这一片林海之中。

也有两盏灯笼，挂在高高的山门上，映出顶上石匾间"金竹寺"三个金色的字。写这三个字的人一定是了不起的武林前辈吧，用手指在石头上一气呵成地写出来，如此的质朴刚猛，"春雨万剑"

袁安未必不能写，可是写到那个"竹"字时，他说不定就会歇一口气。山门的两翼展开来，是高入夜空的围墙，围墙之上的夜空，繁星历历。

"呀"的一声，门一推就开。袁安回掩上门，大踏步地往前面铺满鹅卵石子的甬道上走。他觉得嗓子有点发干，心怦怦跳。大雄宝殿前的庭院里，长满了荒草，分开来倒卧在青色的石砖上，如同女人们长长的青丝。在凛凛秋风中踏上大雄宝殿，里面巨烛列列，灯火堂皇，钟鼓乐之，梵呗如诵，如来佛在迦叶与阿难的陪侍下，捏诀在手，一脸微笑站立，菩萨罗汉们分列两旁，神柜上面，高低不一种种青花瓷瓶里，摆满了千万朵百合花，花蕊如舌，香气如沸。好像知客僧们早知道，在这样秋天的夜晚，在秋风吹拂的微微星辰之下，会有一位故人，前来访问。

袁安的脚步声令佛像边的梵呗停住，就好像走过青草丛，蟋蟀下意识地停住鸣弹。一位女尼站立起来。她穿着黑色僧衣，肥大的袍子掩住了她亭亭的身材。

"在金竹寺，没有人可以追上你，也没有人能够将你杀掉。这是一个可以选择活着还是死去的地方。"那女尼轻声道。她的嗓音有一些沙哑，好像嵌入了太多佛经上的泥金文字。

"我已经将他们都扔掉了。我的轻功很好。"袁安含笑道。

"没有来到金竹寺之前，人们总是对自己的武功充满了骄傲。没想到春雨万剑也脱不开这个俗套。"女尼哂道。

"我的师父，秋水老人在这里吗？他还带来了一只名叫清欢的狗，一只黑色的狗。"袁安问。

"他在这里。"女尼点点头。

"你能带我去见他吗？我已有十几年未见到这个老头儿了，他还没有死，实在是太好了。"袁安高兴，师父已到暮年，无儿无女，只有清欢陪着他，偏偏要将袁安送到江湖上去闯荡，在他膝下承欢的时日，其实是非常少的。

"别急，别急，在漫长的秋夜里，我们还有其他一些事要去做。"女尼粲然一笑，她差不多是三十来岁的样子，如果不来做这劳什子的尼姑的话，应是带着稚童的少妇吧。她的笑容里有难言的明媚与清丽。

"我叫风七娘。"那女尼道。

"这不像一个尼姑的名字啊。我知道江湖上也有一个叫风七娘，是大漠中的女匪首。她是龙门客栈的主人。"袁安道。

"她就是我。从前的我在龙门客栈，现在的我在金竹寺。我想成的是佛，并不是想成为尼姑。我没想到春雨万剑是这么多话的一个人。"风七娘举着蜡烛，向大雄宝殿后面走去。

夜风在殿上逐戏，佛像边上长长的帏幔飘摇，蜡烛的微焰，也应是在风中摇摆才对。但是在风七娘，这个从前的女匪首手中，却是一动不动，她的武功是好的。袁安跟在她身后，隐隐可以闻到她的窈窕的身子里发出的檀香的气息。

由大雄宝殿的后门出来，又来到星光之下，倒伏的秋草之中。风七娘举着蜡烛往前走。袁安举目看去，他们置身在一片空阔而荒凉的庭院里，这片庭院的荒草之中，立着一大一小两座宫殿，一个在他们身后，就是大雄宝殿，另外一个稍小，在他们身前一百多步的地方，越过那间宫殿，仿佛是一片树林，隐在夜色之中，上面是亮闪闪的北斗星。他们由星光下走过的时候，正好有彗星挟着长尾在头顶上消逝。

"这个殿名叫功德殿，金竹寺在江湖上稍有薄名，其实就是这两间破房子，袁施主不要失望才好。"风七娘回头笑道。

"我真是没有想到呢，我想金竹寺应是很大的一个地方才对，总比那个破少林寺，还有你那个龙门客栈要大吧，没想到，是这么一个荒凉的院子。"袁安道。

"那倒没有什么吧，人本来就活在蜗角与黍米之中，你看那窗外的遥远无际的星光，难道不是也在金竹寺中吗？"

功德殿的四面，都开着长长的落地的窗子，而窗子外面，即是涌入的星光。借着烛光与星光，袁安发现，殿内空荡荡的，并没有佛像。

"这里不过是一座空房子罢了。"袁安道。

"是啊，一座空房子，你未来以前，是我一个人，我差不多待了五六年了，现在总算有两个人。"风七娘道，一个人，在风，星光，尘土，荒草中生活着，空寂会一点点地将她占据，最后，她也就会成为空寂本身。

"我会留在这里，我做和尚好了。"袁安道，话头里面不无调笑的意味，他见到风七娘妩媚地微笑起来。

"我在墙上画了一些画。等你来看。"她向墙壁走过去，将蜡烛举起来。墙上果然是一幅一幅连绵下去的写意画。

第一幅画上画的是夕晖泛起的乡下，一座茅屋里，一位村妇生下一个面目模糊的孩子。在茅屋以外，乡间的男男女女正在热汗淋漓地收割水稻。"那个男孩就是你。你差不多是申时出世的。"风七娘道。袁安已经记不清父母的面容，家乡的位置，不知道他出生的时辰，秋风老人也不知道，所以纵是通晓五行阴阳，也没有办法来推测袁安一生将要遇见的事情。

再一幅画画的是荒草离离的大路，路边皆是倒毙的流民。一个形销骨立的七八岁的孩子，站在大路上哀哀哭泣，他的父母已经填进了沟壑。这时候，一名儒生模样的中年书生，牵走了这个差不多也应早夭的孩子。袁安知道那个孩子就是自己，那个老人就是秋水先生。他们去了崇宁山里，筑屋、砍柴、种地、习武，练剑。

再一幅画上出现的就是他所熟知的崇宁山，他在它的每一处角落里都游嬉过。画面上画的是万木草堂边上的滑石溪，到了秋天，枫杨树黄叶纷飞，溪边的大枣树上，枣子红得像小灯笼一样。他剑术练习的作业，常常是高高地跃起在半空中，用剑将枣子击下来，满树枣下如雨，他的汗也如雨一样落下来。秋水老人讲，如果弄下来一片叶子，袁安你就别想尝到这年秋天的枣子。好在那时候，他的春雨万剑差不多也练成了。清欢也在树下，在枣子的红雨里跳跃，那时候它还是一只小狗子，大惊小怪，淘气得要命。

再一幅画上出现的，却是一片大湖。那是云梦泽，他与一个一脸胡子的家伙分别站立船头，挥桨驱动独木舟。那个家伙当然就是小师叔未央生。他们一起喝酒，醉了就将胃里吃下去的牛肉和醪醋吐到云梦泽中喂鱼。他与未央生一道，去双峰山击杀强盗。他俩已经先后被秋水老人遣出了崇宁山，这是他第一次行侠江湖，与未央生结伴。

再一幅画的是湖边的一片杉树林，在杉树的树干里，藏着一间小木屋。他在小木屋里，与一个名叫彭彭的女孩子约会。那是五虎断刀门彭家的小丫头。小木屋里烛光闪闪，木屋外杉林里滴满了清露，杉林之上，微风吹拂着群星。这是令人怀念的仲夏夜，每一个少年都会记住的仲夏夜。袁安看到壁上的画，觉得心里怦怦直跳，他不知道彭彭现在在哪里，还是不是在江湖上，寻找着她爱吃的牛肉面，与抢她的座位的人打架。

再一幅画，画的却是大漠中的一家客店。风七娘说："这就是我的龙门客栈。你曾在这里面住过一夜，不过你差不多快忘记了吧。"是啊，龙门客栈，那时候，他乍出崇宁山，像风一样在江湖上闯荡，拼命地为自己找事情做，去与别人打架，为了所谓的公平，为了正义，为了一个好的人世间。沙漠里盗匪如麻，有一支由十八个马贼结成的连云骑声势逼人。他去找他们打过架，西出玉门关，当夜就宿在龙门客栈。画面上的一间小屋里，一灯如豆，他握着春雨剑在床上沉睡。沙漠中东风劲吹的春夜，清亮的灯光涂在他俊秀的脸庞上，那时候，他有多么好的青春，多么好的年华。"那天晚上我去看过你。"风七娘幽幽道。那时候，她还是一个十八九岁的少女，这个像风一样，偶尔路过的青年，让她怦然心动，她由暗道里悄悄走进他的房间，看着未灭的灯光下，他沉睡的脸。那张脸上，好像停驻着关内三月的春风。她痴痴地看了许久，觉得她的一生即将与这个青年不可思议地连在一起。她回到大堂上，请她的父亲，沙漠之王风天狼不要杀这个年轻人。风天狼惊奇地看着她。袁安自是不知道这突然停止的死神的脚步，自然也不知道，这无端中生发的少女的迷恋。第二天早上，他打马上路，去沙漠中寻觅十八连云骑。风七娘在他身后派出了龙门客栈的探子，从此，收集这个年轻人的江湖消息，成为龙门客栈新一任主人热衷的消遣。"他替我在玉门关内的江湖上活着，"有时候风七娘会痴痴地想，"只是这一切，他全不知道。"

再一幅画，画的是君山之上，朝霞如同遍地开放的石榴花。袁安同一个少女在君山脚下，在洞庭湖中的磊磊巨石间打斗。那个少女名叫葛晴，她带着江湖上有名的荣兰帖由桃源中来。他的春雨万剑输给了葛晴的"桃花劲气"，只好依约前往桃源。他不敢去回想桃花源中如梦境内一般甜美的岁月，他几乎喝光了那个疯疯癫癫的老头儿葛石藏下的苞谷酒。"你为什么要离开桃花源，为什么要离开葛晴呢？"风七娘问道。洞天福地，神仙眷侣啊，那时候风七娘想，也许春雨万剑已找到了他的归宿，有的人为达成自己的心愿，在剑影刀光中拼杀了一辈子，到头来不过是竹篮打水一场空，这个袁安，却由荣兰帖上得到了好运气，能早早地由碌碌的江湖里跳出来。他为什么又驾舟离开了桃源？她在龙门客栈听到消息，曾百思不得其解。袁安沉默半晌，答道："我无法忘记崇宁山，也无法忘记桃花源，但对当年的袁安来讲，崇宁山与桃花源都还不够。"风七娘道："江湖也许本来就是小的，由龙门客栈到金竹寺，骑上快马，不过是十来日的脚程，我却在这上面，消磨了十余年的光阴。"袁安低声道："我很早就听说过风七娘，龙门客栈的女主人，是江湖中最美的女子中的一个。"风七娘笑了，笑容中已有沧桑之意，她低声道："再美，也不如桃花源中的葛晴，这个我知道的。"

再一幅，画出的却是太湖之畔的未央园。绵绵白雪中梅花怒放，梅林之中的小阁，火盆之中木炭闪着红光，桌上温过的绍酒蒸腾着热气。席上的三个人，是袁安、未央生与未央生的夫人商玲珑。"金竹寺前一任的住持，就是商玲珑。你还戴着她的碧玉扳指。"风七娘道。袁安看见风七娘素白的手指上，也戴有同样一件碧玉扳指。这差不多就是住持金竹寺的信物吧，它曾帮袁安打开通向金竹寺的迷宫一般的道路。未央生厌倦了江湖上杀人放火之后，与商玲珑结缡隐居。袁安为逃避薛不离的追缉，避入未央生的园林。未央生像从前爱喝酒、爱杀人一样，爱上了他的夫人，与他经营了十余年的庭园。他不愿招惹那大招神捕，只好将袁安送走。他愧疚难安，托商玲珑向袁安致歉。风七娘道："未央生五年以前，

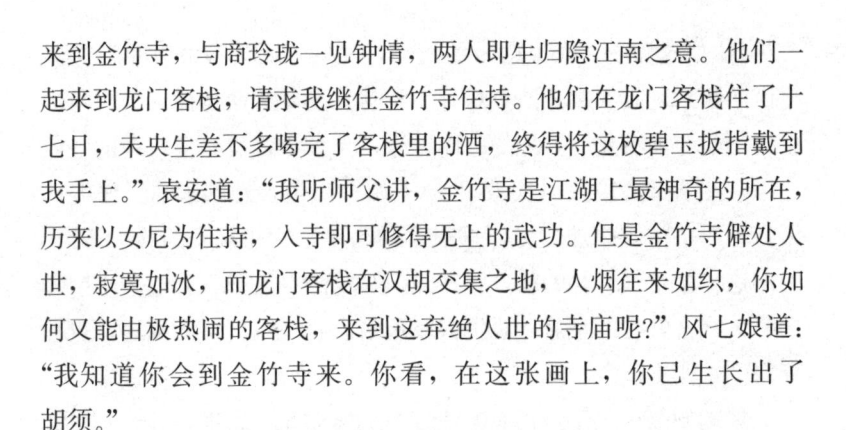

来到金竹寺，与商玲珑一见钟情，两人即生归隐江南之意。他们一起来到龙门客栈，请求我继任金竹寺住持。他们在龙门客栈住了十七日，未央生差不多喝完了客栈里的酒，终得将这枚碧玉扳指戴到我手上。"袁安道："我听师父讲，金竹寺是江湖上最神奇的所在，历来以女尼为住持，入寺即可修得无上的武功。但是金竹寺僻处人世，寂寞如冰，而龙门客栈在汉胡交集之地，人烟往来如织，你如何又能由极热闹的客栈，来到这弃绝人世的寺庙呢？"风七娘道："我知道你会到金竹寺来。你看，在这张画上，你已生长出了胡须。"

一共有十来幅画，最后一幅，正是袁安前日的渡淮之战。草草地已勾出了轮廓，却还未来得及画完。雪地之上，薛不离与袁安比拼内力的场面，已隐隐可见。风七娘道："这是你出江湖以来最凶险的一战。我得到消息后，都觉得春雨万剑袁安恐怕就要在此役中死去了。我没有办法去帮你渡过淮河，将你接入金竹寺，金竹寺的住持，虽然说是武功天下无敌，却没有办法出寺门一步。唐秀姑在危难之际，帮了你，也帮了她自己，说不定以后我会请她来住持金竹寺呢。"

此时已届子夜，殿外风声大作，吹入殿中。烛光中浮现出风七娘与袁安的脸孔。荒凉的来自宇宙的风，仿佛一瞬间，已在这两张曾经生气勃勃的脸上刻下了细密的皱纹。他们好像就是在这一刹那，由鲜衣怒马的青年变成了风霜初度的中年人。袁安看毕三十余年来他在人世的种种经历，心中感慨。如果他不来金竹寺，风七娘会继续将他的生活绘入这一间空荡荡的房间的四壁吧，直到他慢慢成为秋水老人一样的老头子，在某年某月某日某地的一张床榻上咽下最后一口气，或者这个床榻都是没有的，江湖上的游侠，有几个是死在床上的呢？

"浮生如梦，道路多歧。每一个人在现世却只有一场梦能做。七娘是江湖上的矫矫奇女子，其实大可不必在我的身上，耗费如此多的心神。"袁安觉得又是惶惑又是不解，他怔怔地盯着眼前又陌生又觉得亲近的女人。

"比如这深夜,有人由梦中醒来,又转入另外一场梦里。佛经上讲的因果,其实也是浩渺难寻。我与你无非是命运播弄的两粒尘土,十余年前有龙门客栈的一面之缘,十余年之后有金竹寺的一夜之缘,然后又会被大风吹散。"风七娘幽幽道,她的眼睛慢慢湿润了,她一手举着蜡烛,另外一只手伸出来,抚在袁安的脸上,"十余年这一张生气勃勃的脸,我在龙门客栈的春夜里看到过。十余年之后,在金竹寺的凛凛秋风中得以重睹。我一点可笑的痴念,也总算得到了安慰。"

风七娘另一只手,没有办法令烛焰挺立在大风里,烛光左右倾倒,倏忽灭掉。功德殿陷入一片黑暗,窗外透进的星月之光,却令黑暗变得透明起来。她其实比当年袁安在龙门客栈,见到的穿着杏黄色长衣的令人惊艳的那个小姑娘更加美丽。袁安握住她在他脸上抚弄的小手,轻轻将她拉入怀抱里。她黑袍下冰凉而僵直的身体,慢慢变得柔软而温暖起来,在他的怀抱里,宛转地契合着。他们彼此陌生的身体经过十余年的期待,现在,在这个黑暗的宫殿里,遇合到一起来了。袁安由风七娘尚未剪去的黑发中,看到了天外的星辰,那些在柔软的黑暗中的星辰,永恒不变。此刻,他的心,也是柔软的,黑暗的。

5

凉风浩浩,往还不息,令人骨头都变得清凉。风七娘在袁安耳边道:"夜还长着呢,我们歇一会儿吧。"她的气息暖暖的,话语中有羞怯之意,令袁安心旌摇荡。

风七娘离开袁安怀抱,由墙上取下第一幅图画,扭动画下的开关。只听"扎扎"几声。功德殿中空地的中央,缓缓露出一个一丈方圆的洞口来。风七娘拉起一脸惊讶的袁安,笑道:"金竹寺本来就是藏下了许多秘密的地方,不值得鼎鼎大名的春雨剑客大惊小怪。我们下到地宫去。"

风七娘伸指逼出内劲,重新点起手上的蜡烛,沿着木梯,领袁安攀援而下。木梯上上下下有三四丈长，一直深入地底，传说中的天梯就是这个样子吧。终于来到地底平地，风四娘扭动梯边机关，梯顶的洞口又扎扎合上。眼前是一条方形的一人来高的通道。平直地伸向前方。风四娘一边向前，一边举手将插在通道两边的蜡烛点亮，每一盏蜡烛后面，都是一扇紧闭的门。袁安想起来，眼前的样子，正是像龙门客栈住满了客人的客房前面的长廊一样。难不成，风七娘将她的龙门客栈搬到金竹寺，搬到幽深的灯烛煌煌的地宫之中？

"你看这门上的名字。"风七娘在一扇门边停下脚步，将蜡烛举在门边。门上赫然写着：少林寺空禅。

袁安吓了一跳。空禅上人住持少林寺，已经是五十多年前的事。他十几年前去访少林，与当今的住持白石讲论，谈到前任的大师中，白石对空禅推崇备至，空禅师武学方面的修为令人叹为观止，他练习《易筋经》，已经令身体上的穴位与经脉近乎消失，"处处皆经脉，处处无经脉"，浑然之气沛然一身，正是《易筋经》的最高境界。空禅大师的佛学研习深湛，四大皆空，清净法身，已经是人世上的生佛了。莫非这空禅上人没有坐化在少林寺的塔林中，而是来到了金竹寺里？

袁安疑惑地看着风七娘，七娘脸上有微微的笑意。袁安沉思片刻，抬手推开房门。风七娘手上的烛光将房内照亮。一床，一榻，一几，地上铺着蔺草席。床上被褥齐整，榻前还有一双芒鞋。一串檀木念珠挂在床帐之上。好像房内的高僧此刻已出门访问故人，他不久就会回来。

两人来到几案前，案上平铺生宣，上面写下了字，仔细看去，是一首诗：

昔在嵩山里，念经如鸣蝉。
今投金竹寺，赴死如遗蜕。

诗笺上已积泊了一层薄薄的灰尘。风七娘道："空禅上人生前在这里小住过两日，已经坐化，这是他留下的偈子。"

两人默默地退出来，掩上门，继续向前走。只见两边门上，写着"峨眉夕颜师太"、"武当壑舟道长"、"武夷清莲师太"等等名号。袁安还看到了"太阳教雷担当"，雷担当曾是太阳魔教的教主，风云一时的人物，临老不知所终，有人传言是在床榻间为妻妾所害，想不到也曾来过此处地宫，现在多半也不在人世了吧。

师父，秋水老人，也一定来过这里，前面应有一个他的房间。袁安心里一动，顿时狂跳起来。

不久便看到了一扇杉木门，上面写着"崇宁山秋水老人"。其实也应是一个空荡荡的房间吧，秋水老人也应由这里起身，走了。但是袁安的心跳却无法停止下来。十几年的相聚，父子一般的亲情，十几年间再没有听过师父的教诲，自小师父处处帮他解开人生的谜团，而今，他经过漫长的江湖的岁月，却陷入更深的人生的迷雾里。为什么要活在江湖上？以后又会怎样？师父也没有办法回答吧。小时候觉得师父近乎于无所不知的神仙，现在想来，他也应有自己的苦闷，不然，他也不会来到这个金竹寺，住进这神秘的地下的屋舍里冥思。他的苦闷是什么呢？为什么我从前从来没有想过？

风七娘推开门，引袁安进来。空荡荡的房间里，忽然有了一阵声响。两人吓了一跳，只见床前的榻上，摇摇晃晃地站起来一条狗。清欢！它认出了袁安，却没有办法再像从前那样，跳过来咬他的衣角，摇着尾巴好像要折出一朵花。它老了，老了，二十几年的岁月对它来讲，比近一百年的岁月对秋水老人，更加漫长而不胜其烦。袁安走到榻前，抚着清欢瘦硬多皱的身体，清欢皮毛下面剧烈地抖动着，喉咙里发出呜咽。袁安热泪盈眶。

"我忘了告诉你，你的这位老朋友还活着，它最喜欢吃我由崇宁山弄来的枣子。"风七娘道，她与袁安一起，将手放在清欢的身上。

秋水老人却走了。他弃下了袁安，也弃下了清欢。炕桌上放着一把长剑，裹入一堆灰尘中。这是秋水老人的秋水剑，几十年来江湖上的第一剑。虽说是剑，却不过是木头做的。小时候，袁安与未央生常将门前的那棵大枣树下生出的小枣树折断,削成剑玩。秋水老人也由这些木剑中挑走了一把,来做他的兵器。袁安认出尘埃中的剑,正是他小时候削出的无数木剑中的一把。其时秋水老人除了偶尔用它来行走江湖,更多的时候,是在教习他们练剑与读书时,用来打手心与屁股。未央生特别调皮,所以最恨这把将他打成猴子屁股的木剑。

"走吧,我带你去看一看我的房间。"风七娘拉起黯然神伤的袁安。袁安俯下身,想将清欢抱到怀里带走。清欢却固执地向后退缩着。"它以为秋水先生还会回来,它要在这里等着。"风七娘道。

两人举着蜡烛来到廊上。烛光惊散了长廊中的黑暗,藏在黑暗之中的,是漫长的江湖的历程。那么多声名显赫的人,由人间消失,来到这里。江湖上的新人生长起来,令他们的名字由江湖中隐去,好像变得遥远而巨大的星辰。现在他们的姓名一个一个由门上读出来,令人感慨不已。

"我每天晚上都会走过这里,回我的房间睡觉。"风七娘道,"有一段时间,我想在每一个房间门口都贴上那些曾在此住过的客人的画像。你知道,我画得不错。我又想,这样也许会让人觉得更害怕,也就算了。"

"会常常有人,像我与我师父那样,来金竹寺里打扰你吧。"袁安道。

"我住持金竹寺后,也只接待过你师父与你,还有清欢,毕竟能来金竹寺的人,是很少的。这里的许多房间,都还是空的。从来没有人住过。"风七娘道。烛光里,她的笑容显得飘忽而妩媚。

风七娘的房间在长廊尽头,房门正对着纵深的长廊。站在门前,风七娘手中的蜡烛就灭掉了。她与袁安一下子就陷入长廊里无比深广的黑暗。冰凉的黑暗中,袁安觉得风七娘的身体,实在,温暖,是他在虚无的世界的出路。

黑暗中,风七娘打开门,将袁安拉进来,将门掩好,伸出手,在墙上扭动开关,只听屋顶上传来扎扎的响声,袁安抬头看着,发现屋顶正一寸一寸地消失,在越来越大的缝隙里,露出了深蓝色的星月映照的夜空。最后，屋顶完全消失掉了，小屋被掀去屋顶后，像一个空荡荡的四方形地穴，嵌在黑暗的大地中央，上面群星闪耀。

"露水会落到我们身上的，要是下雪，下雨，会更麻烦。"袁安笑道。

"没事，其实上面还有一层厚厚的透明琉璃屋顶。只是晚上你看不出来罢了。当然，琉璃屋顶也是可用机关挪开的，这里并不是牢房。"风七娘解释道，"长廊里每一个房间都盖有琉璃的屋顶，白天的时候，可以扭动机关，让外面的阳光照进来。不然的话，那些老头子老太太呆在这些没有窗子的房间里，闷都要闷死了。"

"当初盖这个金竹寺的人，倒是花了不少心思。"

"是啊，我刚来的时候，也觉得住在这样的小屋子里挺好玩的，晚上就睡在星星与月亮下面，好像连上面树林里吹过的风都听得见。有时候树林里面的狼、野猪、鹿、雉鸡三三两两地跑过来，站在屋顶上，低头往屋子里看看，心里奇怪得要命，嘴巴里呼哧呼哧喘着气，在玻璃上凝上一层雾气。遇上下雪天，屋顶上堆着几尺厚的雪，人好像是生活在雪下面的地洞里，那时候你师父还在，就请他过来，一起在雪下面用小炉子，将取来的雪团化水煮开，煎茶喝，也很有意思。"

"我也要留在这里，等冬天来的时候，在雪下与你一起喝茶。"袁安笑道。

"好啊，希望你不要像你师父那样饶舌就好，你看我耳朵里的茧，还没有消去呢。"风七娘真的将小指放在耳朵里，好像真要去摸摸那秋水老人的闲话磨出来的茧一样。

"我没有看到写着我的名字的房间啊？你没有为我安排，我就住在你这里好啦。"袁安调笑道。

"好。"风七娘低低地答道。借着淡淡的星月之辉，袁安看得见，她脸上已涌上了胭脂一样淡红的颜色。

当夜袁安与风七娘一起宿于此间星光辉映的地穴一般的小屋内。子夜时分，更深夜寒，圆月下垂，变作红铜之色。头顶的大

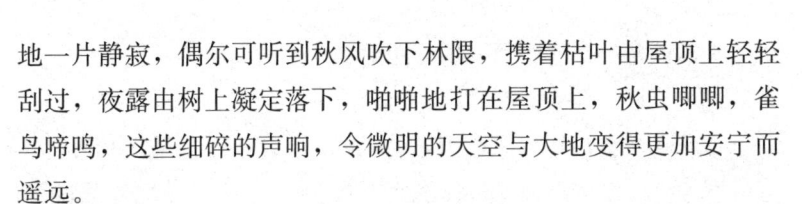

地一片静寂，偶尔可听到秋风吹下林隈，携着枯叶由屋顶上轻轻刮过，夜露由树上凝定落下，啪啪地打在屋顶上，秋虫唧唧，雀鸟啼鸣，这些细碎的声响，令微明的天空与大地变得更加安宁而遥远。

如此良夜，美人在怀。她就像天上的一颗星星，十余年来钟情于他，对他关爱有加，他却从不知晓，他在江湖上逐弄风尘，她在龙门客栈，在金竹寺里，像梦境一样将他迷恋。在那些江湖夜雨十年灯的孤寂夜晚，他未曾想过，他孤寂地活在她的关爱里，就像他孤寂地躺在星空下面，不知道天上，有一颗星，闪耀，是想令他在梦里欢喜。

现在他们在被下轻怜密爱。春到人间花弄色，人间恩爱未可期。她觉得她风一般空洞的身体，变得柔韧而有力量，由这柔韧的身体里，涌现出来不可思议的欢乐，好像温暖而湿润的春风，由头顶上的北斗七星中怡然吹来，将她如落叶一般幽寂的生命一下子吹绿了。

被子由他们的身上滑下来，露出她漆黑的头发，已微微潮红的白瓷一般的腰身，她修长的腿，她娇小的赤足。这由龙门客栈来的美女，依旧美貌如昔，令人惊叹造物之完美。她宛转的呻吟像她的头发一样，将他缠绕。漫长的夜，好像没有尽头，要是真的没有尽头，那该有多好。

他千里迢迢，由种种凶暴的追杀中脱身出来，来到金竹寺，也许就是要与风七娘在这秋夜星光下的小屋里相见。他们热烈的喘息、温烫的肌肤，令满天的星月、水一样清凉的夜色，也觉得温暖。

6

两人醒来，已到黎明时分。由玻璃屋顶上，可看到天上霞光如沸。鸟鸣声声，由上面瀑布般泻下来，令人心中喜悦。

"再不起来，阳光就要照到你的屁股上了。"袁安对风七娘道，她卧在深蓝色的被褥中间，娇艳而慵懒，青丝草草，肌肤胜雪，映在霞光里，还未及穿上衣裙。

起床，洗漱已毕。风七娘扭动机关，将屋顶上的琉璃移开，两人一跃而上，来到地面。晨风飘飘以吹衣，令人心神一清，阳光如万道金箭，由周围的树林中射入。原来，地下之宫的出口，是在一片苍郁辽阔的树林之中。

白露离离的林间小道，通向一片新月一样的小湖。风七娘领着袁安来到湖边。湖上映着霞光，不时有鲫鱼鲤鱼泼刺刺跳起来。湖被围在粗壮的大树之中，形状像一只葫芦，但最近湖水的，却是一排竹子。深秋时节，树木凋伤，树叶如同跳动的火焰。但这排竹子，依旧青翠逼人，每一根都有合抱粗细，亭亭上立，逾越树巅，直达云霄。

"之所以被称为金竹寺，就是因为种在这里的几百棵竹子。这些竹子的竹节上，套着一圈金色的纹路。"风七娘道。袁安放眼看去，果然每一棵翠竹，都好像圈在无数金圈里。

"你去摸一摸这些竹子，就会了解金竹寺的秘密。"风七娘道。

竹节清凉，濡满了清露。袁安将手贴上去，不由大吃一惊。由竹身之内，传出一股内劲，竟将他毫无戒备的手弹开了。难道这竹子里隐下了武功卓异的高手吗？袁安运起春雨内劲，将手掌重新贴了上去。他感到他的手，好像是贴在另外一个武林豪客的手掌上，那个人的内力修为，出乎意外的深远，竟是丝毫不弱于自己。袁安凝神细察，掌上传来的内力绵长清峻，阴柔挺拔，似为女子修习，应是峨眉派女尼修炼的"金顶积雪"内劲的路子。难道这一根竹子，也要算作是峨眉派的高手吗？袁安惊骇莫名。

他将手又贴上了另外一根竹子。与少林寺金刚真气相仿佛的内劲在袁安的激发下，如潮水一样涌出来，内力之强，刚勇暴烈，袁安已无法阻拦，只好撤掌后退。一边风七娘拂动袍袖，帮他在竹边稍稍立定。这一试，令他心中烦闷，经脉翻腾。只有空禅上人这样的大师，才能修成这样的金刚真气。难道这棵竹子竟是空禅上人的化身吗？袁安不信鬼神之说，此刻也是惟恍惟惚，疑窦丛生。

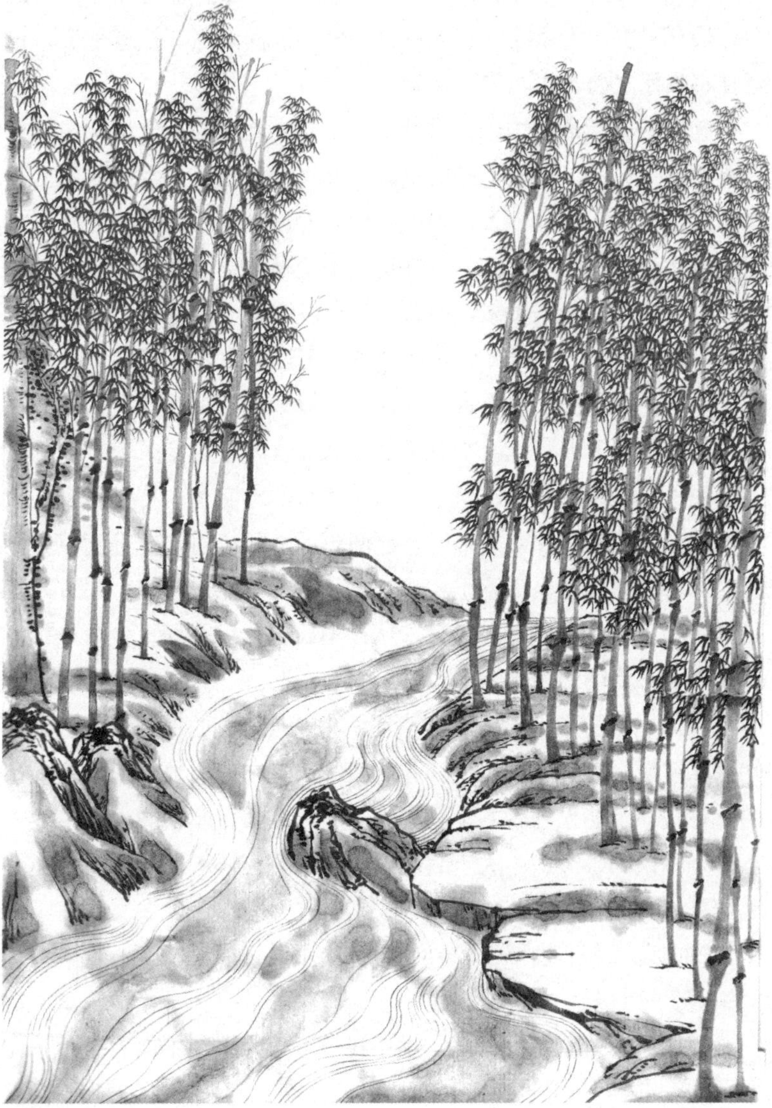

风七娘立在湖畔的淡淡水雾中,转头对袁安道:"金竹寺是江湖之上,惟一能令武功永远留传的地方。这些金竹可汲取并涵养人的内力,侠客的血肉之躯即便消失,他的一身修为也可注入金竹之中,长存下去。大家在江湖上奋进一生,日夜修炼,技进乎道,谁能甘心临死之前,将之带入黄泉。"

湖滨的雾渐渐转浓,让竹林与树木隐入乳白的雾气里,白雾侵上风七娘的头发,濡湿了她的青丝。万物皆是剑,一生练成气。秋水老人曾对袁安讲过。人来到这个世界上,以弱不足道的自身与世间的无常对抗,练习武功,也算是一条途径吧。侠客们在短促的一生中,日增月益,到头来,能取得一点成绩的,像空禅上人这样的名侠,少之又少,千万人中凤毛麟角。可以舍去官场宦情,金钱美人,世上种种名利,但要舍去存在于身体里的完美武功,通达如秋水老人,空禅上人,也会心有不甘,对金竹寺考量良久吧。他们在生命中最后的时刻来到这里,入住在地宫的斗室里,将自己镶嵌成宇宙的星埃。待到死亡来临时,他们步入林间小道,走进葫芦小湖边的翠竹林中,独坐幽篁里,弹琴复长啸,林深人不知,明月来相照,将一身的修为移出来,移入这万年长青的竹子里。生命虽然如蝉蜕脱去,武功却活泼泼地留了下来。

在风七娘的指点下,袁安找到秋水老人培植的那棵金竹,它枝叶青翠欲滴,已沉入小湖里涌起的缥缈白雾中。由竹子里反弹而出的,正是秋水老人练就的无涯真气,醇和绵长,厚德载物,生生不息。小时候,崇宁山中大雪封山,寒冷如铁。秋水老人有时就运起无涯真气为袁安御寒。

"你师父的墓就在湖那边的树林里。那边是名侠们的墓园。"风七娘道。

袁安没有去看师父的墓。他手抚着青竹,眼泪不由自主地涌出来。这个世界上,最关心他的一位长者,已经确信不在人间。师父的去世,让袁安离死亡更近一步。师父的武功可以借助金竹永生,他的身体,却还是要变作林间黑土下的灰尘。

"留在金竹寺吧,等我们老了,也来这里变作两棵湖边的竹子。

在这片竹林里，其实可以向这些前辈学习，练出世上罕见的武功，不过你袁安的武术，本来就已经是世上罕见的。"风七娘道，"金竹寺里藏下了太多的真气，差不多将世上通往金竹寺的道路都遮蔽了，只有很少的一些人，才能找到来金竹寺的路。金竹寺的住持身怀难以置信的武功，一般的人误打误撞进来，也未必能讨得好去。"

"金竹寺并没有解决问题，我师父最后一定也是失望的。不然，他一定会将清欢带走的。"袁安道。

"如果你觉得金竹寺太寂寞，我们也可以回到江湖上去，就像商玲珑与未央生一样，去浮生中寻找乐趣。死亡离我们还有很远。龙门客栈还在，客栈里人来人往，无问西东。"风七娘道。

"想一想，想一想。金竹寺出现在我们人生的中途，就像你住过的龙门客栈，我们可以由这里出发，也可以回到这里。还有时间，让我们去想，去做出决定。"袁安喃喃道。

白雾隐去了清秋澄澈的早晨，将金竹寺一片壮美的林樾也隐入其中。这是人生中途一定会遇到的白雾，也许等到白雾散去的时候，他们就会醒悟过来，将他们的未来，他们的生命，像他们的剑一样，紧紧地握在手中。

第一回　虬髯还珠双垂泪

地球上有一个国家，叫大宋。大宋有一个城，名叫云梦。与当日汴梁、杭州、扬州这样的繁华都市比较，它只是洞庭湖下，云梦泽地，毫不打眼的一座小县城罢了。云梦知县周丰年以下十万士绅庶民，除掉妇孺老弱，倒有三四万青壮，以匠作营造为业。所以人家讲：无云不修楼，无梦不起屋。

花朝节后，年关尽了。天气一天天地回暖，雪停，霜销，燕归来，抬完了故事，闹完了社火，舞罢了龙灯，孩子们上学堂，女人们去养蚕，老头子们牵牛开犁，男人们呢，就要放到五湖四海，做瓦匠的做瓦匠，做泥匠的做泥匠，做漆匠的做漆匠，做木匠的做木匠，做粉刷匠的，做粉刷匠。最好的，被挑去汴梁城，为太后修寝宫，第二等的，闯东北，为金人盖后京，第三等的，由福建湄州湾乘船，在妈祖佑护下去南洋，为生番盖菩萨庙宇。这第四等的人，要么是年纪渐老，要么是尚且稚弱，要么是贪恋堂客的热被窝的青年，误过了汉江里的大船，只好留在县城里，拎着泥刀灰桶，大清早就去蹲在街上，由本县或德安府里来的人，挑去修葺房屋。这一群家伙，本地人将之叫做"打兔子"。

这天，朝暾初起，露水如麻，柳叶如眉，在县衙门前的翠柳街上,"兔子"成堆的地方,来了一位虬髯大汉,他脸重如枣,双眼如豆,一身破衣烂鞋倒也罢了,背上却背着沉沉的包袱,一看,就知道是一个异乡客。来招徕工匠造屋?他可没一点财主的样子。来拜师学艺?他这个年纪,已是朽木不可雕。河边郑村的老郑,对匡埠的老匡讲:"我猜啊,这个家伙八成是去找丐帮的牛沧海,他这个样子,只配做乞丐。"老匡说:"你看他一脸王八的晦气样子,说不定是去倒插门,床上功夫不济,惹人家老寡妇生厌,又被赶了出来,你说得对,除了找牛沧海讨碗饭吃,我看他,也没得正经活路了。"

没想到,这黑汉,却在县衙门前的大柳树下,人堆里面,立了下来,将背上的包袱往身前一甩、一顿,支睁起芝麻绿豆眼,气沉丹田,吐出一口的酒气,那酒气里,硬邦邦地蹦出三个字:"招工匠!"老郑老匡一干"兔子"狐疑不定,将他围成一圈。那黑大汉又将包袱一顿,吐出那三个字:"招,工匠!"

老匡走上前来,却被黑大汉发现是瞎掉一只眼睛的独眼龙,就是那一只独眼里面,此刻也填入鄙夷与不信:"我的这帮兄弟,老郑是方圆一百里,最好的木匠,你别看他瘸着一条腿,那是他年轻的时候进大别山找木头被雪冻的,汪自力这孩子年纪小,上个月还偎在他娘的怀里嗍奶水,但留在云梦县的粉刷匠,没有一个敢说糊墙超过他的。我老匡占这一只独眼的便宜,我砌的墙,要是歪去了一个毫厘,我就用泥刀将这只还能用的眼睛撬出来喂狗子!所以我说你这个黑兄弟,云梦县的工匠有的是,今天他娘的睡了棺材,明天又母猪一样下下来一窝子,你要领去干活,没得说,拿白花花的银子来!不然就莫在这里过嘴瘾,一看就是穷了八辈子的苦命,你修房子?盖一个毛厕,自己去糊吧你!"

果然是越独越毒,老匡在大半辈子的砌墙生涯里,已经将一张嘴由泥刀练得像刮刀,将那黑大汉的脸臊得酱猪肝也似。黑大汉弯下腰去,将那包袱解开来,招呼老匡老郑,还有那个一头黄卷毛的汪自力来看。那包袱里,没得白花花的银子,却是数十上百光溜溜、白莹莹、圆滚滚,鸽子蛋大小的珠子。

黑大汉抬起头来，一对黄豆小眼扫过众人，说："我要十八个人，老匡你，加上你讲的老郑汪自力，我都要。由清明到冬至，大半年里，跟我去盖房子，你们盖得好，银子我没有，但这夜明珠有的是。就这一个夜明珠，老匡我跟你讲，能让你老婆裹着缎子狗皮，与你做地主员外过一辈子，你撑着棺材蹬腿儿，两手一抓，你的棺材会是七寸厚的柏木板子。"

　　听这声口，黑大汉也不是吃素的，老郑插嘴道："大别山几百里，已找不到能解七寸厚棺材的松柏树了，这黑小子是哄你，老匡，我看这个夜明珠，分明就是搓出来的鱼丸子，他消遣我们呢。"

　　围上来的工匠听到最老成的老郑这么讲，一时就要散开，继续去晒太阳逗土狗去。那黑大汉拦住汪自力，说："小子，你讲，你这云梦县里，最有见识的女人是谁？你去将她找来。"汪自力说："这个自然是我妈，只是她昨天跟村里的一群老娘们跑武当山烧香去了，第二个我想应是知县娘子吧，听说她管周知县，就像我妈管我，那周知县已经快一个月没能进到知县娘子房里去了。"

　　黑大汉问那汪自力："人家知县家里的事，你一个破孩子，哪里就晓得了？"汪自力道："知县老爷进不了房，就天天在街上抓人去衙门里打屁股，这条街上的人谁不知道，你还在这里拿着鱼丸子忽悠云梦县的好百姓，我就去打那个沉冤鼓举报你，让掌刑的老孙捉你去打屁股给周知县消愁解闷。"黑大汉说："小子你就不要提这第二名的知县太太了，你讲第三。"汪自力说："这第三名应是丐帮帮主牛沧海的老婆柳青，我们都叫她七七嫂子，她随牛帮主闯荡江湖，去过不少地方，这两年又回到云梦县，她的七十二路绣花针法，据说比那个东方不败还好，你这鱼丸子，一定瞒不过她的眼睛。"黑大汉眼睛一亮，由口袋里掏出一个珠子，塞到汪自力的手里说："小子你去将这个给你七七嫂子看一看，要真是鱼丸子，你就将我弄去老孙师傅那里打屁股。"

　　汪自力用两个手指头捏着珠子，领命飞奔而去。只一盏茶的功夫，又跑了回来，回来的时候，已是双手合在胸口，将那珠子亲娘一样搂在怀里，他身后也匆匆走来两个人，老郑老匡诸位都认得，正是英俊的丐帮云梦分舵舵主牛沧海与他的第一夫人，江湖上人称云梦织女的女侠柳七七。

那女侠明眸皓齿，一身清俊的打扮，头发却未见梳好，见到黑大汉，抱怨道："你这个黑大个，你来云梦县招工，不跟我们家的大帮主打一声招呼，那也就算了，你弄散了芸姨的牌局，这个就真真该死了。我好容易将老赵与芸姨弄过来打麻将，才打了一个风不到，我停牌去赢杠上开的清一色，单单等牛沧海那个幺鸡和牌，这混小子就举着劳什子珠子跑进来。"

云梦织女一席话如珠玉乱迸，却被一边老匡接过嘴去："七七嫂子你要找人凑角打麻将还不容易，我们兄弟有的是时间，不打兔子也就罢了，你看我老匡一只眼睛，放铳可是一放一个准！"匠人们闻听哄笑成一团。

大伙儿说笑不已，却见到那黑大汉喜极而泣，拎着一袋子宝珠儿，在翠柳街前的老柳树下号啕，眼泪由他的黄豆小眼里迸射出来，纵横在他胡须丛生的脸上，大伙儿聚集目光的一瞬，他已将一张黑脸弄得像汁水淋漓的酱肘子。牛沧海沉着脸，上前去拍着他的肩膀，安慰道："这位大哥，有话咱们慢慢说，你看你这脸色又黑又紫，就是喜怒无常，肝火交攻的结果。"黑大个却不纳大帮主的良谏，继续哭了一小炷香的时间，才消停下来，那哽住的喉头也自舒缓，能向牛沧海解释此事的来龙去脉。

"这珠子的确不是一般的夜明珠，皇帝去弄来，挂在宫里，当灯用。这每一颗珠子，都是洞庭湖里，那些水妖的修身珠。洞庭湖里的鱼虾、螺蛳、蚌壳、乌龟一类的水族，运气好，活过了一百岁，身体里面，就会长珠子，到五百岁，珠子才能长得有模有样，像我袋子里的这些就是。五百年后，要是将珠子弄丢了，就好比你们中间的财主丢了金子，官儿丢了印玺，姑娘丢了美貌，男人们丢了那活儿，麻烦就大了。"黑大个说着，却见牛沧海一众人的眼睛是越睁越大了。

"不瞒诸位，我就是洞庭湖里的一只老乌龟，我的修身珠还在肚子里，所以我能变成人的样子，来云梦县央各位去盖房子，我给

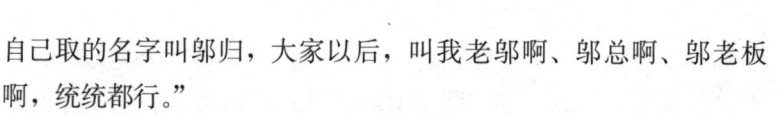

自己取的名字叫邬归,大家以后,叫我老邬啊、邬总啊、邬老板啊,统统都行。"

在刚刚被抚散的牌局上,赵文韶对牛沧海讲:"云梦县来了一位奇人啊,还未见得是人呢,沧海你去看看,他要拉人去修房子,你就跟着去,不光是见世面,就冲着这珠子,也值得去。"牛沧海惊疑地打量着眼前的奇人老邬,问道:"你是讲这珠子是妖怪们的修身珠,你一个一个将它们打死,然后将珠子剖出来,然后你来用它请我们去为你盖房子?你虽然除的是妖,但这种行径也够令人发指的,你这个老妖怪,快将这一袋珠子留下来夹屁而逃,不然我牛沧海的庖丁解牛刀可不是吃素的。"大伙转眼看去,果然看见牛帮主已将手伸向腰间那名震江湖的杀猪刀上。

这玉面帅哥的几句狠话却又将黑大个老邬的眼泪弄出来了:"小兄弟,你要跟我打架,我也不怕你,可是你不能这样讲我洞庭湖底的那些兄弟们,他们一心为着重新将龙宫盖起来,宁愿将几百年的修行破掉,重新风里来,水里去,做小鱼虾,也要献出珠子给我,来做修龙宫的本钱,他们讲,要是洞庭湖里没有龙宫,就是在那里再活一千年,修成了大罗金仙,也没得意思!"

老郑一瘸一拐地走上来,问老邬道:"你这乌龟兄的意思是,你要我们去修龙宫?我知道你是妖怪,有本领,可修龙宫这种事,不是好玩的,小心弄闪了舌头,你变哑王八了你。"

邬归点头称是:"我早听说,你们云梦县的工匠,什么都能盖起来,这龙宫可能是有一些麻烦,但说到底,也是盖房子啊,我这些珠子,可值钱,要是你们不愿意干,我说不得也只好去东京碰碰运气,想那天子脚下,百匠如云,自然有强过云梦县的。"

牛沧海呛的一声,又将杀猪刀插回刀鞘里,对那老郑老匠们讲道:"这老乌龟,是在激将我们呢,但云梦县的泥瓦匠岂是吃得下这瘪气的!大伙去吧,我也带几个乞丐头子跟大家一起去,我这一把杀猪刀,为你们保平安是其一,也不是不能当泥刀砌墙,至于我老婆,她要是务起正业,不是成天打架与整治老公,一手缝纫的本领,云梦街上也没得人比了,所以她去缝龙宫里那些帐子啊帘子啊，一定用得着。"邬归也点头称是，说人靠衣裳马靠鞍，龙宫里要是没得风一吹就一飘的帐帘有何趣味，本来就要召一个成衣匠去，现在这云梦织女愿意去，当然是更好了。一伙人既然接下了挑子，就以牛沧海做包工头儿，加上柳七七，老郑，老匡，汪自力，还有何砦的瓦匠何祥，魏家河的漆匠魏忠贤，梅家湾的木匠梅皓，一共七个人，然后由牛沧海找来十个丐帮的青壮小伙子，暂时放弃掉讨饭的生涯，接下洞庭老乌龟修龙宫的活儿，以一年为期，工钱就是这老家伙背上的一袋子夜明珠，一共一百颗。大家说好就一哄而散，回家告爹妈的告爹妈，与老婆商量的与老婆商量，虽说给妖精打工，听起来有一些吓人，但有牛沧海与柳七七这样的好汉去护驾，又有赵文韶所称的无价的宝珠得赚，那老妈老婆们也就将汉子们的危难丢到了一边，欢天喜地，扎括行李，清理衣裳，铜盆雨伞扣在被子外面，又去洗锅烧灶，炕出饼子来一路做干粮，又有何祥梅皓这样的青年工匠要关上门与堂客话别的，也由不得邬归急急如热锅上的蚂蚁，在县衙门前的柳阴里甩着珠袋转来转去，只到午后，才聚齐上述十七八人，出城上路。

一行人撞州过县，正是花红柳绿的时节，路上看不尽德安府、岳阳府荞麦青青、山妍水秀的好风光。这一日，洞庭老怪邬归领着云梦县的工匠们来到洞庭湖边，暖日微风里，好一片无边无涯的洞庭春水，本朝名臣范仲淹《岳阳楼记》里赞道："衔远山，吞长江，浩浩汤汤，横无际涯，朝晖夕阴，气象万千。"老范写此雄文也不过是几十年的光景，邬归牛沧海等一干粗汉哪里晓得，邬归也还罢了，直看得云梦十七汉目瞪口呆，心里想："乖乖，我听由湄州出海的人讲，海是没得边的，这个洞庭湖，莫非就是海。"又想到就是在这没得边的湖里修龙宫，又觉得不妙，大家伙都是口鼻出气的俗人儿，那牛沧海与柳七七会弄一点把势，但也不至于可以捂着鼻子扎到水底里去修房子吧。

老匡嘿嘿笑道："老邬啊老邬，你也莫装神弄鬼了，我看你就是湖中间那君山岛上的老强盗，你们要在上面修贼窝，取了个好听的名叫龙宫，你怕我们县周知县捉你去砍头，所以背着劳什子珠

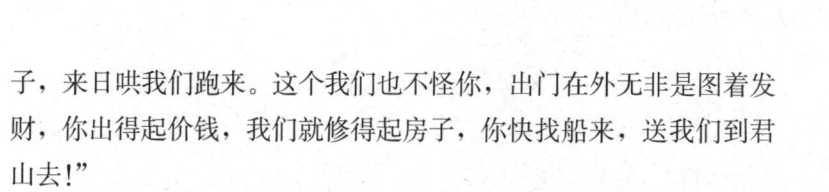

子，来日哄我们跑来。这个我们也不怪你，出门在外无非是图着发财，你出得起价钱，我们就修得起房子，你快找船来，送我们到君山去！"

汪自力也跟着讲："你要我们去湖底修龙宫，除非你去将你那些要来住的龙叫来，将这洞庭湖吸干掉，我们才能去扒去老泥巴立地脚盖房子啊。"

乞丐们都跟着牛沧海在湖边青草丛里搔着脑壳，附和那两个人尖子道："是啊，是啊，除非你舀干掉洞庭湖，不然修你个龟儿子的龙宫。"

这一回邬归倒是胸有成竹，将手伸进背后那个袋子里，摸出十几个珠子来，一一分发给众人说："这些修身珠，你们吞下去，死不了的，你们人都在嘴边长着鳃，只是爷娘养下来后塞住了，这个珠子可帮你找到鳃。在水里，也可帮你们来来去去，不冷也不热，不浮也不沉，跟在地上走没得两样。你们每人五个珠子做工钱，这一颗算老邬我白送。"他捏着夜明珠在那里卖弄，被上午的阳光照得闪闪发亮，大伙儿却面面相觑。牛沧海除了有一点怕柳七七，一向是天不怕地不怕，上前去接过珠子，觑了一眼七七，见她粉面无嗔，微露赞许之意，仰头咕咚一声吞下肚去，一个鱼跃，就往洞庭湖跳下去，半晌由几丈外的水面里露出头，一脸油光光的笑，朝着众人招手，柳七七看过去，只见牛沧海腮边双耳下，果然隆隆鼓起，像山里的猴子似的，她也接下邬归的夜明珠，只听咕咚咕咚十六响，扑通扑通十七声，一行人纷纷跳入洞庭湖里，激起一片春水。

第二回　红拂夜奔梦华录

明月照积雪，积雪塞京华。江南新春时节，北地却还在冰封的严冬里。三更天后，兵营、街巷、勾栏与大内深宫，都灭去了灯烛，空余正月灯节前的一轮明月，照出琉璃世界，仿佛是后人去看那张择端的《清明上河图》，被浸入水银之中。"西北有高楼，上与浮云齐",说的是汴梁城西紫金山上紫金塔。披雪裹银的紫金塔里,此刻却有一盏孤灯未眠,灯下持书夜读的,正是当朝太史令飞廉。

"报!"有兵丁敲门进来,递上书柬。

太史展开书信,笑道:"这李师师丢了百宝箱的钥匙,也要我来为她起一卦。"一边将名妓的香笺丢到熊熊炭火的铜盆里,一边由袖口里摸出三枚铜钱扔到几上,正好卜出一个"泽"卦的卦象,叫来那兵丁道:"你让那李师师着丫头去摸索一下她的马桶,八成那钥匙啊,是她小解时掉在里面。"

"报!"又来了一个兵丁,这回递上的纸条是明黄的短柬,年轻的皇帝爱用这个写情书来着。"这小皇帝又在发愁与哪个娘娘睡觉呢,"太史公叹了一口气,裹紧裘衣,推门来到紫金台的顶上,由那门紫铜望远镜上,去看周天星象,紫微星的旁边,到底是哪一颗可爱的岁星,闪烁出狐媚的光,在这样的光里,会孕育出新的小小的紫微星来。飞廉大人凝视片刻,飞身下楼,回到书房里,那兵丁一脸睡意站在哪里,竟还未摔进火盆里睡着。"你去对皇上讲,今晚他应召见宁妃,莫担心别的娘娘有意见,这大雪天,生娃天,生出的娃娃以后骑马过江,中兴天下,正是一代明君。"那兵丁将自己拍醒过来,记下飞廉的话,跑了。

"报。"这是今晚的第九个兵丁了。这一回,是来问飞廉大人的宵夜吃什么。"豆腐,煎豆腐,加上花生米,我说过一万遍了。"飞廉大人生气地说,忽然又摸了摸鼻子,对着书房上的横梁嗅了嗅,笑道:"好吧好吧,厨房的师傅总是怪我天天吃豆腐,不让他显摆手艺,今天晚上,让他焗烤洞庭湖小龙虾给我吃!"听得那兵丁倒是一脸惊疑:"大人啊,你一向以不啰唆下人出了名的,这冰天雪地的,你让孟师傅他哪里找得出洞庭湖小龙虾烤给你吃?"话还未完,就听"扑通"一声,由横梁上,跳下来一个年轻俏皮的女子,一身红衣像一堆火苗,落在书桌前的烛光里。兵丁心里想,原来飞廉大人雪夜空着肚子看书,还在梁上藏下了红袖招啊,可恨我在这里盘桓太久,扰了他老人家的清兴,我还是跑路吧,也不去想这洞庭小龙虾,一溜烟地走掉了。

那女子倒是一脸羞怯，向桌后的本朝太史公飞廉揖道："小女子是江汉之间，洞庭湖畔的民女，姓洪名珊，有一事特来叨扰大人。我大哥去岭南做生意十几年，积下了一些银子，他想在洞庭湖边修一个房子，他这个人，一向爱面子，想法总跟别人不一样，很想将房子修到洞庭湖里面去，他去云梦城找工匠，让小妹我来京城寻大人您，您一向体恤百姓，最好说话不过了，求太史公您赏一张营造图，我也好去向我那心急如焚的哥哥交差。"这洪珊一边讲，一边头埋得更低，好像被自己的声音吓到，更加的声如蚊蚋，羞不可抑。

飞廉道："我听说江汉间连年大雪，比往年阴冷，洞庭湖间出产的小龙虾，比以前都要来得更红。看起来这些家伙都讲得不错。自唐末惊变，洞庭湖龙宫毁圮成为废墟，已有百余年了，你们这些水族，存下这样的心思，复兴龙宫，也算是可恕。"

那洪珊见飞廉一眼就识出她的本相，是由邬归请出来的龙虾精，一时差一点就在灯下幻化成为原形，好容易由修身珠里汲来一段元神，鼓足勇气继续在灯下与这个男人讲话。

"你们知道的，一夜之间，地球上的龙，消失得一条不剩，鬼才晓得他们去了哪里，从前的风雪雷电，由他们管着，现在完全是由着金木水火聚集的性子乱来。他们临去前，将洞庭湖底的龙宫用巨浪与惊雷震碎，四十年前，我游历君山，还可在山下沙滩上，捡到水波推来的锯木与碎瓦。再去修龙宫，这个主意看起来很不错，但地球上一根龙毛都没有了，你们修起来干什么呢？我猜你们是想做你们这两个妖精的新房？"

这下，龙虾精洪珊的脸更是红得发出紫来了，辩解道："我与邬归情同兄妹，一起修道，没有私情的，飞廉大人你莫乱讲。邬归讲，洞庭湖底，虽然没有龙，但是在我们心里，要觉得有龙。而且，即便没有龙，我们也要去造出龙，所以，先得将龙宫重新建起来，这样大家就觉得活在洞庭湖里，有一些奔头。我觉得他是有一点发疯，但是这个听起来，还是很有道理的。我知道，我童年的时候，洞庭湖里是有龙的，有一次，我妈带我去看龙女出嫁，就是嫁去泾阳龙君二太子那一次,虽说不是什么美满的姻缘,却是铺天盖地的排场。"

飞廉大人的眼睛里,跳出一点点光芒来:"没有龙,也要造出龙?"他喃喃自语。

"而且,我还听说,最近,有一个名叫望舒的人,由柳毅井跳下去,得到了隐身术与胎息术,已经变成了龙。我们修道的人都知道,大家其实可以突破自己的身体,去达到另外的境界的,修成人已经是很难,修成龙当然是不太可能,但这个世界上,再难的事,终究也有人做到了啊,邬归与我讲,我们可以先去将望舒请来,让她住到龙宫里。慢慢地,世界上其他修行出来的龙,就可以汇聚到这片龙宫里。"

是啊,望舒,望舒,她已经变成了一条龙,在江湖里孤单地嬉戏,她也许应该,有自己的龙宫吧。飞廉大人在他的书房里踱着步,又走到窗边,去推开木窗看塔外积雪里的簌簌寒夜。好半天才回过头,对洪珊道:"你去客栈里歇息,等到明日上元的灯节,你再来紫金山取你们的龙宫图吧,我还得去找大匠作李诚大人仔细商议一下。"

洪珊脸上露出欢喜的神气,却没有像飞廉大人讲的那样去投奔客栈,还是依依站在桌前的灯光里。飞廉大人由窗边回过头来,皱着眉问:"龙虾精,你怎么还不走啊,上元节其实马上就要到了。"

洪珊红着脸讲:"我愿意留下来陪着飞廉大人画图纸,邬归大哥讲,为了龙宫,我们总得付出一些什么。"

原来这里面,还有一个美人计啊,一时倒将这飞廉大人弄得又羞又恼。这些生活在洞庭湖底的家伙,以为对世界了如指掌,却不知道,由过往客商的船底下,偷听到的话语,并不等于世界本身。他忍住羞恼,对龙虾精道:"你不愿到街上客栈,舍不得去花那几两银子吃住,也由得你在这紫金山里住下吧。没事你就去街上逛逛,只是小心灯节近了,小心被弄去龙船队里,做了现成的龙虾精。你要是担心,就上来看我的图纸,那邬归的想法,你也正好在一边告诉我,说到底,我们要画的龙宫,不是柳毅的,而是邬归的。"一边将那告退的贼老兵唤回来,领洪珊去安息,一边就觉得脑海里,那万千龙宫的形象已经环旋盘绕上来。望舒变成龙之后是什么样子呢?龙其实根本就没有样子吧?我还在想这些形体模样,与望舒的修为,已经是隔得太远了……这一夜,本朝太史公司马飞廉,在他飞雪扑盖的紫金塔里合眼睡去的时候,汴京城里,已经鸡鸣四野,一幅"雪霁上河图"就要展开。

接下来的一天,飞廉将那李诚请过来,与他一起关在紫金塔内,去琢磨那个龙宫不提。龙虾精洪珊倒是落得清闲,她虽则有三百余岁,一百多年前已幻化成人形,倒是一直呆在洞庭湖底,有时候心情不好,就兴小风,作小浪,与其他的洞庭水怪吵架恋爱也是有的,但远离湖岸,来到上京首国,来见这大大的世面,却也是第一次。当日承平已久,经过太宗真宗仁宗诸庙近百年的休养生息,有宋一代,仁和繁华,上贵下富,尤胜往昔。

据说这汴京的城池,由开国太祖赵匡胤当年亲自督造。中书令赵普取来洛阳宫殿的图样,欲在运河之侧黄河之下,再现旧唐豪劲风尚,图纸上井坊条条,四通八达。太祖看了图样,龙颜不悦,让人取来毛笔,在上面抹画,写出无数"之"字,然后去福宁殿召集群臣道:"我拿着一条铁棍打出天下,端直正派,见不得藏头着尾的小人鼠辈,但是修城池这样的事,却不能一概而论,像切豆腐似的,而应顺时应势,曲折有度。"所以像柳毅这样唐时的旧人,习惯了长安的齐整,来到宋时的汴梁城,一定会迷路。

其时一百余万大宋臣民,就作息在这"大其城址、曲而苑"的天下第一繁华都市里。你去取来《清明上河图》,再想象那亭台楼阁,皆被白雪盖住,太阳高高地挂在城池上,令屋檐下的雪水消融渗下,如同瀑布一般。街上的余雪已被铲起,堆在店铺之前如同山丘。街巷之内、雪堆之间,自然是人如潮涌,喜庆新岁。店铺上桃符春联门神历历,男女新衣华裳,车马轿行如蚁。

不说那巨盗如麻,如何今夜偷入京师游赏、狎妓、杀人闹事,也不提那风流天子如何去会李师师,钻地道,破新橙。回到我们的故事里吧,那一身红衣的龙虾精,由朝阳映雪,到落日熔金,就犹疑地走在太祖的"之"字里,又喜又愁,当日问路无数人,看过了张灯结彩的樊楼,看过了人如蚁船如梭的金明池,才能回到紫金塔,领到飞廉大人赐下的晚宴。

可是说到晚宴,也就是笋丝、茶菇、豆腐、花生米之类,飞廉大人已经差不多成了一个素食者,这个紫金塔里的人都是知道的,今天晚上的好处是,餐桌的正中央,热气腾腾地摆着一盆汤圆,正欢快而奢华地散发出桂花的香气。"飞廉大人呢?"洪珊问。布完碗筷站在门边的老兵一脸促狭地笑,回道:"姑娘你跟我去大人的书房找去。"

还是前夜龙虾精好容易才潜进去的书房。推开书房门,却看不到坐在宽大的木案之后的飞廉大人,洪珊一脸惊疑,那老兵将手指向那木案之下,紫铜火盆之前的地上,那里澎湃有声,两个穿着朝服的家伙,正扭在一起。"他们打架呢!我猜,一定是李诚大人嫌飞廉大人吃多了汤圆,不然他朝他嘴里乱挖什么?"

果然就见地板上,一代太史令被大匠作虎骑在下,就像当日景阳冈上醉酒的武松骑到大虫之上,大匠作只是将那一根断掉的哨棒,换成了他的木尺。这李诚低声央求道:"飞廉兄,飞廉兄,你将那龙宫图样还给我罢。"飞廉兄虎撑在下,嘴里好像真是塞入了汤圆,如大猫一般咕噜有声。

龙虾精顾不得去看两人扮演的,到底是哪一出了,她飞身上前,一把将那李诚,一个又黑又胖,一脸油花的老家伙,由桌子底下拖出来。那老兵也按下打趣的心思,搀扶飞廉大人重新站起来,扯衣服打浮灰,忙得不亦乐乎。

李诚止住喘息后,叹气道:"飞廉大人,你一意孤行,我只好由得你了。你将那蜡丸给这洞庭湖的客人吧,天意苟如此,人命当区区,我李诚枉窥天意,叵测天规,本来就不会有什么好下场,认命罢!"

飞廉大人这才由嘴里掏出来一个鸽蛋大小的蜡丸,将它交到洪珊的手心里。看到这三百多岁的小处女脸上惊疑难定的神气,不由苦笑道:"我与李兄在这里筹划了一天,我们本来要弄一个巨蛋,就好像洞庭湖底，放着一个巨大的鸭蛋，我觉得太超前，不同意。我建议弄得像一个鸟巢，他又觉得太杂碎，不赞成，后来他又想弄一个玻璃宫，就是全部用玻璃将一片湖底罩住，然后将水抽出来。我又觉是这个更像水族馆，要是女龙想洗澡，会非常麻烦。我们讨论来讨论去，终于弄成这个样子，将它封到蜡丸里，他又后悔了，觉得弄得太好，怕等你们将龙宫盖好，老天爷会发脾气，一心要重新来过，我可不干了，所以他就顾不得大匠作的身份，来跟我这个太史公抢东西，真是丢脸啊。"

李诚道："飞廉兄，我绝非危言耸听，这个龙宫盖起来，必将激发出天变，到时候电闪雷鸣，洞庭湖变成一个巨浪滔天的脚盆，将湖边数百万百姓荡涤成鱼鳖，到时候，你就是那个追悔莫及啊！"

飞廉大人道："易之道，固然在于变。天命固然不可为，但人的使命，与龙不同，龙顺时应势，人却是要去造命。李大人你心里何尝没有埋下这个龙宫，与飞廉一样，苦思冥想数十年，现在将它画到图纸上，又是欢喜又是害怕。我们且不管这个，皇上已命我们去修明堂。龙宫在野，明堂在朝，刻下已是当务之急。"

大匠的一张油光焕发的脸愈加阴沉，阴沉之中，迸发出风雷隐隐的决心："龙宫图样，到此为止吧。飞廉兄英明神武，我的担心，无非是杞人忧天。那蔡仙游要去修明堂，已是筹划经年，这明堂是华夷兴衰、天下转换的关键，我的一条性命，怕就要扔掷在这里了。好在我《营造法式》已写就，死了也没有什么了。"

飞廉点头同意，一行人下楼吃饭，将那桂花汤圆吞进肚皮里不提。席间李诚问洪珊道："你那主持修龙宫的邬归，他会去哪里请工匠？"洪珊答道："他说他去湖广德安府云梦县。"李诚道："这邬归不糊涂，我知道云梦县有一个叫梅皓的木匠，他的木作手艺，俨然已是天下第一，如果请到他，这洞庭龙宫一定会有挂彩上梁的一日。"龙虾精就想，这邬归哥哥，请到了梅皓没有呢？她越过沉迷在豆腐与花生米中的飞廉大人，由窗口去看那紫金塔外的汴京元夜，鞭炮如粥，人声如潮，由雪地里，飞进到星月间的烟花灿烂如霞。

这么晴好的元宵夜，这一年会风调雨顺，我们的龙宫，也会按照这个神奇的蜡丸，按部就班地盖起来吧？如果真有像李诚大人讲的结彩上梁的一天，我们也要放鞭炮，放烟火，让洞庭湖自龙宫毁圮，无聊地沉寂百年后，也有一个华美的夜晚。龙虾精想来想去，将自己的脸弄得更红了，她的心思，已经踏上京师外、杨柳萌芽的归乡路。

第三回　沧海送客楚山孤

由汉水顺水而下，达到武昌，再逆流由长江上达洞庭，差不多要花掉大半个月的时间。当日柳七七对牛沧海说，第一不许踏入汉口的花楼街半步，第二是不可夜泊君山，提防山中强盗。牛沧海与梅皓二人受命，雇下这十余只船去采集木料。三月里雨水如麻，好像秀才们都将墨磨到了云天，一路上两人想到大伙儿在湖底清理淤泥，廓出地基，一群鹅似的伸长脖子等船上物料开工干活，就心急如焚，固然是没有去花楼街眠花宿柳的心思，连这不要夜泊君山的枕头风，也忘得一干二净。

船舱里点起了灯，将墨黑的湖上子夜凭空挖出一箱光明。牛沧海强撑着眼皮不睡，看着对面梅皓，在灯下盯着那张帛图发呆。正是龙虾精洪珊由汴京带回来的画图，一路上已被梅皓看过无数遍，却还像他老婆的家信一样，没有看够。他的手纤细而白，脸也是，看上去，更像出入县学的秀才，不像一个日晒雨淋里干活的木匠。

牛沧海道："听说你常给你老婆织毛衣？"

梅皓低头答道："是的，帮主。"

牛沧海道："你真没出息，男人应该学会用刀，女人才会喜欢，你看我这个，小时候我用它杀猪，现在我用它来杀人。"一边说，一边又将他的杀猪刀由屁股后解出来卖弄。

梅皓点点头，脸上有倾慕的神气，答道："是的，帮主。我干活时用斧头，也觉得很神气，但我没有用斧头杀过人，有时候我老婆用我的斧头去杀鸡。你老婆长得不难看，我老婆长得也很不错的。"

看来我跟这个小白脸木匠，没有什么共同语言。牛沧海心里叹道。他决定，还是要靠自己的意志，而不是春夜的谈话，来赶走瞌睡。可是，在他将杀猪刀重新放回腰里的时候，他闻到船舱里，一股子甜甜的橙子一般的香气，像烛光一样，散发开来。"蒙汗药！"他脑子里咯噔一响，杀猪刀掉到地上，他蒙头倒下去的一刻，看到梅皓也不争气地将脸埋到龙宫图上。不听女人言，吃亏在眼前啊。完了，这九船木头一船钉，完了，龙宫图纸值万金，全完了，在他掉进蒙汗药的迷梦之前，牛沧海又悔又恨。

云梦县英明神武的丐帮帮主，在一间四面走风的大屋子里醒过来，外面已经是清凛的白日，缠绵地，下着细雨。他与梅皓兄背靠着背，被麻绳捆成粽子不论，身上还浇满冷水。"真该死啊，可是蒙汗药的解药，就是一桶冰水啊，以前我常这样干，我们给野狗下药，就是这样将它们弄醒，然后去炖肉熬汤喝的。"他对梅皓说，可怜的小木匠，听他这样一讲，抖得更厉害了。牛沧海抬起头去看，眼前伸过来一张俊俏的白脸，他心里想："戏里的张生也就长这个样子，我又不是没有见过。"又扭头去看，发现这个屋子里，几百上千个强盗挤成了一堆，正在屏声静气地等待他们的贵客醒来。

"我叫李奎，李奎的李，李奎的奎。在张竖那小王八蛋没有回来之前，君山的主人、洞庭湖的大王，就是我。"红润润的一张嘴巴说道。

"你不该打劫我的。"牛沧海说，"我武功很好，一把杀猪刀，一身庖丁解牛刀法，天下第一，我老婆名叫柳七七，她的七十二路绣花针的功夫，当年东方不败都比不过。而且，我是丐帮的人，自古丐帮与强盗就是一家，你是大水冲了龙王庙，自家人，不认得自家人了。"

"可是，我已经将你打劫了。"那张脸上，由眉毛丛里，又跳出来两只贼兮兮的眼睛，果然是与张生一样的桃花眼啊。"我看上了你的一样东西，你猜一猜，要是猜中，我就放你走。"一边的喽啰们山呼海应:"猜猜猜,猜中就放你走。"

"我猜啊,你要我那九船木头。"牛沧海撇嘴道,"这一堆木头,是我由汉江边砍下来的一片白杨林。每一根木头又高又直,刚好由一个壮汉抱下来,作屋梁固然是万里挑一,取出板材,也会俏皮得很。这个倒也罢了,这些白杨在一片坟场上长了一百多年,成十上百万人的坟堆啊,怨气所积,它们长得又阴又沉,几年前我与一个朋友,还去这片林子里打过架,在那里,打败了汉江上来的妖怪与鬼帮,硬是让一个书生娶了一个女鬼,这一战激发出来的鬼气与怪气,也融入这些木头里,所以这些木头,已经变成了青色,说起来是白杨,却像青檀木似的,扔到水里,扑通一声,立马就会沉掉。"

"难怪他的船吃水这么深!一出汉口我就盯上了,我还以为这小子是贩炭的。"一个喽啰插嘴道,他显然是一个做探子的强盗,长得也算是贼眉鼠目。

"别多嘴,兄弟。"李奎教训了强盗,回头对牛沧海道:"你讲的书生与女鬼的故事,我听到过,那书生后来考了进士,做了官,他叫杨三畏不是吗?"

牛沧海道:"我听说他现在已改名叫杨四畏了,他从前畏天畏地畏父母,现在又怕上了他那个鬼老婆,所以是杨四畏,他治下的刁民,也有叫他杨刺猬的,说的是他做官清明,油盐不进。因为不愿意让人知道他老婆是个鬼,他们决心要卖掉那片白杨林子,这样,就会将从前的经历统统忘掉。"

一边梅皓说:"原来这些白杨树是这么着来的啊,真是好木头,锯坏了那么多锯子,以后不知又要坏掉我多少凿子!"

李奎说:"这些木头好是好,但并不是我要打劫的,牛帮主你接着猜。"

牛沧海想了想,说:"莫非你,看中了我那一船钉子?这一船钉子的确是好东西,你要是读过一点历史,就应知道九鼎这么一个东西,这些大饭桶,就是由当时的矿工在黄石府大冶县的山里挖出来,送到汉阳铁厂铸成的。这个矿被挖了上千年,总算要被挖空掉了,这一船钉子,就是最后一点铁锻打出来的,每一颗钉子,都在发出幽蓝的光，它们从来都不知道，生锈是怎么一回事，就像你们无色庵的尼姑，不知男人是怎么一回事。要是用这样的钉子钉棺材，几百年后，人化了，木朽了，好天气，田地里，牛拉着犁，将你的坟翻了个底朝天，也就只能见到这么几颗钉子在阳光里闪啊闪的。所以有一个人写诗专门夸这钉子，叫什么：晴川历历汉阳钉，芳草萋萋鹦鹉洲。你想要，我送一包给你也没有关系，这些兄弟，以后可每人分七八颗钉子去钉棺材，但是你想一船都弄走，这个不要做梦了。"

李奎说："你讲的这个，要是唐门的人知道了，抢去做暗器，让暴雨梨花钉重现江湖，让孔雀翎梦想成真，也是有的。"

梅皓低声道："到时候，我一定要，将没有用完的钉子弄到一起，打一把斧头。"

牛沧海应道："这个也由得你，你省着一些用就是了，我听说越高明的木匠，钉子用得越少。我听人讲，在水里修房子，钉子是少不了的，金克木，水立方，才能基业永固。"

李奎一双桃花眼盯着两人说："我相信你们的钉子好，可我要的，也不是这个。"

牛沧海被他盯得心里发毛，举手去摸自己的脸颊，一下子恍然大悟："啊，你们是打上了我与梅木匠的夜明珠的主意。我就知道，一个人得宝贝，全天下都会知道，这个珠子将我的脸弄得像装了两扇耳门似的，我也不喜欢，可是，珠子已经吞到肚子里，说不定已经化掉了，你怎么取得出来，而且，大哥，我们得靠这个，到人家洞庭湖底下去修房子，要是没有珠子，我这个旱鸭子，跳到水里，就会死，所以你老人家高抬贵手，就当这一次打劫是一次蒙汗药演习吧，我们一帮子人，都在湖底下，眼巴巴地等着这些木头与钉子盖房子呢，中秋节要是交不出活，今年这年就别想过了。"

李奎转头去问梅皓："你们在湖底修什么来着。"

梅皓答道："龙宫。"

李奎心绪黯然地对牛沧海讲："你别猜了。我不要你的好木头，好钉子，也不要你的宝贝珠子，我要的其实是这个木匠。"他将手指头点到梅皓的脑门子,"我派兄弟一路上由云梦县找到你船上,才找到他。"

任是牛沧海千算万算,还是吃惊得要命,弄了半天,人家夜袭船队,费了九牛二虎的力气,并不是想和他帮主作对,而是看中了这个会织毛衣的小白脸啊,这个,这个,由蒙汗药里醒来的庖丁解牛大刀客,多少有一些失望。

"我也在修龙宫,可是,我遇到了麻烦。"李奎叹了一口气,命喽啰们解开这两人的绳索,换上干爽的衣服,随着他走到外面的细雨里。果然,君山之下,竹林之中,已经被这强盗头子,弄成了一片工地。说是工地,也许是对这个强盗头子的褒奖,李奎道:"我们由去年冬天开始修这些破房子,被北风刮倒过一次,被大雪压倒过一次,还有一次,我们已经快要上梁,但是半夜大家喝完酒过来,发现主殿已经倒了,一个看场子的家伙跑过来跟我讲,他就是朝下面的立柱尿了一泡尿,就将房子弄倒了。你们看到的,这是第四次搭起来的主殿,你看,它在那里摇来摆去,要是明天的风再大一点,它一定会倒,它晃得我们好几个晚上都没睡着觉了,一合上眼,就觉得它会朝你迎面扑下来,他娘的,我们这修的哪里是什么鸟龙宫啊,分明就是一堆风筝,我们都是追风筝的强盗。"李奎一边讲,一边眼眶就要变得湿润,可怜的家伙,他路上抢钱湖里劫色,意气风发,不可一世,从来没有像此时这么沮丧过。

梅皓沿着李奎的手指向前看,脸色越发凝重,他低声对牛沧海说道:"难不成那个洪珊跟这个强盗头子也有一腿吗?她半路上,将飞廉大人的龙宫图,也给他们看过,他们弄的这个龙宫,虽然乱七八糟,但看上去,大致也就是按龙宫图上的样子。"一边将那张图纸拿出来,指给牛沧海看,牛沧海看得满腹狐疑,果然,那一个近乎废墟的工地上,已被弄成了两块,一块像一个大螃蟹趴在地上,好像又被一头牛的蹄子踩到,另一块,像一根竹笋由地里长出来,又被一头牛的嘴啃掉了一截,可是无论如何,看上去,总还算是飞廉李诚龙宫图的漫画。

李奎正色道:"你这个图,我昨天晚上也看了,我们可不是照这个修的。张横在世的时候，我们就想修这个劳什子龙宫了，他老人家讲，这洞庭湖的主人，哪里是什么龙王，世界上根本就没有龙王！分明就是我们自己，所以，我们也要弄一个龙宫玩玩。可怜他老人家鸿图未展，就中道去了。我只好接下他未竟的事业，接着将这龙宫往下修。本来我想照着汴京里紫禁城的样子，将它搬到这君山上就成，但兄弟们不同意，讲咱们做强盗的，不能将家弄得像皇帝似的，那紫禁城修得横平竖直，三六九等，皇帝一个人的办公室数百间，太监们只好睡一张床，太恶心了！我们自由自在，图的就是一个快活。所以大家都拍着脑袋，想修一个自己的龙宫。想了好几年，也没得什么结果。为这个，我们可是逮了不少附近的好木匠来入伙。"

梅皓点头道："原来是这样啊，难怪我听岳阳府的木匠们，一提到君山，就像躲瘟神似的。"

李奎道："有一天，一个兄弟跟我讲，他看到一头奇怪的黑驴子，不知道由哪里跑到了君山上，天天来山坡下吃草。它吃完草就钻进竹林里去大睡，大家跑过来看它啃出来的草地，好像是一幅图，仔细看过去，前面一个塔，后面一个院，宫室重叠回环，看得人头昏脑涨。大家都很奇怪，有人讲，这个驴子智商不低啊？莫非是张果老他老人家的驴子走丢啦？由竹林里将它扯出来，一样的吃草踢腿干嚎拉外面光亮的驴屎蛋，也没见到什么灵异，第二天，它吃完草再去看，发现又一片草地上，又被它啃出这么一个图样来。"

牛沧海惊讶得说不出话来："你们这个叫天降祥瑞，不去报告皇帝，都该砍脑袋。"

李奎不理他，接着往下讲："我们也不管它什么张果老的驴大爷了，心里想，这个也许就是上天看着我们可怜，派这头蠢驴来给我们送图纸了，也就按着它啃出来的样子，择选吉日，破土动工了。"

梅皓问："那头黑驴子在哪里？"

李奎说："我们将动土的鞭炮一炸，它就扑通一声跳进洞庭湖里不见了。早知道，我就去岳阳府多拉几头母驴子来将它留住。"

梅皓问:"它啃出来的图呢?"

李奎往山坡下一指,洞庭湖里,君山之下,青草离离,在春风里摇摆,"草自然是长齐了,图自然是没有了。"

梅皓叹了一口气,说:"一路上,我都在想,李诚分明就是神,没想到,还有比他更神的一头黑驴子。每一个人心里,都在画龙宫,但真正的龙宫,其实是很少的,画出来了,去修,也会修得千奇百怪,真正修好的,其实是没有,你们这个龙宫,得到了龙宫的样子,却没有得到龙宫的神,那个驴子啃掉的青草里,一定是藏下了无数的数术与阴阳五行,可惜你们看不出门道,所以只是照着大致的样子,弄出这么一堆废墟。你们最后就算是建起来,充其量,也不过是一个乌龙院罢了。"

李奎被梅皓讲得浑身冒汗,扑通一声就要给这个小白脸木匠磕头,他身后数百名强盗,也要争先恐后,将这个头磕下去。牛沧海眼疾手快,忙将这大汉一把拦下来。

李奎说:"梅师傅,梅大爷,事到如今,我们也不指望盖什么乌龙宫了,乌龙院就乌龙院吧,你好歹指点一下我们,将这主殿的梁架稳当,将这个劳什子塔堆起来,我们能够搬进去,安得下床,摆得起灶,挡得住风,躲得过雨,就谢天谢地了。"

细雨之中,洞庭由东风吹起细密的水纹,在茫茫的湖水中央,再去看君山,果然是像女人挽起的发髻。已经快要到黄昏时分,这样的天气,天会毫无觉察地黑下去。牛沧海与梅皓二人修过了乌龙院,已将船队重新划到了洞庭之上,由湖面向下看,已可看到湖底隐约的灯火。

"他们一定等急了,现在我要将木头放下去。"牛沧海说。经过了一天的折腾,他已对梅皓刮目相看。

"你怎么就能将那宫殿弄得不倒了呢?"牛沧海问梅皓。

"我拎着斧头跑进去,发现这一帮土匪木匠,弄出了九梁十八柱七十二脊,这个都没有错,但他们将心思都花在了往柱子上刻花,每一道梁都是歪的,我不过是用斧头将它们一一敲正了。"梅皓说得轻描淡写,可这敲来敲去,到底得很多年的经验吧,他甚至

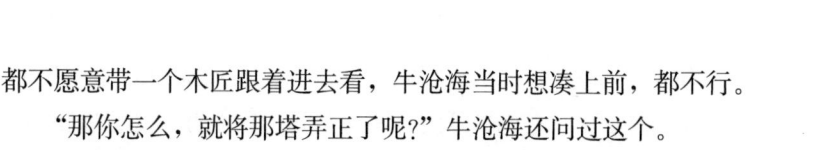

都不愿意带一个木匠跟着进去看,牛沧海当时想凑上前,都不行。

"那你怎么,就将那塔弄正了呢?"牛沧海还问过这个。

"那塔本来就不应该是正的,他们将这塔立在山南,每年南风狂吹,北风又吹不到,所以塔应向南斜出一些,南风吹七八年的样子,塔身会正过来,那时候,往塔南的塔基上,再垫一些石头,差不多,就能管上几百年的样子。而且,在他们立下的塔基上,根本就只能修六层,他们却痴心妄想,想修到九层,九层的塔是他们能修的吗?我将六层以上的木头都拆下来了。"

牛沧海盯着梅皓,就像刚才强盗们将他们送上船的时候,李奎脸上出现的神气,这小白脸木匠分明就是神啊,李奎说:"你这个家伙,说不定是鲁班再世呢。"

梅皓说道:"李奎你说到鲁班,我倒是想起来一个故事,当年他老人家修好了赵州安济桥,张果老骑着毛驴来给他捣乱,毛驴的褡裢里穿着东南西北中五岳,将那赵州桥压得摇摇晃晃,鲁班忙跳到桥下,伸手将桥托住。其实这张果老也不算胡来,他牵毛驴来,将桥压实夯紧,三川五岳什么的,只是后来人胡扯。你们要是能将那头黑驴子找到,也可以将它身上背一些石头,牵到塔上去压一压,这个塔会更稳一些。"

李奎点头称是,一边命人去四处继续找那黑驴,一边对牛沧海讲:"你们请到这么好的木匠,修成湖下的龙宫,不在话下,到时候喝上梁酒,一定要请我们这些兄弟,我们找不到避水珠,就是扎猛子,也要潜到龙宫里,去讨一杯酒喝。"

我们的龙宫会是什么样子呢?即便是经过了梅皓的修整,强盗们的乌龙院看上去,还是像烤糊的卷子。牛沧海问那梅皓:"梅师傅,我们的龙宫,要不要换一张图?我看那黑驴子也好,飞廉也好,都是鬼混扯淡的家伙,信不得的。"

梅皓摇摇头道:"不换,不换,我们用太史令的图样,汉江上的奇木,晴川阁的神钉,云梦县的工匠,一定可以修出真正的龙宫。"

牛沧海问:"什么才算是真正的龙宫呢?"

梅皓叹一口气，说道："我也不太相信飞廉大人在图纸上讲的，会有这样的龙宫，它有自己的时间与空间，它能够接受或者拒绝世界，它能够变，也能够不变，它能被看见，也可以消失掉。真正的龙宫，其实是一个梦。"

牛沧海想，这小木匠刚刚在君山之上作了一下法，就疯魔成这个样子了，真是麻秆当轿棍，受不得这一抬！现在可是大宋元祐第六年，他莫非将自己当成外星人？再问下去，我的脑子一定也会乱掉的，说不定，要将七七忘得一干二净。牛沧海打住遐思，运起他的观沧海内力，将那百年阴沉木由船上举起，射向深深湖底。那一根根三丈六尺五寸长，两尺四寸周圆的木头，如同根根青木之箭，劈开湖水，密密麻麻地插到淤泥里。那湖里的水族与工匠，看到原木下降，纷纷如雨，欢天喜地，吵嚷不休，摩拳擦掌，连夜开工构楼，这些暂且不提。

第四回　飞龙在天望神州

"由火星上看地球，无非是一枚鸡蛋。洞庭湖像鸡蛋上的鱼眼。他们修的龙宫，也就是一个针尖。"

"你说得对。"

"可是你为什么还要在地球上呢？你已经是龙，你不应该有乡愁，也不应该有留恋，龙的使命是宇宙，是微粒与闪电。"

"你说得对。"

"你还是忘不掉他。他不过是鸡蛋上的一颗灰尘，虚荣，有限，深陷名缰利绳，很快就要死亡，他不会来将你永远陪伴。"

"你说得对。"

这是五月端午的夜晚，星河如沸，新月如眉。望舒由东海里化身作一道光，来到月亮上。她重新变回人的形体，坐在荒凉的尘埃里发呆。与下面人类的传说不一样，月亮上，没有草，没有树，没有飞鸟与走兽，也没有吴刚与嫦娥，但是望舒喜欢这里，她化身成龙后，经常化作一道光，来这里游弋。是的，柳毅说得对，毕竟，这是茫茫宇宙里，离地球最近的一个台阶。她坐在这里，可以看到洞庭湖，可以看到汴京城，如果月亮下面，没有鱼鳞般的云层的话。

今天晚上，她发现，发呆的，可不止她一个，一道光由宇宙的深处盘旋过来，她运起桃源真气全力戒备的时候，那一道光化作一个中年男子，儒服方巾，三绺长须，满面的红光里，隐隐地透出清紫之气。她猜出来，这个由龙化身而来的男人，名叫柳毅。世界上变成龙的人，本来就很少，他离她的变形，整整早了三百年。如果用人的纪元去算，他要做到她高祖父的高祖父吧，但是在龙的千万劫，他们却像诞生在同一秒里。

望舒问："这一堆人修的龙宫，与你们当日住的龙宫像吗？"

柳毅想了想，说："我住过的龙宫是大唐时代盖的，和他们这些宋人的想法，说起来，也大同小异。但我们的龙宫，看起来，好像更豪劲一些，我们由外面巡游回来，由波浪里隐隐看见龙宫，常觉得它好像是一只凤凰，准备振翅由湖底飞起来。他们的龙宫，会醇和，清明，精密，每一个尺寸都经过飞廉仔细的计算。但这样的龙宫，会安静地卧在洞庭湖底，就像一只敛翅停歇的凤凰。它是梦想的产物，却不一定是梦想本身。"

望舒点点头，努力地去看那一颗遥远的针尖。她常常在深夜，去游过零星的灯火，去看那些正在深水里沉睡的工匠，他们慢慢地将一个废墟，整理成一片新的房屋。他们固然是要得到夜明珠，然后去讨生活，但是在建这个龙宫的时候，他们很努力很快乐，将一张非凡的奇思妙想的图纸，变作一个实在的、可以看得见摸得着的奇迹，大大小小不停息的创造，让他们觉得，他们的泥刀、锯子、漆刷上面，好像都有神。当然，有时候白天，望舒也会去看，她会用隐身术，不去打扰他们。这时候，在这一群好像总是欢天喜地的人中间，她慢慢知道了他们的名字，牛沧海，柳七七，梅皓，老郑，老匡，汪自力，何祥，魏忠贤，这领着一群乞丐与水妖的八个人，她还知道他们来自一个名叫云梦县的地方。云梦，云梦，她喃喃地念道，多好听的名字啊。

瘸腿的老郑，果然是一个好木匠，看他干活，几乎是一种享受，望舒迷上了他用刨子，去刨木头的声音，哗哗地好像海浪由木头上卷过去，掀起长长的薄薄的刨花。小时候，她还在桃花源里，有老人死掉，木匠来打棺材，也会去刨这么粗壮的木头，刨出这样的刨花来，她与村里的孩子们一人弄一堆，由里面挑出一片，蒙到眼睛上，到稻场上去捉迷藏。望舒好多次都想忍住，不去老郑的刨花堆偷刨花，有一回，终于还是弄了一条，放到眼睛上。由汉江边采来的白杨木有一种爽朗的香气，它们散放出来的气味，会让新的龙宫变得明亮向上吧，这样由坟堆之中，由前人与妖怪们的血海里捞出来的木头，终于否极泰来，贞下起元，派上了用场。

　　老郑将木头解成木料，由梅皓取去拼在宫室与塔楼里。梅皓抱怨这个老家伙："你没必要将木头锯这么好吧，我的斧头到现在，都是用它的后背，前面的刀刃都没派上过用场。"老郑去抹那源源不断地渗到湖水里的汗，说："我一辈子就学会了锯木头，老婆都讨不到，总不成将老脸丢到这洞庭湖底下吧，以后这避水珠化掉，我来找脸都找不着。不过我跟你讲啊，在水里干活，我觉得腿都不怎么瘸了。"梅皓抱走木块，笑骂道："你这老瘸子，我看你干脆去那边和灰的水妖里挑一个老太婆娶下，以后留在龙宫做维修好了。"

　　老匡也是很有趣的家伙。他成天黑着一张脸，好像邬归欠着他的工钱，包工头牛沧海也没能填饱他肚皮似的。就这样，牛沧海还经常去惹他，批评他砌的墙，这里不直，那里不平，将这决心出来干最后一票的云梦县第一瓦匠，气得发疯，有一天他对牛沧海讲，让他去弄几个洞庭钉螺过来，往他刚抹好的一面墙上爬得试试。牛沧海就要去找钉螺，一边看热闹的水妖里，刚好有由钉螺变来的，赶紧化回原形，乌麻麻由老匡捉将来。老匡讲："你们向墙上爬，只要你们爬到了墙头上，我的工钱，就不要了！"钉螺精们听了，当然是拼命向上爬，果然没得爬上去的，成绩最好的一个钉螺精，爬到墙的半腰上，也啪的一声掉下来。牛沧海看得目瞪口呆，隐在一边看热闹的望舒一时也是舌挢难下。此后牛沧海心服口服，不再

来罗唣老匡，任由老匡闷声不响，一门心思地用二四之法，挥刀砌墙。

那个粉刷匠汪自力也聪明伶俐。他遇到的麻烦是，由牛沧海从汉口带回来的荆沙漆，根本就刷不到墙上去。这是在水里啊，大哥，这样的漆，根本就派不上用场。汪自力去抱怨，他盯着那些跑过来看热闹的蚌壳精们发呆，眼睛忽然亮起来了。他跑去找邬归，说，蚌壳精们的衣甲里层莹亮七彩，是湖里顶好的油漆，他求邬归去捉几只蚌壳，刮一些粉末调到油漆里试一试。邬归跑出去一讲，蚌壳精们自己就报名簇拥来了一大堆，咬牙切齿地刮下好几桶蚌粉给汪自力用。汪自力将蚌粉调到油漆里一试，果然是将那宫墙漆得五光十色，灿若云霞。他激动得热泪盈眶，向蚌壳精们讲，以后你们的蚌壳掉色了，里面也好，外面也好，就来找我，我免费给你们漆好！一个蚌壳精滑出来讲："一点蚌粉算什么，为了修龙宫，我们将修身珠都交出来了。眼看洞庭湖又要有龙宫了，想到这件事，我们就激动得话都说不出来。"

何祥、魏忠贤都分别有良工神技，柳七七看样子是绣衣匠，她已经在工棚里，搭出绣架，施展她的七十二路针法，在那里拈花惹朵，洞庭湖里的女水妖们，将工棚的窗口与门口挤得满满当当，每个妖精手里都弄一个绣绷子，拈一口绣花针，要绣喜鹊登枝啊、双凤朝阳啊什么的，给她们心爱的男妖看。柳七七绣得如何，望舒挤不进她的绣房，自然是不得而知，她心想，等龙宫修成，七七的绣品挂出来，她一定要去仔细看。望舒自小也喜欢绣花弄草，现在虽则修身成龙，少女的习性，到底也是磨灭未去。

自惊蛰到端午，荷花盛开，也就三四个月的工夫，龙宫前塔后殿，已经颇具规模。邬归看在眼里，觉得冬至前后竣工有望，一时也喜不自胜，与牛沧海商议，特别准假，让大家伙歇一歇，散散心。这天，老郑老匡梅皓等八个人，由湖底升上来。他们当初刚入水底的时候，还是春水刺骨，蝌蚪粒粒，现在洞庭湖上阳光如瀑，湖滨柳阴深深，湖边的农田里，水稻沉实，瓜果如麻，蝉鸣阵阵，节候已经到了盛夏。望舒也跟着这八个工匠，往岳阳府里去瞧热闹。

望舒对柳毅说:"这群工匠可真是有趣。那天我随他们去岳阳府看岳阳楼。那老郑拄着梅皓为他弄的拐杖,老匡特别背了一个葫芦去街上打酒,何祥一上岸,就看到一头黑驴子,将它弄来骑上了,柳七七喜滋滋地折了一篮子荷花挽在手里,牛沧海背着刀跟在他后面,那梅皓不知道由哪里弄了一个笛子,汪自力弄来一个渔鼓,魏忠贤则买到一个打数来宝的竹板。他们来到岳阳楼前面,发现一群人围在一棵老松树下面,说是那松树昨天夜里,竟然一下子长高了好几尺,有一个道士,前来查看,打坐在树下,说是吕纯阳祖师果真到洞庭湖来了。一时间大家都盯着这八个工匠,觉得他们好像是八仙来赴会,汪自力老实,忙说不是不是,我们在湖底修龙宫呢?一边的地痞们听了,眼睛就睁大了,发现他们的脸上都猴子似的长出夹囊来。牛沧海顺嘴接过来,说我搞不好就是吕纯阳呢,你们狗咬吕洞宾,不识好人心。道士站出来说,你是哪门子吕纯阳啊,吕祖师他老人家,背的可是一把木剑,这一把木剑,屠过黄龙的,他又扫了一眼其他几个人,说要是老郑是铁拐李的话,他的拐杖也要是镔铁做的,那个拿数来宝的家伙,要是扮韩湘子,他手里的七块竹板也应是碧玉雕出来的。那拿着花篮的女人,长得也算好看,可是何仙姑的篮子里,装的可都是白牡丹。已经是六月了,还来用元宵节抬故事骗人。旁边的地痞听到,就与牛沧海他们打起来了。好在牛沧海的武功到底也算了得,所以八个人,岳阳楼也没有登上去,好容易由一伙地痞的包围里逃到湖边,一个接一个地跳到湖里去。他们这一跳湖,跟着追的人,倒是傻了眼,觉得这八个人,竟能往水里去,果然是神仙啊。大家又去追打那道士到头破血流,然后在湖边摆香案,烧高香,乱到半夜才罢休。"

柳毅听到,脸上也现出了微笑。他问望舒:"你觉得,这八个人,真能造得出龙宫来吗?"

望舒点点头,说:"会的,他们说到底,就是八仙啊,不过是他们自己并没有意识到,他们经由他们的技艺,成了仙。"

柳毅摇头:"他们不是八仙,他们只是云梦县里平常的工匠。

一颗修身珠，并不能给他们带来什么，也许过不了几天，修身珠就会由他们的呼吸里消失，他们中间，运气好的人，会浮到水面上，运气不好的，立马淹死也说不定。这个世界上，能成为龙的人寥寥无几，能成仙的人虽然要多一些，但也是少的，能成妖魔的人，也是少的。你不能凭空就说，他们会有这么好的运气，运气是少的，需要等待。"

望舒说："我相信他们的好运，凭好运气可以在洞庭湖里建立起龙宫，将修龙宫的人，也变作仙人。"

柳毅并不同意望舒的看法，他说："即便这几个人是仙人，他们也不一定能盖成龙宫。我知道飞廉的想法。他用八卦去做宫殿，用九九之数去造塔。他与李诫，都被邵雍的《皇极经世书》教坏掉了。八卦之数，关涉阴阳之变，一旦推演起来，并不是人可以控制的，所以龙宫的宫室，前面可能会做得很顺利，到了后面，就会越来越难，工匠与水怪们，会被宫室隔到不同的时空，彼此找不到，宫室成了迷宫，首先将工匠们困在里面。那木塔也是，修到九九之数后，会召来雷电之灾，即便是附近的山灵与水怪放过它，我也会去想，要不要让这样的木塔，会自己向上旋转，自己吞掉自己的木塔，竖立在洞庭湖底。如果龙君不同意，他会派我，奋起雷霆之威，来将逃过了数字之劫的新龙宫，变成新的废墟。"

望舒神色变得黯然，她深深地向下面的星球看过去，想了好久，才回过头来对柳毅说："柳毅兄，我们要相信奇迹，因为我们本来就是，由奇迹中来的。"

柳毅回望他的伙伴，问道："你，想住到他们修好的龙宫里去？"

望舒摇头："不会。洞庭湖里的鱼虾需要龙宫，但是龙本身，并不需要龙宫。修得再好的龙宫，也不过是一张蜘蛛网，无非是你什么时候自觉地发现这张网。你们，不是将从前的蜘蛛网扯破，跑到火星上去了吗？"

柳毅说："也许你应该与我们在一起，龙女会喜欢你，我们一起，往更深的宇宙里去，这是龙应该做的。"

望舒继续摇头。

柳毅深深地叹了一口气:"如果你还记着他,你就是变成了龙,也难免会痛苦。"

是啊,望舒,这是五月端午的夜晚,新月如眉,群星如沸,宇宙里微风送吹,最年轻的龙,站立在星月的微光里。她的眼眶里涌出泪水,顺着脸颊滑落下来。她的眼泪滴落到地球上。

地球上有一个国家,名叫大宋。大宋有一个湖,名叫洞庭。端午之夜,星月历历,洞庭之上,却是南风乍起,大雨如注,将那争先的竞赛龙舟,都早早遣回渔港。可是一直到午夜,在湖的中央,千百尺的深水里,依然是烛光跳闪,明珠献辉。来自云梦县的工匠们与水妖们一道,伐木丁丁,口号不歇。一座前塔后殿的龙宫,正在慢慢地显现。

(文中建筑部分的常识与附在云梦工匠身上的故事,很多是由张钦楠先生的《中国古代建筑师》里取材的,深以为谢。2020 年 4 月 8 日改。)

木兰记

乍阴乍晴的四月天，将洞庭湖中君山岛，放在缠绵细雨与千千艳阳里辗转，由腊梅到玉兰，由桃李到红杏，由山茶到桐花，最后归入月季、玫瑰、蔷薇、牡丹、芍药。东南风吹，阳春如梦，当此际，花事之繁盛，可谓艳绝天下。

所以清晨薄雾天气，当君山岛消逝在白霭之中，早上起来行船捕鱼的渔人，就可以依靠晨风里吹送的香味，来认取岛屿。人们就会讲："无色庵里的惠能师太，今年又种得好花园，这些花瓣落下来，她逐一去提取香水，制出干花，不知又能赚得多少银子呢，这样的营生，也只有师太这样又有闲又有力的尼姑，才做得出来。别的人想发这个财，也是指着骆驼说马肿，学得来吗？"

这个眼红也罢了。还有人想趁着风和日丽，登陆君山岛，去赏花弄酒，胡天胡地。岳阳府里的秀才们，从来都觉得，普天之下，莫非王土，岳阳府内，洞庭湖上，都是他们疯魔弄酸的地盘，这天下第一花圃，在他们的地盘上吐绽芳华，轮不到他们去挥醉拳，望野眼，真真是岂有此理。又听说那惠能师太，三十出头，风韵犹存，知书达理，禅理精深，更是心痒难熬，好像有几百只螃蟹跑到他们的心头搔抓。为将这些螃蟹揪出来，他们决心结成一个百花社,以林举人做班首,以杨李二贡生做殿军,百十来个秀才,分乘三四艘花船,三月十五,去君山岛上,寻花觅朵,将那惠能师太扯出来排排坐,喝花酒。

一行人春衫薄薄,摇摇摆摆,踏上君山岛十里锦幛,还未及他们取卤菜,弄猪脚,布碗筷,倒谷酒,将笔墨纸砚就着那青草地铺开来大倒酸醋,一阵野蜂塞天盖地飞来,将习习谷风变作翻云覆雨,那些个油头粉面的秀才,只好大袖遮脸,望风而逃,只恨爹妈给出的两条腿太少。林杨李三人正要往无色庵去请师太,也只好前军改作后军,一路狂退,一边感叹野蜂飞舞,佳人难逢。

野蜂将秀才们弄得又麻又痒,令他们不禁回想起由课外书《金庸新集》里看到的绝情谷的玉女蜂,难道这惠能师太,也在君山岛上布起蜂阵?回到岳阳城里,急忙去寻满城的奶妈挤出人乳来解蜂毒,却发现,麻痒可消,但是肿胀难除,俊生生的好秀才,变作麻面郎,可恼可恼,来年府试举人,又遇到一个偏偏以貌取人的宗师来取士,一看这些麻秀才,心内不爽,朱笔一抹,一个不收。这些成了遗贤的好秀才,成为岳阳府中的"麻脸一代",有妓院的娘儿们,将他们径直叫做麻袋。这些麻袋固然是孤愤冲天,满肚子怨气,把持诉讼,欺乡霸里,架空知府县令,但也并非无法可治,他们要是在家里发脾气,老秀才娘子捉出一只野蜂来,就可让他们哀号如鸿,五体投地如律令,这是后话不提。

有大洪山的土匪,听到秀才们的溃败,五百个强盗,五百张黑脸上,就露出了五百个不屑。土匪的头头叫李魁,点评道:"这些个小白脸,多呷了几瓶醋,就觉得天下的花草,都是给他们吟诗作赋,天下的女人,都应该与他们同席吃酒,手段又差,被弄成一堆麻袋,活该。兄弟们,这个尼姑倒是有趣,要是你们不觉得,弄一个光头尼姑做压寨夫人晦气,影响山寨前途,我领着你们,明天就去将她弄来,那君山岛上的花花草草,能扯起来的,都扯起来移栽到大洪山,扯不起来的,就一把火烧他娘的。"土匪们都讲大王英明,这样的女人天生就是做压寨夫人的料,早该抢他娘的,光头也没事,过几天还不就绿油油长出来了头发,反正她那时候,想做尼姑，也做不成。至于那将秀才们吓退的野蜂，也没事，土匪们天生就长得黑，靠刀吃饭，脸不要也无所谓，麻一点，更有气概，说不定下次去剪绺，人家看到麻黑的强盗，会将尿都吓出来，抢银子岂非省事得多？李魁想想也是，只是觉得万一被野蜂蜇出一堆癞蛤蟆，平日喝酒看着闹心，所以特别派人去下面大洪镇的米店里，抢了五百条麻袋，准备上岛之日，扣在脸上抵挡。四月初一，天气不错，五百个土匪，坐着五条贼船，由汉江下来，过武昌，转道洞庭湖，直扑君山，趁着君山群盗乍灭，要火烧香料铺，捉惠能师太去压寨。

南风还在吹，将洞庭湖上的水汽潮乎乎地喷到脸上，将麻袋里的土匪们热到不行。大家爬到岸上，其实没有等来玉女蜂铺天盖地，四月初一的好太阳，像汉口翠微街娘儿们的笑容一样温暖人心，那花花草草，一排排，一团团，一簇簇，随着山势曲折，随着微风起伏，开得热烈奔放，好像在欢迎这些气喘吁吁的黑汉的来到。"可见这尼姑喜欢绿林好汉，讨厌酸丁秀才，品味不凡。我最恨才子佳人一对半，跳墙相会找丫环，那个什么《西厢记》，那个姓崔的丫头，要是开头就由人家抢去做了老婆，还不是一辈子风流快活，不至于被那秀才始乱终弃！那个大观园里的妙玉尼姑，要是学林黛玉爱贾宝玉那个呆头鹅，还不是哭到死，终于是观音菩萨保佑，奇迹出现，由我们的好兄弟抢了去，现在养出一堆男娃女娃，生活得不晓得几幸福。可见女人的未来，不是那些秀才咬文嚼字的八股陷阱，而是在自由奔放的绿林之中。"一个黄脸土匪对李魁讲道。平心而论，这个土匪，咬文嚼字的本领，并不见得比秀才差哪里去，他来过这要刀不要脸的生涯已经很多年，弃暗投明太及时了。李魁听得心头暗喜，心想尼姑如此得趣，他老人家已是渴龙望井，池鱼思渊，四月初一有星无月，要不就趁着这三星在庐，在那无色庵里，让尼姑遂了心愿，投入我这绿林的怀抱？

"我的妈呀，这九棵桃树，太红了，开得像野火似的。"一个土匪大惊小怪，颇令李魁身边那个念过大学中文系的黄脸土匪鄙夷："这个说起来，应该是木桃，结出来的桃子，据说大得像葫芦似的。

《诗经》里讲,投我以木桃,报之以琼瑶,这个恐怕是向帮主他老人家致意的,可是帮主哪里知道这个调调,这个尼姑也风雅得过头了。"土匪们深深地吸了一口木桃树的香气,继续向前走。

"我的妈呀,这十一棵棉花树怎么长得这么高,上面的白花,开得花圈似的,也太邪门了。"一个土匪大惊小怪。黄脸土匪上去仔细嗅了嗅,对李魁说:"这十一棵长在野草中的灌木名叫百合。"李魁说:"这个名字吉利,我不就是要跟那尼姑百年好合吗,只是这花生得不好,也不是样子不好看,是颜色不好,要是有红色的百合,就更吉利了。可是要是生成了红色,又不能叫白合,真麻烦啊,兄弟,你看一咬文嚼字,我就会头疼。"黄脸土匪低头喏喏,土匪们闻过了百合的奇香,继续向前走。

"我的妈呀,这个塘里的荷花,开得也太早了吧。这颜色也不对啊,瓦蓝瓦蓝,像中了毒似的,人家讲三月三,藕出簪,怎么四月就开出花来了?"峰回路转,山路边大树下,一汪清水涌现,一个土匪大惊小怪。黄脸土匪脸上,现出来迷思,他点数着那些亭亭的瓦蓝花枝,一共是三十三朵。他转头对李魁道:"这个花,也算不得是荷花,它是由西域献进来的,名叫望舒草,有月亮的晚上,它的叶子就张开,人可以跳上去,在叶子上散步,没有月亮的晚上,叶子就卷起来。当然,有的人,也叫它睡莲。"李魁说:"管他娘的什么望舒草不望舒草,是睡着还是醒着,这个香味也好闻,就是有一点凉。我听人讲,那尼姑是开香料铺的,这一路上走进来,发现她果然有头脑,以后经营山寨,也应是一把好手。"

一路上花草渐繁,阳光将花木的香气蒸腾起来,山路如此曲折,李魁们一开始还担心会掉进花木的迷宫,他们发现,毕竟这曲折的花径,还是在向后山里绕进。翻过一个山头,向下望去,小小无色庵的青瓦与白墙,已经历历可见。青瓦白墙向上,是一片高大挺立的树木,每一棵树,都得好几个土匪才能合抱,四月春仲,树芽微吐,但是满树挤挤挨挨,已挂上淡紫色的花朵。一棵大树上就开出千朵万朵,一片树林,看上去,只觉得人的脑袋,像尼姑庵里的磬,敲着嗡的一响,李魁一屁股坐在山顶一块石头上,叹道:

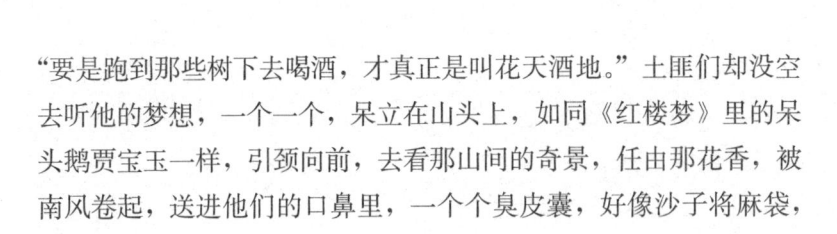

"要是跑到那些树下去喝酒，才真正是叫花天酒地。"土匪们却没空去听他的梦想，一个一个，呆立在山头上，如同《红楼梦》里的呆头鹅贾宝玉一样，引颈向前，去看那山间的奇景，任由那花香，被南风卷起，送进他们的口鼻里，一个个臭皮囊，好像沙子将麻袋，灌得满满。

"一共是九十九棵，九十九棵，木兰树。"黄脸土匪的脸，变得有一些发白了，"每一棵木兰，都已活过了九千年，每一棵木兰树里面，都藏着一个妖精。"黄脸土匪哭丧着白脸："据说当年吴王夫差，要给西施盖一座木兰宫，派人沿着江水找树，到君山上，发现了一片木兰树林，应该就是这里，可惜使节去同楚王商量，楚王不同意，说这个是给他自己做棺材本儿的。结果等西施弄垮了吴国，楚国又被白起打破，这片木兰林，总算逃过劫难，现如今还一年一年开着花。"李魁瞪眼道："你知道的，还真不少啊，所以我一直疑心，你是一个卧底的秀才，算不上地道的土匪，我要是翘了辫子，你接着干，一定会将大洪山，弄得像白鹿洞书院似的。"黄脸土匪脸更白了："我这黄脸，马上就要变成黑脸，面已洗，心已革，想变，也变不回去了，大王您放心就是。只是眼前，这惠能师太，好像有诈。"顺着黄脸土匪的手指看去，李魁果然看见，远远的木兰树林中，紫色的花海里，一个长身玉立的尼姑，正在树下散步。

黄脸土匪问道："大王，那惠能就在眼前，你还想将她抢回去，做压寨夫人吗？"

李魁深吸了一口木兰的花香，摇头道："妈的，这个也太奇怪了，我刚上山道时，还满心满意要将这尼姑抢回去，现在，好像我成了一头老虎，她成了一盆花，花虽好，总没有老虎去吃花的道理吧。算了算了，我想我们的压寨夫人，还是去大洪镇上找屁股大奶头高脸庞俏的姑娘为好。"黄脸土匪转头去问旁边的人："兄弟，你回去还想打劫吗？"那个土匪苦着脸说："我现在只想种地。"黄脸土匪又转头去问旁边的人："兄弟，你觉得杀人这样的事，还做得来吗？"那个家伙木然地摇着头："我想我杀一只鸡，都不敢，也不会了，以后家里杀鸡恐怕得指望我婆娘。"黄脸土匪又问旁边的旁边的人："兄弟，你还想跟着大哥去抢女人吗？"那家伙沮丧地捂着裤裆，一脸的伤感："这一阵接着一阵的花香，被我吸到肚子里，好像将我的心肺都洗了一回，我想它已经变成了一只蚕，而且冬天就要到了，春天又会非常遥远。"

当日李魁的脸黑得就像锅底似的，要是我妈在戏台下看到，一定会将它取下来去门口铲锅灰。黄脸土匪喃喃道："我只想到师太的算术好，说不定会用这些花树布出奇门遁甲，君山花阵，老实讲，这些我也会的，要是我在君山住，我也要像黄药师似的，将这个地方变成迷宫。可是我没想到，这师太念书时，将化学也学得这么好，她这一阵一阵的花香，经过了计算，以不同的时辰，不同的分量，被我们闻到，夺去了我们的念想，夺去了我们的血性，这一路走下来，大家性情大变，已非从前。帮主你看，那个石碑上，明白地写着，这个山头，就叫息心峰。"听他这么讲，李魁眼眶都红了："早知如此，就不来这个什么鸟君山鸟息心峰了（我现在讲这个鸟字都有一些难为情）。我们来的时候，还是意气风发的五百个土匪，现在，掉进这个花阵里，成了五百个土豆。回家去吧回家去吧，愿大洪山妈妈再给我们重生的勇气与力量。"李魁怨念丛生，朝那木兰树林里正寂然散步的师太怅望片刻，领着五百个土匪/土豆，拎着麻袋，怅怅下山离去，其时夕阳如鞭，打入乱山丛中，君山草木丛生，其嗅如梦。

这是公元某某年，大宋某某年，神宗在位，天下阴阳调和，承平日久。五月十三，谪居黄州的团练副使苏东坡，江水里溯舟向前，登上君山岛拜访惠能师太。"没想到，一个女尼姑，改变了岳阳郡，自绿林巨匪李魁败退君山花阵后，天下风闻，满世界的小秀才与小强盗，都来洞庭湖里划船，岳阳楼上登高，据说连辽国的萧峰、西夏的张元这些人，都乔装打扮来过，就为远眺一眼师太的花田。已有大学士提议，将岳阳府与西方法兰西国的普罗斯旺郡结成友好之城，到时候，洞庭湖就会成为地球上的一个小脚盆，里面来来往往，都是高鼻子绿眼睛的夷人，拿着西班牙的鹰洋，来买岳阳府的公婆烧饼吃。"苏副使行前去拜访岳阳知府，他殿试的同榜好友周丰年，周丰年正为哗哗流入他库房的银子狂喜不禁。苏东坡讲："这洞庭湖变得市集似的，那君山无色庵中的人，还清静得起来吗？丰年兄你的好心，说不定会办出坏事。"周丰年道："这些人也不过是在洞庭湖里划来划去，要入君山，却是千难万难，野蜂之灾难免，花木迷宫幽深，据说那惠能师太，以草木为兵，将君山的时序尽皆改变。哪怕是船到君山，也可能遇到的是一个虚空之岛，船夫径自撑舟由幻境穿行过去，所以，也可以说，洞庭湖上，已无君山，君山已经搬进了一面镜子里。你可以眺望到明镜中的一切，却不可以到镜子中划船。也有人讲，惠能师太一心要将君山岛变成女儿国，所以聚起草木女妖，尽遭男丁，将那阴阳太极中的阳鱼抠去，所以君山阴气充盈，遂成虚无之镜。"正是周丰年酒席上的一番奇论，激发了沉沦在抑郁症中的东坡居士的好奇，他决心去看望虚空之岛上的师太，求她指点人生的迷津。

没有野蜂，没有花阵，也没有虚空之镜，当他踏上君山岛，由朝阳里走进木兰花树下无色庵的时候，惠能师太正在煎茶。柳毅井里取来的清水，被师太倒入松炭上的泥罐里煮沸，将由前面息心峰下采来的君山银针，推倒成一片，堆积在蓝花瓷群青色的茶杯里。

"好茶，细小，沉着，清新，坚韧，令我想起《论语》里面，孔夫子闻韶的赞叹。"东坡说，无色庵小院，射入淡淡的春晖，天井里，石榴花开朵朵，像一小束一小束的火焰在跳舞。师太展颜笑道："你弄的那些诗词文章，也差不多是这个明前茶的样子。我看过《东坡乐府》，也知道你的'乌台诗案'。"东坡说："师太你知道我是醋酸满腹的秀才，就应将后山的野蜂尽数招来。我也愿做黄州城里一麻袋。"师太道："我知道你四处征讨强盗，与强盗打架日久，自己难免也成了半个强盗，说不定，我还可将你引入前山的花道，将你变成半个土豆。"东坡叹道："土豆烧牛肉，说不定，比今日黄州城里风行的东坡肘子，更有滋味。"师太捧起泥罐向杯中续水，含笑不言。

东坡道："这茶真好喝，一定是跟柳毅井有关吧。我年轻时学艺，听老师讲，洞庭之中，君山岛上，有柳毅井，天下的游侠，到神乎其技,就可以经由柳毅井化身为龙,进入龙宫,所以这柳毅井里的水,得飞龙之梦,化鱼龙之变,能令草木绚烂之极,又化归平淡无奇。"

师太看着她的客人,脸上露出惊讶的神气,说:"你这样在浊世里混的人,能有一根刚刚好的舌头,实在是不容易。有的人天天吃茶,已忘掉了清水的滋味,有的人,觉得老家池塘里的水,就是天下第一等的好水。但是君山银针的好处,除了要用柳毅井的井水之外,也在这无数细小如针尖的茶叶里。"

东坡点头称是,说道:"这片茶树长在息心峰下,木兰林里,朝侵息心之雾,暮承木兰之露,空已是色,色已是空。君山已是清净身,此茶已是广长舌。"

惠能师太说:"息心峰下的日月朝露,倒也罢了,这木兰树的恩泽,浸润在茶林里,予它们长生之念,恒久之心,这个最是难得。"

二人饮茶清话竟日,不觉黄昏将至,朝阳化身成夕阳,将无色庵照得明亮而慈蔼。东坡辞别,以峨眉一片云的轻功术,掠过息心峰,去洞庭湖边觅舟过渡。师太立在无色庵前,含笑凝睇,看着这微胖的中年男人,消失在洞庭湖上,师太的笑容一点一点,由唇间脸上,消失不见,就像夕阳之光,为晚风吹碎,散落到山林。

直到五月十三的明月升起,师太伫立半晌,返身到木兰林里散步。"舜华……"她轻声唤道。月光下,清韧的花香里,由九十九棵木兰树凝结成的美丽花妖,舜华,由虚空里出现。

"我还是让他走了。"师太叹息道,"以后,我也不会和他相见,君山银针固然是世间一等一的好茶,却已近乎忘川之水,他饮茶竟日,宿缘已解,不会再找到返回无色庵的路。"

"你这个傻女人,今夜我宁愿听你的墙根梆声,也不要听你在这里向我唠叨不停。"木兰花妖一脸的怜惜。是啊,在这九千岁的美人眼里,慧美无比的师太,也只是一个历劫了三世的小女人。"你用一辈子的时间去等一个男人,等他冒冒失失地出现的时候,你给他的，却是饮下一杯清茶的片刻光阴。"

惠能师太悄然无语，听舜华往下唠叨不停。

"你还记得你以女人的身体轮回的第一世吗？你托生在杭州铁板桥下的药店里，十八岁出落得唇红齿白，楚楚动人，你站在柜台后卖药，一个小后生跑过来，向你买四样药，要天样大，海样深，甜如蜜，苦黄连。你跟他讲，救命之恩天样大，患难交情海样深，夫妻和睦甜如蜜，中道抛离苦黄连。他又要三分白，一点红，颠倒挂与锦玲珑，你知道这傻小子想调戏你，对他讲，藕尖出水三分白，荷花开放一点红，风吹荷叶颠倒挂，莲蓬结子锦玲珑。他又问你，这个药要用什么作引子，你说，要用老实头一颗，好肚肠一根，忍耐二钱，良心半斤，方便不论多少，用恢心刀错碎，宽心锅烂黄，饶人臼内捣烂，散事罗罗成细面，丸成脯子大，清晨起用六味丸，用和气汤送下。他听到，满心满意地走了。你站在柜台后想，这个浓眉大眼的穷秀才，一定会去求街上的王婆向你父母提亲的。可是等到秋天都没有音信，你只好嫁给一个茶叶商人，过掉了那一生。"

师太点头，轻声道："我记得。可是，那个杭州问药的秀才，到底去了哪里？"

舜华说："他不久就去京城赶考，中了进士，娶了官宦人家的小姐，他虽然没有能够与你成为夫妻，却用你开的药方子，过了一辈子。"

师太叹息。舜华接着说："你又将前生，托生到大洪山里，一个破落的地主家，那时候，大洪山里，盗匪如麻，有一个年轻的土匪，心肠好，长得也白净秀气，使酒好剑，用财如粪土，山里的女人，都愿意被他抢去。你也是。十八岁，你常在汉水边洗衣服，总有一天，他会由船上，看到你，然后将船靠岸，将你拦腰抱到船上，往江湖上去，你的洗衣槌抛到埠头上，衣裳散落一地。有一天黄昏时分，他真的来了，你遇到大雨忽然倾盆而下，天地洪荒，他远远地划然长啸，令草木震动，山鸣谷应，风起水涌。你一身淡黄色的衣裙，躲在黑雨伞里，不自觉地，将洗衣槌一下下，敲打到石头上。可是船由你面前经过的时候,他已在船舱里睡着,他喝了酒,一个人在篷下划船,桨已扔到一边,啸声变作鼾声,在白雨里,睡得像一个婴儿。你迟疑着,要不要将他唤醒,迟疑间,狂风吹着小船,已将他吹向世上,渺然不见。以后你再也没有见到他,你父母将你嫁到平原上,与一个小裁缝,过了一生。"

师太说:"我记得的,只是那深眠客舟的强盗,又有怎样的结局?"

舜华说:"他不久,就被朝廷捉去砍了头,临刑前的一夜,他梦见,他由汉江上顺流而下,一只黄鹤,由山林里飞来,由他的身体上飞掠过去,羽衣蹁跹,横江渡水,大雨如注,天地洪荒,它戛然长鸣,声音如同金玉,他看到这只黄鹤,觉得全身的血液,都要涌向头顶,他想奋力由梦里醒来,醒来的时候,却是东京狱中的凄冷冬夜。他想起来,这个梦,正是他当年在汉江船上,一个傍晚,醉卧船头,白雨跳珠乱入船,他做过的一个梦。"

这是更近的一生,师太还能想起,她在平原的小村,在织布裁衣的深夜,遐想那白脸强盗的情形。纺不完的线,织不完的布,听不尽的鸡鸣,人生是多么的长,又多么的荒谬。

舜华说:"你觉得做药店的女儿与山溪的小姑,都没有办法把握自己的命,这一生,你要有自己的岛,自己的无色庵,这样,你就可以将那问过药,由孤舟里漂走的男人,留在身边。可是,可怜的女人,为什么,他的君山访茶,还是要领受怅然归去的结局?他这一去,就会被朝廷远窜大荒,投生海外,九死一生,再也不能过洞庭,上君山,与你相见。"

师太扶着身边的木兰树,清丽的脸庞上,滚落下泪水。舜华叹息道:"别哭,女人,我修行了九千年,也无法把握自己的命。你的三辈子,不算少,也不太够。女儿国里,其实留不住唐三藏。在他的第一世,迟早都要去考进士,将你抛弃,在他的第二世,他迟早都要被砍头,与你离别,现而今,哪怕你喝过茶,将他留在这无色庵,圣旨来到时,他还是要投入南荒,对你毫无怜惜。将韶华藏在青山,将容颜照入明镜,你其实,没有错。"

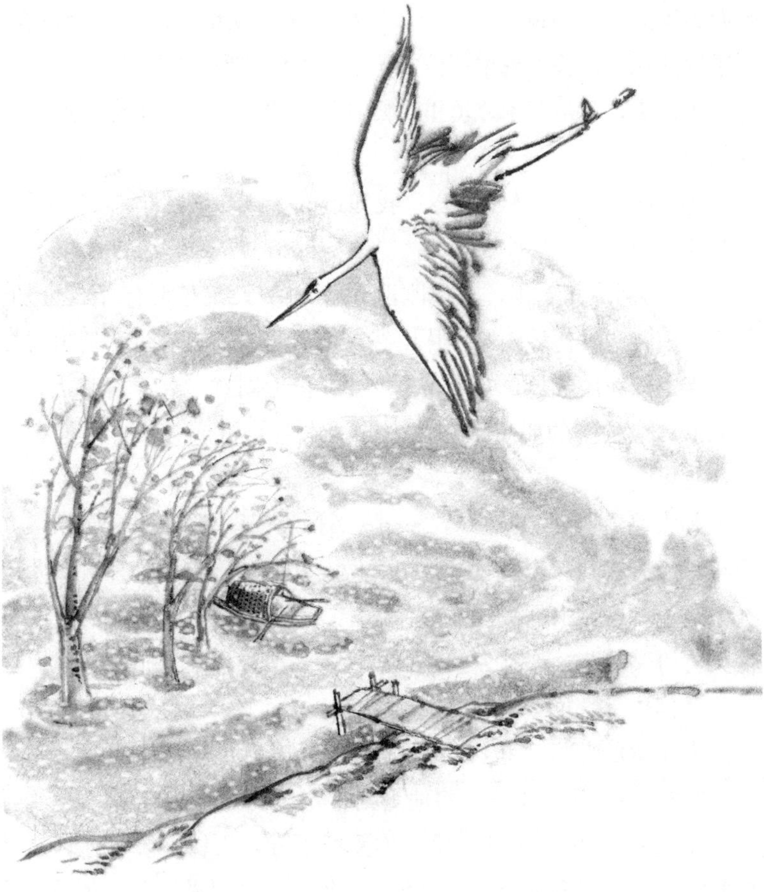

师太说:"我这个庵,算什么女儿国。那么多男人,在洞庭湖上看。他们无非是将这里,当作一个特别的景致,我已经明白了,除了在月亮上,你没有地方可造出女儿国。我迟早要让那些强盗,那些秀才,重新回到君山上来。"师太忍不住她的眼泪,继续哭泣。

五月十三的明月,照彻木兰树林,千朵万朵的木兰花,开放如同满天的繁星。夜露下降,九千岁的花妖,被三生转世而来的尼姑的哭泣,弄得不知所措,也许不应该,向女伴来讲这些话,可是,她们离别的时刻,也快要临近,这样促膝的谈话,此生不会再有。九千岁的花妖,脸上现出依依的不舍:"我也要向你告别了,女人,九千年过去,我由草木之境里,修到万物之灵,已到了弃去遗蜕飞升的时刻。"

师太擦去泪水,轻声道:"我知道的,这一天迟早要来,可是不要这么快。"

舜华说:"九千年,与你刚刚过去的一天,并没有什么分别。九千年前,我被他种入这一片山谷,他就再也没有来过,任由我一年一年地开花,成长,经历霜雪。他在世上固然是名声赫赫,哪里会知道,他种下的树里,有九十九棵木兰修行成为妖,对他有倾慕,有思念。"

师太笑道:"我的冤结,不过是绕了三辈子,你这个妖精,九千年都没有解开。你讲我一心一意做女儿国,你自己,掉进女儿国九千年了,这君山外过往了多少秀才、强盗与官兵,多少男人又可怜又可厌又可悲,你不去骗,不去偷,一门心思在这里喝露水,挨岁月,你才是真正地见鬼。"

九千岁的花妖,脸红得像洞庭湖里的小龙虾似的,她低声说道:"我自然要历劫千万,将他等到。"

师太问:"你这个妖精啊,你无所不知,无所不晓,你自然也应知道,他到底会不会来,他在九千年前,名叫舜,九千年后,他转世托生,已经无数世代,他纵然是来到,还认得出你来吗?"

舜华说:"他今晚,就会来。"

师太问:"他来做什么呢?你们要借无色庵,我愿露宿在木兰林里。"

舜华说:"他来砍掉这片木兰树。"

五月十三,月亮不新,也不旧,星星不多,也不少,洞庭湖上的夜风,不急,也不缓。木兰林外,蹄声得得,一匹黑驴,驮出来一个俊朗的书生。正是云梦隐侠赵文韶的养子张竖,与他不知道由世界上的哪一个角落里,扯出来的一匹黑驴子。在经历了一番云游后,他们重回家乡。

"老伙计,你一口气将那木桃花、百合花、睡莲花吃下去,还未觉得过瘾,你可别打这些木兰花的主意,它们又小又紧,会扎到你的驴胃。"

"你以为,你用你那把破屠龙刀,一天就砍得完这片林子吗?所以,我得慢慢吃。这木兰树开了九千年的花,总算是被我逮住了一回。"

"你这黑小子,什么都好,现在偶尔连人话都会讲了,就是这吃花的坏习惯不改,我早讲过,花是用来看,用来闻,插在花瓶里穷显摆的,你偏要将它们,都攮到你的驴胃里,你以为吃了几朵花,你那驴粪球球,就会变香,变成五颜六色吗?起码我从来未见过这样的奇迹发生。"

"那木桃花有烟火味,百合花像冰糖似的,睡莲花有薄荷味,至于这木兰花,其中的滋味,真是一言难尽,子非驴,安知驴之乐,你也不吃花,采花的心肠也有限,安知这吃花的乐趣。"

"你吃吧吃吧,别撑死就是。我们先在林中露宿一夜,明天再去找惠能师太,向她谈砍树的事,我觉得她不会推掉未央生木剑客这些老家伙的面子吧。"

"我觉得这些老家伙也真是的,不就是做一条船吗,一定要什么洞庭湖上木兰舟,这九十九根木头,送到福建湄洲湾,多难啊。"

"据说,只有木兰树,能在海里不沉,不腐,而且,这是海里的鲸鱼们最喜欢的一种木头,据说它的香气,可以招来鲸鱼,乘风破浪,这样那些老家伙们的东游梦,差不多就可以实现。"

"木兰树的花这么好吃,木头一定味道也不错,可惜你不会让我吃木头的,这个我就不去试了。"

夜半闻私语,月落如金盆。何意苦相守,坐待繁露下。张竖与黑驴的絮语由林边隐隐传来。舜华谛听,脸上现出了宁静的微笑。是的,他,到底是来了,来到了九千年前,他亲手植下木兰树的地方。故地重游,多情应笑我,已生华发。惠能师太返身向无色庵走去,带着自孩提时代,就陪伴她的朋友。

"他是谁呢?九千年后,大舜转世成了谁?张竖?黑驴?或者是,张竖加上黑驴?"舜华笑而不答,她的身影,渐渐地变淡变白,化作林间的晨雾。

是的,青色的黎明就要来了。五月十四。晴。南风不息。宜伐树。宜动土。宜远游。宜沐浴。房事,不吉,官事,也不吉。

(取材自虞舜神话故事,文中也暗暗引用了苏轼的一些诗文,没有一一标识出来,见谅。2020年7月2日改。)

驴皮记

大宋真宗咸平年间，有一条汴州往西的驿道，三四十里地之外，要经过汴河，河上架着厚厚的松木板桥，桥边开出了一家小旅店，挑着一面半新不旧的酒旗，招徕往来的士人与行商吃饭住宿。旅店的主人是一个三十出头的寡妇，五短身材，细白面皮，玉手纤纤，挂着一对晃动的乳房，言笑晏晏，伶俐非常，颇有几分姿色。难得的是她孤身一人，无夫无仆，一末带十杂，将店子打理得条理分明。一般人也不知道她是由哪里跑来的，如何的身世，只知道她自称在姐妹行之中行三，一时都唤作板桥三娘子。这三娘子擀得一手好麦饼，做得一堆好包子，扎括出一席好酒饭，又养出一群脚力强健的大黑驴子，往来的客人，驴力不济，她就会将她养的驴子，转卖出来，客人补几串钱，就可以骑上她昂扬的健驴上路，将羸弱的旧驴赶到店后的驴圈里养膘。所以汴州道上的旅客，没有不知道她的店子的，千里来投，不去住那官家杂乱吵闹臭气哄哄的驿馆，偏偏要早霜晚风，披星戴月，来投宿三娘子明亮洁净，如春风一般温暖的客栈。

这一年深秋，我步行前往洛阳的布店，途经传说中的三娘子客栈，慕名入住。其时月明星稀，空中流霜，群鸦噪集在旅店门前晚霞般明艳的乌桕树与榆树顶上。我投宿已晚,前面早来的七八个客人,差不多将店子住满。三娘子犹豫片刻,将最后一间客房安排给了我,此间客房隔壁,就是她自己的卧房,再往后,就是日夜在一滩大小不一的鹅卵石上哗哗流淌的河流。

我不爱玩耍,又倦于行旅,往前厅匆匆吃过晚饭,准备回房倒头睡下。那七八个行商,却颇有兴趣,在席间喝酒吵闹,将那三娘子叫过去,行令倒酒。一时酒花泛起如雪,桃花色眼如梭,禄山魔爪如麻,三娘子倒也是一个惯家子,不慌不忙地周旋其中,调笑戏浪,浅饮深酌,风摆杨柳,乱颤花枝,大概直到起更时分,将商人们弄得颠之倒之,耐不住睡魔,呵欠连天洗了睡,她自己才收拾罢杯盘,举起残烛,回到卧房。

我被隔壁三娘子吱呀的推门声惊醒过来,见到枕边杉木板壁的缝隙里,漏过来一线烛光,如一点斜阳铺在被面上,一时心中痒热,悄悄侧转身体,将眼睛贴将上去。没成想,我看到的不是半老徐娘层层剥笋除衣就枕的妖娆体态,而是种种匪夷所思的景象。

只见那三娘子由她的床铺下拖出来一只木头箱子,打开来,由里面掏出崖柏木刻的一头黄牛、一个小人儿、一副犁,三样东西,都是六七寸长短的光景,惟妙惟肖,摩弄已旧,光泽流转。如果她生养有小孩的话,这些东西给那小孩儿过家家做玩具,是再好不过的了。

三娘子将木牛、木人、木犁放到床榻前一张席子大小的夯土地面上,给木牛套上木犁,木人牵着木牛立在地上,然后用水瓢取来缸水,一口饮着,尽数如鼓含在嘴里,来回喷到地面。只见那木牛顿时跑将起来,拖着犁具,由那小木人牵扯,在床前空地里往还奔走,少顷,即将地面翻犁得平整如镜,一如十月霜降农夫整田种麦的光景。一边窥探的我,好像都能闻到泥土里绿头蚯蚓的气味,感到被惊醒的泥鳅的蹦跳,听到榆柳间哗哗的蝉鸣。三娘子见木人耕田已毕,忙由榻上站起身,从箱子里掏出一把细红的荞麦种籽,交捧到小木人手上。小木人将手甩得车轴辘似的,将种籽如风如雾,撒入刚刚犁开的地垄里。三娘子又由枕头边拿来一把纸扇,朝地里一边洒水,一边扇风,风透过板壁上的细缝,吹到我的脸上,果然是薰风怡荡,吹取了四月草木葱茏的生气,令人心旷神怡。

眨眼之间,荞麦发芽,一片葱葱嫩绿,针尖般由地面上冒出来,又一眨眼间,荞麦开花,白一片,红一片,热浪滚滚,蜜蜂嗡嗡营营,花香由壁缝里钻进来,袭入我的鼻孔。花开花谢,一转眼的工夫,荞麦就结出了饱满的穗粒。小人儿跑出来,手舞足蹈地持着镰刀飞快收割一尽,在木榻上箕扬脱粒,收拢晾晒,赶鸟驱鸡,弄出一堆新荞麦,总有七八升的样子。三娘子又取出小小的石磨,由小人儿撂起磨子,将黄牛套上磨具,溶溶泄泄,片刻就将荞麦磨成细雪一样的面粉。

那三娘子将小人与牛犁石磨收入木箱,净手将那几升荞麦米面捧入陶盂之中,点水和面,用力擀成饼子,在窗下的炭炉上生火布锅,将饼子滋滋炕熟。房间里顿时弥漫着五月村落中令人馋涎欲滴的新饼的香气。其时天色发青,霞光萌发,黎明已近,四处鸡鸣如麻,只见那三娘子将饼子收入红漆食盒里,坐在榻上,红扑扑、汗浸浸的脸面,浮现出了微笑,显得又干练,又明艳。我目不暇给地看了一夜活剧,乍惊乍喜,大开眼界,见人家妇人已完成作业,才依依不舍离开木壁,回床上蒙被和衣装睡。

那七八个客商已经爬起床来,亮着嗓门,呼朋唤侣,整装待发,好早早赶路。收拾完行李,就坐在厅上,呼叫三娘子送来她名满天下的好麦饼。三娘子提着食盒来拍打我的房门,我一肚子怪异,当然是面壁装睡。三娘子犹豫片刻,移步径去送饼。

三娘子一走,我忙由床上跳起来,推开窗爬到旅舍外,顺着墙根,由蛛网重重的乌桕树丛绕到门厅的木窗下面,捅破窗纸,借着熹光朝室内窥看。客商们围着桌子,狼吞虎咽,嚼食三娘子的麦饼,一个家伙大赞:"好吃!好吃!就是要娶三娘子这样的女人做老婆,长得好,会持家,饼也做得好,那腰和屁股,一看就能生养!"几人片刻即风卷残云,尽数将荞麦饼攮入腹中,食物刚刚吃完,就一个接着一个滑下桌子,朝地上摔倒!难道这由异术化生的食饼里面有奇毒吗?我觉得心都提到了嗓子眼上。只见那倒在地上的客商们，一个个化身成为驴子，又一头一头站起来。昂昂驴鸣，震撼厅堂。三娘子取来鞭子，不慌不忙地将七八条黑驴，赶入店后的畜生棚内，与客商之前牵来的驴马拴到一起。其时槽上驴马，正在抢吃三娘子鸡鸣时分添加的豆麦草料，新人报道，来抢槽位，未免又是一番推搡撕咬。

我骇异不已，翻窗回房，继续装睡，等到红日三竿，才起身梳洗，也不及去讨要饼食，辞别三娘子，带着一肚皮的庆幸与惊叹，踏着清晨厚厚的浓霜，往洛阳去了。

我在洛阳的布店里一直淹留到腊月，才回程老家许州，我常常想到深秋的一夜，在汴河边见证的奇迹。那年我二十出头，是一个沉默寡言的家伙，做着葛布生意，做生意之前，读过好几年私塾，因父母早亡，只好弃儒从商，承接家业，独身一人，养活弟妹。虽然日夜琢磨与悬想，我并没有将窥见的三娘子的异事作为茶余饭后的闲谈讲给别人听。隆冬时节，回乡过年，我已打定了主意，一定要重返板桥三娘子的旅店。北风劲吹，一路白雪堆积，天气冷肃晴朗，我背着行李不紧不慢地赶路，心却在怦怦跳。

天气严寒，已近年关，路难人稀，所以三娘子的店里，这一夜，只有我前来投宿。三娘子没有认出她的老顾客，一样言笑晏晏，欢天喜地，晚上服侍我睡下，又殷勤地来问我有何吩咐。我微笑道："我明天会早早起来赶路，年关是越来越近了，请为我准备好早饭。"三娘子点头同意，掩门别去，关门时，回头秋波一转，嫣然一笑，别有风韵。我何尝不知三娘子那一笑的意味，我此刻拉住她的手，定能与之度过旖旎的冬夜。我还未曾娶妻，为人也木讷，用度也节俭，偶有狎妓，也是少之又少，此时被三娘子的秋波与媚笑，将一身的欲火，蓬勃点燃起来。去敲开三娘子的门？她也许会收起她的木人、木牛与木犁，不理会她乍生乍割的荞麦地，与我在雪夜里交欢吧？但我决心已定，跳下床，推开窗，让寒风吹冷火热的身体，又抟起窗沿上的一小团积雪捏在手心。关上窗子的时候，我觉得自己灵台重回清明，已经能够独自等待破晓，去领教三娘子的好麦饼。

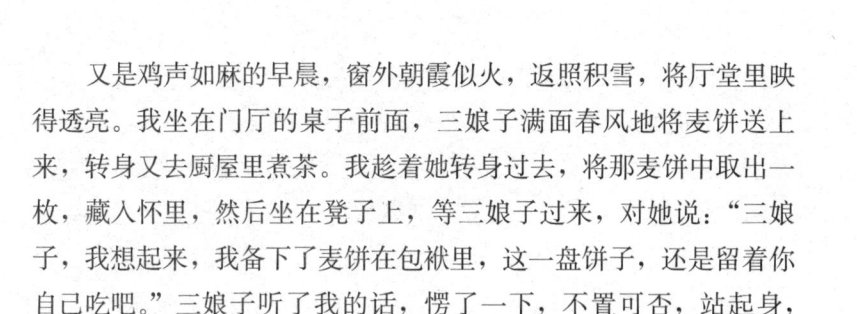

又是鸡声如麻的早晨，窗外朝霞似火，返照积雪，将厅堂里映得透亮。我坐在门厅的桌子前面，三娘子满面春风地将麦饼送上来，转身又去厨屋里煮茶。我趁着她转身过去，将那麦饼中取出一枚，藏入怀里，然后坐在凳子上，等三娘子过来，对她说："三娘子，我想起来，我备下了麦饼在包袱里，这一盘饼子，还是留着你自己吃吧。"三娘子听了我的话，愣了一下，不置可否，站起身，将一盘面饼端了回去，去换热茶过来，助我吃由我的包袱里掏出来的洛阳饼子。

趁着三娘子取茶未回，我又由怀里，将刚才藏下的三娘子做的麦饼取出来，放到自己带来的麦饼之上，我特别在洛阳城里订做的七八只饼子，自然是跟三娘子的有名的麦饼，模样看起来，是差不多的，如同一块块圆圆的温热的小铜镜。

三娘子送茶过来，在对面打横坐下，看着门外的积雪发呆。我招呼她道："三娘子，你总是给客人们做烧饼，这一回，来尝尝我带的洛阳烧饼吧。"不待三娘子同意，我就取出那只三娘子自己做的烧饼递将过去。三娘子心绪茫然接住，道一声谢，就着手吃将下去。才一入口，那三娘子一头翻下木凳，在门厅前面，倒地变作了一头驴子，浑身黑亮壮健，哀哀低鸣不已。

我见筹划一个冬天的计谋得逞，喜出望外，也不去管三娘子旅店里的细软与店后栏里余雪中的驴群，兴奋地将由她化成的黑驴装上鞍辔系好，自己跑到三娘子的卧房内，将那一口木箱子搬出，将木牛啊木犁啊木人啊摆好，嘴巴里喷出茶水，学着三娘子舞弄了半天，奈何不得其法，那木人木牛无论如何，都不愿活生生动将起来。我想去逼问三娘子，可三娘子已变化成了驴子，除了愤怒地鸣叫，已无法授我那神奇的法术，只好徒唤奈何了。忙活了一个上午，我盖起木箱，收拾行李，关上旅舍的门，将三娘子化身的黑驴骑在胯下，踏上晴雪中的返乡路。从此汴州道上，板桥三娘子春风一般温暖的小客栈杜门歇业。

年后我将洛阳的布店交给已经成年的弟弟，自己一个人骑着黑驴出门去，虽然我已经不太可能成为一个小李白，但周游天下的愿望自小就有。我带着它去看洛阳的旧城池，喂它吃牡丹花会中的牡丹，带它去看洞庭湖的明月，吃湖畔的青草，我带它去新疆看黄沙大漠，吃绿洲中的苜蓿，我带它去闽越看海，吃垂在路边的芒果、荔枝与龙眼。有三四年的光景，我骑着它，走遍了我所知道的有名的地方，天之涯，海之角，由冰天雪地的北国到四季如夏的南方，由日出的蓬莱到日落的昆仑。我差一点就将它拉上去南洋的海船，只是到广州的那几天，台风大作，翻珠江，倒南海，只好作罢。

刚刚上路的时候，三娘子化身的黑驴，好像吞下了夏夜的雷暴，脾气可不是一般狂躁，忽忽直起两只前蹄，将我由背上掀起来，将这个主人摔成大路边的乌龟，逗得路上行人指笑，是常有的事，将它拴在集市入口的树下，多半也会被它咬断缰绳，差不多到天黑，才会意兴阑珊地由树丛中走回来，在路上遇到其他的驴，没有不上前去咬群的，按照集市上骡马行的师傅们的建议，这是一条该下汤锅的驴了，起码，也要将它绑到树上，好好用鞭子抽它一顿，让它尝尝红赤赤的烙铁的厉害。还有人跟我讲，这是小母驴发情的征兆，她满头满脑想着去跑山，想着公驴子的驴行货，办法是送到兽医那里去，小尖刀弧光一闪，探入驴腹，将它劁了。

但我可没有这些施虐的想法，被驴子摔下来，我就拍拍屁股继续骑上去，她咬断绳子跑掉了，我的办法是等，哪怕是风雨雪夜，也会在挂着断绳的枫杨树下，等着黑驴垂头丧气地回来。它为什么就不能成为一条自由自在的野驴呢？它不知道。跑得多远，它总会回来。我也不知道，但我坚信它会由陌生的田野与集市中回来。与其他的驴打架，扯开就是了，扯不开，就点上一只火把，将它们隔开——如果我也当日被三娘子变成一头驴，拴在她的后院里，我心里也会郁怒难解的。去适应这个由驴眼里看到的新世界，只能慢慢来。我抚摸着黑驴的背，看着愤懑的火光一点一点由驴眼里熄灭，它让我想起脾气暴躁的母亲，小时候我不好好写字，她就用纳了一半的鞋底抽我的脸，将我嘴角打到渗血，可是等我半夜里醒来，又看到她举着蜡烛，在蚊帐里俯身看我。如果她不是早早地随着父亲去世，我一定也能考上秀才，能够过上做诗与做官两不误的生活，而不是现在同一个化身成驴的女人淘神。

我们达成和解,是在周游天下的第三年秋天。我们由南方折返,过了岭南、罗浮山、洞庭湖,进入迷宫一般的大别山。黄昏时分,我牵着黑驴去溪涧里喝水,其时落日熔金,天色向暮,列列青山之下,杂树如织,溪流如带,我在上游捧水自饮,黑驴在下游闷闷地伸颈吸水,归鸟投林,黄叶如雨,秋水凉矣。这时候,十几个剪径的强盗由山路转过来,就像一群狼,发现了在山溪里喝水的几只羊,发一声喝,围了上来。我一看架势不对,连忙提起溪边的行李,狂奔到黑驴身边,跳到驴背上,策动驴子沿着溪流向上游狂奔。

强盗们自然是提着大刀,刀光霍霍地跟在后面,溪水四溅中,个个气喘如牛。黑驴在犬牙参差的溪石中择路,鼻息如雷,却也不慌不忙,蹄飞如燕,从容地越过溪中大大小小的石头,折冲展转,让驴背上的我腾云驾雾一般,如同身在云端。那些强盗也是发了狠地追,其中脚力好的,蹿到队列前面来,刀光好像就在离驴尾巴几寸远的地方飞绕盘旋。但就为这几寸远,好强盗已经使出了他吃奶的力气。黑驴却是越跑越快,好像变成了一股黑色旋风卷过溪涧。说不怕死,那是假的,但是害怕之外,我心里面,也有莫名的欢喜,这家伙从来没有跑得这么快,它在为它的主人着急,想将他由死亡的绝境里救出来,就像檀溪上刘备的的卢马以勇为翼,就像少林寺的十三棍僧来保唐王,就像瓦岗寨的好汉程咬金抡起了他的斧头。现在,它的命,与我的命,在风驰电掣里,是交会在一起的。黑驴的蹄声,就像铁匠铺里,铁匠在铁砧上敲出的声响,强盗们的刀光,就像炉中的炭火,让此铁与彼铁浑成一体,从此不再能分开。

向上转过几道弯,已经看不到强盗,只能听见他们在后面的山林里说:"老大,这家伙的行李咱们不要也罢了,这头驴子却不能让它跑了,它的腿又细又有劲,它的屁股浑圆浑圆的,它的腰上蓄满了力气,骑着它,去汉口,找胭脂路上的婊子,一天就够了!"一个强盗说:"我已经看到,这是一头母驴子,要是我们将它捉住了，跟大王你的赤兔马拴一个槽上，过几年，兄弟们每人都会有一头会飞的骡子骑啊！"一个强盗讲："这样的狠驴子，只有逮住它，剁成大块，晚上做一个火锅，就着谷城县的'霸王醉'下酒，才能出我心中鸟气！"又有一个强盗抱怨："老大，以后巡山还是要带上弓箭，再碰到这种犟驴子，给它的屁股来上一箭，看它还能跑几远！"不久强盗们的声息也听不到了，山林里黑夜来临，鸟鸣如粥，好不安静。

一人一驴，信驴由缰，缘溪而上，三更半夜，跑到了一个山峰顶上。人头与驴头之上，银河如沸，新月如钩，眼前山岭墨黑如麻，岭上鸟兽尽皆入梦，土匪们也打道回寨去了吧？我与我的驴子逃出了生死劫，头森森，心瞕跳，乍惊乍喜，汗出如浆，秋风吹入脊背，让我们直打寒噤。

山峰像一只倒扣下来的斗，斗底就是山顶，一亩见方，十来棵松树又老又高又直地挺立，每一棵都像一个得道的隐士，松林间有一座荒废已久的螺蛳壳小庙，庙中的和尚们多半是不堪强盗们的滋扰，下山云游挂单去了吧。我牵驴进了山门，在殿上的一群斑驳的泥菩萨中间抻开行李和衣睡觉，黑驴就伏卧在我身边。破败的门窗漏进来点点星光，天籁吹送，松涛阵阵，譬如龙吟，"霓裳羽衣曲"也无过如此，好像将人浑身的孔窍都鼓吹开了。半梦半醒之间，湿衣未干，冷得发抖，我觉得自己的手指碰到了黑驴的后腿，黑驴好像电击一般，将腿往腹下收缩，一缩之后，又重新缓慢地伸展回来。我在黑暗中微笑。我索性侧转身，将身体贴在黑驴的胸腹之间。它的呼吸细长如线，它的身体温暖如棉，它的皮毛中有汗水的气味，清新淡雅，让劫后余生的我觉得宇宙洪荒、心里安定。

为了庆祝黑驴的这一缩，我破例在这个秋色迷人的小庙里住了好几天，也不去理会人家强盗会不会提着刀片，循着欢快的驴鸣找到松树庙里来。饿了，我吃干粮，它去啃和尚们菜园里的青菜，渴了，就由庙后的深井里汲上水，我煮茶，它喝白水。太阳由东山升起，由西山落下，整个白天都晒得人暖洋洋的。我们都看够了庙里泥菩萨慈悲的脸，崖上灿烂的星空。下山之后，愤怒的黑驴果然变得温驯听话，一改从前烦躁的脾气，脚力也变好了，日行几百里，不知疲倦。朋友们都知道，我这个人，什么都可以借，但我的大黑驴想都不要想借去骑。我自己很少去光顾妓院，却也知道天地阴阳交欢大乐赋的道理，有时候，也会将黑驴带到集市上，将它放到一群公驴或者公马中间，但黑驴却摆出一副风牛马不相及的样子，将那些凑过来的驴马一一踢走。在这条母驴的身体里，还藏着一个跟自己的命运讲和的三娘子吗？和解会带来喜悦，喜悦会洗涤愤恨，她现在，还会恨我吗？她已经接受了她的命运的安排了吗？在继续周游天下的旅途上，骑在黑驴的背上，我常常这样问自己。有时候，我也深悔自己年轻孟浪，少不知事，也许那个冬天的雪夜，我更应该将回眸的三娘子留到我的床上，将她剥成一头赤裸的小羊，而不是凭着一腔好奇去喂她吃麦饼。能够将驴子重新变回三娘子吗？变回来的三娘子，还会不会如此的温驯可人，一声不响，任由我骑行走天涯？我对这一点，毫无把握。

直到这一年夏天，我去陕西，经过潼关，华阴县，风陵渡，华山之外，黄河奔流。我牵着黑驴下了渡船，在河边的葵花地里走。十几里的葵花地，头顶上葵花一盘一盘地对着初生的朝阳开放。在我的老家许州，人家将葵花叫做"转莲"，意思是这种金色的大莲花会随着太阳的升落而转动脖子。我骑在驴背上，将转莲上的细花捋了一捧，倾身向前，捧给黑驴吃，又将花盘中间的嫩籽扣空，做成一个花环套在驴头上。一人一驴，玩得不亦乐乎。这时候，路边忽然跳出一个瘸腿老头子，拍着手将我们拦下来，朝着黑驴大笑道："板桥三娘子，你怎么弄成这副模样啊？"一边将驴捉到手里，将我由驴背上扯下来。

我羞恼不已，站住身，就要与那老头子理论。那老头子不理我，上前牵住黑驴，将双手伸到驴子的嘴边，揪住脸皮开弓一般，向外一扯，嗤地就将驴皮由驴子身上扯开。一个盘头整脸的小妇人由驴皮中滚出来，穿着当年的旧衣裳，肤白如玉，奶高腰细，宛然就是从前在汴州道板桥边旅店里当垆时的三娘子。三娘子俏脸通红如血，低头不敢再看我一眼，由那老人一瘸一拐地领着，向华山的山道走去，将我抛舍在朵朵转莲下，刹那，就消失在河岸之上，山道间萌生的草木中间。

三娘子的驴皮披落在地上，就像皮影戏艺人们剪出的驴皮影。我好久才回过神，将驴皮方方正正地叠起来，驴皮灰白润泽，细细薄薄的，皮毛干爽，有一点像我店里的葛布。我想起小时候在四面垂杨的私塾里，南风吹进课堂，将书页吹得哗哗作响，垂暮的教书先生教给我的《诗经》里的诗，讲到葛，一首是："葛之覃兮，施于中谷，维叶萋萋。黄鸟于飞，集于灌木，其鸣喈喈。"是啊，她刚才，还化身为一头驴，与我待在一起，驴皮上，还有她的体温。另外一首是："彼采葛兮，一日不见，如三月兮。"她刚刚消失在华阴道上，我就心如刀割，泪下如雨，浮生如此之长，如果此后不能再与三娘子相见，怎么办？

人生又能有多少次"怎么办"呢？流过了血，流过了泪，无非就是"算了吧"。我大好江山骑驴，失驴华阴道，终于回到中州。青春已逝，热血已冷，我重新打点精神，来做好我在大宋盛世之中身为一名葛布商人的小角色。我本来就很能做生意，一旦专心此道，心无旁骛，洛阳城里小姐公子的银子就长了腿一样，要往我们的钱柜里拼命跑。其时湖南潭州、永州皆贡葛，特别是永州有上等贡葛。乡下人芒种时节采集，用草木灰煮濯，曝白，擘成丝，纺成布，纺纱，制衫。葛又有两种，遍体都是细毛的葛藤可绩布，叫做毛葛，遍体无毛的叫青葛，不可以织绩，但可以用来编成绳子。毛葛也有两种：蔓延于草上的葛藤多枝节而易断，成布不耐久，只有那些伏地而生的葛藤，有叶无枝，成布胜过苎麻。所以广西葛，特别宾州贵县的出产，又胜过潭州和永州。但是广西宾州葛，又不如广东增城葛。我特别由广东增城，贩到了"女儿葛"。有人讲："粤之葛以增城女葛为上，然不鬻于市，彼中女子，终岁乃成一疋，以衣其夫而已，其重三四两者，未字少女乃能织，已字则不能，故名女儿葛。所谓北有姑绒，南有女葛也。其葛产竹丝溪、百花林二处者良，采必以女。一女主力，日采只得数两，丝缕以缄不以手，细入毫芒，视若无用，卷其一端，可以出入笔管，以银条纱衬之，霏微荡漾，有如蜩蝉之翼。然日晒则绉，水浸则蹙缩，其微弱不可恒服。"洛阳的夏天溽热难当，如果官员名妓公子小姐们没得"霏微荡漾"的"女儿葛"制成衣裳穿到身上，官员就不愿升堂做事，名妓就不愿开门纳客，小姐就不愿走出绣楼，公子也不愿学习经义，就像春天里牡丹不开，春天没法子过，"女儿葛"不入市，这洛阳的夏天也就没法子过了。

我用赚来的银子在许州老家置了两千亩土地，建起榆杨环绕的大宅院，为两个弟弟分别娶来秀才家的女子做弟妇，我不愿意自幼失怙的妹妹嫁出去，专门将妹夫招赘在家里，我自己的婚姻，倒是安排在最后，我在增城采葛的乡下姑娘里物色了一位女子，美丽、勤快、温顺、能持家，只是肤色有一点黑，但我其实是蛮喜欢她黑如绸缎一样的皮肤的。她说话宛转妩媚，也有一点夷腔，那一年我去增城收葛，在山林里听到她唱歌，黄鹂在谷，仙乐飘飘，令人难以忘怀，于是致意她的父母，终得将她娶回许州。我们兄妹四家人，加上奴婢，七八十口人，和和气气地生活在一起，抚养儿孙耕读，慢慢地也有晚辈中秀才、举人，最后有子孙考中进士，出人头地去做官，恐怕也不在话下了。富贵之家，银钱如水，有来有往，兄弟孝悌，紫薇花开，有商有量，无论是在洛阳的商会里，还是在许州的士绅中，说起来，我都是为人仰慕的模范，由着他们揖手，夸我老赵修得好福气。

风陵渡别后四十年的寒冬，牛头马面两位大神，终于顺着汴州古驿道，来赵家庄寻到了藏身富贵乡、业已风烛残年的我。我在满堂乌桕油灯的照映下，在悲戚莫名的儿孙们的簇拥下，呼出了人世间的最后一口气，心满意足踏上了黄泉道。锣鼓喧天，鞭炮匝地，四十九个道士与七十二个和尚念完了经，才将盛殓着我的身体的棺木送出门。冰天雪地中，阳光普照，哭嚎不绝的人们，披麻戴孝，相送着这位丈夫、兄长、父亲、祖父、曾祖父最后一程，从此我赵季和就要离开榆杨历历的家，移居到松柏凛凛的祖坟里做鬼。

果然会有一些人，死后神灵还是清爽的吗？他们会得到这样的奖赏：灵识由肉身里跳出来，悬停在方圆一丈之内，来凝视着自己？我就像陶渊明诗里讲的，"春醪生浮蚁，何时更能尝！肴案盈我前，亲旧哭我旁，欲语口无音，欲视眼无光"，看着家人们哭泣忙碌，我其实心里也挺伤感的。

赵家的祖坟地在汴州驿道边上，累累土丘上，覆盖着麦苗与积雪。瘦瘦高高的礼生长袍广袖，指挥着庄丁，将三十二人抬来的棺木安放在已经挖好的坟圹中，回头示意敲锣的敲锣，打鼓的打鼓，吹喇叭的吹喇叭，鞭炮声里，亲戚朋友，都要努力地继续哭。"老赵啊老赵，我们都很舍不得你，你这样的人，到了黄泉，很快就会被请到天宫里去给织女贩布的，好好保佑我们吧！"礼生一边欣慰地听着他指挥出来的宏大的哭丧交响乐，一边凝视着大道，一边在思考人生之无常吧，啊，果然是："昔在高堂寝，今宿荒草乡！"

我看见大道上，一个瘸腿老汉，赶着一群驴走过，打头一只驴上，骑着一个三十来岁的女人，他的家眷？女儿？礼生心里一定在想，好一群生龙活虎的驴子，好一个平头整脸的女人！没想到，那瘸腿老汉竟将驴群朝坟堆赶上来，三五十头驴，将哭丧的孝子贤孙们挤到一边，团团将我的尚未敷土的坟坑围了起来。不等礼生领着众人上前吵闹，瘸腿老汉甩响手中的鞭子，群驴就一边用后蹄刨着雪土，一边拉着驴粪蛋，一边吭唷吭唷地嚎叫起来，驴叫在雪天里直干云霄，如同春雷一串串滚过天际，久久不歇。在驴鸣声中，瘸腿老汉瞪着一双眼看雪后的蓝天，一脸木然，那骑在驴上的女人，却摸出一方手帕在抹眼泪。

叫得再响的驴，也有停下来的时候，不久，瘸腿老汉与少妇领着群驴重新上路，往洛阳方向踢踏奔去。礼生指挥着我的被中断的葬礼继续行礼如仪。我那位增城小夫人，也已经红颜尽老，白发苍苍，子孙们都不让她往雪地里跪，她想起她温柔的丈夫，现在就躺在棺材中，她亲手纺绩的"女儿葛"制成的被衾里，她是由南方的夷地嫁过来的，想不明白汴州的规矩，为什么会有一群驴来吊丧，也想不明白，前几天我去世之前，一定要她将箱子里的一叠驴皮拿出来，放进棺材里——我现在，就枕在那一叠散发出樟脑丸气味的驴皮上。

我们孙子辈中的两个小秀才明白,一个孙子叫赵文韶,他显然读过《世说新语》,那里讲:"人家三国之时,王粲喜欢听驴鸣,死了,魏文帝曹丕领着大臣们,就在他的坟前一起学驴叫。爷爷他老人家,这是名士的派头啊。"另外一个秀才孙子叫赵文煊,直撇嘴:"要是我,我才不要听驴叫,我巴不得洛阳城里的花魁们多来几个,都像骑驴的女人那样,抹着香粉,吊着香囊,打着香扇,猫哭老鼠,哭上几声,这样春风无边吊小赵,才不枉我一世风流哇!"

孙子们都不了解他们的老布商爷爷。我站在环绕着祖坟的松林顶上,负着雪的老松树,多么像大别山那个斗形山顶小庙边的松树啊。是的,我度过了世上的人认可的幸福的一生,但这些在我心里面,都不过是时间的灰烬。我宁愿我自己,能在那个松树庙里,多住几天。我远眺着瘸腿老汉与三娘子领着灰黑色的驴群,在白雪皑皑的平原上越走越远,是她,在我离开世界的时刻来探望我。她已经成为传说中的神仙了吧,不老,不死,不嗔,不怒,无欲,无求,无忧,无虑,只是出自冥冥中的一点香火之情,才会途经赵家庄向我告别?而我就要重返轮回,爬上时间的大转轮,一会儿过了奈何桥,在喝孟婆汤之前,我准备告诉孟婆她老人家,我又来了,您如果能够,就行行方便,将我的下一辈子,变成一头驴子吧!

我带着这个念头由树顶下来,回到我黑暗的楠木棺椁里。我头枕在驴皮上,它变得更旧更软,三娘子芳草般的气息,也变得更细更淡,渺不可闻。家人们在往棺椁上敷土,如同隆冬的密雪,盛夏的白雨,春天的落花,秋天的红叶,将我重重掩埋。黑夜终于来临,此生再见,我去睡。

(取材自唐传奇中薛渔思作《河东记·板桥三娘子》。2020 年 8 月 15 日改。)

图书在版编目（CIP）数据

阮途记:飞廉的江湖奇谈/舒飞廉著. -- 上海:上海文艺出版社,2021（2022.1重印）
ISBN 978-7-5321-7935-0
Ⅰ.①阮… Ⅱ.①舒… Ⅲ.①中篇小说－小说集－中国－当代
Ⅳ.①I247.5
中国版本图书馆CIP数据核字(2021)第117114号

发 行 人：毕　胜
责任编辑：胡曦露
封面插画：李朋威
内文插画：扬　眉
封面设计：今亮后声・小九

书　　名：阮途记:飞廉的江湖奇谈
作　　者：舒飞廉
出　　版：上海世纪出版集团　上海文艺出版社
地　　址：上海市绍兴路7号　200020
发　　行：上海文艺出版社发行中心发行
　　　　　上海市绍兴路50号　200020　www.ewen.co
印　　刷：启东市人民印刷有限公司
开　　本：787×1092　1/16
印　　张：16.25
插　　页：2
字　　数：226,000
印　　次：2021年9月第1版　2022年1月第2次印刷
I S B N：978-7-5321-7935-0/I・6293
定　　价：65.00元
告 读 者：如发现本书有质量问题请与印刷厂质量科联系　T:0513-83349365